W0321734

Gudrun Skretting

Vilma zählt die Liebe rückwärts

Gudrun Skretting

Vilma zählt die Liebe rückwärts

Roman

Deutsch von
Ina Kronenberger und
Stefan Pluschkat

dtv

Die Übersetzung wurde von NORLA gefördert.

NORLA
Norwegian
Literature Abroad

MIX
Papier | Fördert
gute Waldnutzung
FSC® C083411

Deutsche Erstausgabe 2022
dtv Verlagsgesellschaft mbH & Co. KG, München
© 2020 Gudrun Skretting
Titel der norwegischen Originalausgabe:
›Tre menn til Vilma‹ (H. Aschehoug & Co., W. Nygaard, AS 2020)
Published in agreement with Oslo Literary Agency
© 2022 der deutschsprachigen Ausgabe:
dtv Verlagsgesellschaft mbH & Co. KG, München
Satz: Greiner & Reichel, Köln
Gesetzt aus der Aldus nova 10,7/14,4˙
Druck und Bindung: CPI books GmbH, Leck
Printed in Germany · ISBN 978-3-423-29024-1

Für meinen Vater, der immer da war –
und meine Familie, für alles, was ihr seid.

»But the launching of this bottle into
the cosmic ocean says something very hopeful
about life on this planet.«

Carl Sagan

Weltweit sterben jährlich etwa tausend Menschen an Bord eines Flugzeugs.

Vielleicht nicht sehr verwunderlich angesichts der schwindelerregenden Menschenmenge, die sich zu jeder Zeit in der Luft aufhält. Und doch bemerkenswert, möchte ich meinen.

Manche sterben in Reiseflughöhe über dem Pazifik, andere beim Landeanflug in Bardufoss. Die einen friedlich, die anderen ungläubig, in jedem Fall aber bereiten sie dem Kabinenpersonal in rein praktischer Hinsicht Kopfzerbrechen.

Auch gehen die Fluggesellschaften dieser Welt mit dem Tod unterschiedlich um. Singapore Airlines operiert mit einem eigenen Leichenschrank, während British Airways den Verstorbenen mit einem Upgrade in die erste Klasse, einer dunklen Sonnenbrille sowie der letzten Ausgabe der Daily Mail versieht.

Doch in Vilhelm M. Sandviks speziellem Fall ließ sich weder eine britische noch eine norwegische Printzeitung auftreiben. Daher wurde ihm eine Decke zugeteilt, bevor er anderthalb Stunden später mit leichtem Gelbstich auf dem Osloer Flughafen Gardermoen landete, außerdem trug er eine dunkle Sonnenbrille und – sonderbarerweise – einen künstlichen Schnauzer.

An dieser Stelle müsste man vielleicht ergänzen, dass der Schnauzer keineswegs dem Kabinenpersonal angelastet werden kann (das wäre sonst ein starkes Stück). Nein, der Schnauzer wurde erst entdeckt, als der Verstorbene auf dem Obduktionstisch lag, wo als Todesursache eine Hirnblutung festgestellt wurde und auch, dass Vilhelm M. Sandvik in jungen Jahren an einer Hasenscharte operiert worden war. Von einem nicht besonders versierten Chirurgen.

Da man zudem im Gepäckfach über Herrn Sandviks Sitz eine herrenlose Bratsche gefunden hatte, sprach wenig dafür, dass er als Agent eines fremden Landes unterwegs war.

Dennoch: Ein künstlicher Schnurrbart beflügelt ganz klar die Fantasie. Darum witzelte der Pathologe, es handele sich bei dem Toten wohl um den Weihnachtsmann, schließlich sei es Mitte November und der aufgeklebte Oberlippenbart ebenso weiß wie der lange Rauschebart des Verstorbenen.

Merkwürdigerweise enthielt diese Version durchaus ein Körnchen Wahrheit. Weihnachtsmänner haben nun mal die Eigenschaft, nicht mit leeren Händen zu kommen. Und obwohl das vorliegende Exemplar offenbar weder über lebende Verwandte noch über einen Arbeitsplatz verfügte, an dem es vermisst wurde, fand man in seinem Gepäck neben der Bratsche einen Stapel durchnummerierter Briefe und eine Adresse im norwegischen Asker. Die sich einer Frau namens Vilma Veierød zuordnen ließ.

Genauer gesagt: mir.

Das also war der Beginn dieser Geschichte.

Oder ihr Ende, je nachdem.

London – Oslo, den 13. November 2019

Flugmaschinen aller Art haben mich zu jeder Zeit an meine Wunschorte gebracht. Zu Metropolen, Konzertsälen, seelenlosen Hotelzimmern, rhythmischem Applaus.
Ich habe mich vor dem Sultan von Brunei verneigt, in der Carnegie Hall ist mir die A-Saite gerissen, und in Chicago bin ich für den berühmten Marcel Loue eingesprungen, nachdem seine Bratsche gestohlen und später von einem umherziehenden Straßenmusiker hellblau angestrichen worden war.

Kurzum: weg und wieder zurück – nach Hause.
Aber ans Ziel? Ich glaube nicht.
Und so merkwürdig es auch klingen mag: Deshalb bin ich auf dem Weg zu Dir. Mit einem komischen Gefühl, wenn ich ehrlich bin, vermutlich dadurch ausgelöst, dass ich allmählich alt und wirr werde.
Denn im Moment fühlt sich das Leben seltsam neu an. Als würde ich erst in diesem Augenblick, auf dem schrägen Weg nach oben durch das Regenwetter über London mit Blick auf die Stadt und ihr Treiben, das nahezu lächerlich Offensichtliche entdecken: wie anders sich alles aus der Entfernung ausnimmt.

Darum dieser Epilog, oder dieses Vorwort, was Dir eben lieber ist: Lass Dir Zeit, Vilma.
Lies nur einen Brief am Tag.

V.

Allerlei Arten der Sterblichkeit

Immer wieder habe ich zu hören bekommen, ich sei für meine Zeit zu alt. Oder wie es einer meiner Kollegen beschwipst und gutmütig formuliert hat, als ich darauf hinwies, dass Heiraten vor dem Zusammenleben eine praktische Sache sei: »Du bist doch keine siebzigjährige Jungfer.«

Er hatte recht. Ich bin fünfunddreißig.

Doch für meine Zeit zu alt? Ich breite mein Leben zwar nicht in sozialen Medien aus, aber ich lese durchaus Onlinezeitungen, und von Zeit zu Zeit vergnüge ich mich mit modernen Spielereien, die mir zeigen, wie ich mit Falten oder als Mann aussähe.

Die weitverbreitete Fehleinschätzung meines mentalen Alters ist sicherlich vor allem meinem ausgeprägten Ordnungsdrang geschuldet. Und meiner Vorhersagbarkeit. Warum dergleichen unverheirateten siebzigjährigen Frauen vorbehalten sein soll, will mir allerdings nicht so recht in den Kopf.

Nichtsdestoweniger: Das war das Stichwort für Sølvi.

»Vilma«, sagte Sølvi, »du kapierst immer noch nicht, wie ein modernes Leben funktioniert!«

Seit dreizehn Jahren verbringen Sølvi und ich bei der Arbeit unsere Kaffeepausen zusammen, und man muss ihr zugestehen, dass sie mich äußerst gründlich über das moderne Leben informiert hat. Ihr eigenes, wohlgemerkt. Und unter

»modern« versteht sie *chaotisch,* tut mir leid, wenn ich das so deutlich sage.

»Karotten ersetzen nicht die Schokolade im Adventskalender«, seufzte sie lachend. »Was kommt als Nächstes? Bananen statt Marzipanschweinchen?!«

»Bananen sind radioaktiv«, informierte ich sie, ich bin nämlich von Natur aus hilfsbereit. Und da Sølvi zu denen gehört, die immer »das Positive im Leben sehen«, betrachte ich es als meine Aufgabe, ihr eine tägliche Dosis Realismus zu verabreichen. Denn wer weiß: Vielleicht war sie ja so etwas wie eine Freundin.

Natürlich habe ich sie nie danach gefragt. Man soll schließlich nicht aufdringlich sein. Oder verzweifelt wirken. Aber wenn man genauer darüber nachdenkt: Dreizehn Jahre sind schon eine ziemlich lange Zeit.

»Ich weiß, du meinst es gut«, antwortet Sølvi dann gern.

Keine Frage, ich musste ihr von dem Artikel erzählen, auf den ich gestern gestoßen war. Über Sterblichkeit im Allgemeinen. Und über Bananen.

Leider kam Sølvi mir zuvor.

»Ich habe übrigens was ganz Komisches geträumt«, fuhr sie mir dazwischen, »von dem Schulkonzert an Weihnachten. Alle Schüler haben *Dudelsack* gespielt!«

Typisch Sølvi. In null Komma nichts war das vielversprechende Bananenthema vom Tisch. Und jetzt nahm sie erst richtig Anlauf.

»Aber mitten im Konzert fiel mir auf, dass ich dort saß und den Vize der Musikschule *stillte.* Kannst du dir das vorstellen?«

Das konnte ich – leider. Die nächsten Minuten hatte ich größte Mühe, das äußerst verstörende Bild eines sechzigjährigen Mannes mit Fjällräven-Rucksack aus dem Kopf zu kriegen. Ich musste den Kopf sogar kräftig schütteln, bestimmt eine ganze Minute lang.

Man kann viel über Sølvi sagen, aber Rücksicht auf meine Vorstellungskraft nimmt sie nicht.

Andererseits darf man von seinen Mitmenschen auch nicht zu viel erwarten.

»Apropos *Bananen*«, wagte ich einen neuerlichen Versuch, doch leider warf sie in genau diesem Moment einen Blick auf die Uhr, sagte: »Ach, du liebes bisschen!«, und stürmte aus dem Raum.

(Ob Sie es glauben oder nicht, Sølvis Geigenschüler kommen ziemlich häufig vor der Zeit. Und dann lässt sie alles stehen und liegen.)

So blieb ich allein zurück und dachte über das Thema Sterblichkeit nach. Im Stillen. Ganz generell. Nein, ich glaube nicht an die Zukunft, damit das mal gesagt ist. Mit dem Planeten geht es ganz klar bergab, und zwar nicht erst seit gestern.

Ich habe aber auch ein eher angespanntes Verhältnis zur *Vergangenheit*.

Trotzdem mag ich den Tod nicht besonders und hege den Wunsch, ihm so lange wie möglich aus dem Weg zu gehen. Genau das macht ja das eigentliche Leben aus.

Das muss man den Menschen doch sagen.

»Ich habe gestern etwas über den Tod gelesen«, sagte ich.

Die Kaffeepause war vorbei. Mein erster Klavierschüler, ein pickeliger Teenager, faltete auf dem Notenhalter eine zerknitterte Kopie von »Can You Feel the Love Tonight« auseinander und sah mich verwirrt an.

»Darum esse ich Chia-Samen statt Bananen.«

»Wie bitte?«

»Chia-Samen«, wiederholte ich. »Ja, ich dachte immer, Bananen hätten eine beruhigende Wirkung. Aber jetzt habe ich begriffen, dass sie tödlich sind. Radioaktiv. Mit jeder tausendsten Banane steigt das Risiko zu sterben.«

»Äh … okay?«

»Das nennt man *Mikromort*«, sagte ich und nickte. »Ein Sterberisiko von eins zu einer Million. Zum Beispiel, wenn man einen halben Liter Wein trinkt.«

Der Junge legte die Finger auf die Tasten. »Ich bin vierzehn«, sagte er.

»Aber du lebst nicht ewig«, sagte ich, bereute es allerdings sofort.

Und während Elton Johns abgedroschene Liebe häppchenweise in den Raum strömte, dachte ich, dass der Vize mich bestimmt bald wieder auffordern würde, »weniger direkt« zu sein.

Trotzdem ließen mich diese Gedanken nicht los, und auf dem Heimweg dachte ich weiterhin an den Tod. Und an Mikromorts, diese Maßeinheit, die das Sterberisiko in handliche Stücke aufteilt. Denn eins muss ich sagen: Ich liebe Systeme. Sie bieten einen gewissen Trost. Und in besagtem Artikel hatte ich von einem gewissen Ronald Howard von der Stanford University gelernt, dass mein Sterberisiko um je ein Millionstel zunimmt durch

den Verzehr von tausend Bananen
das Rauchen von 1,4 Zigaretten
zwei Tage in New York und
den Konsum eines halben Liters Wein.

Im Übrigen war eine Vaginalgeburt ebenso riskant wie fünfzehn Fallschirmsprünge.

Hatte mich das erschreckt? Keineswegs. Wenn überhaupt, dann eher aufgeheitert. Mit den meisten Punkten auf der Liste hatte ich nämlich noch nie Berührung gehabt. Zum Glück, denn ich war schon immer auf Problemvermeidung ausgerichtet gewesen. Darauf, mich nicht in etwas verwickeln zu lassen, keine Probleme zu verursachen und keinen Schaden anzurichten.

»Vilma«, pflegte meine Großtante zu sagen, »man kann nicht vorsichtig genug sein.«

Leider wusste sie, wovon sie sprach.

Darum gab es nur einen Punkt auf der Mikromortsliste, bei dem ich ein Kreuzchen machen musste. Aber wie schwer konnte es sein, keine Bananen mehr zu essen?

Doch als ich zu Hause in die Notentasche griff, um die heutigen Notizen herauszuholen, wurde mir klar, dass die Frucht gewisse Vorteile bot: Bananen laufen in Notentaschen nicht aus.

In Orangensaft eingelegte Chia-Samen hingegen haben äußerst gute Fließeigenschaften. Denn als ich kurz darauf im Schock und angeekelt den Arm zurückzog, floss die fischrogenartige orangefarbene Masse wie ein Gebirgsbach im Frühling heraus und riss den »Wilden Reiter« von Robert Schumann gleich mit.

Ein komischer Anblick. Zwar hatte ich nie Goldfische gehabt, aber auf dem Fußboden in der Diele sah es jetzt aus, als hätte sich ein ganzer Fischschwarm zum Laichen verabredet. Auf Robert Schumann.

Natürlich klingelte es genau in diesem Moment an der Haustür.

Eins sei gesagt: Es stehen nicht sehr häufig Männer vor meiner Tür. Und wenn, dann sind es entweder Mormonen oder Typen, die in der Einfahrt Asphalt verlegen wollen. Ab und zu tauchen auch Taubstumme mit einer laminierten Gebrauchsanweisung auf, in der Regel jedoch nicht als Paar.

Aber jetzt standen zwei Exemplare des männlichen Geschlechts auf der Treppe, beide mit leicht gebeugter Haltung und fragenden Gesichtern.

Spendensammler, dachte ich. Garantiert.

»Sind Sie Vilma Veierød?«

Ich trat auf den Treppenabsatz, schloss gewissenhaft die Tür zum Laichplatz und registrierte, dass der Fragende eine weiße Halskrause trug.

»Das ist korrekt«, sagte ich und nickte.

Im selben Moment ergriff er meine Hand und legte den Kopf geradezu demonstrativ schief: »Wir haben eine traurige Nachricht für Sie.«

Ich muss dazusagen, dass ich in dieser Hinsicht über eine gewisse Erfahrung verfüge. Daher war mir klar, dass ein Pfarrer mit schlechten Nachrichten (und ohne Spendenbüchse) nur eins bedeuten konnte: den Tod, und zwar in der engsten Familie.

So was ist natürlich nie sehr angenehm.

Wobei hier etwas nicht stimmen konnte. In meiner engsten Familie gab es nämlich niemanden mehr.

Trotzdem holte der Pfarrer unbeirrt Luft. »Vieles deutet darauf hin, dass Ihr Vater tot aufgefunden wurde. In einem Flieger aus London.«

Ich war immer noch nicht sonderlich berührt und dachte: Für einen erfahrenen Todesboten drückte sich der Mann unnötig verschroben aus. Ich meine, *vieles deutet darauf hin*? Gab es Zweifel daran, ob die Person tot oder lebendig war? Oder daran, ob man überhaupt jemanden gefunden hatte? Die Krise des Gesundheitssystems würde in dem Fall eine ganz neue Wende nehmen.

Egal wie, die Aussage war nicht relevant. Nicht für mich.

»Ich habe keinen Vater«, sagte ich.

Ich erwartete eine gewisse Reaktion oder vielmehr: den unmittelbaren Rückzug. Schließlich standen die beiden ganz offensichtlich vor der falschen Tür, und irgendwo in der Nähe hatte jemand einen geliebten Menschen verloren. Der offensichtlich gefunden worden war. Und zwar tot. Das war natürlich bedauerlich, keine Frage.

Nichtsdestoweniger blieben beide stehen, und mir fiel auf, dass der Mann ohne Krause unnötig oft von einem Bein aufs andere trat.

»Da keine Angehörigen ausfindig gemacht werden konnten, war man gezwungen, Briefe aus seinem Gepäck zu öffnen.« Jetzt sprach der Pfarrer langsamer. »Und die waren … an Sie adressiert. Nach der Lektüre sieht es so aus, dass … ich meine, haben Sie … gesicherte Anhaltspunkte dafür …?«

Es war schon sonderbar. Denn im selben Augenblick hatte ich Sehnsucht nach beruhigenden Bananen. Und spürte etwas Trockenes, das im Hals nach oben kletterte.

Deshalb fing ich an zu zählen. Langsam, ab zehn. Rückwärts.

Der Pfarrer hielt einen Augenblick die Luft an, bevor er mir teilnahmsvoll in die Augen schaute.

»Dürfen wir eintreten?«

Nein. Ich war bei fünf angekommen. Bei vier. Natürlich nicht. Das Arrangement auf dem Boden drinnen würde jeglichen natürlichen Dialog verhindern. Oder was immer das hier war. Eins und null, dann schüttelte ich sachte den Kopf. »Es passt gerade nicht.«

»Natürlich.«

Der Pfarrer nickte und ergriff erneut meine Hand. Dieses Mal erwiderte ich seinen Händedruck, bis er ein wenig hüstelte.

»Sie brauchen selbstverständlich Zeit, um die Nachricht zu verdauen«, sagte er dann. »Hier sind die Briefe, die bei dem Verstorbenen gefunden wurden.«

Er übergab mir einen großen braunen Briefumschlag mit Namen und Adresse. Dieser war geöffnet worden, und darin konnte ich mehrere kleinere Briefumschläge derselben Art erkennen.

»Ursprünglich waren sie zusammengebunden«, sagte der Pfarrer und räusperte sich. »Mit Paketschnur. Aber sie sind durchnummeriert. Und … nur die ersten drei wurden gelesen … Ich hoffe, Sie haben dafür Verständnis.«

Ich wusste nicht, was ich antworten sollte. Oder was von mir erwartet wurde.

Dann kam mir der Gedanke, dass *Würde* in diesem Zusammenhang das Schlüsselwort wäre. Darum legte ich in der Art des Pfarrers den Kopf schief und nickte langsam und so andächtig wie möglich.

Er gab seinerseits das Nicken weiter an den rastlosen Mann an seiner Seite.

»Robert Karlsen hier ist … Pathologe«, erklärte er. »Normalerweise ist er bei solchen Anlässen nicht dabei, aber er hatte denselben Weg, und … also, wir dachten, falls Sie es wünschen, Ihren … äh … potenziellen Vater zu sehen, dann … ja, denken Sie in Ruhe darüber nach.«

Der Pathologe räusperte sich und reichte mir einen rosa Post-it-Zettel, der der Situation nicht ganz angemessen war.

»Meine Telefonnummer«, sagte er.

Anschließend führte der Pfarrer ungefähr drei Minuten lang aus, dass er für seelsorgerische Maßnahmen zur Verfügung stehe – ich bräuchte bloß das Pfarrbüro zu kontaktieren, dann gingen die zwei Männer mehr oder weniger rückwärts die drei Treppenstufen hinunter und zogen sich zurück.

»Alles Gute«, sagte der Pfarrer und warf mir dabei einen langen, unergründlichen Blick zu.

Auch aus dem Mund des Pathologen kam etwas. Wie ein kurzer Aufschrei, der viel zu lange unterdrückt worden war.

Seltsam. Fast hätte ich schwören können, das Wort »Pimmel« vernommen zu haben.

Johann Sebastian,
die Ewigkeit – und eine Raumsonde

In aller Eile stopfte ich eine Banane in mich hinein. Lief zweimal um den alten Mahagonitisch herum und benötigte für jede Runde exakt vierzehn Schritte. Anschließend las ich das Vorwort (wonach ich mich auf einen Brief am Tag beschränken sollte), zog den Brief mit der aufgemalten Eins aus dem dicken Umschlag, steckte ihn aber sogleich wieder zurück.

Eine weitere Runde um den Tisch.

Hatte ich einen Vater?

Niemand hatte ihn je auch nur mit einem Wort erwähnt. In meiner ganzen Kindheit und Jugend nicht. Kein Mensch hatte jemals genickt und gesagt, ich hätte die Nase oder den großen Zehennagel meines Vaters, seine Singstimme oder sein Pech beim Mau-Mau.

Ich hatte auch nie nach ihm gefragt. Vielleicht muss man Großtante Ruth gekannt haben, um zu verstehen, warum.

Nun denn. Ich lief weiter. Dreizehn Schritte, offensichtlich hatte ich die Schrittlänge vergrößert. Dann fünfzehn.

Ja, ich konnte mich erinnern, mir als Jugendliche eingeredet zu haben, mein Vater müsse ein russischer Spion gewesen sein. Ein Wladimir vielleicht oder ein Boris. Den die Amerikaner beseitigt hatten – einen Verräter, der niemals erwähnt werden durfte. Ich habe nämlich ziemlich hohe Wangenknochen.

Und jetzt sollte er nach all den Jahren plötzlich auf dem Weg zu mir gewesen sein? Einfach so? Und obendrein mausetot?

Nein, das konnte nicht sein.

Trotzdem nahm ich die siebte Umrundung des Tischs in Angriff. Gegen den Uhrzeigersinn, mit dem braunen Briefumschlag unter dem Arm.

Schließlich ging ich nach draußen auf die Terrasse. Dort stand ich im Dunkeln und sog die kalte Novemberluft ein, während die Gartenleuchte den Raureif in Großtante Ruths Kletterrosen glitzern ließ.

London, den 14. September 2019

Als Erstes muss ich Dir eine Frage stellen: Hast Du Dich jemals mit dem Sternenhimmel beschäftigt?
Wenn ja, hast Du bestimmt schon von Voyager 1 und 2 gehört, den Raumsonden, die seit 1977 auf dem Weg in die Unendlichkeit sind. Während ich dies schreibe, sind sie 21 bzw. 18 Milliarden Kilometer von der Erde entfernt. Beide haben unser Sonnensystem verlassen und werden, grob geschätzt, erst in 40 000 Jahren andere Planetensysteme erreichen.

Neben vielem anderen haben die Sonden zwei Datenplatten aus vergoldetem Kupfer an Bord: »The Golden Records«. Gemacht für die Ewigkeit, mit Bildern und Tonaufnahmen vom Leben auf der Erde, für den Fall, dass intelligente Außerirdische sich zu irgendeinem Zeitpunkt dafür interessieren sollten.
Man weiß ja nie.
Liebe Vilma: Die Liste mit den Tonaufnahmen findest Du auf den Internetseiten der NASA. Ich möchte Dich bitten,

vor allem auf eine bestimmte Einspielung zu achten, und zwar die von Bachs Zweitem Brandenburgischen Konzert mit dem Münchener Bach-Orchester unter dem Dirigenten Karl Richter von 1967.

V.

Das Weltall? Was sollte ich jetzt *davon* halten?

Der einzige klare Gedanke, den ich fassen konnte, war der, dass Mama Bach gespielt hatte. Auf dem Klavier im Esszimmer. Das gehört zu den wenigen Dingen, an die ich mich erinnere.

Die Verandatür fiel hinter mir zu, und ohne es zu merken, musste ich an dem alten Instrument Platz genommen haben. Ich fror. Trotzdem legte ich die Finger auf die Tasten und suchte nach den ersten Akkorden eines frühen Bach-Präludiums.

Nein. Es half nichts.

Ein Vater?

Das kam schon sehr plötzlich. Und für plötzliche Dinge habe ich so meine Methoden. Sie stammen nicht von Großtante Ruth, obwohl sie zugegebenermaßen der Mensch war, den ich bis heute am besten gekannt habe. Auch nicht von meinem Vater (der sich bis vor wenigen Minuten in der Peripherie befunden hatte. Besser gesagt: vollkommen abwesend gewesen war).

Nein, wenn ich es wirklich brauche, stelle ich mir vor, dass ich mit Mama spreche. Dass sie die Finger von den Tasten nimmt, die Hände in den Schoß legt und Sachen sagt wie »Das wird schon wieder«. Oder »Es war nicht deine Schuld«. So was in der Art.

Und in der Regel frage ich sie: »Was würdest du denn tun?«,

bevor wir dann eine Art Gespräch führen. Natürlich liegt es in der Natur der Sache, dass vor allem ich rede. Denn Mama ist seit mehr als dreißig Jahren tot.

Trotzdem ist sie immer sehr verständnisvoll, nickt ständig und scheint nie von mir genervt zu sein. Außerdem sagt sie oft »Na klar, na klar«, wenn sie der Meinung ist, Dinge kämen wieder ins Lot. Dass ich es hinkriege. In der Hinsicht ist sie toll.

Tja, immer mal wieder denke ich natürlich, es wäre schön, mich mit mehr *lebenden* Menschen zu umgeben. Um mal ein Schwätzchen zu halten, wie man so schön sagt.

Wobei, ich habe ja Sølvi und meine Klavierschüler. Und im Laufe einer Kaffeepause kann man schon ziemlich lange Schwätzchen halten. Aber trotzdem.

Der Vorteil von Mama ist: Sie hat rund um die Uhr geöffnet, an Werktagen wie am Wochenende.

In der aktuellen Situation fand ich es aber schwierig, ausgerechnet mit ihr zu sprechen. Ich saß auf dem Klavierhocker und dachte: Falls der Mann, der mir geschrieben hatte, wirklich mein Vater war, wäre Mama in dieser Sache … hm, befangen. Vorsichtig ausgedrückt.

Ich sollte einfach mit Sølvi sprechen.

Und ich will auch gar nicht leugnen, dass es sich anfangs wie etwas Verbotenes angefühlt hat. Mir eine Kollegin herbeizudichten, die eigentlich quicklebendig war und mir ihre Ansicht auch persönlich hätte kundtun können.

Allerdings wusste ich genau, wie das Gespräch beginnen würde. Nämlich damit, dass Sølvi sagte: »Bloß *ein* Brief pro Tag? Das erträgt doch kein Mensch.«

Ich würde nicken, aber dann antworten: »Ich mag Regeln.« Was ja auch stimmt.

Sølvi würde mich mustern und möglicherweise unter der

Dunstabzugshaube im Lehrerzimmer an einer Zigarette ziehen.

»Wie kannst du dir sicher sein, dass er dein Vater ist? Und nicht … irgendein Irrer? Ein durchgeknallter Stalker, der mit Fernglas in deinem Garten herumkrabbelt?«

Völlig abwegig klang das nicht.

»Er ist doch nicht mit einem Fernglas herumgekrabbelt«, würde ich ihr entgegenhalten. »Er saß tot in einem Flugzeug.«

In dem Punkt müsste sie mir selbstverständlich beipflichten.

»Aber«, könnte ich sagen, »vielleicht war er ja vor seinem Tod ein Stalker.«

Nein. Ich stellte mir vor, wie sie den Kopf schütteln würde. »Ein Typ, der dich plötzlich von London aus stalken soll? Sorry, Vilma – du bist ja nicht mal bei Facebook.«

Das konnte ich nicht auf mir sitzen lassen. Ich meine, bisher hatte sich überhaupt gar keiner für mich interessiert. Da wäre es doch ziemlich schade, wenn gleich der Erste ein Gestörter aus dem Internet wäre.

»Und diese Geschichte mit Bach?«, würde Sølvi fragen und an ihrer Zigarette ziehen.

Sie meinte natürlich die Aufnahme, das Brandenburgische Konzert, das V. mir ans Herz gelegt hatte.

Ich war unsicher. Tatsache ist, dass ich nicht mehr sehr viel Musik höre. Nicht daheim, zwischen Großtante Ruths Möbeln und den Bildern an der Wand. Es kommt mir fast so vor, als verlangte das alte Haus nach Stille.

Ich klappte den Klavierdeckel zu.

Schon war Sølvi zurück.

»Du solltest dir die Aufnahme anhören«, sagte sie.

»Du solltest mit Rauchen aufhören«, sagte ich und öffnete den zweiten Briefumschlag.

London, den 15. September 2019

Liebe Vilma,

die Tatsache, dass Du in diesem Augenblick das Gekritzel des Unterzeichners in Deiner Hand hältst, bedeutet letztlich, dass es mir nicht gelungen ist, Dich zu treffen. Und auf diese Möglichkeit habe ich mich, wie Du siehst, vorbereitet. Viele Monate habe ich nachgedacht, geschrieben, Sätze verworfen und wieder von vorn angefangen. Darum setze ich erneut auf die Musik, wenn ich jetzt erzähle. Und ich glaube fest daran, dass sie auch Dich auf die eine oder andere Weise berühren wird.
Denn ich hoffe, Du hast die Zeit gefunden, der Einspielung zu lauschen?
Ich erlaube mir, davon auszugehen, dass Du klassische Musik magst. Und aus vielerlei Gründen habe ich beschlossen, den guten Johann Sebastian die Stimmung vorgeben zu lassen, er bringt Licht in so vieles, der alte Meister.

Es mag berechnend wirken, dass ich die richtige Atmosphäre erzeugen will, bevor ich beginne, aber Du sollst wissen, dass ich es angesichts der Umstände in bester Absicht tue.
Auch sollst Du wissen, dass ich Dir gern meine ganze Geschichte erzählt hätte, wie ich an diesem Punkt angelangt bin.
Stattdessen hoffe ich nun, dass Dir die Musik eine Art Resonanzraum für das bietet, was ich Dir mitteilen muss.
Denn mir ist klar – ich kann nicht länger warten.
Wie Deine Mutter zu sagen pflegte: Na klar, na klar.
Jetzt heißt es, Augen zu und durch.

Liebe Vilma, ich bin Dein Vater.
Diese Worte zu Papier zu bringen erfüllt mich mit unendlicher Rührung.

Ich trat wieder durch die Verandatür ins Freie. Stand in dünnen Hausschuhen auf den kalten Planken und betrachtete den Sternenhimmel. Das Sonnensystem. Den Polarstern.

Ich fand den Großen Wagen direkt über dem Haus.

Und zählte. Drei Sterne im Gürtel des Orion.

Sieg über Carl-Bertil Agnestig

»Er behauptet, Sie hätten kein Klavier zu Hause«, wiederholte ich am Hörer.

Am anderen Ende antwortete die Frau mit dem fremdländischen Namen: »Ah, ja – aber wir *warten*. Kommt bald.«

»Wer kommt?«, fragte ich.

»*Klavier* kommt«, lachte sie.

Leider wiederholte sich so etwas in regelmäßigen Abständen: Kinder, die an der Musikschule anfingen, ohne daheim ein Instrument zu haben. In diesem Fall hieß das Kind Amdi, war neun Jahre alt und starrte mich jedes Mal verständnislos an, wenn ich auf eine Note zeigte und es bat, die entsprechende Taste auf dem Klavier zu suchen.

Deshalb sah ich mich gezwungen, mit den Eltern zu sprechen. Obwohl Samstagvormittag war. (Ich muss allerdings zugeben, dass es guttat, die Aufmerksamkeit auf etwas anderes als tote Väter zu lenken.)

»Aber er hat schon drei Klavierstunden gehabt«, fuhr ich fort, »er braucht das Instrument *jetzt*. Er macht keine Fortschritte, wenn er zwischen den Stunden nicht üben kann. Vielleicht kennen Sie jemanden, der ...«

An dieser Stelle wurde ich von einem wütenden Wortschwall unterbrochen, der aber offensichtlich nicht an mich gerichtet war, da er in einer anderen Sprache abgefeuert wurde. Ja, nach und nach mischten sich weitere Personen ein, und ich fühlte mich, offen gestanden, ein bisschen übersehen – oder vielmehr überhört –, wie ich mit dem Handy in der Hand dort stand.

Dann wandte sich die Frau wieder an mich: »Wo wohnen?«, wollte sie wissen.

Aus reinem Reflex nannte ich ihr meine Adresse. »Es wäre aber schön, wenn …«

»Du zu Hause?«

»Ja«, sagte ich, »aber die Sache ist die, dass …«

»Er kommt.«

Und er kam. Die Frau hatte aufgelegt, bevor ich mich wieder gefasst hatte, und fünf Minuten später klingelte es an der Tür. Gezwungenermaßen machte ich auf.

Draußen stand ein Junge, schwang eine blaue Notentasche hin und her und strahlte mich mit Schnee in den Haaren an.

»Ich bin so weit«, sagte Amdi und schob sich an mir vorbei in die Diele. »Wo ist das Klavier?«

Ich seufzte innerlich. Der Tag verhieß wahrlich nichts Gutes. Aber offen gestanden hatte ich auch keine größeren Erwartungen gehabt. Es gibt Grenzen dafür, wie gut ein Tag werden kann, wenn man schon mit der Gewissheit aufwacht, sich dem eigenen Vater widersetzt zu haben.

Ich seufzte noch einmal. »Die Schuhe bleiben hier in der Diele«, sagte ich dann und nickte, als das Kind abbremste und sie fein säuberlich nebeneinander abstellte.

Eine widerspenstige Tochter also. Streng genommen war ich mir nicht sicher, ob ich jemals eine gute gewesen war. Egal wie, so war es.

Und mein Tempo war durchaus beeindruckend: Kaum hatte ich für ein halbes Stündchen einen Vater, setzte ich mich auch schon über seinen letzten Wunsch hinweg.

Besser gesagt: die letzten zwei. Zum einen hatte ich mir die Einspielung nicht angehört, zum anderen hatte ich *zwei* Briefe an einem Tag gelesen.

Zur Krönung des Ganzen war der restliche Vormittag unverdrossen in der gleichen Richtung weitergegangen.

Ich hatte tatsächlich eine Banane gegessen.

Außerdem hatte ich herausgefunden, dass ein großes Stück Gewürzgurke den Abfluss in der Küche verstopfte.

Und jetzt noch ein Klavierschüler – in meinem eigenen Wohnzimmer?

Um ehrlich zu sein, hatte ich noch nie Besuch von Kindern gehabt. Na ja, von welchen, die Lose verkauften oder Spenden sammelten, natürlich, aber die ließ ich nicht über die Schwelle. Es könnten ja Kleptomanen sein, moralisch unreif, wie sie waren.

Außerdem weiß man doch, dass Kinder sich selten die Hände waschen.

»Das Bad ist links«, rief ich Amdi hinterher, der mit Volldampf auf dem Weg ins Wohnzimmer war.

Er blieb stehen und sah mich fragend an.

Ich räusperte mich. »In diesem Haus waschen wir uns beim Hereinkommen die Hände.«

Um mich sogleich zu fragen, wer dieses »wir« eigentlich war, und während sich der Junge an dem sauberen Handtuch die Hände abtrocknete, ging mir plötzlich auf, dass ich wie Großtante Ruth klang.

Daraufhin hielt ich eine Weile den Mund.

Amdi folgte mir ins Wohnzimmer, voller Begeisterung rief er: »Du hast ja Gold am Klavier!«

Ich musste ihn enttäuschen, dass die Kerzenleuchter an dem alten Instrument bloß aus Messing waren, das schien er sich aber nicht sonderlich zu Herzen zu nehmen. Der Junge stellte das aufgeschlagene Notenheft auf den Halter und sah mich erwartungsvoll an.

»Fang einfach an mit Üben.« Ich nickte ihm zu und dachte bei mir, dass es eine absolute Ausnahme bleiben würde. Ein Kind, das mir in meinen eigenen vier Wänden aufgezwungen worden war. Unfassbar.

Ich ging in die Küche, um mir eine Tasse Tee zu kochen.

»Aber du musst mir zeigen, wie es geht!«

Amdi war mir gefolgt. »Ich kapier einfach nicht, was die schwarzen Punkte sollen«, sagte er.

Das war mal wieder typisch. Da hatte man ein ganzes Hochschulstudium in Musik absolviert, mit der Pedaltechnik nach Skrjabin und der Aufführungspraxis vom Barock bis zur Romantik, und dann war das hier die Realität. Man war Klavierlehrerin für Kinder, die sich über schwarze Punkte wunderten.

»Die heißen *Noten*«, seufzte ich, kehrte ins Wohnzimmer zurück und setzte mich auf den Klavierhocker. »Die schwarze mit dem Strich durch ist ein C. Findest du sie auf dem Klavier?«

Ich unterdrückte ein Gähnen und spürte, wie sehr ich diesen Satz verabscheute. Fast genauso wie Ausruhnoten. Oder »In Paris, in Paris, tanzt ein Schwein auf dem Kies« von Carl-Bertil Agnestig.

Amdi starrte auf die Tasten und schüttelte den Kopf.

»Kannst du mir nicht lieber was vorspielen?«

»Es ist wichtig, dass du zuerst die Noten lernst«, sagte ich.

»Bitte, bitte!«

Eigentlich bin ich ein Mensch mit Prinzipien. Erst die Noten, dann die Musik. Ganz zu schweigen vom Metronom, dieser genialen kleinen Erfindung, die vor sich hin tickt und den Takt hält wie eine Uhr.

Aber heute? Keine Ahnung, woran es lag, denn zu meiner großen Überraschung seufzte ich ein drittes Mal und sagte: »Okay. Aber schau dabei ins Notenheft.« Ich zeigte auf das Lied und jagte zum sicherlich tausendsten Mal in meinem Leben durch Agnestigs vermaledeites Schweinchenlied.

Amdi schaute auf meine Finger und klatschte freudig in die Hände, als ich fertig war.

»So ist es gut«, sagte er. »Wenn ich nur die schwarzen Punkte sehe, kapiere ich gar nichts. Aber wenn du spielst, Vilma …«

Ich überließ ihm den Klavierhocker. »Das hier ist das C«, sagte ich. »Damit kannst du anfangen.«

Amdi legte den Daumen auf die Taste, die ich ihm gezeigt hatte.

Dann spielte er »In Paris« an einem Stück durch. Fehlerfrei.

»Aah«, sagte ich, zweimal sogar. Alle Achtung, der Junge schien ein gutes Gehör zu haben.

Ich blätterte ein paar Seiten weiter bis zu einem deutlich schwierigeren Weihnachtslied (Carl-Bertil Agnestig wird häufig die steile Progression vorgeworfen).

»Versuch trotzdem, auf die Noten zu schauen, während ich spiele«, sagte ich mit strenger Stimme.

Aber nein. Amdi schaute wieder auf meine Finger. Und anschließend spielte er. Das ganze Stück, vom ersten bis zum letzten Ton. Carl-Bertil hätte ihm die Füße geküsst.

Ich suchte ein neues Heft heraus und spielte ein kurzes Stück von Schubert. Zugegebenermaßen etwas vereinfacht, aber trotzdem: Amdi wiederholte es, ohne auch nur ein einziges Mal danebenzugreifen.

»Weiter!«, war das Einzige, was er sagte.

Ich spielte ein kurzes Präludium von Bach.

Und wieder: »Weiter!«

Nachdem er einen Walzer von Grieg nachgespielt hatte,

hielt ich inne. (Hätte ich eine Brille aufgehabt, hätte ich sie an dieser Stelle abgesetzt, um ihn mir genauer anzuschauen.)

»Bist du ein Genie?«, fragte ich ganz ernst. »Oder vielleicht Autist?«

»Nein«, antwortete Amdi, »ich bin Norweger.«

Egal. Die Tasse Tee hatte ich längst vergessen, und während das Kind die Stücke wiederholte, die ich ihm vorgespielt hatte, ertappte ich mich dabei, wie ich in dem alten Rokokostuhl saß und mir alles Mögliche durch den Kopf schwirrte. Chopins Walzer, zum Beispiel. Großtante Ruth auf dem Sofa mit Butterkeksen und ihrem Strickzeug, ich selbst am Klavier.

»Ich hab Hunger.«

Es war eine knappe halbe Stunde vergangen. Aber egal, Amdi war offensichtlich fertig. Und obwohl manche behaupten, ich sei leicht begriffsstutzig, begriff ich jetzt, dass in seinem Satz eine Aufforderung lag. Zumal kurz darauf ein »Hast du Nesquik?« folgte.

Einen winzigen Augenblick lang lag es mir auf der Zunge zu sagen »Wie heißt das Zauberwort?«, aber ich beherrschte mich. Es lag wohl an Amdis Lächeln. Und an seinem absoluten Gehör.

»Ich habe Chia-Samen«, sagte ich deshalb, »und Knäckebrot.«

Er wirkte enttäuscht. »Keine Kekse?«

Ich schüttelte den Kopf. »Ich versuche, auf meine Gesundheit zu achten, aber ich habe Bananen. Bestimmt zwanzig Stück.«

Wir aßen, er Bananen, ich Chia-Kaviar, und Amdi fragte: »Gibt es viel Musik?«

Ich nickte. »Sehr viel«, sagte ich. »Alte und neue.«

Er lächelte zufrieden, biss in seine Banane und ließ die Beine baumeln.

Schon drifteten meine Gedanken wieder ab. Denn genau so hatte ich auch mal dagesessen, mit Beinen, die nicht bis zum Boden reichten. Während Großtante Ruth Fischklöße briet oder Haferschleim mit Kleie kochte, und man durfte nicht eher vom Tisch aufstehen, bis der Teller leer war.

»Hast du schon von Johann Sebastian Bach gehört?«, fragte ich rasch.

Diesmal schüttelte Amdi den Kopf.

»Das sollten wir ändern«, sagte ich.

So kam es, dass ich an einem Tag im November zusammen mit einem schwarzhaarigen Lockenschopf in Großtante Ruths alter Küche saß und Bachs Zweites Brandenburgisches Konzert hörte.

Zwar nicht von der Homepage der NASA und auch nicht mit Karl Richter, sondern mit dem Orchestra Mozart unter Claudio Abbado. Über Spotify, das ich mir endlich auf meinen Computer geladen hatte.

Es war schön, etwas anderes kann ich nicht sagen.

Vom Überleben, warmen Händen und einem rosa Post-it

Es war noch früh. Und Montag. Verwirrt starrte ich auf den Wecker, der zehn zeigte, Punkt zehn. Witzig. Ich konnte mich nicht erinnern, jemals so lange geschlafen zu haben. War ich krank?

Nach einem schnellen Körperscan lautete die Antwort: nein. Mein Hals fühlte sich klar und gut geölt an, einen Brummschädel hatte ich auch nicht. Ich setzte mich auf die Bettkante und schloss aus dem Licht im Zimmer, dass es im Laufe der Nacht geschneit haben musste.

Mit dem ersten Schnee ging eine ganz eigene Stille einher, das hatte ich immer schon gefunden. Ich zog den Vorhang zur Seite und sah, wie sich die Schneeflocken sanft und still auf dem Rasen und dem Fliederbusch niederließen. Aber war das ein Grund zu verschlafen?

Nein. Wahrscheinlich hatte mein Gehirn für die nächtliche Bearbeitung der Ereignisse extra viel Zeit benötigt. Irgendwo hatte ich gelesen, das Denkorgan betreibe in der Nacht so eine Art Selbstrenovierung.

Nicht, dass ich meinem überstimulierten Oberstübchen einen Vorwurf machen könnte. Es passierte ja nicht jede Woche, dass man einen Vater bekam und verlor (eigentlich in umgekehrter Reihenfolge), ein Wunderkind entdeckte und (fast) den Verzehr von Bananen einstellte.

Kurzum, alles war anders als sonst. Und da mein Gehirn

nun einmal ein Teil von mir war, ging ich davon aus, dass ihm Veränderungen genauso wenig behagten wie dem Rest von mir.

Trotzdem trottete ich hinunter ins Wohnzimmer, als wäre es ein ganz normaler Tag, und erst dort wurde ich an das Projekt erinnert, das ich mir gestern Abend ausgedacht und auf der Stelle umgesetzt hatte. Mit einer gewissen Freude sogar.

Nicht dass Sie denken, dies wäre mein erster Adventskalender, o nein. Ich bin daran gewöhnt, Dinge selbst in die Hand zu nehmen, und weiß, was ich tue.

Zwar hatte ich mich längst von der Apfelsine mit den vierundzwanzig Gewürznelken verabschiedet, nachdem mir klargeworden war, dass sie im Kinderfernsehen geschummelt haben mussten. Schuster Andersen konnte unmöglich pro Tag eine Nelke in dieselbe Apfelsine gesteckt haben. Da waren garantiert mehrere Orangen im Spiel gewesen. Denn während der Schuster im Fernsehen am Tag vor Heiligabend immer noch ein appetitliches Exemplar vor sich liegen hatte, war meine Orange schon am zehnten Dezember schimmelig und verschrumpelt.

In den letzten Jahren hatte ich mich deshalb für einen hübschen, aber schlichten Schokoladenkalender aus dem Supermarkt entschieden. Schon komisch, ich liebte immer noch diese tägliche Spannung in der Adventszeit. Das vierzehnte Türchen, zum Beispiel, wo hatte es sich versteckt? Und war das vierundzwanzigste Türchen größer als die anderen?

Aber gestern Abend hatte ich eine Entscheidung getroffen: Jetzt herrschten andere Zeiten. Dieses Jahr würde der Adventskalender aus den Briefen meines Vaters bestehen. Zwar hatten wir noch nicht Dezember, und beim Nachzählen stellte sich heraus, dass es nur achtzehn Briefe waren. Aber so kleinlich durfte man nicht sein. Außerdem wollte ich nicht täglich einen Brief lesen, wie mein Vater es angemahnt hatte, sondern nur an jedem zweiten Tag. Das war in meinen Augen die beste Lösung.

Ja, Vilma Veierød war wieder zurück auf dem rechten Pfad. Daher hatte ich das Häufchen Briefe in ein rotes Spankörbchen gelegt, dieses auf dem Sekretär platziert und ihm zwei Keramikengel vom Kunstgewerbemarkt zur Seite gestellt.

Bei dem Anblick konnte man fast gläubig werden.

Trotzdem fiel es mir schwer. Obwohl seit der Lektüre der ersten Briefe fast sechzig Stunden verstrichen waren, zögerte ich, den nächsten in Angriff zu nehmen. Denn war ich nicht weiterhin eine rebellische Tochter?

Wahrscheinlich. Ehrenhafter wäre es wohl, noch ein bisschen länger Reue zu zeigen, nachdem ich schon so ungehorsam gewesen war.

Ja, obwohl ich das Gefühl verabscheue, war ich darin schon immer gut gewesen. Im Bereuen, meine ich, wenn es angebracht war.

Deshalb tue ich nur selten Dinge, die man bereuen könnte. Deshalb tue ich überhaupt sehr wenig – das scheint mir das Sicherste zu sein.

Das habe ich wohl von Großtante Ruth, fürchte ich. Sie konnte von Reue nie genug bekommen.

Egal. Wahrscheinlich waren es diese Assoziationen rund um Buße und Beichte, die mich plötzlich an den Pfarrer denken ließen. Diesen Gottesmann, der kürzlich auf meiner Treppe gestanden und mir versichert hatte, dass ich ihn jederzeit im Pfarrbüro anrufen könnte.

Normalerweise rief ich nicht bei anderen Leuten an.

Und andere Leute auch nicht bei mir.

Trotzdem ging mir das großzügige Angebot nicht aus dem Kopf: Könnte Seelsorge etwas für mich sein?

Ich setzte mich an den Küchentisch. Bestrich ein Knäckebrot mit Schinkenkäse aus der Tube und ging die Sache in Gedanken durch. Ehrlich gesagt hatte ich noch nie religiöse Erlebnisse gehabt, kein einziges bisher. Und ob Männer Halskrause oder Krawatte trugen, war mir im Grunde völlig egal.

Aber eins hatte mir wirklich gefallen: die warme Hand des Pfarrers. Dieser Händedruck, dieses Schütteln und Festhalten. Es hatte doch deutlich länger gedauert als ein einfaches »Angenehm, Hansen« oder »Nilsen, ganz meinerseits« es erfordert hätten, oder?

Obwohl ich mich bemühte, konnte ich mich nicht erinnern, dass mir so etwas schon einmal widerfahren war (wenn man von dem einen Mal absieht, als der Klassenclown mich mit Sekundenkleber auf der Handfläche begrüßt hatte. Und davon sehe ich nur allzu gern ab.)

Aber sollte das Schütteln und Festhalten der rechten Hand ein Bedürfnis nach geistlichem Beistand auslösen? Das wäre auf lange Sicht ziemlich unpraktisch.

Plötzlich schoss es mir durch den Kopf: Um Gottes willen – ich hatte mich doch nicht etwa verliebt?

Mir war auf einmal ganz blümerant zumute, schnell zählte ich daher von dreißig rückwärts und nahm den Laptop von der Küchenzeile, als eine Art Ablenkungsmanöver.

Als ich ihn aufklappte, hätte ich am liebsten Bingo! geschrien. Auf dem Bildschirm ploppte nämlich die gestrige Google-Suche auf und machte alles gleich viel klarer.

»Sterberisiko«, stand dort.

Von wegen verliebt. Weit gefehlt. Fast musste ich lachen. Das genaue Gegenteil war der Fall. Wie bei so vielem anderen in meinem Leben ging es auch jetzt wieder um den Tod. Und um meine Zukunftsaussichten.

Wenn man mal ehrlich war, hatten meine Verwandten nicht gerade mit einem langen Leben geglänzt. Nein, sie waren alle tot, Mama und auch Großtante Ruth. Und zur Krönung des Ganzen war nun auch noch ein toter Vater aufgetaucht.

Kein Wunder, dass man sich um sein eigenes Leben sorgte!

Jetzt erinnerte ich mich wieder. Auf der Suche nach meinen Überlebenschancen hatte ich gestern Abend weitergegoogelt. Und dabei auf einer anderen Webseite über den Sterbefaktor *Einsamkeit* gelesen.

Ein zwiespältiges Vergnügen, wie es so schön heißt.

Schließlich lebe ich allein, im alten Haus meiner Großtante. Seit meinem achtzehnten Lebensjahr. Nicht, dass ich mich deswegen in einem Glücksrausch befände – in dem Punkt gibt es noch reichlich Luft nach oben. Andererseits fällt mir der Umgang mit Menschen im Großen und Ganzen nicht sehr leicht. Sie sind alle so anders als Großtante Ruth und ich. Und ich habe nie so recht begriffen, wie man zu ihnen spricht.

Oder mit ihnen.

Dass ich weder einen Partner noch enge Freunde hatte, war nichts Neues für mich. Überraschend war hingegen der Inhalt dieses Onlineartikels. Darin stand nämlich, Einsamkeit sei ebenso riskant wie Rauchen! Und zwar weit mehr als die 1,4 Zigaretten pro Tag, die die Sterbewahrscheinlichkeit um ein Millionstel erhöhen sollen.

Die Rede war sogar von 10 bis 15 Zigaretten.

Ohne Filter.

Was für ein Schock! Sollte etwa alle Achtsamkeit vergeblich gewesen sein? In körperlicher und materieller Hinsicht hatte ich nämlich schon lange Vorkehrungen getroffen. Im

Keller hatte ich sechsunddreißig Liter Wasser in Flaschen, siebzehn Dosen Ravioli in Tomatensoße und auch sonst alles, was das Amt für Bevölkerungsschutz und Katastrophenhilfe empfahl. In vierfacher Ausführung (ich konnte mir nämlich durchaus vorstellen, noch etwas länger zu überleben als die drei Tage, mit denen der norwegische Staat kalkulierte). Nach jedem Arbeitstag reinigte ich die Klaviertastatur mit Spiritus und ließ alle drei Jahre die Zellen in meinem Unterleib untersuchen.

Mit anderen Worten: Für das Körperliche war gesorgt, zumal ich jetzt keine Bananen mehr aß.

Da saß ich nun mit meinem Knäckebrot am Küchentisch und begriff in diesem Moment, wie sehr ich mich doch vernachlässigt hatte. Denn was war mit der Seele?, dachte ich. Aber ich dachte es nicht nur – ich glaube sogar, ich sagte es laut vor mich hin.

Und in dem Moment fiel die Entscheidung: Es war ganz klar an der Zeit, auch das seelische Risiko zu minimieren, ich konnte ja schlecht damit leben, mit siebzehn Raviolidosen im Keller vor lauter Einsamkeit zu sterben. Das wäre schlicht zu ärgerlich.

Daher nahm ich rasch den rosa Post-it-Zettel mit der Telefonnummer heraus. Und wartete, während es fünf Mal klingelte.

Erst, als am anderen Ende jemand abnahm, fiel mir ein, dass die Nummer gar nicht dem Pfarrer gehörte.

»Sektionsassistent«, sagte jemand.

Kein »Hallo« und auch kein Nachname gefolgt von einem »am Apparat«, wie meine Großtante es mir beigebracht hatte.

Ich erwog aufzulegen, wollte dem Tod ja ausweichen und ihn nicht aktiv aufsuchen.

»Wie bitte?«, hüstelte ich trotzdem.

»Genau das bin ich nämlich. Nicht Pathologe, wie der Pfarrer gesagt hat.«

Woher dieser Pathologe, nunmehr Sektionsassistent, wusste, dass ich am Apparat war, versuchte ich gar nicht erst herauszubekommen. Seine Stimme war freundlich und zuvorkommend, und ich konnte mir beim besten Willen nicht vorstellen, dass er Dinge wie »Skalpell, bitte!« oder »Hier ist die Niere des Toten« sagte. Dinge, die Menschen in diesem Beruf bei der Arbeit eben so von sich geben.

»Fotze.«

Ich musste mich verhört haben. »Wie bitte?«

Er hustete. »Ach, nichts. Sie wollen sicher vorbeischauen?«

Ich wollte auf keinen Fall *vorbeischauen.* Ich wollte eine warme Hand schütteln, und zwar lange. Und vor allem wollte ich auflegen.

Trotzdem musste ich wohl antworten. Nach einem kurzen Moment stotterte ich: »Eigentlich könnte ich mir eher Fotos vorstellen.«

»Fotos?«

»Ja. Wenn Sie ein paar knipsen könnten? Und … ihm vielleicht einen schönen Filter verpassen? Mit dem Smartphone kann man doch heutzutage so vieles machen«, schob ich hinterher.

Es folgte eine kurze Pause.

»Sie möchten, dass ich Ihrem … Vater einen Filter verpasse?«

»Ja. Es wäre schön, wenn er nicht so … *tot* aussähe.«

Jetzt räusperte sich der Sektionsassistent vorsichtig. Wenn ich mich recht erinnerte, hieß er Karlsen.

»Er *wird* tot aussehen«, sagte er. »So oder so.«

Ich dachte einen Augenblick nach.

»Ich mag den Tod nicht sonderlich«, sagte ich schließlich.

»Verstehe«, sagte Robert Karlsen, doch nach einer kurzen Pause fügte er in einem anderen Tonfall hinzu: »Den meisten, die hierherkommen, tut es gut.«

Das konnte ich mir kaum vorstellen. Zumal meine Erfahrung mir etwas völlig anderes sagte.

»Kommt der Pfarrer auch dazu?«, fragte ich trotzdem.

»Das lässt sich sicher einrichten.«

Na also. Ich holte tief Luft und dachte an meine scheinbar vernachlässigte Seele. Dass ich unter Leute kommen musste, um mein Sterberisiko zu minimieren. Notfalls auch in einem Leichenhaus.

Robert Karlsen räusperte sich. »Wollen wir dann Donnerstag um zwei anpeilen?«

An dieser Stelle vergaß ich mich und nickte einfach nur in den Hörer, ehe ich ein überdeutliches »Ja« hervorbrachte.

Anschließend war es einen Moment still.

»Eine Sache noch«, sagte Robert Karlsen. »Wollen Sie ihn … mit oder ohne Schnauzer?«

London, den 17. September 2019

Als Deine Mutter zum ersten Mal die Narbe auf meiner Oberlippe sah, strich sie einfach mit dem Finger darüber und sagte: »So what?«
Merkwürdig, wie alltäglich sich die zwei kleinen Wörter jetzt auf dem Papier ausnehmen. Wie »einfacher oder doppelter Espresso« beim Barista an der Ecke, »Ketchup oder Senf« am Wurststand.
Zugleich bedeuteten sie so viel. Und als sie damals ausgesprochen wurden, fühlte es sich an, als kulminierte alles, wonach ich mich immer gesehnt hatte, in diesem Augenblick: Ich wurde von einer Frau geliebt. Zum ersten Mal in meinem Leben.
Ohne Schnauzer.

Das klingt natürlich etwas hochtrabend. Ich will jedoch versuchen, mich zu erklären.
Ich wurde nämlich mit einer Hasenscharte geboren. Oder »mit einem Zeichen Gottes«, wie mein Vater es nannte. Er war davon überzeugt, dass der Herr ihn auf die Probe stellen wollte und dass selbiger, wenn mein Vater nur stark genug an ihn glaubte, die Sache beheben würde, ohne dass das norwegische Gesundheitswesen eingeschaltet werden müsste.
Man kann getrost sagen, dass der liebe Gott sich Zeit ließ. Und erst, als die Geduld meiner Mutter mit dem himmlischen und dem irdischen Vater zu Ende war, wurde ich geflickt. Recht notdürftig, sollte ich hinzufügen – denn dem Chirurgen zufolge war es nach so vielen Jahren schwierig, ein gutes Resultat zu erzielen.
Leider sollte es sich als genauso schwierig erweisen, meinen Spitznamen »Kaninchen« loszuwerden. Oder im Winter nicht mehr ständig »eingeseift« zu werden.

Nun ja. Wenig hilfreich war auch, dass mein Taufname Vilhelm Mozart Sandvik lautet (kein Scherz). Ohne je auch nur einen Gedanken an die Wirkung des Namens verschwendet zu haben, hatte mein musikliebender Großvater seinen Sohn, meinen Vater, in den Zwanzigerjahren Mozart Sandvik getauft. In bester Absicht natürlich – aber auch nicht ohne Übermut, wenn man bedenkt, dass er in einem kleinen Dorf auf dem Land lebte.
(Wie Du Dir vielleicht denken kannst, stand klassische Musik dort nicht gerade hoch im Kurs, dafür alles, was aus Amerika kam. Und zwar in einem solchen Maße, dass mein Nachbar Georg Washington Brøttum mit seinem Namen ein sorgloses, überdurchschnittlich langes Leben führen konnte.)

Ob Wolfgang Amadeus schuld daran war, dass mein armer Vater Trost in der Orgel fand und mit der Zeit auch in Gott, weiß ich nicht. Doch der Name wie auch die Musik hielten sich in der Familie, und in meinem Fall mündete alles in eine Bratsche.
Nichts hat mich je so sehr getröstet wie die Musik. Weder heute noch damals.
Und so blieb ich das »Kaninchen«, bis ich als Achtzehnjähriger nach München zog. Aber ich wurde (ohne mich selbst loben zu wollen) auch einer der besten Bratschisten Norwegens.
Ich glaube, an dieser Stelle können wir meine Kindheit und Jugend hinter uns lassen. Wenn ich zurückdenke, erinnere ich mich zum Glück am meisten an die Musik.

Ich könnte natürlich noch mehr über die Folgejahre in München und mit dem Münchener Bach-Orchester schreiben. Aber es gibt Dinge, die mir weit mehr am Herzen liegen.

Darum will ich hier einen Sprung machen: ins Jahr 1983 und damit zu meinem deutschnorwegischen Freund Hans Bauer, der so freundlich war, mir an einem Tag im April einen künstlichen Schnurrbart zu beschaffen.

»Frankenstein?«, hatte er gesagt, als wir vom Münchner Hauptbahnhof kommend durch die Straßen liefen. Dann lachte er: »Nein, Vilhelm, eher der Glöckner von Notre-Dame.«
Im nächsten Moment duckte er sich lachend unter meiner Faust weg. Natürlich hatte ich ihn nicht ernsthaft treffen wollen – er war ja keineswegs der Einzige, der mich damit aufzog, dass ich einmal bei einem Konzert den Kleiderbügel in meinem Jackett vergessen hatte.
Sofort versuchte er, es wiedergutzumachen. »Scherz beiseite: Du bist doch ein toller Typ. Es gibt haufenweise Mädels, die ganz verrückt nach Narben sind.«
»Wie schön«, sagte ich. »Schick sie zu mir.«
Lächelnd schüttelte Hans den Kopf, bevor er mit mir die verrauchte Kneipe betrat, die es uns aus irgendeinem Grund angetan hatte.
»Monica Schiller findet übrigens, du hättest schöne Augen.«
Ich blieb an einem freien Tisch stehen. »Monica Schiller ist sechzig«, antwortete ich. »Und kurzsichtig.«
Der klapprige Stuhl kippte fast um, als ich meine Jacke darüberhängte. »Aber vielleicht sollte ich mein Glück bei den Blinden und Sehbehinderten versuchen?«
»Hör auf«, sagte Hans und setzte sich neben mich. »Frauen sind nicht so oberflächlich, wie du glaubst.«
Der arme Hans. Den Ausspruch sollte er sich künftig verkneifen. Das Timing hätte nämlich nicht besser sein können: Während ich Platz nahm, kam eine blonde Bedienung und brachte uns zwei Speisekarten.
Ich knuffte Hans diskret in die Seite.

»Nur ein Bier«, sagte ich auf Deutsch, langsam und überdeutlich, und versuchte gleichzeitig, den Blick der jungen Frau einzufangen.
Natürlich ohne Erfolg. Ihr Blick heftete sich, wie zu erwarten, auf meine Oberlippe. Aber nur kurz, schließlich war sie nicht unhöflich. Schnell und schuldbewusst wanderten ihre Augen zu Hans, der sich nach kurzem Zögern für ein Getränk entschied – ein Weißbier.
Ich war überrascht. Nicht über die Bierwahl, sondern über meine eigene Reaktion. Obwohl ich solche Situationen schon so oft erlebt hatte, tat es mit Hans als Zuschauer doppelt weh.
»Siehst du«, sagte ich.
Es klang allerdings nicht so lässig wie geplant.
Also setzte ich noch eins drauf. »Aber jetzt gehe ich sowieso wieder nach Norwegen«, grinste ich. »Aufgepasst, geliebte Heimat, das Kaninchen kehrt zurück!«
Hans' Lachen klang auch nicht sehr überzeugend.

Nach Norwegen wollten wir beide, das stand fest. Für ein Probespiel. Ich für die Stelle als Solobratschist im Philharmonischen Orchester Oslo, er für eine Stelle als Gruppenleiter im Rundfunkorchester. Darum hatten wir beide eine Zugfahrkarte nach Kiel für die nächste Woche in der Tasche und nun auch ein Bier vor der Nase, serviert von der jungen Blonden, die uns kurz zunickte.

»Hast du schon einmal über einen Schnauzer nachgedacht?«, fragte Hans plötzlich.
»Einen Schnauzer?« Ich musste lachen, wischte mir etwas Bierschaum weg und zeigte auf meine Lippe. »Da wächst nichts. Narbengewebe ist scheinbar nicht der beste … Mutterboden.«
»Ich meine einen künstlichen.«

Ich sah ihn an. Zog die Augenbrauen hoch. »Einen künstlichen Schnauzer?«
Hans nickte. »Mein Onkel ist Perückenmacher.«
Allein schon das Wort »Perücke« ließ mich zusammenzucken. Darin lag so etwas Hilfloses, es klang nach Prothese oder Gebiss – etwas, an das sich alte Menschen klammerten und worüber junge Menschen hinter ihrem Rücken lachten.
Nein, dachte ich, auf keinen Fall. Ich schüttelte energisch den Kopf, während ich mir diesen künstlichen Schnauzer vorstellte. Wie mich das Haarbüschel ständig in Verlegenheit bringen würde, wenn es in Tomatensuppen oder Soufflés fiel. Oder schlimmer noch: mir beim Husten oder Niesen davonflog.
»Nur über meine Leiche«, sagte ich mit Nachdruck.

Und meistens halte ich Wort.
Doch als mein Freund mir ein paar Tage später auf der Fähre von Kiel nach Oslo eine braune Pappschachtel in die Hand drückte, konnte ich nicht umhin, dem haarigen Teil (dunkelbraun und in Seidenpapier eingeschlagen) eine Chance zu geben.
»Ich habe versucht, deine Haarfarbe zu treffen«, erklärte Hans, als wir in der engen Kabine standen. Ich meine mich an sein Lächeln zu erinnern, das für seine Verhältnisse fast ein bisschen verlegen daherkam.
Darüber hinaus erinnere ich mich nur an den Spiegel. An den jungen Mann hinter der glatten Fläche, der nicht aus dem Staunen herauskam, ein neuer fremder Mensch mit braunen Augen – und einem Schnauzer, der farblich perfekt zu seinen Haaren passte. Bei Gott, fast konnte man ihn gutaussehend nennen.
»Hab ich's dir nicht gesagt?«
Jetzt tauchte auch Hans' Gesicht im Spiegel auf. »Du siehst aus wie James Bond.«

Ich musste lachen. Und damit erwachte auch mein Zwilling im Spiegel zum Leben, er lachte und lachte, drehte den Kopf in alle Richtungen, prüfte Winkel und Lichtverhältnisse, von unten und von oben.
»Der sieht ja richtig echt aus.«
Hans nickte.
Es wurde still. Der Mann mit dem Schnauzer bekam für einen kurzen Moment feuchte Augen.
»Dann zeig mal, wie du flirten kannst«, sagte Hans.
So kam es, dass Dein Vater auf der Fähre nach Oslo flirtete. Wenn auch recht unschuldig. Aber ich sagte tatsächlich zu einer Barkeeperin »Wo warst du bloß mein ganzes Leben?«, blinzelte zwei Freundinnen im Duty free zu, hielt einer Frau mit Pudel die Tür auf und bedachte sie zudem mit einem Kompliment für ihre Ohrringe.
Nun ja, ein wenig übermütig pfiff ich auch einer Dame im Paillettenkleid hinterher – noch am selben Abend sah ich sie auf der Bühne wieder, als Dragqueen (Hans wäre vor Lachen fast gestorben).
Kurzum: Es schien sicherlich durch, dass es mir an Flirterfahrung mangelte.

Und natürlich entwickelte sich auch nicht mehr daraus. Aber die jungen Frauen sahen mich an. Sie schauten mir in die Augen, bevor sie den Blick über mein Gesicht gleiten ließen, als wäre ich ein x-beliebiger Mann.

So verließ ich in Oslo die Fähre mit einem braunen Schnauzer und leichtem Schritt (und mit dröhnendem Schädel).
Und nicht zuletzt: mit einem erwartungsvollen Pochen in der Brust.

Von Männern und vom Radfahren ohne Helm

»Heirate bloß keinen Mann mit Neurodermitis.«

Das war Sølvi, ohne jede Einleitung, wie immer. Sie ließ sich auf das Sofa im Lehrerzimmer plumpsen. »Jedes Mal, wenn ich ihn bitte, etwas im Haushalt zu machen, hat er sich just die Hände mit Feuchtigkeitscreme eingerieben.«

Ich schluckte einen Bissen Knäckebrot hinunter und folgerte aus dem Gesagten, dass es sich bei dem Eingeriebenen um Sølvis Mann handelte, der den jahrelangen, ausführlichen Beschreibungen zufolge ganz und gar lebensunfähig zu sein schien.

Ach, ja. Die arme Sølvi, sie hatte wohl wie üblich etwas vorschnell gehandelt.

»Und zu allem Überfluss habe ich auch noch seine Gene weitergegeben«, seufzte sie, »und die meiner Schwiegermutter!« Sie schüttelte sich. »Eingewachsene Zehennägel garantiert …«

Ich legte mein Knäckebrot auf das zerknüllte Butterbrotpapier. Das zweifelhafte Erbgut von Sølvis Schwiegermutter interessierte mich nicht die Bohne.

Doch was Sølvis Rat betraf, konnte ich sie zum Glück beruhigen: »Ich habe eigentlich nicht vor, Kinder in die Welt zu setzen.«

Sølvi musste lachen.

»Was hast du denn stattdessen vor?«

Ich war kurz verunsichert. Worauf wollte sie hinaus? Dass wir Menschen uns die Welt untertan machen und uns vermehren sollten? Es konnte doch nicht sein, dass dabei alle mitmachen mussten.

Trotzdem verlangte ihre Frage nach einer Antwort. Ich räusperte mich: »Ich habe mir einen netten Pfarrer gesucht«, erklärte ich. »Mit warmen Händen.«

Es folgte eine kurze Pause.

»Mit warmen Händen?«, fragte Sølvi. »Und … was hat er mit diesen Händen vor?«

Schwer zu sagen, woran sie dachte, an Heilung oder an etwas völlig anderes?

»Ich werde mit ihm reden«, erklärte ich sachlich, »am Montag um zwei.«

Ja, genau das hatte ich vor. Gestern, nach der etwas seltsamen Unterhaltung mit dem Sektionsassistenten, hatte ich nämlich sofort im Pfarrbüro angerufen, einfach so. Dann hatte ich mit dem zuvorkommenden Pfarrer gesprochen, der mir eine volle Stunde am kommenden Montag anbieten konnte. Um zwei Uhr.

Das war wirklich großzügig von der norwegischen Kirche: eine volle Stunde, einzig und allein meinem ersten Schritt aus der gefährlichen Einsamkeit gewidmet.

Doch damit nicht genug: Außerdem erklärte sich der Pfarrer bereit, mich zwei Tage später zum Sektionsassistenten zu begleiten. Ich sah vor mir, wie er am anderen Ende der Leitung verständnisvoll nickte, als ich ihm anvertraute, dass ich für den Tod nicht viel übrighätte.

»Der Tod ist für die meisten von uns ein Fremder«, erwiderte er.

Hm. In dem Moment war ich drauf und dran gewesen, ihn über etwas aufzuklären. Zum Beispiel darüber, wie ein hundert Jahre alter Nagel plötzlich der Schwerkraft nachgeben konnte. Oder über einen gewissen Vorfall auf einer Treppe vor bald dreißig Jahren. Nicht im Detail natürlich, nicht den genauen Hergang.

Ich hätte ihm jedenfalls allerhand erzählen können. Doch ich wollte ihn nicht in Verlegenheit bringen.

»Aber … ein Pfarrer, Vilma?«, fragte Sølvi jetzt. »Alles in Ordnung bei dir?«

Sie wirkte tatsächlich etwas besorgt.

»Ja«, sagte ich und räusperte mich. »Ich glaube, ich mache gerade eine Art … Entwicklung durch.«

»Entwicklung?«

Ich nickte. Sølvi griff nach der Zigarettenschachtel, legte sie aber gleich wieder weg. »Bist du irgendwie … bekehrt worden?«

Ich schüttelte den Kopf. »Nein. Aber ich habe herausgefunden, wie gefährlich ich lebe.«

Noch im selben Moment wurde mir klar, dass ich das näher erläutern musste. »Zum Beispiel habe ich bis jetzt viel zu viele Bananen gegessen.«

Sølvi hatte bestimmt jede Menge Fragen auf dem Herzen. Doch genau in dem Moment ging die Tür zum Lehrerzimmer auf, und im Türrahmen erschien eine Gestalt in Radlerhose.

Der stellvertretende Leiter der Musikschule. Frisch vom Fahrradsattel.

Zum Glück brachte ich ihn in diesem Moment nicht mit Sølvis Brustwarzen in Verbindung, aber er trug wie üblich seinen Fjällräven-Rucksack auf dem Rücken, und das war schon schlimm genug.

Der Vize, der – einer Ironie des Schicksals folgend – auf den so wenig klangvollen Namen Åge-Per getauft war, grüßte mit einem freundlichen »Hallihallo!«, bevor er vor uns einen Plastikweihnachtsmann auf den Tisch stellte und erklärte: »Ein bisschen Weihnachtsstimmung muss schon sein!«

Okay. Sølvi und ich starrten den grellbunten Weihnachtsmann an. Ehrlich gesagt fand ich ganz und gar nicht, dass er sein musste! Aber sei's drum. Es war ja bald Dezember. Außerdem gehörte es wohl zur Stellenbeschreibung eines Vize, für ein angenehmes Arbeitsklima zu sorgen. Für eine Art Zusammenhalt zwischen den Musikschullehrern, die an den verschiedensten Schulen der Gemeinde eingesetzt wurden. Jeden Nachmittag nach dem normalen Schulunterricht, nachdem der Thermostat heruntergedreht worden war.

Ein paar klebrige Locken gaben sich zu erkennen, als er die Mütze absetzte und scheinbar lässig auf mich zeigte.

»Na, hast du dich schon angemeldet?«, fragte er.

Genauer gesagt: »Haft du dich fon angemeldet?« (Die Zunge des guten Åge-Per war wohl irgendwie zu lang für seinen Mund.)

Ich kam nicht dazu zu fragen, worum es ging.

»Zum Feminar«, führte er unmittelbar aus. »Wir planen daf grofe Weihnachtskonzert.«

In dem Moment stieß ich einen lauten Seufzer aus. Er entfuhr mir einfach, entsprang direkt meiner Seele, an der ich doch arbeiten wollte.

»Muss das sein?«

Nein, normalerweise stelle ich solche Fragen nicht. Aber in dieser Situation lag es auf der Hand: Es war schlicht unmöglich, sich das bevorstehende Schülerkonzert vorzustellen, ohne an das letztjährige zu denken. Die berüchtigte Veranstaltung, die mit Blick auf »Sichtbarkeit, Interaktion und Publikumsnähe« in der örtlichen Schwimmhalle stattgefunden hatte.

An einem Samstagvormittag. Für Badende geöffnet.

Das Ganze war gut gemeint gewesen, keine Frage. Den vier Trompetern gelang es erstaunlicherweise sogar, mit ihrem »Vom Himmel hoch« das Plätschern und Jauchzen der Badegäste zu übertönen.

Aber davon abgesehen, gab es einiges zu bemängeln: Zum einen hatte sich Gabor, der Cellolehrer, einen Fußpilz zugezogen (noch dazu einen der besonders hartnäckigen Sorte, wie er uns in aller Offenheit wissen ließ). Darüber hinaus waren mehrere Streichinstrumente aufgrund der hohen Luftfeuchtigkeit kollabiert, und das mitgebrachte E-Piano erlitt infolge eines Bauchklatschers vom Fünfmeterbrett einen Kurzschluss.

Auch die Eltern waren enttäuscht gewesen. Väter in tropfender Badehose und Mütter, die vergeblich ihre Bikinizone gepflegt hatten. Ganz zu schweigen von meinen neununddreißig Klavierschülern, die ihr »Können« nicht unter Beweis stellen konnten. Einige waren den Tränen nahe.

Nicht, dass ihre fehlende Mitwirkung ein Verlust für die Welt gewesen wäre.

In Wahrheit haben meine Klavierschüler noch nie geglänzt. Nicht mal an einem funktionierenden Klavier.

Da man nicht aus den Fehlern gelernt hatte, sollte das diesjährige Weihnachtskonzert nämlich in einem Teppichladen stattfinden (der lokale Handel hatte sich offensichtlich ködern lassen).

Was war eigentlich verkehrt an einem einfachen Klassenzimmer in einer der vielen Schulen der Gemeinde? Mit einem soliden Grøndahl-Klavier und ein paar Kerzen?

Zu allem Überfluss vertrat der Vize den Standpunkt, es reiche nicht aus, quer durch alle Talente, Instrumente und umgeben von Flickenteppichen zusammen Weihnachtslieder zu singen. Nein, vorher sollten wir noch in einem Workshop sitzen und das Elend vorbereiten. Einen ganzen Tag lang.

»Es ist doch gerade Grippesaison«, sagte ich zum Fjällräven.

»Daf schafff du schon«, sagte er.

Nix da, dachte ich. Und konnte gerade noch den Impuls unterdrücken, ihm zu erklären, dass sich Stress bei der Arbeit negativ auf die Immunabwehr auswirkt. Dass der Körper bereits ab einem Alter von dreißig Jahren langsam abbaut. Dass die Abwehrkräfte sinken, die Muskeln sich in Fett verwandeln – kurzum: Ich würde es *nicht schaffen,* auch wenn Chia-Samen und warme Hände den Verlauf möglicherweise abmildern konnten. Keiner wird heil davonkommen. Hinter jeder Ecke lauern Tod und Pein.

Insbesondere für den Fjällräven, der ohne Helm fährt.

Auf dem Heimweg war ich einfach nur schlecht gelaunt. Ich trug eine Reflexweste, hatte kräftige Spikes unter den Schuhsohlen und dachte weiterhin darüber nach, wie ich meine Überlebenschancen nachhaltig wahren könnte.

Nein, nicht alle widmeten sich dieser Aufgabe mit dem gleichen Ernst. Im selben Augenblick kam ich nämlich an der Villa von Smith-Hansen vorbei, die mit bunten Glühbirnen bis unter den Schornstein geschmückt war. Und ich dachte: In den nächsten Tagen muss ich ihn unbedingt nach seinem Alter fragen. Ich habe nämlich gelesen, dass bei Unfällen mit weihnachtlichem Bezug das durchschnittliche Opfer ein fünfundfünfzigjähriger Mann ist – der gerade die Weihnachtsbeleuchtung aufhängt.

Das würde Smith-Hansen doch bestimmt interessieren.

Ich war mir ziemlich sicher, dass er die Fünfzig überschritten hatte.

Aber es war *eine* Sache, Risiken einzugehen, um für familiäre Gemütlichkeit zu sorgen, für das Wohlergehen anderer. Etwas völlig anderes waren diese Individualisten, die erst dann glücklich waren, wenn sie sich vorne an der Kante der gut sechshundert Meter hohen Felskanzel über dem Lysefjord in den Handstand geschwungen hatten.

Oder schlimmer noch: jene verwirrten Seelen, die sich ernsthaft für einen Flug zum Mars gemeldet hatten, wohl wissend, dass sie möglicherweise den Rest ihres Lebens dort verbringen müssten.

Zum *Mars*! Man stelle sich vor, dort oben festzusitzen, so weit weg von unserer Welt. Wie vielen Mikromorts das wohl entsprach?

Andererseits: Waren sie vielleicht einfach alle auf der Suche nach dem Glück? Jeder auf seine Weise?

Der Gedanke stimmte mich etwas milder. Außerdem soll man andere nicht verurteilen, die Leute haben schon immer komische Entscheidungen getroffen.

Am schlimmsten war es wohl für den russischen Hund, den sie in den Sechzigerjahren ins All geschickt hatten. Die arme Laika, die nie gefragt worden war, ob sie das wollte.

Ich schloss die Haustür auf und dachte: Sollte man überhaupt etwas in die Ewigkeit schicken, dann doch am besten Musik. In einer Raumsonde.

Das Brandenburgische Konzert zum Beispiel, von dem mein Vater erzählt hatte.

London, den 31. September 2019

Liebe Vilma,

nun weiß ich nicht, ob Du zum Philosophieren neigst. Trotzdem frage ich mich: Hast Du jemals über Zeitreisen nachgedacht?
Ja, natürlich weißt Du, dass viele Sterne, die wir am Nachthimmel sehen, nicht mehr existieren. Dass das Licht, das sie einmal ausgestrahlt haben, so lange zur Erde braucht, dass sie für uns Menschen immer noch zu leuchten scheinen.
Aber was ist mit dem Licht, das in die andere Richtung geschickt wird, von hier aus ins All?
Stell Dir ein leuchtendes Zifferblatt vor und lass uns annehmen, es sei zehn vor zwölf. Stell Dir dann vor, dass sich das Licht des Zifferblatts in Bewegung setzt, wie Licht es nun mal tut, mit Lichtgeschwindigkeit, immer weiter ins All. Dass genau das Licht dieser Uhr, die auf der Erde zehn vor zwölf gezeigt hat, auf dem Weg in die Unendlichkeit ist, ohne jemals anzuhalten.
Dann wird dieser Zeitpunkt, zehn vor zwölf, ewig andauern – ist das nicht ein seltsamer Gedanke?
Und was, wenn man sich gar einen lebenden Menschen vorstellt, der Lichtstrahlen ausschickt? Einen lebenden Menschen, der lächelt und lacht und das Leben vor sich hat? Das führt sozusagen dazu, dass dieser Mensch ewig lebt, oder nicht?
So stelle ich es mir jedenfalls gerne vor: Für immer und ewig auf dem Weg ins All – Maria Veierød, Deine Mutter, im Studenterlunden Park unter einem grünen Schirm.

Es regnete nämlich an dem Tag, an dem wir uns das erste Mal trafen. Kein leichter romantischer Regen, nein, es regnete

Bindfäden – und ich hatte sie warten lassen, weil ich den Bus verpasst hatte.
Ich überschüttete sie mit Entschuldigungen, aber, ach was, so dürfe ich nicht denken – sie habe doch einen Regenschirm! Und wenn ich sie kurz entschuldigen könne, sie habe ihrer Tante versprochen, von einer Telefonzelle aus anzurufen, um zu sagen, dass alles in Ordnung sei.
»Sie macht sich immer solche Sorgen.«

Als ich mit meiner Bratsche im Regen stand, hoffte ich, dass der Rat meines ehemaligen Bratschenlehrers ein guter war. Er hatte sich nämlich für mich umgehört und mir diese talentierte Klavierspielerin als Begleitung für mein Probespiel empfohlen.

Ich schätzte sie auf Anfang zwanzig, aber sie hatte etwas kindlich Ungezwungenes an sich, als sie nahezu tänzelnd vom Telefonhäuschen zurückkam.
»Ich freue mich schon«, sagte sie und hielt den Regenschirm etwas höher, damit er uns beide schützte.

Es war tatsächlich eine Freude. Mit dem Moment, als ich den Bogen auf den Saiten aufsetzte.
Wie gern würde ich jetzt, da ich mit dem Stift in der Hand dasitze, den Augenblick so wiedergeben, wie er es verdient hat! Aber diesem Anspruch werde ich niemals genügen, das weiß ich schon, seit ich mich hingesetzt habe, um Dir zu schreiben. Denn wie schreibt man über Musik?
Ich selbst habe noch nie Worte gelesen, die die ausgelösten Empfindungen zu erfassen vermochten: Freude, größer und tiefer, als ich sie im wahren Leben je erfahren habe, Trauer, so schwer, wie ich sie sonst nie empfand – und nicht zuletzt: Liebe.

Doch eins kann ich sehr wohl zum Ausdruck bringen. Noch nie hatte ich jemanden erlebt, der mit so viel Hingabe spielte wie Maria. Mit Gefühl und Seele in jedem einzelnen Ton, und zugleich so zart und ehrlich, als wäre sie eins mit dem Instrument.
Ziemlich beschämt musste ich daran denken, wie ich einmal über einen begeisterten Kritiker gelacht hatte, der einen Kollegen als »halb Mensch, halb Geige« bezeichnet hatte. Denn genau in diesem Moment – ja, da verstand ich ihn. Maria WAR die Musik. Sie gab sich ihr vollkommen hin. Und ich weiß noch, wie ich dachte: Ich kann ihre Seele hören. Eine Seele, in der es nichts Böses gibt. Nicht einmal, wenn man ein Leben lang danach suchen würde.

Wir spielten Walton, und wir spielten Stamitz.
Dazwischen versuchte ich unbeholfen und leicht hüstelnd, etwas Vernünftiges anzubringen, zum Beispiel eine kleine Tempoanweisung, eine Passage, in der unser Zusammenspiel noch ein klein wenig perfektioniert werden könnte. Schließlich war ich gut und gern zehn Jahre älter als sie und sollte der Erfahrenere sein, der den Überblick hatte.
Aber ich fand nichts, was ich beanstanden könnte. Maria folgte allem, was ich tat, preschte nie voraus und hinkte nie hinterher – bei jeder noch so kleinen Initiative meinerseits ging sie mit, bei jedem noch so kleinen Sostenuto war sie präsent, kurzum, sie machte sich mein Spiel zu eigen. Und ich glaube, dass ich mir ihres ebenso zu eigen machte.
Oh, Vilma, ich wünschte, Du könntest etwas Vergleichbares erleben. Wir waren schlicht eins, wie klischeehaft das auch klingen mag.
Und das Seltsamste war: Ich hatte noch nie etwas Vergleichbares erlebt. Obwohl ich mit unendlich vielen begabten Musikern zusammengearbeitet hatte.

Als wir fertig waren, sah sie mich mit diesem offenen Blick an, der sie völlig ungeschützt wirken ließ, und sagte: »Es kommt mir vor, als könnte ich dein Innerstes hören.«

Ja, ich bin immer schon ein Romantiker gewesen. Und ab diesem Moment war ich verloren.

Vertraulichkeiten in hochgradig ungeeigneter Umgebung

»Er geht nicht ran.«

Robert Karlsen nahm das Handy vom Ohr und legte auf. »Sind Sie sicher, dass er kommen wollte?«

»Ja«, sagte ich. »Ich bin mir absolut sicher. Er hat sogar gesagt, der Tod sei für die meisten von uns ein Fremder.«

Robert Karlsen trat von einem Bein aufs andere. »Hm«, machte er nur.

Der Schnee vom Morgen war in Regen übergegangen, und keiner von uns hatte einen Regenschirm zur Hand, als wir vor dem Eingang zu Robert Karlsens äußerst ungewöhnlichem Arbeitsplatz standen und nach dem Gottesmann Ausschau hielten.

Ich versuchte ebenfalls, ihn anzurufen, aber es meldete sich nur eine mechanische Frauenstimme, die auf sehr unlebendige Art Zahlen herunterleierte. Ich seufzte, sah auf die Uhr und stellte fest, dass sie zwanzig nach zeigte. Offensichtlich durfte ich seine warme Hand heute nicht mehr drücken, weder kurz noch lang.

Ich steckte das Handy in die Tasche.

»Wollen Sie … lieber an einem anderen Tag wiederkommen?«

Robert Karlsen klang etwas hektisch.

Und offen gestanden, war ich auch nicht gerade die Ruhe selbst.

»Nein«, sagte ich, »es ist sicher das Beste … wir bringen es hinter uns.«

Er nickte ernst, holte tief Luft und hielt mir die Tür auf. Kaum waren wir drinnen, stürmte er durch den Korridor und verschwand in null Komma nichts durch eine Tür auf der linken Seite.

Die Herrentoilette, wie sich herausstellte.

Im ersten Moment war ich etwas verdutzt. Dann dachte ich: Nun ja, manche haben es eben eiliger als andere – aber es war schon verwunderlich, dass ein Sektionsassistent bei der Arbeit so offenkundig zu erkennen gab, dass er nicht länger zurückhalten konnte, was immer in ihm nach draußen drängte.

Allerdings war Robert Karlsen gleich darauf zurück.

»Entschuldigung«, sagte er schnell. »Wissen Sie … mich plagt … ein Leiden.«

Ich schwieg. Wie ein Grab. Ein Leiden, das spontane Toilettenbesuche erforderlich machte, war meiner Ansicht nach kein geeignetes Gesprächsthema. Im Allgemeinen nicht und schon gar nicht im Hinblick auf die kurz bevorstehende Besichtigung (oder wie man das hier nannte).

»Ich … sollte es Ihnen wohl besser erzählen.«

Erschrocken sah ich ihn an. Erzählen? Nein, was hatte ich damit zu tun, dass den Mann, der mir meinen mir unbekannten verstorbenen Vater zeigen wollte, ein unappetitliches Darmleiden plagte? So sah die Welt hier draußen also aus? Bei erstbester Gelegenheit, wenn einen der Zufall zusammenbrachte, sollte man sich derart öffnen?

»Wenn ich Sie dort drinnen kurz allein lassen muss, liegt es daran, dass ich …«

Am liebsten hätte ich mir die Ohren zugehalten und »tralala« gesagt, aber meine gute Erziehung stand mir (wie üblich) im Weg.

»… an Tourette leide. An der verbalen Variante, Koprolalie.«

Ich sah ihn verwundert an.

»Die ist eigentlich nicht sehr verbreitet. Die meisten haben eher körperliche Ticks – die Glücklichen.«

Er lächelte etwas unbeholfen.

Ich nickte.

Und dachte im Stillen: Das war ja mal eine Überraschung. Aber nicht unbedingt eine Wendung zum Positiven. Schön für den Mann, dass mit seinem Darmsystem höchstwahrscheinlich alles in Ordnung war, keine Frage. Aber dass der Mensch, der mir gleich meinen verstorbenen Vater zeigen würde, jederzeit … tja, irgendwelche Flüche und Schimpfwörter von sich geben könnte? Ich kann nicht behaupten, dass das meiner Stimmung zuträglich war.

»Aha«, war alles, was ich hervorbrachte.

Robert Karlsen räusperte sich. »Sind Sie bereit?«, fragte er.

Dann trat er durch eine Drehtür in einen sterilen, anonymen Raum mit einem Tisch in der Mitte.

Nach einigem Hin und Her hatte ich mich doch für den Schnauzer entschieden. Ich hatte nämlich überlegt, dass mein Vater, wenn er im Moment des Sterbens einen Schnurrbart trug, sich wohl genauso präsentieren wollte. Nicht tot, sondern als beste Version seiner selbst.

Ich konnte nur hoffen, dass er mit der Entscheidung zufrieden gewesen wäre.

Der Schnauzer war weiß (aus irgendeinem Grund hatte ich ihn mir schwarz vorgestellt) – es war aber vor allem der lange weiße Bart, der meine Gedanken auf eine gewisse rotgekleidete Gestalt lenkte. Dazu die weißen Haare, obwohl das Gesicht, das sie einrahmten, streng genommen etwas zu schmal war, zumindest um als amerikanischer Santa Claus durchzugehen.

Friedlich und blass lag er vor mir, die Haut war glatt, fast jung, und mit schiefgelegtem Kopf umrundete ich langsam den Tisch, als hätte ich eine Wachspuppe von Madame Tussauds vor mir.

Zugleich war es ein Mensch, von dem ich die Hälfte meiner Gene erhalten hatte.

Ein *Vater*.

Das Wort fühlte sich in meinem Mund ganz komisch an, obwohl ich es nicht einmal laut aussprach. Ein Vater, der sich fragte, ob ich zum Philosophieren neigte. Ein Mann, der sich in Mama verliebt hatte, als sie sich zum ersten Mal begegneten.

Doch. Ein Teil von mir wünschte sich, in dieser Situation etwas zu empfinden. Aber es war nur eine seltsame Leere in mir. Als wäre meine Seele erstarrt.

»Er hat Ihre Nase.«

Das war Robert Karlsen. Plötzlich stand er neben mir und schaute von der Wachspuppe zu mir und wieder zurück.

Ich sah ihn kurz an.

»Wir sprechen von meinem Vater«, sagte ich. »Nicht von meinem Kind.«

»Entschuldigung!«, stieß Robert Karlsen aus und sah mich aufrichtig verzweifelt an. »Ich wollte Sie nicht … ich meine, ich wollte nur … VERDAMMTE KACKSCHEISSE!«

Ein paar heftige Zuckungen erfassten sein Gesicht.

Für einen Moment waren wir beide so still wie mein bleicher Vater.

Dann stotterte Robert Karlsen: »Es tut mir wirklich leid … d-das ist mir noch nie passiert … bisher konnte ich mich immer …« An dieser Stelle verharrte er in einer Position, die Ähnlichkeit mit Edvard Munchs *Schrei* hatte. »Können Sie mir verzeihen?«, brachte er atemlos heraus.

Das Ganze wurde immer bizarrer. Ich holte tief Luft, seufzte laut und nickte.

Ein fluchender Sonderling und ein Vater, der gestorben war, bevor ich ihn kennenlernen durfte. Ich war wirklich ein Glückspilz. Ich atmete noch ein paarmal ein und aus und maß mir sicherheitshalber den Puls, der jedoch auffallend ruhig war.

»Hatte er irgendwelche Erbkrankheiten?«, fragte ich schließlich.

Robert Karlsen wiederholte nur: »Irgendwelche … Erb…?«

»Ja. Sie haben doch in seinem Innern herumgewühlt, was haben Sie denn gefunden?«

»Hm« – Robert Karlsen bemühte sich sichtlich darum, einen klaren Gedanken zu fassen – »die Obduktion hat ergeben, dass er an einer Hirnblutung verstorben ist, wenn Sie das meinen …«

»Diabetes«, sagte ich, »Rheumatismus, Bluthochdruck? Irgendwas, was ich im Blick behalten sollte?«

Er räusperte sich. »Ich bin kein Arzt. Aber … ich kann für Sie in den Papieren nachschauen.«

Dann beruhigte sich alles irgendwie. Robert Karlsen hatte sich offensichtlich entladen und setzte sich still auf einen Hocker an der Wand. Ich selbst drehte erneut eine ehrfürchtige Runde um meinen Vater – hauptsächlich, um ihn dreimal umrundet zu haben, aus irgendeinem Grund war mir danach.

Leider machte mich das jedoch weder trauriger noch klüger.

Ich sollte mich wie eine Tochter fühlen, dachte ich. Ich sollte begreifen, dass ich hier neben meinem leiblichen Erzeuger stand, zum ersten und letzten Mal in meinem Leben. Ja, vielleicht sollte ich ihn auch berühren, einen allerletzten Händedruck zum Abschied.

Aber wer schon einmal einen Toten berührt hat, weiß, wie sich das anfühlt.

Nach einer Weile machte ich deshalb leicht resigniert Anstalten, zur Tür zu gehen. Robert Karlsen ließ sich nicht zweimal bitten, er sprang sofort auf, um sie mir aufzuhalten.

Doch dann blieb ich stehen.

Denn dort im Türrahmen musste ich mich umdrehen und noch einen letzten Blick auf den toten Weihnachtsmann werfen. Einen letzten Blick auf seine schlanken weißen Hände. Die einst Musik gemacht hatten.

Robert Karlsen war überraschend ruhig und taktvoll, als er mich an die frische Luft entließ. Nur um einen Augenblick später alles wieder kaputtzumachen, indem er vehement auf einer »Wiedergutmachung« bestand, wie er sich ausdrückte. Nach einigem Hin und Her beschloss er, mich nach Hause zu begleiten, da ich nach einem solchen Erlebnis vielleicht »jemanden zum Reden« brauchte.

Brauchte ich nicht. Für diese Aufgabe hatte ich schließlich den Pfarrer auserkoren, doch was soll's, dachte ich und ließ mich gnädigst zur Bushaltestelle begleiten.

Aber damit nicht genug. Der fluchende Sonderling stieg mit mir zusammen in den Bus. Dann standen wir da und hielten uns an unserer jeweiligen Halteschlaufe fest wie ein Apfel und eine Birne am selben Ast, während ich mich gleichzeitig nach potenziellen Terroristen umsah, wie ich es in öffentlichen Transportmitteln zu tun pflegte.

Auf einmal merkte ich, wie mir schwindlig wurde. Von einer Sekunde auf die andere. Wie mein Atem anders war als sonst. Die Luft wollte irgendwie nicht richtig hinein, und obwohl mein Körper die üblichen Atembewegungen machte, schien der Sauerstoff nicht bis zu meiner Lunge vorzudringen.

Was war los mit mir?

»Ich … muss mich setzen«, sagte ich.

Da Robert Karlsen der Einzige im Bus war, zu dem ich irgendeine Form von Beziehung hatte, wandte ich mich an ihn.

Er sah sich um.

Ich sah mich um.

Kein einziger Sitz war frei. Im Mittelgang drängten sich die Menschen, und ich schnappte nach Luft, ohne auch nur einen Kubikmillimeter Sauerstoff in mich hineinzubekommen.

Dafür erfüllte mich Angst.

Konnte das ein Herzinfarkt sein? Ein vererbter? Sollte ich auf diese Weise Abschied von der Welt nehmen? In einem überfüllten Bus auf den Boden knallen, ohne in diesem Leben mehr zustande gebracht zu haben als ein bisschen mittelmäßiges Klavierspiel und einen halben Strickpullover aus kratziger Wolle? In einem öffentlichen Transportmittel, genau wie mein Vater – lag das in der Familie?

Aber dann nahm Robert Karlsen die Sache in die Hand. Entschlossen tippte er einem jungen Mann auf den Rücken und trötete so laut, dass der ganze Bus es hörte: »Ich brauche einen Sitzplatz für … äh … meine Frau. Sie ist … schwanger.«

Selbst im Angesicht des Todes errötete ich so heftig, wie es mir nicht mehr passiert ist, seit Sølvi mich einmal zu einer schweißtreibenden Yogastunde mitgeschleppt hatte.

Schwanger?!

Auf meinen Wangen hätte man ein Spiegelei braten können. Aber wahrscheinlich rettete mir genau dieser Blutzufluss das Leben. Jedenfalls fand der Sauerstoff seinen Weg in mein Gehirn, und ich wusste nicht, ob ich Robert Karlsen dafür danken oder ihn beschimpfen sollte, als ich schließlich auf einem Sitz saß, der kurz zuvor noch einem anderen gehört hatte, während der ganze Bus glaubte, ich hätte ein sexuelles Verhältnis mit einem Mann, der in toten Eingeweiden herumwühlte. (Na ja, das mit den Eingeweiden war natürlich nicht allgemein bekannt, aber trotzdem.)

Eine ganze Weile stand er viel zu dicht neben mir und fragte alle zwei Minuten, ob ich mich besser fühlte. Und ich nickte, starrte angestrengt zu Boden und sagte: »Alles gut, Liebster«, um nicht durchschaut zu werden.

Immer noch dem Tode nah, doch diesmal aus Scham.

Nachdem wir ausgestiegen waren, sah er mich schuldbewusst an und sagte: »Tut mir leid, das fiel mir als Erstes ein.«

»Als Erstes?«

Ich staunte.

»Ja«, sagte er. »Ich habe ziemlich viel Fantasie.«

»Hm. Ich nicht.«

»Nein?«

Er sah sich kurz um. »Stellen Sie sich nicht manchmal vor, dass die Blätter im Herbst darum konkurrieren, welches zuerst den Boden erreicht?«

Ich warf ihm einen verwunderten Blick zu. Der Mann schien zumindest ein vielseitiges Repertoire zu haben. Von Fäkalien bis hin zu fallendem Laub.

»Oder dass das Blatt dort oben« – er deutete auf ein einsames Blatt an einem nassen Ahorn – »sich vielleicht sehr allein fühlt?«

Ich antwortete nicht. Dafür hatte ich durchaus meine Gründe. Einer war, dass wir jetzt vor dem Gartentor zu meinem Haus standen und ich um jeden Preis verhindern wollte, diesen schrägen Vogel hereinzubitten.

Aber offensichtlich wusste er sehr genau, wo er sich befand.

»Ja, hier wohnen Sie.«

»Hier wohne ich.«

»Großes Haus. Bestimmt voller Kinder und so weiter?«

»Nee.«

Er sah mich einen Moment lang an.

»Katzen vielleicht?«

Genauso rasch, wie ich das Tor aufgemacht hatte, schloss ich es wieder hinter mir, damit wir es zwischen uns hatten.

Robert Karlsen trippelte auf der Stelle. »Sind Sie sicher, dass ich Ihnen vorhin nicht … alles ruiniert habe?«

»Mein Vater war doch schon tot«, antwortete ich kurz.

»Ja, aber die Stimmung?«

Welche Stimmung? Dort lag mein Vater und war tot, ohne dass ich ihn jemals kennengelernt hatte, genauso tot wie meine Großtante und meine Mutter. Ehrlich gesagt gab es nicht mehr sehr viel zu ruinieren.

Es fehlte nicht viel, und ich hätte ihn mit einer barschen Bemerkung abgewimmelt, doch da spürte ich ihn wieder: den Herzinfarkt. Den schwindenden Sauerstoff. Den Brustkorb, der sich immer schneller hob und senkte. Mein Herz pochte bis in die Ohren.

Robert Karlsen begriff sofort, was los war. Zwar sagte er zuerst »*Satanspimmel*«, aber dann machte er das Tor auf, bugsierte mich zu der Bank, von der Großtante Ruth mich nie hatte herunterhüpfen lassen, und sagte auffallend ruhig:

»Beugen Sie sich vor. Den Kopf zwischen die Knie.«

Irgendwie muss ich ihm den Schlüssel zum Haus gegeben haben, denn kurz darauf verschwand er drinnen und kam mit einem Glas kaltem Wasser wieder heraus.

Das half.

Eine Weile saß ich einfach nur da und atmete vor mich hin. Robert Karlsen auch. Er sah mich an und atmete mit mir im Takt. Wie ein übereifriger Vater in spe in einem dieser geburtsvorbereitenden Atemkurse, die ich im Fernsehen gesehen hatte.

»Geht es Ihnen jetzt besser?«

Ich nickte.

»Weiteratmen nicht vergessen.«

Mein Gott. Hätte er jetzt noch »push, push« hinzugefügt (ich hatte vorwiegend amerikanische Filme zum Gebärvorgang gesehen), wäre dieser absurde Tag komplett gewesen. Aber das tat er nicht.

Stattdessen räusperte er sich und sagte vorsichtig: »Glauben Sie … es ist eine Art Reaktion?«

»Wie meinen Sie das?«

»Viele reagieren mit einem leichten Schock auf den … Anblick.«

»Ach so.«

»Und manchmal reagiert der Körper vor dem Verstand. Obwohl man denkt, alles wäre in Ordnung, intellektuell gesehen … wenn Sie verstehen …«

»Sind Sie Psychologe?«, fragte ich.

»Nein«, sagte er.

»Gut. Es könnte nämlich auch ein Herzinfarkt sein.«

Wir nahmen ein Taxi zur Ambulanz, die ich zwei Stunden später mit der Nachricht verließ, mein Herz befinde sich in ausgezeichnetem Zustand, der Vorfall sei stressbedingt und mein Mann erwarte mich an der Rezeption.

»O Gott«, antwortete ich, fühlte mich aber erleichtert.

Ja, ich ging sogar so weit, mich bei meinem selbsterklärten Gatten fürs Warten zu bedanken.

»Was hat der Arzt gesagt?«, wollte er wissen.

»Stress«, sagte ich.

»Verfluchte Scheiße«, sagte Robert Karlsen.

Seelsorge und eine Art Offenbarung

Das Thema Mikromorts war in den letzten Tagen in den Hintergrund geraten. Ich war, um es kurz zu machen, nicht mit meinem eigenen, sondern mit dem Tod anderer beschäftigt gewesen. Nachdem ich jetzt auch noch den Herzinfarkt von der Liste wahrscheinlicher Todesursachen gestrichen hatte, sollte man doch annehmen, ich wäre erleichtert.

War ich aber nicht. Denn im Nachhinein schien der Anblick meines verstorbenen Vaters meinen eigenen Tod noch *wahrscheinlicher* zu machen.

Dabei hatte ich mich dem Mann in der Leichenhalle mitnichten verwandt gefühlt. Ich hatte dieses bleiche Gesicht nie lächeln sehen, weder säuerlich noch charmant, und auch nie erlebt, wie es sich konzentriert über einen Stapel Noten beugte. Ich hatte keine Ahnung, wie der Mann den Kopf schüttelte, wie er wütend oder glücklich aussah und ob seine Augen gefunkelt hatten, als er bis über beide Ohren verliebt war. Es wäre natürlich schön gewesen. Das zu wissen, meine ich.

Nein, im Grunde hatte dort nur eine Hülle gelegen, ein Handschuh ohne Hand – und weder zur Hand noch zum Handschuh hatte ich irgendeine Beziehung gehabt. Nur zu seiner Schrift, und das auch erst in den letzten Tagen.

Doch dass die Briefe und der tote Mann eine Verbindung zueinander hatten, schien mein Gehirn nicht zusammenzubringen. Mein leibhaftiger Vater. Vilhelm Mozart Sandvik, er war und blieb für mich nicht fassbar.

Über den Tod hingegen wusste ich so manches. Vielleicht war es so, dass, sobald man den Tod eines anderen aus nächster Nähe mitbekam, man noch weniger darauf erpicht war, seinen eigenen zu erleben? War es wirklich so einfach? Hatte ich deshalb den Tag mit einem Lächeln in den Spiegel begonnen und dabei die Arme über den Kopf gehoben, um sicherzugehen, dass kein Hirnschlag im Anmarsch war?

Ich hatte jedenfalls keinerlei Kenntnis jenes Unterbewusstseins, von dem Robert Karlsen so offen gesprochen hatte. Ich war mir tatsächlich ziemlich sicher, dass ich niemals eins gehabt hatte.

Was er über den Vorfall im Bus dachte, war seine Sache. Außerdem, weshalb sollte ich überhaupt etwas von dem glauben, was der Kerl sagte?

In jedem zweiten Satz ging es doch um Satan oder Geschlechtsteile.

Ich zog den Mantel enger und machte einen großen Bogen um eine zugefrorene Schlammpfütze. Es war wirklich gut, dass ich mich auf dem Weg zum Pfarrbüro befand, wo der Pfarrer mit den warmen Händen wartete und wahrscheinlich seine Gründe hatte, nicht zur Leichenschau aufgetaucht zu sein.

Auch heute waren seine Hände warm. Und trocken. (Darauf lege ich großen Wert bei Menschen.) Er nahm meine kalte Hand (ich hatte die Handschuhe vergessen), schüttelte sie genauso lange wie beim letzten Mal und bedachte mich mit einem Blick, der entweder »Sehen Sie nur, wie glücklich Gott mich macht!« sagte oder »Sie sind eine sehr hübsche Frau, Vilma Veierød!«, wobei ich auf Ersteres tippte.

So oder so war er etwas vollkommen anderes als ein zwischen Kraftausdrücken, Atemübungen und erfundenen Ehen jonglierender Sektionsassistent. Nein, wenn man so viel durchgemacht hatte wie ich in den letzten Tagen, hatte die norwegische Kirche eindeutig die Nase vorn, keine Frage.

Ich nickte zufrieden in mich hinein.

Der Pfarrer führte mich durch die nach Kaffee duftenden Räumlichkeiten des Pfarrbüros und bat mich, auf einem gepolsterten Siebzigerjahrestuhl Platz zu nehmen. »Willkommen«, sagte er, obwohl er das schon draußen auf der Treppe gesagt hatte.

Anschließend schenkte er Kaffee in zwei Becher mit der Aufschrift *Kirchenrat*, beugte sich dann vor und stützte die Ellbogen auf die Knie (vermutlich, um aufgeschlossen und entspannt zu wirken), bevor er mit schiefgelegtem Kopf mehrmals nickte.

Hm, bestimmt lernte man das in einem Seelsorgekurs. Den Klienten anfangen zu lassen.

Und ich sah keinen Grund, der dagegensprach.

»Warum sind Sie nicht zur Besichtigung gekommen?«, begann ich (und ging selbstverständlich davon aus, dass hier nicht die Rede von einer Zweizimmerwohnung in Bjølsen war).

Er wich kaum merklich zurück. »Mir ist … leider etwas dazwischengekommen. Tut mir sehr leid.«

»Verkehrsprobleme?«

Ich bin gern vorbereitet. Deshalb hatte ich gestern so lange recherchiert, bis ich zum fraglichen Zeitpunkt eine Meldung über einen netten kleinen Verkehrsstau auf der E18 gefunden hatte. Denn geteilter Frust schien mir ein guter Weg zu sein, der tödlichen Einsamkeit zu entrinnen.

Ich versuchte mich an einem komplizenhaften Blick.

»Äh … nein«, sagte der Pfarrer und holte tief Luft.

»Oder eine Todesnachricht, die Sie überbringen mussten?«

Eine ordentliche Portion Verständnis war gewiss nicht unangebracht.

»Ich … eher … Eheprobleme.«

Der Kirchenratsbecher schwappte leicht über, als er ihn zum Mund führte.

Na klar, dachte ich. Mit so was war er natürlich ständig konfrontiert. Das tägliche Brot eines Gottesmannes. Angesichts einer Gesellschaft in Auflösung, von Kindern, die permanent zwischen Müttern und Vätern hin- und herpendelten. Allerorten Selbstverwirklichung und Swingerpartys. Bestimmt hatte er alle Hände voll zu tun.

»Uff«, sagte ich und schüttelte den Kopf. »Ja, was ist bloß mit den heutigen Eheleuten los?«

»Sodom und Gomorrha.« Er trank einen Schluck Kaffee.

Es wurde still.

Plötzlich lachte er etwas unmännlich. »Nein, nein, war nur ein Scherz.« Er reckte sich auf dem Stuhl. »Und wie kann ich Ihnen helfen, Selma?«

»Vilma«, korrigierte ich und holte tief Luft. »Mein Vater sieht aus wie der Weihnachtsmann.«

Auf dem Fensterbrett piepte ein Handy.

»Und das stört mich irgendwie«, fuhr ich fort.

»Das stört Sie?« Mit leicht abwesendem Blick schaute er vom Handy zu mir.

»Schon als kleines Kind habe ich – «

Er schüttelte den Kopf. »Entschuldigung, natürlich, Sie haben ja … Ihren toten Vater gesehen.« Er hob bedauernd die Arme. »Sorry, ich … hatte wohl ein bisschen den Faden verloren.« Er deutete zum Fenster. »Ich war mir sicher, ich hätte es auf lautlos gestellt. Sie haben ihn gesehen, ja … na klar …«

Ich nickte kurz.

Der Pfarrer nickte lange, und ich ließ mir nicht anmerken, dass ich mitbekam, wie er zum zweiten Mal zum Fenster hinüberlinste.

Plötzlich beugte er sich zielstrebig zu mir vor, holte tief Luft und versah jedes Wort mit andächtiger Betonung: »Und wie war es für Sie, Vilma?«

»Komisch, weil ich eben finde, dass er Ähnlichkeit …«

»Hat es Ihnen Frieden gebracht?«

»Ich – «

»… eine Art … Abschluss?«

»Tja …«

Irgendwie war es ja putzig. Ich hatte angenommen, *ich* sollte reden. Dass der Pfarrer mit gefalteten Händen dasitzen und von Zeit zu Zeit verständnisvoll nicken würde. Aber natürlich hatte er mehr beizusteuern als ein Nicken, darüber sollte ich mich wohl freuen. Was wusste ich schon von Seelsorge?

Irgendwas musste ich jedenfalls antworten.

Ob ich nach dem merkwürdigen Besuch beim Sektionsassistenten von Frieden erfüllt gewesen war? Das würde ich nicht gerade behaupten. Hatte es sich wie eine Art Abschluss angefühlt?

Schwer zu sagen. Mein Vater hatte ja gewissermaßen schon mit allem abgeschlossen, noch ehe er hier angekommen war. Daher ja, oder vielleicht nein. Ach, ich wusste es nicht.

Warum hatte er auch sterben müssen?

Ich zögerte einen Moment.

Der Pfarrer legte den Kopf schief. Dann fragte er mit derselben Inbrunst in jeder Silbe: »Fragen Sie sich nicht manchmal, wie die Dinge zusammenhängen, Vilma?«

»Nein«, sagte ich.

Anschließend piepte sein Handy zweimal, und er ging schnell zum Fenster. Drückte auf dem Ding herum, wischte und las grenzwertig lange. Außerdem seufzte er dabei laut, ohne sich dessen bewusst zu sein.

Ich selbst ließ den Blick über die überstrichene Jutetapete, ein Bibelzitat im Kreuzstich und ein paar talentlose, mit Filzstift gemalte Kinderzeichnungen der Arche Noah schweifen. Über allem wachte ein eingerahmter Jesus, sanft und nachsichtig, mit ausgebreiteten Armen im hellblauen Gewand.

Auf einmal zuckte ich zusammen. Ach, du liebes bisschen, dachte ich – hatte er nicht Ähnlichkeit mit dem Pfarrer?

Oder umgekehrt?

Doch, ich warf einen verstohlenen Blick auf Letztgenannten und stellte fest, dass die Ähnlichkeit geradezu frappierend war.

Zwar war der Pfarrer eine etwas ältere Ausgabe, eher ein »Jesus, wie er aussähe, hätte er länger gelebt«, wenn man das so sagen kann. Aber dafür war er um einiges männlicher – oder grenzte der Gedanke an Blasphemie? Sein Hemd saß nämlich eng und spannte besonders an den Oberarmen.

Rasch trank ich einen Schluck des kirchenrätlichen Kaffees und starrte wieder angestrengt auf die Wand.

Der Pfarrer seinerseits riss sich endlich von seinem Handy los, drehte sich zu mir um und klatschte in die Hände. Dann sagte er mit diesem gottbeseelten Lachen: »Ach, Vilma, ach, Vilma. Es gibt so vieles, was wir nicht wissen, stimmt's?«

»Vielleicht«, hüstelte ich.

»Doch, doch«, sagte er.

Und da begriff ich es: Ich hatte etwas missverstanden. Seelsorge beruhte nicht darauf, dass ich als Laie einfach ohne Sinn und Verstand drauflosplapperte. Nein, es war die Aufgabe des Pfarrers, mich anzuleiten, zu trösten und mir gute seelsorgerische Ratschläge zu erteilen.

Der Pfarrer kam vom Fenster zurück und legte mir im Vorbeigehen eine väterliche Hand auf den Kopf. Lange, so kam es mir jedenfalls vor, und es fühlte sich fast ein bisschen elektrisierend an. Als er vor mir Platz nahm, kam es mir immer noch so vor, als könnte ich seine Hand auf meinem Haaransatz spüren. Wie Stoßwellen.

Dann streckte er die Arme über den Tisch und nahm meine Hände in seine. Na, und *wie* er Jesus ähnelte, dachte ich, mit seinen braunen Augen und allem Drum und Dran.

Er sah mich eindringlich an und sagte: »Wissen Sie, was Sie meiner Meinung nach tun sollten?«

Es traf mich ohne Vorwarnung. Wie ein biblischer Blitz – um ein Haar wäre ich umgekippt.

KÜSSEN, dachte ich. Küssen, mit heißen Lippen. Ein langer Kuss wie im Film. Während sich die Welt unablässig um einen drehte.

Gleich darauf schüttelte ich heftig den Kopf und hoffte inständig, er würde nicht mitbekommen, wie ich errötete. Meine Güte, war ich jetzt vollkommen übergeschnappt?!

Mein Vater war gerade verstorben. Er war noch nicht einmal unter der Erde! Und obendrein saß ich in einem *Pfarrbüro.*

Trotzdem starrte ich unverwandt auf seine Lippen, als er meine Hände endlich losließ.

»Gehen Sie nach Hause und schreiben Sie alles auf, wofür Sie dankbar sind«, sagte der Pfarrer.

Er erhob sich und brachte mich zur Tür. Vorbei an Keksstapeln für den Gemeindekaffee. Vorbei an einem gewebten Wandteppich, auf dem stand: *Aber die Liebe ist die größte unter ihnen.*

Draußen auf der Treppe schüttelte er meine Hand so lange und so herzlich, dass ich es bis tief in den Bauch spürte.

Vielleicht Liebe?

Hm. Hatte ich mich tatsächlich verliebt?

Ich legte das Messer weg, die Ellbogen auf dem Küchentisch, und konnte mir keinen Reim darauf machen. Zu allem Überfluss: in einen Geistlichen?

Das kam doch sehr überraschend. Dass ich solche Neigungen haben sollte, meine ich. Natürlich war es nicht ganz einfach, auf einer so dünnen Erfahrungsgrundlage seine Vorlieben zu kennen – ich war ja bloß ein einziges Mal verliebt gewesen, in Orlando Bloom, den Elbenprinzen aus *Herr der Ringe*. Aber so was zählt in diesem Zusammenhang vermutlich nicht.

Trotzdem.

Ich nahm das Messer wieder in die Hand und schnitzte weiter an der lila Adventskerze herum. Überall lagen Wachsschnipsel.

Andererseits hatte mir bisher auch noch nie jemand so richtig tief in die Augen geschaut. Elektrische Wellen durch meinen Schädel geschickt oder meine Hände gehalten. Gut möglich, dass mir mein Körper in den letzten Tagen ein paar Streiche gespielt hatte.

Wieder versuchte ich, die lila Adventskerze in den Kerzenhalter zu stecken. Sie war immer noch zu dick.

Sicher war nur, dass der Sauerstoffmangel, den ich mit Robert Karlsen im Bus erlebt hatte, auf keinen Fall einer Form von

Verliebtheit zugeschrieben werden konnte. In der Ambulanz hatte man ihn ja auch auf Stress zurückgeführt.

Trotzdem beunruhigte mich dieser unpassende Kussdrang. Der Händedruck, den ich bis in die Tiefen meines Verdauungssystems gespürt hatte. Konnte sich Stress wirklich so manifestieren?

Wenn ja, basierten wohl allerhand Ehen auf einer völlig falschen Grundlage.

Na ja. Wenigstens war der Sektionsassistent weg vom Fenster. Solange nicht noch mehr mir bisher unbekannte tote Verwandte auftauchten.

Wenige Minuten später rutschten die Kerzen geschmeidig an ihren Platz, und der Lichterbogen war einsatzbereit. Eins muss ich zugeben: Ich habe schon immer gern Kerzen angezündet. *Ein Lichtlein für die Hoffnung, ein Lichtlein für die Freude*, obwohl ich die dazugehörigen Adventsverse nie laut aufsage.

Aber leider war noch nicht Sonntag, und ich glaube, es war dieser unerfüllte Drang nach etwas Weihnachtlichem, der meine Schritte zu meinem improvisierten Adventskalender lenkte.

Denn kurz darauf hielt ich Briefumschlag Nummer fünf in der Hand und musste plötzlich daran denken, wie sich mein Vater schon bei der allerersten Begegnung mit Mama in sie verliebt hatte.

Nicht, weil sie beide warme Hände gehabt oder sich gegenseitig elektrische Stöße durch die Schädeldecke geschickt hätten. Sondern weil sie zusammen musizierten. Bratsche und Klavier – das war ja schon ein bisschen romantisch.

Blieb bloß zu hoffen, dass sie seine Gefühle erwiderte. Sonst wäre es doch äußerst verwunderlich, dass ich irgendwann zur Welt kam.

London, den 2. Oktober 2019

Ich bat um eine weitere Übungsstunde. Selbstverständlich würde ich dafür bezahlen und sie sei einzig und allein für mich gedacht, präzisierte ich – um mich vor dem bevorstehenden Probespiel noch etwas sicherer zu fühlen.
Letzteres war natürlich gelogen.

Maria klang am Telefon, als würde sie sich freuen. Ja, sagte sie, die Sommerferien rückten näher, sie habe daher viel freie Zeit – dieselben Räumlichkeiten wie zuletzt?
Leider war dies der Fall. Denn sonst hätte ich sie schon am Bahnhof treffen und mit ihr über Gott, die Welt und was auch immer plaudern können – doch stattdessen erwartete sie mich vor dem stillgelegten Kino, in dem wir das letzte Mal geprobt hatten.
Wir sagten gleichzeitig »Hallo«, dann »Wie geht's?«, ehe wir beide etwas verlegen lächelten. Und wie ständig in den letzten Tagen strich ich mir über den Schnauzer, um mich zu vergewissern, dass er noch richtig saß. Ich hatte nämlich die Befürchtung, Lachen sei besonders riskant.

Wobei, riskant in welcher Hinsicht?
Glaubte ich allen Ernstes, die junge Pianistin könnte ausgerechnet an mir Gefallen finden? Einem verlegenen, unbeholfenen, bestimmt zehn Jahre älteren Kerl und noch dazu absolut unerfahren, wenn man von meinen (teilweise leicht beschwipsten) Versuchen absah, Damen auf der Fähre zu bezirzen.
Um ein Haar hätte ich den Kopf geschüttelt. Was hatte ich mir eigentlich gedacht? Außerdem: als gäbe es bei unserem Zusammenspiel noch irgendetwas zu verbessern.

NICHTS hatte ich mir gedacht, das war die Wahrheit. Ich hatte nur Maria im Kopf gehabt. Die Art, wie ihre Augen fast verschwanden, wenn sie lächelte, ihr etwas zu langer Pony, den sie zwischendurch wegblies, wenn ihre Finger über die Tasten flogen. Und dieser zarte Duft nach … Apfel? … wenn ich mich über ihre Noten beugte, um nachzuschauen, ob sie in Takt 136 ein Crescendo hatte.
Mein Gott.
Nein, tatsächlich musste ich mich mehrmals kneifen, um mich zu konzentrieren, an das Probespiel zu denken. Doch alles, was ich davon hatte, waren drei idiotische blaue Flecken auf dem Unterarm.
Es nützte nichts. Teils, weil sich mein Körper jeglicher Kontrolle entzog und mir konstant meinen aktuellen Zustand in Erinnerung rief, der übrigens dem Lampenfieber vor einem wichtigen Konzert zum Verwechseln ähnlich war – flatternde Nerven, Japsen nach Luft.
Aber auch, weil mich plötzlich alles an Maria erinnerte. Jedes einzelne Musikstück, der Flieder vor dem Eingang (ja, sogar als ich am Morgen Spiegeleier briet, kam mir der Gedanke, dass ich es ihretwegen tat. Ausgerechnet Spiegeleier)!
Reiß dich zusammen, Vilhelm, dachte ich, als ich die Bratsche aus dem Kasten nahm. Mach dir bloß keine falschen Hoffnungen.
Denn genauso fühlte es sich insgeheim an: dass ich am Ende meiner Träume, am Ende meiner Hoffnungen angelangt war – näher würde ich dem Menschen am Flügel neben mir nicht kommen.
Ich musste den Augenblick genießen. Jetzt. So war es einfach.

Aber natürlich war es vollkommen unmöglich, nicht zu träumen. Denn nachdem wir das Programm durchgespielt hatten (und während ich mir das Gehirn nach einem Grund

zermarterte, warum wir es noch einmal durchgehen müssten), legte Maria die Ellbogen auf den Flügel und sah zu mir hoch.
»Du«, sagte sie, »könntest du dir vorstellen, gleich … nur für mich … ich habe mir diese Brahms-Sonate angeschaut …«
Sie lächelte entschuldigend, ehe sie ein Notenbuch aus der Tasche zog.
»Die soll ich in wenigen Wochen mit einer Freundin spielen, aber … ich bin so ungeduldig. Nur den zweiten Satz, ich meine … wenn du Lust hast? Und natürlich … Zeit?«

Ob ich Zeit hatte? Wenn es sein müsste, hätte ich den Rest meines Lebens!
»Jaaa«, hüstelte ich, wenn es weiter nichts wäre, ich sei ihr gern behilflich. Zumal ich das Stück sehr gut kennte, richtig gut.
Sie bedankte sich. »Nichts ist so schön wie zweite Sätze von Brahms.«
»Und so romantisch«, entfuhr es mir.
Hilfe, wie pathetisch das klang! So plump und aufdringlich.
»Von einem der … äh … großen Meister der Romantik«, versuchte ich die Situation zu retten.
Allerdings stand ich jetzt da wie ein dozierender Musikprofessor – obwohl ich nur Plattitüden von mir gab. »Ich meine – «
»Du hast ja recht.«
Sie lachte.

Dann spielten wir ihn, Brahms' zweiten Satz. Man kann sich kaum etwas Schöneres vorstellen, Vilma.
Fünfmal. Wir sagten beide kein Wort, nickten einander nur zu, wenn wir ihn zu Ende gespielt hatten. Noch mal. Und noch mal.
Und noch mal.

Nein, nie zuvor hatte ich so viele Gefühle in mein Instrument gelegt, noch nie hatte ich so leidenschaftlich gespielt. Jeder Durchgang eine Liebeserklärung, es tat fast weh.

Ob sie es merkte? Schwer zu sagen. Und genauso wenig konnte ich wissen, ob sie Brahms oder mich im Sinn hatte. Beziehungsweise in jedem Ton, den sie spielte.
Aber war ihr Lächeln nicht ganz besonders? Hielt sie meinem Blick nicht länger stand als sonst?
Wobei: Ich hatte natürlich keine Ahnung, was für sie normal war. Ich hatte mich ja keine zehn Minuten nach unserem Kennenlernen in sie verliebt – woher in Gottes Namen sollte ich wissen, was normal war?

Nach dem fünften Durchgang holte sie tief Luft und sagte (etwas widerstrebend, wie mir schien): »Ich … sollte vielleicht meine Tante anrufen. Ich glaube, sie wartet zu Hause auf mich.«
Das war das Stichwort.
»Könntest du … sie nicht bitten, noch etwas länger zu warten?«
Gütiger Himmel. Meine Zunge war ganz offensichtlich schneller als mein Gehirn – zum Glück in diesem Fall. Übermütig fuhr ich fort: Ob ich sie vielleicht zu einem Stück Kuchen einladen dürfe, zum Dank für ihre Hilfe?
Kuchen? War das wirklich das Erste, was mir einfiel?
Aber offensichtlich war es eine kluge Idee gewesen. Denn ja, das klinge sehr nett, sagte sie, sie wolle nur kurz zum Telefonhäuschen und ihre Tante anrufen.
Auf dem Weg dorthin stolperte sie, über die Türschwelle oder ihre eigenen Füße – ich weiß nur noch, dass ich in dem Moment dachte: Vielleicht ist Maria ja auch nicht ganz sie selbst? Vielleicht liegt es doch nicht nur an Brahms' zweitem

Satz? Und in dem Moment blitzte in mir Hoffnung auf, ganz schwach, aber spürbar.

Ich entschied mich für das Grand Hotel, von dem ich schon so viel gehört hatte, aber ich war noch nie dort gewesen. Maria wollte eine Napoleonschnitte, und ich bestellte das Gleiche, obwohl ich keine Ahnung hatte, wie ich auch nur einen Bissen hinunterkriegen sollte.
»Du wohnst also bei deiner Tante?«, fing ich an, etwas zu zögerlich, das hörte ich selbst. Und dann ärgerte ich mich noch mehr über mich, als sie antwortete. Denn ich hatte voll ins Schwarze getroffen: Ja, ihre Eltern seien bei einem Verkehrsunfall ums Leben gekommen, als sie noch ein Baby war. Und abgesehen von einer verwirrten Großmutter in Vilhelmstad und natürlich Großtante Ruth habe sie keine weiteren Verwandten.
Meine Gesichtszüge müssen mir entglitten sein, denn schon im nächsten Moment legte sie tröstend ihre Hand auf meine.
»Guck nicht so traurig«, sagte sie. »Ich habe sie nie kennengelernt. Und so hat meine Tante das Kind bekommen, das sie sich immer gewünscht hat.« Sie lächelte. »Behauptet sie zumindest.«

Ihre Hand auf meiner, ich spürte sie im ganzen Körper. Als sie losließ, suchte ich nach den passenden Worten.
»Dann hat sie dich bestimmt immer verwöhnt«, tastete ich mich vor.
Sie zögerte. »Verwöhnt? Man könnte meine Tante eher überbehütend nennen. Aber sie meint es gut. Und sie hat ja sonst niemanden.«

Worüber wir anschließend sprachen, weiß ich nicht mehr. Auch nicht, ob ich diese Napoleonschnitte hinunterbekam. Denn

offen gestanden, wartete ich nur darauf, dass sie erneut meine Hand berührte, und versuchte einzuschätzen, inwieweit die Chancen angesichts meiner schwankenden Konversationsfähigkeiten stiegen oder sanken, welchen Blick sie mir zuwarf – errötete sie gerade ganz leicht? Schlug sie deshalb die Augen nieder oder fühlte sie sich unwohl? War ihr klar geworden, dass ich in diesem Leben nicht mehr zu einem Casanova werden würde, hatte sie mich durchschaut?
Mehrmals fuhr ich mir über den Schnauzer, er saß zum Glück an seinem Platz.

Wie lang es dauerte, bis wir wieder draußen auf der Straße standen, kann ich nicht sagen. Aber ich erinnere mich, dass sie die Jacke bis zum Hals zuknöpfte und der Wind für die Jahreszeit äußerst kalt durch die Karl Johan Gate blies.
»Dann sehen wir uns also beim Probespiel«, sagte sie leicht fröstelnd.
Natürlich begannen in genau diesem Moment alle Liebesfilme, die ich je gesehen hatte, vor meinen Augen zu flimmern. Himmel, wie gern hätte ich sie auf der Stelle zu mir herangezogen und meinen Mantel um sie gehüllt, auch wenn das Futter löchrig war.
»Ja, wir sehen uns«, war jedoch alles, was ich herausbekam, während ich wie ein Viertklässler ein Steinchen wegkickte. Ich fasste mir an den Schnauzer und blieb stehen.
»Es … war sehr nett«, sagte sie.
»Sehr«, antwortete ich.
»Du … bekommst die Stelle bestimmt.«
»Die Stelle?«
»Im Orchester, meine ich.« Sie lachte wieder.
»Ach ja, die Stelle.«

Ach, Vilma, ich weiß noch, wie lächerlich schnell mein Herz in diesem Moment pochte. Wie ich einen Schritt auf sie zutrat, wie etwas in ihrem Blick mir Mut machte.
Und dann?
Dann geschah das Unfassbare: Ich küsste sie. Einfach so. Umschloss ihr Gesicht mit den Händen, so wie ich es im Kino gesehen hatte.

Danach drehte ich mich auf dem Absatz um und ergriff die Flucht. Ich Idiot.

Einfühlungsvermögen, Murmeln und offene Türen

Mein Gott, wie dumm ich bloß war.

Ich legte den Brief weg und ging zur Tür, nachdem es zum zweiten Mal geklingelt hatte. Warum in aller Welt hatte ich nicht einfach Nein gesagt?

Argumente gab es zuhauf. Zum Beispiel hatte ich erst gestern in den Nachrichten gehört, die diesjährige Grippe sei besonders heftig. Und wer sind, mal abgesehen von Ratten, die gefährlichsten Bazillenmutterschiffe?

Kinder, natürlich. Nichtsdestotrotz stand in diesem Augenblick ein entsprechendes Exemplar vor meiner Tür.

Amdi. Seinen letzten Besuch hatte er mit den Worten beendet: »Dann komme ich am nächsten Freitag wieder«, und obendrein verkündet, dass er bis Weihnachten bei mir üben würde, ob das in Ordnung sei.

Ich war so überrumpelt gewesen, dass ich nicht protestiert hatte.

Stillschweigend hatte ich zugestimmt, dass mein Zuhause bis Ende Dezember in regelmäßigen Abständen mit unerwünschten Mikroorganismen geflutet würde. Da half auch Händewaschen nichts, nein – Aerosole konnten sich stundenlang in der Luft halten, das hatte ich gelesen.

Folglich war mir alles andere als wohl bei der Sache, und ich ärgerte mich über meine Nachgiebigkeit.

Zum Glück hustete Amdi nicht, sondern stürmte unaufgefordert ins Bad, um sich die Hände zu waschen, sobald ich die Haustür geöffnet hatte.

Nur zur Sicherheit fragte ich trotzdem nach: »Du hast doch keine Murmeln dabei?«

Er sah mich verständnislos an.

»Oder etwas anderes, worüber man stolpern könnte?«, präzisierte ich.

Er schüttelte den Kopf und rannte weiter ins Wohnzimmer, so polternd, dass der alte Vitrinenschrank klirrte. Dann ließ er die Notentasche fallen und schob den Klavierhocker über das Parkett.

»Ich habe zu Hause geübt«, rief er mir von dort aus zufrieden zu, »auf dem Küchentisch.«

»Auf dem Küchentisch?«, wiederholte ich.

»Ich höre die Musik in meinem Kopf«, rief Amdi, »aber es ist nicht ganz das Gleiche.«

Das glaubte ich ihm sofort.

Aber als ich kurz darauf die Stücke hörte, die ich ihm beigebracht hatte, fragte ich mich doch, was mit Amdi und dem Küchentisch passiert war. Denn da saß der Junge zwischen den Kerzenhaltern unter dem bestickten Glockenzug und dem Foto von Mama und spielte so gut, dass ich meinen Ohren kaum traute.

Es saßen nicht nur alle Töne. Es gab auch eine gewisse Dynamik, eine Steigerung zum Höhepunkt, ein kleines Ritardando am Ende. Aber nicht einstudiert – wer sollte ihm das auch gezeigt haben? Es kam direkt von Herzen, das hörte ich sofort. Oder aus seiner Seele? Egal, lieb Kind hat viele Namen.

Amdi brachte etwas fertig, wozu kein einziger meiner bisherigen Schüler fähig gewesen war: Er spielte mit Hingabe.

Als erzählte er eine Geschichte, etwas Selbsterlebtes, etwas Uraltes und Ewiges, obwohl er erst seit neun Jahren auf dieser Welt war.

Ich blieb in der Wohnzimmertür stehen und betrachtete ihn. Den Kopf mit den dunklen Locken, die Augen, die so eingehend auf die Tasten schauten, die er mit Leben füllte, ja, den ganzen kleinen Körper, die Bewegungen, die jeden einzelnen Ton widerspiegelten von sanft bis düster, von wild bis schwermütig.

Sprachlos – genau das war ich.

Und zugleich von etwas erfüllt, das ich seit Jahren nicht mehr empfunden hatte. Von etwas Warmem und Vertrautem von vor sehr langer Zeit.

Leise setzte ich mich neben ihn und ließ ihn zu Ende spielen. Was er tat – und zwar nicht wie eins dieser Kinder, die vom Hocker aufspringen, noch bevor der letzte Ton verklungen ist. Nein, wie ein richtiger Künstler: Nach und nach ließ er seine Bewegungen erstarren, atemlos, die Hände in der Luft wie ein Dirigent, er hielt die Spannung, bis die Melodie ihren letzten Atem ausgehaucht hatte.

Anschließend legte er die Hände in den Schoß.

Als er sich endlich zu mir umdrehte, bildete sich zwischen seinen Augen eine Falte.

»Vilma«, sagte er besorgt, »weinst du?«

Da spürte ich es selbst, etwas Nasses an der Kinnspitze. Ja, ich musste tatsächlich richtig hinspüren, den nassen Weg des Tröpfchens bis zum Ausgangspunkt zurückverfolgen – Amdi hatte recht. Es kam aus dem Auge. Und schmeckte sogar salzig. Weinte ich wirklich?

Ich schüttelte den Kopf und konnte es nicht glauben. Ich hatte seit meiner Kindheit nicht mehr geweint. Seit damals, als ich hinter dem Fliederbusch gesessen und Tante Ruth mich von der Veranda aus immer wieder gerufen hatte. Aber das waren andere Tränen gewesen.

Eine völlig andere Geschichte. Außerdem war es schon lange her.

»Das kommt von der Kälte«, sagte ich und wischte mir mit dem Handrücken übers Kinn. »Ich bin den ganzen Weg von der Schule nach Hause gelaufen. Bei zehn Grad minus.«

Dann räusperte ich mich und spielte den ersten Teil eines neuen Stücks. »Das ist von *Schumann*.«

Amdi lauschte. »Diesen Schumann mag ich.« Sogleich wiederholte er, was ich gerade gespielt hatte. Perfekt, wie üblich, aber auch voller Hingabe, und zwar auf Anhieb.

Ich nickte. Wollte weitermachen.

»Jetzt weinst du schon wieder«, sagte Amdi.

Das stimmte. Zumindest lief mir etwas Feuchtes über die Wangen. Außerdem spürte ich einen leichten Druck hinter den Augen. Hatte er tatsächlich recht? Machte mein Körper, was er wollte, saß er einfach da und weinte, jenseits meiner Kontrolle und meines Bewusstseins?

Erneut wischte ich alles Nasse weg, musste ein paarmal blinzeln und lächelte den Jungen möglichst beruhigend an.

Tja, wenigstens machten die Tränen nicht viel Aufhebens von sich. Kein unkontrolliertes Schluchzen, nicht das Gefühl, sich am Ende übergeben zu müssen. Nicht so wie damals hinter dem Busch, als mein Körper fast explodierte. Vor Tränen, vielleicht auch vor Kälte.

Nein, dieses Weinen war etwas anderes.

»Nächstes Mal musst du eine Mütze aufsetzen«, sagte Amdi ernst.

Ich antwortete nicht. Musste aber tatsächlich rückwärtszählen, um weiterspielen zu können.

Nachdem wir das Stück Passage für Passage durchgegangen waren, sagte Amdi: »Das war echt schön. Und ein bisschen traurig.«

Ich zählte immer noch, war irgendwo zwischen neununddreißig und dreißig angelangt und nickte nur.

Amdi legte die Stirn in Falten. »Oder … irgendwie ist es auch *schön*«, sagte er nachdenklich. »Schön und gleichzeitig traurig, total komisch!«

Bei neunzehn machte ich eine Pause und sagte: »Ja«, einfach so, in die Luft.

Anschließend sagten wir lange Zeit gar nichts. Ich lehnte mich auf dem Rokokostuhl zurück, und Amdi war in seiner Welt. Oder in Schumanns, je nachdem. Immer wieder spielte er das neue Stück. Machte sich mit den Harmonien vertraut, der Spannung jedes Intervalls.

Schwer zu sagen, in welcher Welt ich selbst verschwand. Na ja, wenigstens hatte ich aufgehört zu weinen. Trotzdem war etwas anders. Denn als ich den Blick durchs Wohnzimmer wandern ließ, war es plötzlich so, als sähe ich alles von unten, wie ein Kind. So, wie ich es früher einmal wahrgenommen haben musste.

Der Kronleuchter an der Decke war plötzlich wieder riesig, die Knäufe an den Gardinenstangen so groß wie Tennisbälle. Das Muster im Teppichboden so klar und so nah an meinen Augen, und ich hörte das Ticken der Wanduhr, jede einzelne Sekunde. Es war, als könnte Großtante Ruth in jeder Sekunde durch die Tür kommen, vor dem Spiegel meine Haare flechten und sagen, ich sähe aus wie meine Mutter. Dann würde sie mich Maria nennen, aus reiner Gewohnheit.

Seltsam. Irgendetwas in mir musste sich geöffnet haben, hin zu einer weit zurückliegenden Zeit. Ja, einen Moment lang hing ich dem seltsamen Gedanken nach, ich sähe mein

Leben gerade Revue passieren, würde mich hier und jetzt dem Tod nähern. Wer weiß, was für Warnungen man erhielt, wenn sich so was anbahnte.

Doch seltsamerweise verscheuchte ich den Gedanken.

Und dann? Ich weiß es selbst nicht. Vermutlich lenkten Amdi und dieses Stück von Schumann mich ab. Der zittrige Klang des alten Klaviers, der knarrende Klavierhocker. Aber auch die Leidenschaft seines Spiels, ja, das vielleicht am meisten.

Und plötzlich war der alte Schønstad wieder da. Mit seinen zerzausten Haaren und den graziösen Händen, obwohl er stramm auf die Achtzig zuging.

»Du musst dich der Musik hingeben«, sagte er. »So wie früher, Vilma, ich weiß, dass du es kannst.«

Das sagte er immer. Der gute Schønstad. Den Kopf leicht geneigt, um mich über die Brille hinweg anschauen zu können. Immer mit einem Anflug von Lächeln im Gesicht.

Ich vermisste ihn. Aber *mich hingeben* – so abgegriffene Worte. In so vielerlei Hinsicht gehörten sie der Vergangenheit an.

»Können wir noch mehr Musik hören?«

Ich zuckte zusammen, als Amdi sich plötzlich zu mir umdrehte. »Diesen Bach oder so?«

Ein paar Sekunden brauchte ich, um mich zu sammeln. Aber gut, anscheinend war Amdi für heute mit Üben fertig.

Trotzdem zögerte ich. Zusammen Musik hören, jetzt? Ein Teil von mir hätte am liebsten Ja gesagt. Nach den Tränen, nach diesem merkwürdigen Abtauchen in der Zeit misstraute ich allerdings meinem Urteilsvermögen. Was, wenn ich dem Jungen wie ein Schlosshund eins vorheulen würde?

Ich schüttelte den Kopf.

»Aber ich habe Nesquik gekauft«, sagte ich.

»Nesquik?« Amdi strahlte, als hätte er Jesus gesehen. »Für mich?«

»Für wen auch immer. Ich dachte, es schadet nicht, Nesquik im Haus zu haben.«

Er nickte energisch. »Vor allem, wenn Freunde zu Besuch kommen.«

Ich stand auf und beschloss, nicht zu antworten.

Wie beim letzten Mal folgte er mir in die Küche. Er sah dabei zu, wie ich die gepunkteten Becher aus dem Schrank nahm, dazu einen Liter fettarme Milch und dieses ach so wichtige Pulver.

»Wohnst du schon immer hier?«, fragte er und kletterte auf denselben Hocker wie beim letzten Mal.

»Ja.«

»Allein?« Er steckte den Löffel und den halben Arm in die Nesquikdose und kippte einen kleinen Berg aus Schokoladenpulver in den Becher.

Ich schüttelte den Kopf. »Natürlich nicht. Die meiste Zeit habe ich mit meiner Großtante hier gewohnt.«

»Mit deiner *Großtante*?«, wiederholte er. »Was ist denn eine Großtante?«

Er rührte um, befand die Mischung eindeutig für zu schwach und tunkte den nassen Löffel erneut in die Pulverdose.

»Großtante bedeutet, dass sie sehr alt war«, sagte ich und wollte nicht weiter ins Detail gehen.

»Okay. War sie denn nett?«

Großtante Ruth? Nett? Die Frage hatte mir wirklich noch nie ein Mensch gestellt. Was vielleicht nicht weiter verwunderlich war: Schließlich rede ich nicht mit so vielen Menschen. Und wenn doch, dann sehe ich keinen großen Sinn darin, Großtante Ruth von vor fast siebzehn Jahren hervorzukramen. Ich kann mir nicht vorstellen, dass sie sich als Smalltalk-Thema besonders gut eignet.

»Ja und nein«, sagte ich trotzdem. »Am Anfang war sie nett.«

»Und dann?«

Prompt war die Falte zwischen seinen Augen zurück.

Und dann? Es war seltsam. Dass ich dort stand und einem Neunjährigen, der nicht einmal wusste, was eine Großtante war, von meiner Kindheit erzählte.

»Dann war sie vor allem wütend, jedenfalls dachte ich das.«

»Und was denkst du heute?«

Der Löffel kreiste unermüdlich im Becher, sodass es klirrte.

»Ich weiß nicht«, sagte ich.

»Aber … hast du sie denn nie gefragt?«

Ich schenkte mir Milch ein.

»Sie hatte keine große Freude am Reden«, sagte ich. »Oder an Gefühlen.«

Amdi trank. Den dunkelsten Kakao, den ich je im Leben gesehen hatte. Er war mit der Mixtur jedoch sichtlich zufrieden, denn kaum war der Becher leer, goss er noch einmal Milch hinein und wiederholte die Prozedur.

Anschließend wischte er sich den Mund ab und fragte: »Hast du Kekse?«

»Nein, tut mir leid.«

»Kekse sind aber auch gut für Freunde«, meinte er. »Vor allem Oreos.«

In diesem Zusammenhang hätte ich ihn gern darüber aufgeklärt, dass echte Freunde auf die Gesundheit des anderen achten sollten, also auch auf seinen Zuckerkonsum, doch, wie das Schicksal so spielt, klingelte es genau in dem Moment an der Tür.

Ich stellte den Becher so schwungvoll ab, dass es ordentlich schepperte, und hoffte, das Geräusch würde die Klingel übertönen.

Denn wenn es eins gab, wonach mir – nach den Tränen und so weiter – überhaupt nicht der Sinn stand, dann war es eine spendensammelnde Fußballmannschaft, die am Dana Cup teilnehmen wollte.

Mit Schwung riss ich die Spülmaschine auf und klapperte mit dem frisch gewaschenen Besteck. Ich zwängte sogar ein großes Reibeisen in die Besteckschublade und rüttelte geräuschvoll daran herum, als es feststeckte.

Aber nein.

»Es hat geklingelt«, sagte Amdi. »Soll ich aufmachen?«

Ich hielt inne und schüttelte den Kopf. »Losverkäufer.«

»Aber –«

»Garantiert.«

»Vilma –«

»Ich habe in meinem Leben schon genug Lose gekauft.«

»... es kann doch auch ein Freund von dir sein?«

Ich knallte die Spülmaschinenklappe zu. Es konnte *kein* Freund von mir sein. Und außerdem: Das ging Amdi nun wirklich nichts an!

In diesem Punkt war er offensichtlich anderer Auffassung.

»Man kriegt keine Freunde, wenn man die Tür nicht aufmacht«, klärte er mich auf.

Ich seufzte. Was war heutzutage nur mit den Kindern los? Dass sie mit aller Selbstverständlichkeit annahmen, man wolle ihre Meinung hören?

Trotzdem ging ich zur Tür.

»Was hast du bloß ständig mit Freunden?«, murmelte ich verdrießlich, bevor ich die Sicherheitskette löste und die Tür aufschloss.

Na klar. Auf der Treppe stand dieser Robert Karlsen und trat von einem Fuß auf den anderen.

Das hatte mir gerade noch gefehlt.

»Was ist denn jetzt noch?«, seufzte ich.

Er lachte verblüfft.

»Keine weiteren Leichen«, versicherte er mir lächelnd.

Ich sah ihn skeptisch an.

Er verkniff sich weitere Witze und räusperte sich kurz. Dann starrte er auf seine Füße, wippte vor und zurück, hob schließlich den Blick, holte tief Luft und kam zur Sache: »Es ist nur so … ich habe immer noch ein schlechtes Gewissen.«

»Aha.«

»Und ich dachte … wenn Sie ihn noch einmal sehen wollen, also, Ihren Vater, dann kann ich ja so lange den Raum verlassen, sicherheitshalber …?« Er sah mich fast flehend an. »Deshalb bin ich vorbeigekommen.«

In dem Moment ging mir auf, wem er ähnelte. Einem dieser Hobbits. Aus *Herr der Ringe*. Weiter weg von Orlando Bloom konnte man nicht kommen. Übrigens auch nicht von Jesus.

»Sie hätten auch anrufen können«, sagte ich.

»Ein Kumpel von mir wohnt in der Nähe.«

»Komm rein«, hörte ich eine Stimme hinter mir.

Amdi natürlich. Mit schokoladenverschmierten Mundwinkeln lugte er hinter mir hervor.

»Wir haben Nesquik«, fügte er hinzu.

»Pimmel«, sagte Robert Karlsen.

Höchst widerwillig und nur des Kindes wegen bat ich ihn herein. Obszönitäten kann man nicht einfach so stehen lassen, nicht wenn man eigentlich bei der Arbeit und eine Art erwachsenes und kulturelles Vorbild ist.

Das wäre ziemlich daneben.

Allerdings muss ich dazusagen, dass Robert Karlsen Amdis Wortschatz später am Küchentisch noch deutlich bereicherte. Aber zumindest hatte ich die Chance, dem Jungen seinen Zustand zu erklären, dass die Worte einfach aus ihm herausrutschten, ohne dass er es wollte und obwohl sie meist hochgradig unpassend waren.

Amdi hörte ihm zu und lachte.

»Ich sage immer ›Süßigkeiten, Süßigkeiten‹«, rief er übermütig. »Das ist ja fast das Gleiche.«

»Fast«, lächelte Robert Karlsen und zeigte Amdi den gereckten Daumen.

Ich selbst reichte dem Gast einen Becher, denn es fühlte sich irgendwie komisch an, dass nur Amdi und ich einen hatten.

»Und was treibt ihr zwei so?«, fragte Robert Karlsen. »Außer Nesquik trinken?«

»Vilma bringt mir Klavier bei«, sagte Amdi. »Sie kann ganz viele Lieder.«

»Oh«, sagte Robert Karlsen.

Amdi nickte und begann hilfsbereit in Robert Karlsens Becher eine kräftige Schokoladenmischung anzurühren. »Und was treibt ihr zwei so?«

Er sah zwischen Robert Karlsen und mir hin und her und grinste plötzlich. »Seid ihr ein Paar?«

Robert Karlsen lachte.

Ich schüttelte den Kopf. »Um Gottes willen! Robert schnippelt an toten Menschen rum.«

Amdi erschauderte. »Cooool!«

Ich bereute meine Worte sofort. Vermutlich hätte Robert Karlsen seine Arbeit anders beschrieben und ihren gesellschaftlichen Nutzen unterstrichen. Doch zum Glück ließ er sich nichts anmerken. Stattdessen trank er schnell einen Schluck des dunkelbraunen Gemischs und räusperte sich.

»Aber ich mag auch Musik«, sagte er. »Ich singe im Chor.«

Mir blieb fast die Spucke weg. Im Chor? Wie sollte das denn funktionieren? Mozarts *Requiem* und *Missa solemnis* oder gar die meditativen Werke eines Arvo Pärt – und dazu Robert Karlsens, nun ja, sprachliche Würze?

Nein, bestimmt meinte er einen Männerchor, der Trinklieder und Ähnliches schmetterte.

Ich schwieg.

Aber Amdi lächelte aufgeregt. »Dann weiß ich ein neues Lied für dich! Es heißt Schumann.« Er sah mich aufgeregt an. »Darf ich es spielen, Vilma?«

Hilfe! Nahm das denn gar kein Ende?

Ich konnte ja schlecht Nein sagen. Also saß Robert Karlsen wenig später auf dem grünen Rokokostuhl, die Kakaomischung auf Tante Ruths Glastisch gleich daneben.

»Ich fang jetzt an«, sagte Amdi und setzte sich ans Klavier.

Derweil fing ich an, im Stillen rückwärtszuzählen. Das alles war mir ein bisschen zu viel. Hier zu Hause war ich vor allem an Stille gewöhnt. An die Abwesenheit von Gefühlen, einen angenehmen Abstand zwischen der Außenwelt und mir, zwischen früher und jetzt.

An feste Routinen, feste Plätze, feste Zeiten – ja, alles, was Ruhe und Sicherheit verlieh.

Ich warf einen Blick auf Amdis Notentasche, die immer noch auf dem Boden lag, auf Robert Karlsens (glücklicherweise saubere) Socken auf dem Perserteppich, auf den Becher ohne Untersetzer. Allein das war schon zu viel.

Dazu noch das heutige Szenario: ein Kind, das mich, ohne es zu merken, mit seinem Spiel zum Weinen brachte, und ein Hobbit, der mir anbot, meinen toten Vater ein zweites Mal zu sehen.

Und zu allem Überfluss die Vergangenheit, die sich plötzlich aus der Deckung wagte.

Siebenundachtzig, sechsundachtzig. Fünfundachtzig, vier-, drei-. Zu meiner Überraschung saß Robert Karlsen mucksmäuschenstill da und lauschte. Während Amdi mit dieser gottgegebenen Hingabe spielte.

Und wieder schien es mir, als hörte ich den alten Schønstad, der davon sprach, ich müsse mich der Musik hingeben. Weil er wusste, dass ich es konnte.

Blödsinn, dachte ich. Das habe ich nie hinbekommen.

Aber jetzt, in diesem Augenblick, bekam Amdi es hin.

Am selben Klavier.

London, den 6. Oktober 2019

Oje, Vilma, was denkst Du jetzt wohl über Deinen Vater? Dass ich mich für einen Don Juan hielt, als ich Deine Mutter urplötzlich auf offener Straße küsste?
Mitnichten, und ich hegte auch keinerlei Ambitionen in dieser Hinsicht. Doch zu der Geschichte, wie Deine Eltern sich kennengelernt haben, gehören nun einmal auch meine teils erbärmlichen romantischen Bemühungen.
Ein Glück, dass man über vieles schmunzeln kann, wenn die Zeit ihr Werk verrichtet hat.

Trotzdem muss ich zugeben, dass ich nicht gerade Herr meiner Sinne war, als Hans mich in dem kleinen Zimmer, das wir uns zu der Zeit in Oslo teilten, mit dem Telefonhörer in der Hand erwischte.
Plötzlich war er in mein Zimmer geplatzt, wie es so seine Art war. »Na, wie ist das Probespiel gelaufen?«
Schnell legte ich den Hörer weg, antwortete »gut« und schob noch ein »glaube ich« hinterher.

In Wahrheit hatte ich nämlich nicht die geringste Ahnung. Natürlich hatte ich vorgespielt, hinter dem Wandschirm, den man in der ersten Runde häufig verwendet (ich glaube, man benutzt ihn noch heute, aus Gründen der Gerechtigkeit – für den Fall, dass die Jury bestimmte Kandidaten schon kennt). Normalerweise missfiel es mir, meine Zuhörer nicht sehen zu können. An jenem Tag jedoch würdigte ich den Paravent keines Blickes. Nein, die ganze Zeit über, ob bei Walton oder Stamitz, bei Dreiklängen oder Fermaten, wanderten meine Gedanken zu der jungen Frau neben mir am Klavier.
Hatte ich alles verdorben? Mit der lächerlichen Einlage vor dem Grand Hotel?

Ich wusste es nicht. Denn obwohl Maria ständig in meine Richtung schaute und jeder Bewegung, jeder Tempoanweisung folgte – mied sie meinen Blick.
Auch in den wenigen Minuten, ehe wir auf das Podium gestiegen waren. Natürlich musste das nichts bedeuten, Musiker lassen einander vor einem Auftritt oft in Ruhe, dachte ich. Trotzdem.

Während des Spiels musste ich darum kämpfen, die Fassung zu wahren. Was hatte ich mir eigentlich eingebildet? Ein James Bond konnte sich so ein Verhalten vielleicht herausnehmen, aber ein tollpatschiger Bratschist aus dem tiefsten norwegischen Hinterland?
So stand ich also da, während meine Finger auf dem Griffbrett hoch- und runterwanderten. Es mag seltsam klingen, dass man dabei mit den Gedanken abschweifen kann. Aber das kommt durchaus vor, auch an den schwierigsten Stellen. (Ich hatte einen Kollegen, der während eines Rezitals geradezu zwanghaft Pontoppidans Katechismus aufsagte und trotzdem stehende Ovationen erntete.)

Aber natürlich versuchte ich, sie zu verdrängen, die wiederkehrende Frage, die sich in jeden Strich und jeden Fingergriff hineinzwängte: Was sollte ich zu ihr sagen? Sollte ich meinen Fauxpas als Witz abtun, als spontanen Einfall – oder sollte ich mit offenen Karten spielen?
Ich musste mich bei ihr entschuldigen, so viel war klar. Und zwar gleich nach dem Probespiel. Ich würde die Bratsche in den Kasten legen, Maria draußen im Korridor einholen und dann zu Kreuze kriechen, wie man so schön sagt.
Kannst Du Dir das vorstellen, Vilma? Ich spielte für eins der weltbesten Orchester vor, ich hatte die Chance, unter dem großen Mariss Jansons zu arbeiten, und was tat ich? Ich dachte

mir plausible Entschuldigungen für einen tollpatschigen Kuss aus und plante die Eroberung meiner Auserwählten. Unfassbar.

Und zu allem Übel gelang es mir nicht. Sie einzuholen, meine ich. Sie musste regelrecht gerannt sein, sobald sie durch die Tür war.
Interessanterweise gab ich trotz dieser Erkenntnis nicht auf. Nein, ich war schon fast draußen, da kam mir der Gedanke, sie könnte auf der Damentoilette sein – also rannte ich zurück und wartete – von einem Bein aufs andere tretend – vor der Tür.
Nach einer Weile gab ich meinem innerlichen Drang nach und warf einen Blick in die Damentoilette.
Sie war leer. Vollkommen leer.

Hätte ich diesen Fingerzeig verstehen sollen?
Es war überhaupt nicht meine Art, so zu insistieren. Doch im Zustand der Verzweiflung gehen einem die wildesten Gedanken durch den Kopf. Und plötzlich klammerte ich mich an die Idee, die Hans einmal vorgebracht hatte: dass es Frauen gebe, denen es gefalle, wenn der Mann sich besonders ins Zeug lege. Ja, sie regelrecht jage.
Bis dahin hatte ich dieser Idee skeptisch gegenübergestanden – außerdem deutete nichts an Maria darauf hin, dass sie ein solches Spiel spielte.
Trotzdem rief ich die Gute nach ein paar Stunden an.

Ihre Stimme, ein kurzes »Hallo« im Hörer, und schon hämmerte mein Herz los wie nie zuvor. Meine Knie hingegen wurden weich wie Butter.
»Vilhelm am Apparat«, brachte ich mühsam hervor, »ich … wollte mich nur entschuldigen für den … mein Auftreten vorm Grand. Ich weiß nicht, was in mich gefahren ist, und …«

Ich machte eine Pause, wohl in der Hoffnung, sie würde mir beispringen und sagen »Ach was, das war doch schön« oder wenigstens »Ach was, das kommt vor«.
Aber das passierte nicht. Nichts dergleichen passierte.
Nein. Vielmehr blieb es eine ganze Weile still, bis sie tief Luft holte und sagte: »Ich habe vergessen, dir die Noten zurückzugeben.«
Ich schluckte. »Das ist nicht weiter schlimm.«
»Wenn du mir deine Adresse nennst, kann ich sie dir schicken.«

Ob mein Herz nach unten sackte oder einen Sprung machte oder schlicht pausierte? Ich weiß es nicht mehr. Jedenfalls nannte ich ihr Straßennamen und Hausnummer. Und fühlte mich wie ein zerstochener Luftballon, als ich in den grauen Hörer nickte und mühsam ein »Vielen Dank … für die Zusammenarbeit« stammelte.
»Gleichfalls.«
Der Hörer wurde aufgelegt. Ein leises Klicken am anderen Ende, dann war es still.

So fand Hans mich vor, noch mit dem Hörer in der Hand und ohne den Hauch einer Ahnung, wie das Probespiel gelaufen war. Ich wusste nur eins: Ich war der größte Idiot auf der Welt – und dafür musste ich büßen, ich spürte einen stechenden Schmerz vom Mund bis zur Brust.
Mein Freund Hans hingegen ahnte nichts, und das war mir sehr recht. Zu allem Überfluss kam es mir nämlich so vor, als schuldete ich ihm eine glückliche Liebesaffäre und einen entsprechenden Bericht, nachdem er mich so großzügig mit dem Schnauzer ausgestattet hatte.
Ich riss mich zusammen und fragte: »Und wie ist es bei dir gelaufen?«

»Beschissen.« Er ließ sich aufs Sofa plumpsen und lachte. »Aber dafür habe ich die hübscheste Inspizientin der Welt kennengelernt.«

Eins musste man ihm lassen, Hans war eine Frohnatur. Zudem verfügte er über die Gabe, jederzeit in einer Frau das Schöne zu sehen. Folglich traf er alle naselang neue und hübsche Exemplare der weiblichen Art. Etwas zu oft, war die landläufige Meinung.

Ich musste lächeln.

»So, so«, sagte ich, »und wie heißt die Dame?«

»Helen. Du wirst sie gleich kennenlernen, wir gehen nämlich zusammen in die Kneipe.«

»Wir?«

Hans blinzelte.

»Sie bringt eine Freundin mit.«

Ich konnte ihm nicht böse sein. Woher sollte der arme Hans ahnen, dass ein Doppeldate (heißt das heutzutage nicht so?) das Allerletzte war, wonach mir der Sinn stand. Dass es in dem strapazierten Organ, das so träge in meinem Brustkorb schlug, nur Platz für eine gab, auch wenn diese eine niemals einziehen würde, weder in mein Herz noch sonst irgendwo in meiner Nähe.

Daher ging ich mit. In der Kneipe fummelte ich an meinem Schnauzer herum, während ich einer gewissen Birgitte halbherzig zulächelte.

Später lächelte ich leider weniger halbherzig, als ich dieselbe Birgitte ziemlich betrunken mit in unsere Wohnung nahm, gefolgt von Hans und Helen, die hinter uns hertorkelten.

Bier kam auf den Tisch, Beine und Nylonstrümpfe landeten auf dem Sofa, und Helen machte es sich in Hans' Armbeuge bequem. Anschließend, das weiß ich noch, unterhielten wir

uns über den Film E.T., *die Musik von John Williams, ja, der Williams von* Star Wars, *und apropos: War Han Solo nicht fesch? Helen fand, Hans habe Ähnlichkeit mit ihm, und Hans gab zurück, Helen könne es gut und gerne mit Prinzessin Leia aufnehmen, wenn sie sich die Haare färbe.*
Besagte Birgitte zündete sich eine Zigarette an und sah mich eindringlich an. Hilfe, dachte ich, war das jetzt eine Aufforderung, jemanden zu nennen, mit dem sie Ähnlichkeit hatte? Ich trank ein paar große Schlucke Bier, und die einzige Frau, die mir einfiel, war die Vorsitzende der Norwegischen Arbeiterpartei. Gegen die ich zwar nicht das Geringste einzuwenden hatte, aber trotzdem.
Nein. Diese Birgitte hatte einen viel größeren Kopf. Ich starrte sie wie verhext an und dachte: Wann ist das passiert? War er auf dem Heimweg angeschwollen? Und der Lippenstift, ihre Lippen, waren die nicht riesig? Auch die Zähne, so als wären sie nur darauf aus zuzubeißen, jemanden genüsslich zu verspeisen.
Jetzt rückte sie auf dem Sofa dichter an mich heran, strich mir mit dem Finger über den Arm, und der große Kopf kam näher und näher.
Hans und Helen verzogen sich kichernd, kickten elegant die Tür zu Hans' Zimmer zu. Aber der riesige Mund war immer noch da und sagte etwas, während mir diese Birgitte unablässig über den Arm strich – o Gott, was macht ein Mann, wenn eine Frau ihn so offensichtlich verführen will?
Er tut so, als wäre er eingeschlafen.
Das tat zumindest der Unterzeichner dieses Briefs, feige und äußerst unkonventionell. In dem Zusammenhang möchte ich jedoch darauf hinweisen, dass mir dieses Schauspiel einiges abverlangte. Aber ich schaffte es, den Schlafenden zu mimen, obwohl sie mich küsste und mein Hemd bis weit unter die Brust aufknöpfte.

Als die Wohnungstür schließlich ins Schloss fiel, schlich ich mich mit einem Buch in mein Zimmer.
Ganz allein.
Ich ein Don Juan?
Nun ja, in Mozarts Oper wird er von den Flammen der Hölle verzehrt. Und taugt auch sonst nicht gerade als Vorbild.

Von Säureblockern und anderen Rettungsaktionen

Ein Don Juan? Nein. Und ich war heilfroh, dass mein Vater nicht zu dieser Sorte Mann gehörte. Wer weiß, wie ich sonst geraten wäre? Rein genetisch, meine ich?

Nicht, dass ich jetzt besser wüsste, wer ich war, im wahren Leben. Ab und zu schaute ich in den Spiegel und fragte mich, ob ich überhaupt jemand war. Was ich mit dieser spiegelverkehrten Gestalt zu tun hatte.

Doch angenommen, ich war *ich*, Vilma – war ich es dann auch in den Augen der anderen? Sahen die Menschen mich auch als Vilma? Oder war ich für sie nur die Klavierlehrerin, die Kollegin, die Kundin im Laden, die sich über den schmutzigen Sellerie beschwerte?

Ich setzte die Mütze auf. Es brachte nichts, vor dem Spiegel zu stehen. Ich würde nur wieder verschwinden, Stück für Stück, bis bloß noch das kleine Mädchen übrig war. Mit Zöpfen. Und Großtante Ruth würde hinter mir stehen und mir Schleifen ins Haar binden.

Eins war jedenfalls klar: So würde ich nicht zu mir selbst finden.

Ich trat auf die Außentreppe und schloss die Haustür ab. Ging nach links, durchs Gartentor und dachte über die Sache mit den Erbanlagen nach. Und über Don Juan. Ich war felsenfest davon überzeugt, dass es in puncto Mikromorts weitaus sicherer war, Zurückhaltung zu üben, als von einem Partner zum nächsten zu flattern. So gesehen, hatte ich ziemlich gute Aussichten auf ein ewiges Leben.

Die Wirklichkeit sah leider etwas komplizierter aus. Denn obwohl ich die Sterbewahrscheinlichkeit auf ein absolutes Minimum zu reduzieren versuchte, war ich ständig Strapazen ausgesetzt. In Form von Tränen provozierenden Wunderkindern, toten Vätern und Jesus ähnelnden Seelsorgern.

In gewisser Weise war das auch der Grund, weshalb ich jetzt an der Bushaltestelle stand und auf einen fluchenden Hobbit wartete.

Weshalb das Einzige, worüber ich in diesem Moment die Kontrolle zu haben glaubte, mein Magensäurespiegel war. (Ich hatte gerade vorbeugend zwei Protonenpumpenhemmer eingenommen, um mich zu wappnen.)

Es war nämlich so, dass wir bei Amdis Familie eingeladen waren.

Ich sage *wir*, da unglückliche Umstände dafür gesorgt hatten, dass nach der gestrigen Nesquik-Schumann-Zeremonie Amdis Mutter Mariam vor der Tür stand und darauf beharrte, Robert und mich zum Essen einzuladen – als Dankeschön für die Hilfe.

»Uns beide?«, hatte ich gefragt und erklärt, Robert Karlsens Anwesenheit sei purer Zufall, er könne keineswegs als Freund oder dergleichen gelten. Leider gab er ausgerechnet da keine obszönen Beleidigungen von sich, sodass Mariam lachte und sagte: »Je mehr ist besser. Also, sechs Uhr?«

Als sie kurz darauf davonfuhr, sah mich Robert Karlsen schuldbewusst an.

»Entschuldigung«, sagte er, »ich wollte mich wirklich nicht aufdrängen. Aber ich kann einfach nicht Nein sagen.«

So kam es nun, dass ich an der Bushaltestelle stand und auf ihn wartete.

Ich muss zugeben, dass mir etwas mulmig zumute war.

Zum einen fürchtete ich mich vor zu scharfem afrikanischem Essen (daher die Säureblocker), aber noch mehr vor Robert Karlsens Ausbrüchen. Wie sollte man damit umgehen? Wenn sich verschiedene Kulturen begegnen, steht so viel auf dem Spiel, da sollte man sich unbedingt von seiner besten Seite zeigen.

Ob ich ihn im Notfall unter dem Tisch ein bisschen treten könnte? Oder sollte ich versuchen, ihn zu übertönen?

Einfach würde das Ganze jedenfalls nicht werden. Mir war natürlich klar, dass es sich um etwas Neurologisches handelte, dass er nichts dafür konnte. Trotzdem: diese Wortwahl. Konnte er sie wirklich gar nicht beeinflussen?

Ich meine, wenn der Drang ihn überkam, konnte er dann nicht einfach etwas anderes brüllen? Es gab doch jede Menge hübsche Blumennamen. Hyazinthe zum Beispiel, das Wort hatte ich immer schon gemocht. Oder Hortensie. Ganz zu schweigen von Vergissmeinnicht, die schönste Blume von allen.

Natürlich wäre es immer noch komisch, wenn Robert urplötzlich »Forsythie« oder »Maiglöckchen« brüllen würde, aber es wäre zweifellos eine Verbesserung.

Doch so etwas konnte ich ihm wohl kaum vorschlagen. Daher seufzte ich, als der Bus blinkend in die Haltestellenbucht fuhr.

Robert Karlsen stieg aus und hatte ein Päckchen mit der Aufschrift *Blumenland* im Arm. Eine Topfpflanze, nahm ich an und machte mir sofort Vorwürfe: Ich selber hatte kein Gastgeschenk dabei. Na ja, dafür hatte ich Amdi ein paar Gratisklavierstunden gegeben, das war immerhin etwas.

»Hallo«, sagte Robert Karlsen und begrüßte mich mit einer Umarmung. »Wie geht's?«

Ich ließ die Umarmung über mich ergehen und erwiderte: »Bestens. Keine Atemschwierigkeiten, falls Sie darauf abzielen.«

Er lachte. Er ziele auf überhaupt nichts ab, keine Sorge. Ob ich den Weg wüsste? Und ob wir uns nicht duzen wollten?

Noch bevor ich antworten konnte, hatte er das Handy gezückt und Amdis Adresse in diese sprechende Straßenkarte eingetippt, aus der ich einfach nicht schlau werde.

»Es ist gleich da vorne«, sagte er und bog scharf nach rechts ab.

Wir kamen an einer Schule vorbei, überquerten einen verschneiten Spielplatz und steuerten auf niedrige Wohnblocks zu. In etlichen Fenstern hingen Adventssterne, obwohl es dafür eigentlich noch zu früh war.

»Kalt draußen«, sagte Robert.

»Ja«, sagte ich.

Bisher lief es also ganz gut. Ganz und gar kraftausdrucksfrei.

Amdis Familie wohnte im Erdgeschoss. An der Türklingel stand *Bekele*, aber noch bevor wir sie drücken konnten, hing Amdi schon an der Klinke.

»Hier wohnen wir!«, informierte er uns freudestrahlend. »Das Schild ist von mir!«

Okay, offensichtlich war der Junge nicht auf allen künstlerischen Gebieten begabt, denn an der Tür hing ein klobiges Namensschild aus Ton.

»Sehr hübsch«, log Robert.

»Reinkommen!«, rief Mariam.

Sie drückte uns fest und war entzückt von der Azalee, die Robert ihr überreichte, bevor sie einen zwei Meter großen Mann vorbeiließ, der zur Begrüßung auf uns zukam.

»Vilma«, sagte ich und ergriff seine Hand.

»Gebre«, lächelte der Mann und schüttelte sie höflich. Dann ließ er los und begrüßte Robert.

»*Arsch*«, sagte Robert.

»MARSCH!«, schrie ich, fast gleichzeitig und so laut, dass alle zusammenfuhren. »Marsch ins Haus … wollen wir reingehen?«

Fast wäre eine unangenehme Stille entstanden. Doch glücklicherweise fuhr Amdis kleine Schwester in genau dem Moment mit ihrem Bobbycar rückwärts über den Fuß der Mutter, und die Situation löste sich in Hüpfen und Tanzen auf, begleitet von lauterem Geschrei als meinem.

»Rein ins Wohnzimmer, Leute«, sagte Mariam und scheuchte uns weiter, nun, nachdem der Schmerz nachgelassen hatte, wieder lächelnd. »Es gibt Pizza. Amdi, holst du Cola!«

Es roch köstlich nach Hackfleisch und Knoblauch. Amdi sauste in die Küche, während Robert und ich das Wohnzimmer ansteuerten, tatkräftig unterstützt von der kleinen Schwester, die Roberts Hand genommen hatte und ihn hinter sich herzog.

»Nehmt Platz«, forderte Gebre uns auf und deutete auf den mit einem roten Tischtuch geschmückten Tisch.

Es sah wirklich nett aus. Eine Christrose in der Mitte, ein rosa Plastikbecher mit zwei Henkeln für die Kleine. Das übrige Zimmer mit Bücherregalen an der Wand und einer Sammlung bunter Kissen, die vermutlich ein Sofa unter sich verbargen. Ja, ich hegte schon seit Langem die Vermutung, dass Familien genau so wohnten – gemütlich irgendwie.

Ich schluckte. Denn hier kam ich, die Musikschullehrerin mit einem Mann im Schlepptau, der schon beim Eintreten die Leute beleidigte.

Mein kleines Ablenkungsmanöver war zwar geglückt – aber ich hatte wenig Hoffnung, dass es so weitergehen würde. Es galt, in Habachtstellung zu sein. Es galt, ihm zuvorzukommen.

Robert blickte mich etwas verwundert an, als ich mich wie ein siamesischer Zwilling an ihn heftete, sobald wir zu Tisch gingen. Aber was sein muss, muss sein.

Und zum Glück wirkte er nicht verärgert. Nein, im Gegenteil, er lächelte und rückte mir den Stuhl zurecht.

Dann ging es los. Gebre brachte die Pizza, die kleine Schwester kletterte auf den Tripp Trapp. Amdi kam fröhlich mit der Cola aus der Küche angerannt. Nach einem Beinaheunfall auf der Türschwelle war die Flasche bei ihrer Ankunft allerdings halbleer.

»Amdi!«, lachte die Mutter resigniert. »*So clumsy*. Sag mal, Vilma, kriegt er das Klavier wirklich hin?«

Ich legte meine Serviette sorgfältig auf die Knie.

»Amdi ist ein Genie.«

Anders konnte ich es nicht sagen.

Doch Amdis Eltern lachten darüber. Als wäre es ein Witz. Sie zerteilten die dampfende, selbstgemachte Pizza und gaben jedem ein großes Stück auf den Teller. Ob wir Salat dazu wollten?

Robert sah von einem zum anderen. »Sie meint es ernst«, sagte er. »Amdi ist unglaublich begabt.«

»Wirklich?« Gebre ließ die Salatschüssel reihum gehen und verwuschelte Amdis Locken. »Schön, zu hören. Ja, wir rechnen damit, dass unser Klavier jeden Tag geliefert wird.«

Ich nickte. »Keine Eile.«

Was natürlich nicht ganz ernst gemeint war. Aber in Gesellschaft anderer muss man ein bisschen lügen, das ist zumindest meine Erfahrung. Konnte ich in so einer Situation erzählen, es sei eine emotionale Belastung, ein Wunderkind im eigenen Wohnzimmer zu haben? Mit all den Tränen und so?

Nein. Also schob ich mir einen Bissen Pizza in den Mund und kam zu dem Schluss, dass die Säureblocker die reinste Verschwendung gewesen waren.

»Und du, Robert, was machst du für Job?«, fragte Amdis Mutter.

Ich sah es kommen: das Zucken in Roberts Gesicht. Und in der nächsten Sekunde riefen er und ich exakt gleichzeitig »*Fotze!*« und »Proze…!«, woraufhin ich fortfuhr: »…duren, die man –«

»Sektionsassistent«, unterbrach mich Robert und machte eine Pause. »Das bin ich von Beruf.« Er lächelte. »Wahrscheinlich nicht das beste Thema beim Essen, aber … *Flachwichser!*«

»FACHMIXER!«, brüllte ich und musste einsehen, dass es zu spät war.

Die anschließende Stille dauerte eine gefühlte Ewigkeit. Alle sahen sich an. Ja, sogar Amdis kleine Schwester hörte auf zu kauen.

Dann brach Gebre in schallendes Gelächter aus, so laut, dass es in den Ohren klingelte. Er schluchzte und brauchte eine ganze Weile, bis er sich beruhigt hatte und erklären konnte: »Ich bin Arzt, Vilma. Und ich habe einen Neffen mit Tourette.«

Dann prustete er erneut los und wischte sich Tränen weg, ehe er schließlich tief Luft holte und Robert zunickte. Mit erzwungenem Ernst sagte er: »Tut mir leid, dass ich lachen musste.«

Robert lächelte nur, kaute den Bissen Pizza zu Ende und sagte: »Alles in Ordnung. Als Kind habe ich gebellt.«

Amdis kleine Schwester machte ein paarmal »Wuff«, wurde aber zur Ruhe ermahnt.

Ich selbst hätte am liebsten die Flucht ergriffen. Und zwar auf der Stelle. Doch stattdessen starrte ich unverwandt auf die Tischplatte und hatte keinen blassen Schimmer, was ich sagen oder tun sollte. Denn es war eine Sache, dass ich mich selbst blamiert hatte, noch dazu im Beisein eines Arztes. Die andere war Robert. Natürlich schämte ich mich für Roberts unorthodoxen Sprachgebrauch, das sollte er jedoch auf keinen Fall merken.

Nervös zerknüllte ich die Serviette auf meinem Schoß, bevor ich möglichst unauffällig »Entschuldigung« flüsterte.

»Kein Problem«, sagte Robert so laut, dass Gebre es hörte. Dann schob er hinterher: »Du bist ganz schön schlagfertig, Vilma. Äußerst kreative Wortwahl.«

An dieser Stelle murmelte er noch einmal »Fachmixer« vor sich hin und lachte erneut.

Ich freute mich. Nicht über die unerwartete Würdigung meines Sprachtalents, sondern über die Tatsache, dass tatsächlich alles in Ordnung war. Roberts Kraftausdrücke hatten zu keinem Handgemenge geführt, mir war verziehen worden und der Salat enthielt zum Glück keine Oliven der braunen Sorte.

Ja, ich war so glücklich, dass ich eine ganze Weile mit einem Lächeln auf den Lippen in die Runde blickte, in der kein einziger Mensch wütend war oder eine unheilvolle Furche zwischen den Augenbrauen hatte. Denn bei Gott, ich wollte mir gar nicht vorstellen, was Großtante Ruth zu dieser Vorstellung gesagt hätte.

Ich lächelte noch etwas länger, um nicht darüber nachdenken zu müssen.

Aber nicht nur der *Anblick* der Menschen rund um den Tisch tat auf schwer greifbare Weise gut. Sondern auch die Gesprächsfetzen, ein kurzes Lachen, die bitzelnde Kohlensäure in der Limonade – kurzum die Geräusche von Menschen, die beisammensaßen.

»Reichst du mir die Cola?«, fragte Robert.

»Reichst du mir die Pizza?«, fragte Amdi.

Und das tat ich. Ich reichte und reichte. Fühlte mich als Teil einer Maschinerie, die Limonadenflaschen und Salatschüsseln reihum gehen ließ, wie um alles in Bewegung zu halten. Im Fluss. In Gang. Und was mir ganz und gar nicht ähnlich sah: Ich verspürte nicht den geringsten Wunsch, nach Hause zu gehen. Wünschte mich nicht woandershin.

Denn plötzlich war alles so einfach und mühelos: Gebre erzählte von seiner Arbeit als Internist, Mariam war Pharmazeutin, und jetzt, da Robert nach Herzenslust fluchen konnte, tat er es fast gar nicht mehr.

Im Gegenteil, er erzählte von seiner Familie. Seine großen Schwestern hatten sich in Nottingham und Sydney niedergelassen, sein Vater war dement, und vor einem halben Jahr war die Mutter eines Morgens aufgewacht und konnte nur noch »Gurke« sagen. Eine gute Woche später hatte sie das Zeitliche gesegnet.

Während er davon erzählte, wurden seine Augen leicht feucht.

»Das tut mir leid«, sagte Gebre.

»Und deine Familie, Vilma?«, fragte Mariam.

»Die sind fast alle … tot«, sagte ich und räusperte mich.

»Aber Vilmas Tante war wütend«, ergänzte Amdi.

Obwohl ich versuchte, die Bemerkung wegzulächeln, entstand eine kurze Stille, und ich wusste nicht, wie ich reagieren sollte. Daher trank ich einen Schluck Cola und räusperte mich erneut.

»Deine Eltern?«, wollte Mariam wissen.

Ich nickte pflichtschuldigst und trank noch einen Schluck.

»Meine Mutter ist gestorben, als ich vier war«, sagte ich. »Mein Vater, bevor ich ihn kennengelernt habe.«

Robert sagte nichts und beschwor weder Geschlechtsteile noch Fäkalien. Dennoch spürte ich seinen Blick auf mir, jetzt und während des darauffolgenden Desserts. Ich erwiderte ihn nicht.

Es gab Brownies – mit Himbeeren und Eiscreme, strotzend vor Zucker, Fett und allem, was die Mikromortsrechnung in die Höhe trieb. »Zu lang gebacken«, erklärte Mariam entschuldigend, »almost like a biscuit.«

»Fast wie Lebkuchen«, meinte Amdi.

Die Augen seiner kleinen Schwester begannen zu leuchten.

»Hundekacke«, sagte sie und sah sich erwartungsvoll um.

Ob Amdi seine Assoziationskette weiterspann oder ob die Idee von selbst aufkam, war schwer zu sagen. Doch als wir uns vom Tisch erhoben (ich bildete mir ein, die Schlafenszeit der Kinder rücke näher), sah er Robert und mich fröhlich an und sagte: »Ich weiß, was wir das nächste Mal bei dir machen, Vilma. Wir machen ein Lebkuchenhaus!«

»Was?«

»Dann brauchst du keine Oreos«, sagte er eifrig und schien nicht zu begreifen, dass ich mich nicht über das Bauwerk an sich wunderte, sondern über die Tatsache, dass der Prozess in *meinem* Zuhause über die Bühne gehen sollte.

Seine Eltern ermahnten ihn liebevoll, sich zu beruhigen.

»Vilma hat nicht Zeit für ein Kuchenhaus«, meinte seine Mutter, »sie lernt dich ja Klavier.«

Amdi hatte schnell eine Lösung parat.

»Robert kann uns doch helfen, stimmt's, Robert?«

Amdis Augen strahlten.

Und der Mann, der nicht Nein sagen konnte, sah mich hilflos an.

»Es tut mir so leid«, sagte er auf dem Nachhauseweg.

Mir lag auf der Zunge zu sagen, dass das die Sache nicht besser machte, doch nach meinen grandios gescheiterten Ablenkungsmanövern schien mir ein solcher Kommentar nicht ganz angemessen. Von wegen Fachmixer und so.

»Aber ich kann alles besorgen und …«

»Okay«, sagte ich, hauptsächlich, um meinen Mund am Reden zu hindern. »Abgemacht.«

Wir trotteten wieder über den verschneiten Spielplatz, mitunter in unseren alten Fußspuren, und je länger ich darüber nachdachte, desto erleichterter war ich, geschwiegen zu haben. Es war trotz allem ein netter Abend gewesen, so nett wie schon lange kein Abend mehr. Und wenn ich noch länger darüber nachdachte, dürfte sich das Kuchenbacken nicht allzu sehr auf meine Tränendrüsen auswirken.

»Und … hast du dir Gedanken gemacht? Über das, was ich gestern angesprochen habe?«, fragte Robert plötzlich.

Ich zog die Augenbrauen hoch.

»Dir deinen Vater noch mal in aller Ruhe anzuschauen …«

Jetzt fiel es mir wieder ein. Draußen auf der Treppe, sein Angebot, so lange den Raum zu verlassen. Aber wollte ich mir meinen toten Vater ein zweites Mal anschauen? Offen gestanden, hatte ich nicht darüber nachgedacht. Ich schüttelte den Kopf.

Aus irgendeinem Grund tat Robert das Gleiche und seufzte dabei.

Anschließend wurde nicht mehr viel gesagt, bis wir das Schulgebäude passiert hatten und er unter einer Straßenlaterne stehen blieb.

Dann konnte er sich nicht mehr zurückhalten: »Es ist nur so … ich finde irgendwie keine Ruhe, solange du es nicht getan hast, *Kackscheiße*.«

Letzteres überhörte ich geflissentlich und sah ihn verwundert an. »*Du* findest keine Ruhe?«

»Ich komme einfach nicht damit klar, ein schlechtes Gewissen zu haben. Sorry.«

Wer kommt schon damit klar?, hätte ich am liebsten gesagt. Ich dachte kurz nach.

»Reine Trainingssache«, sagte ich dann.

»Hä?«

»Ich meine, vieles lässt sich unterdrücken«, führte ich aus.

Aber nein. Robert schüttelte heftig den Kopf.

»Das macht es nur schlimmer. Wenn ich ganz fest versuche, die Klappe zu halten, fluche ich doppelt so viel.«

»Das geht mir nicht so.«

Ich hielt es für selbstverständlich, dass ich mich nicht aufs Fluchen bezog, aber um auf Nummer sicher zu gehen, fügte ich hinzu: »Man muss nur ein System für sich finden.«

»Fürs schlechte Gewissen?«

Seinem Gesichtsausdruck nach zu urteilen, schien er nicht daran zu glauben. Und streng genommen hatte ich keine Lust, das Thema zu vertiefen. Darum lief ich weiter und versuchte mich an einer Art Zusammenfassung.

»Du meinst also, ich soll mir meinen toten Vater noch einmal anschauen, damit *du* kein schlechtes Gewissen haben musst?«

»Ja, *Scheißdreck*«, sagte Robert. »Wärst du dazu bereit?«

Plötzlich musste ich lachen. So laut sogar, dass ich mich selbst erschreckte – konnte ich mich nicht länger beherrschen? Ich lachte den ganzen Weg von der Straßenlaterne bis zur Bushaltestelle, so lange, dass selbst Robert überrascht wirkte.

Zumindest anfangs. Denn mit der Zeit begannen seine Augen zu glitzern, und dann konnte auch er sich nicht länger zurückhalten. Obwohl wir beide versuchten, leise zu sein, als wir das Haltestellenhäuschen mit einer älteren Dame mit Rucksack teilen mussten, waren wir nicht sehr erfolgreich.

Was dem Gesichtsausdruck der Dame deutlich zu entnehmen war.

Trotzdem lachte ich weiter, bis der Bus blinkend davonfuhr und Robert mir aus dem Fenster zuwinkte. Mir, der Tochter seines toten Klienten, der prustenden Klavierlehrerin im Schnee. Der Einsiedlerin, bei der sich womöglich gerade ein paar Schrauben gelockert hatten.

Oder wer immer ich gerade war. Eigentlich.

London, den 14. Oktober 2019

Am nächsten Morgen läutete die Türklingel. Hans und sein Damenbesuch machten erwartungsgemäß keinerlei Anstalten, zum Leben zu erwachen; daher warf ich mir eine starke Halspastille ein und öffnete die Tür, wünschte mir, ich wäre breit und muskulös genug, um sie ganz auszufüllen und die leeren Flaschen sowie den überquellenden Aschenbecher auf dem Tisch zu verdecken.
Eine Sekunde später klammerte ich mich an ein einziges Wort:
»Maria?«
Dort stand sie. Atemlos und kleiner, als ich sie in Erinnerung hatte. Ihre Augen waren groß und dunkel. Vielleicht auch ängstlich, das vermochte ich auf die Schnelle nicht zu deuten.
»Ein Freund von mir braucht Hilfe«, begann sie rasch.
Was hatte ich erwartet? Nichts, natürlich. Höchstens, dass sie mir meine Noten bringen würde; das hier jedenfalls nicht.
Ich blieb eine Weile stehen, versuchte mich auf die Situation einzustellen und stammelte schließlich: »Soll ich meine Jacke holen?«
Sie schüttelte den Kopf. »Mein Freund braucht nur einen Rat.«
Etwas an ihrem Sprechtempo, am Nachdruck ihrer Worte ließ mich ein paarmal blinzeln.
»Von mir? Äh … wer?«
Sie wand sich einen Moment. »Er heißt … Bertram … Bang, er … muss eine wichtige Entscheidung treffen.«
Obwohl der Name komisch, ja fast lächerlich klang, ließ allein der Umstand, dass es ein Männername war, mein Herz nach unten sacken (als wäre es nicht ohnehin schon ziemlich weit unten gewesen).
Ging es um Marias Geliebten, der einen Rat brauchte? Warum von mir? Hatten meine Kussfähigkeiten mich zwar als Lover disqualifiziert, zugleich aber Ratgeberqualitäten offenbart?

Obwohl ich nur Bahnhof verstand, nickte ich, schluckte und versuchte gleichzeitig etwas zu sagen, was eine Art Rülpser nach sich zog, der einem »Hm« glich.
»Er hat im Grunde zwei Möglichkeiten«, fuhr Maria fort. »Gewissheit zu erlangen, die schrecklich ist oder ein Wunder bedeuten kann – oder Ungewissheit, die … möglicherweise glücklicher ist, gleichzeitig aber … unerträglich.«
Ich ließ mir Zeit, begriff jedoch schnell, dass ich zunächst ein äußerst störendes Element aus dem Weg räumen musste.
»Ist … Bertram … dein Geliebter?« Ich musste es wissen.
»Nein.« Sie schüttelte den Kopf. »Nur ein Freund, der einen Rat braucht. Und zwar möglichst bald.«
Sie senkte den Kopf und wich meinem Blick aus. Wohingegen ich sie anstarrte wie einen verlorenen Schatz; ich wusste, wie sich ihre Lippen anfühlten und ihre Wangen an meinen Handflächen. »Äh, möchtest du vielleicht reinkommen?«
»Nein.« Sie sah auf die Uhr. »Ich bin in einer Viertelstunde verabredet.«
»Okay.«
Erneut versuchte ich mich zu konzentrieren. Ich hatte so viele Fragen, doch es fühlte sich falsch an, sie zu stellen. Daher schloss ich hinter mir die Tür und setzte mich auf die Treppe.
»Dein Freund hat also die Möglichkeit zu erfahren, wie seine Zukunft aussehen wird«, versuchte ich zusammenzufassen. »Und sie wird entweder gut oder schlecht sein?«
Sie nickte und rührte sich nicht vom Fleck.
»Und jetzt fragt er sich, ob er Gewissheit haben oder in Unwissenheit leben will?« Ich dachte kurz nach. »Ist denn nicht das ganze Leben eine einzige Ungewissheit?«
»Schon, aber …«
Mehr sagte sie nicht.
Ich lächelte. »Der Tante meiner Mutter wurde in ihrer Jugend

vorhergesagt, sie werde unter rätselhaften Umständen sterben«, erzählte ich. »Jung.«

»Und?«, fragte Maria.

»Fünfundfünfzig Jahre lang hat sie in Angst gelebt. Bis sie starb, und zwar eines völlig natürlichen Todes.«

Dann zuckte ich zusammen – Maria lachte. Ganz plötzlich. Ein lautes, heiteres, fast kindliches Lachen.

Ich fühlte mich ein wenig stolz und lachte ebenfalls. »Und das Schlechte wird er doch früher oder später sowieso erfahren?«

Sie nickte, jetzt wieder ernst.

»Warum sich unnötig fürchten?«

Langsam setzte sie sich zu mir auf die Treppe, schob den Rock unter die Knie, die Hände unter die Oberschenkel.

»Der Gedanke gefällt mir.«

Sie tippte die Schuhspitzen aneinander und ließ sie wieder auseinandergleiten. Eine Weile saßen wir schweigend da.

»Wenn ich darüber nachdenke, ist mir Unwissenheit lieber«, sagte ich dann.

»Tatsächlich?«

Ich lachte. »Hallo, ich bin Musiker. Meinst du, ich würde mich nicht schon genug fürchten? Vor jedem Konzert, da kann ich ein Lied von singen.«

Sie lächelte. Erst in Richtung ihrer Knie, dann zu mir. Prompt begann mein Herz wie wild zu schlagen. Es gab die Hoffnung nicht auf, das musste man dem kleinen Muskel lassen.

»Ich werde es … Bertram ausrichten.«

»Sehr schön«, sagte ich. »Ich … hoffe, alles wird gut.«

»Ja. Vermutlich ist es sowieso nichts.«

»Bestimmt«, sagte ich, ohne zu wissen, worum es ging. Ich wollte nur Zeit gewinnen, sie noch einen Moment länger bei mir haben.

Trotzdem schaute ich pflichtschuldig auf meine Armbanduhr. »Kommst du … nicht zu spät? Zu deiner Verabredung?«

Zuckte sie kurz zusammen? Sie sah zuerst mich an, dann die Uhr an ihrem Handgelenk. Schließlich schüttelte sie den Kopf.
»Das ist nicht so schlimm.«
»Nein?«
»Nein.«

Wieder schwiegen wir eine Weile. Und erst jetzt merkte ich, dass ich an einer Büroklammer herumspielte, die ich in der Hosentasche gefunden hatte. Sie war jetzt geformt wie ein Herz. Schnell umschloss ich sie mit der Hand und räusperte mich.
»Maria«, sagte ich, »ich will mich noch einmal entschuldigen. Für … das … du weißt schon, vor dem Grand Hotel. Es tut mir wirklich leid.«
Sie drehte sich zu mir. »Es tut dir leid?«
Ich nickte. »So bin ich eigentlich gar nicht. Ich … hatte nur plötzlich das Gefühl, die Zeit drängt und –«
Ich fuhr mir verzweifelt durch die Haare, während Maria mich anstarrte.
Nach einer Weile beugte sie sich vor und sagte: »Die Zeit drängt tatsächlich. Das Gefühl habe ich schon lange.«

In der Wohnung schlief mein Freund Hans, der mir einen künstlichen Schnauzer geschenkt hatte und mich in all seiner Güte mit dieser Birgitte verkuppeln wollte.
Hier draußen auf der kalten Treppe saß ich. Und wurde von der einzigen Frau geküsst, die ich haben wollte.
Ich habe keine Ahnung, wie lange wir so dasaßen. Ich weiß nur, dass es bis dahin der glücklichste Augenblick in meinem Leben war.

Ivar Kirkeby

»Can You Feel the Love Tonight«. Völlig aus dem Takt. Die Melodie stockte mal hier, mal da, und ich wäre sehr überrascht gewesen, wenn auch nur ein Zuhörer einen Hauch von Liebe in der Luft gespürt hätte.

Zumal die Umgebung nicht gerade zu leidenschaftlichen Gefühlen einlud. Die Luft im Klassenraum war verbraucht von dreißig Schülern, die bis zum Mittag hier gesessen hatten, es roch nach Bleistift und mitgebrachten Broten, im Waschbecken hatte jemand eine gelbe Flüssigkeit ausgeleert, ohne mit Wasser nachzuspülen.

Der pickelige Junge am Klavier (ich nannte ihn mittlerweile Elton John) starrte nach der offenkundigen Zumutung, die das Vorspielen für ihn zu sein schien, stur geradeaus, während ich mich auf dem harten Plastikstuhl aufrichtete.

»Es ist nicht mehr lange bis zum Schülerkonzert«, sagte ich.

»Nein«, erwiderte Elton John.

»Wie oft hast du in letzter Zeit geübt?«

Wie die meisten Schüler zuckte er bei dieser Frage leicht zusammen und druckste zunächst herum. Nach einem kurzen Verhör stellte sich jedoch heraus, dass er genau zwei Mal geübt hatte (das Vorspiel zwei Tage zuvor für die Oma mitgerechnet). Er habe so viele Hausaufgaben aufgehabt, und dann das Fußballtraining …

Immer war es der Fußball. Oder das Skifahren oder Schwimmen, mindestens fünfmal die Woche. Die Kinder von heute hatten schlicht keine Zeit zum Üben. Eigentlich konnte es mir egal sein, wäre da nicht dieses Konzert.

Das Weihnachtskonzert im Teppichladen.

Ich schlug unverblümt vor, dass er das wöchentliche Üben bis zum nächsten Mal um den Faktor zehn erhöhen und *mit Metronom* spielen sollte, wenn er weiterhin am Konzert teilnehmen wollte.

Dann seufzte ich und freute mich auf die nächste Schülerin, eine Siebenjährige, die ihre Hausaufgaben in der Regel genau einmal durchspielte, ehe sie aufs Klo musste, wo sie bis zum Ende der Stunde blieb.

Und so vergingen die Tage, wie es so schön heißt.

Als die Pause endlich kam, marschierte ich mit meiner Butterbrotdose zum Lehrerzimmer und zu einer Tasse Kaffee mit Sølvi. Vorbei an Hausschuhen in allen erdenklichen Farben und einer Vitrine mit einem ausgestopften Biber. Ansonsten war der Korridor grau und leer, als wäre das Gebäude bereits im Feierabend.

Mir kam der Gedanke, dass wir Musikschullehrer im Grunde Schattenmenschen waren. Wie unsichtbar huschten wir in die Klassenzimmer, wenn der eigentliche Schultag vorbei war, eingepackt in Strickjacken, Ponchos und dicke Wollpullover, und dann verrichteten wir unser Werk, ohne irgendwelche Spuren zu hinterlassen. Das Klavier fein säuberlich an die Wand gerückt, der Stuhl wieder an seinem Platz, bei achtzehn Grad Celsius Zimmertemperatur. Höchstens.

Und auch im Lehrerzimmer waren wir eine Art Echo des wahren Schulalltags, des wahren Lebens. Nur das Poster über der Geschirrspülmaschine mit der Aufschrift »Deine Mutter räumt hier nicht auf« erinnerte an das dynamische Arbeitsleben während der hellen Stunden des Tages.

Nicht, dass ich mich im *normalen* Leben besonders wichtig fühlte. Keineswegs. Das hatte ich noch nie getan.

Trotzdem wäre es nett, wenn das Gefühl bei der Arbeit hin und wieder aufblitzen würde. Tat es aber nicht. Sogar die Reinigungskräfte waren schon nach Hause gegangen.

Ich fand Sølvi auf einem der blauen Sofas, mit Bleistift und Papier, und es sah aus, als würde sie etwas zeichnen. Sehr seltsam. Ein Vorteil an Sølvi ist jedoch, dass man sie nie zu fragen braucht, was sie gerade macht.

»Einkaufsliste«, sagte sie laut und zeichnete eine Lauchstange. »Meiner daheim bringt immer das Falsche mit, kann eine Zwiebel nicht von Knollensellerie unterscheiden.«

Ich setzte mich ihr gegenüber.

»Ach du liebes bisschen.«

»Du kannst es dir nicht vorstellen«, fuhr Sølvi fort. »Gestern brachte er Katzenfutter statt Leberpastete mit.«

Ich nahm an, dass ich schockiert aussehen sollte. Ich versuchte es zumindest. Dann nahm ich die Dose mit dem Chia-Pudding heraus, die ich – aus Schaden klug – in zwei Plastiktüten gewickelt hatte.

Jetzt schaute Sølvi von ihrem Porree hoch und sagte: »Wie läuft's eigentlich mit deinem Pfarrer?«

Dem Pfarrer? Ich erstarrte kurz.

»Ja, mit dem du sprechen wolltest.«

»Tja …«

Offen gestanden überraschte mich dieses plötzliche Interesse. In der Regel plapperte Sølvi einfach drauflos, am liebsten über sich selbst, ohne *mir* irgendwelche Fragen zu stellen.

»Gut«, sagte ich. »Man kann sich gut mit ihm … unterhalten.«

»Aha«. Sie vertiefte sich wieder in ihre Zeichnung. Ich tippte auf eine Avocado.

»Und … worüber redet ihr so?«

Ich räusperte mich. »Wir haben ja gerade erst angefangen«, sagte ich, »aber wir haben einen guten Draht zueinander.«

Sølvi nickte. Ein bisschen zu oft, wie ich fand.

Dann zeichnete sie eine Zitrone und eine Klopapierrolle, ehe sie wieder aufschaute. »Ist er attraktiv?«

Attraktiv? Gut möglich, dass ich leicht errötete.

»Und ist er Single?«

Mir rutschte der Löffel aus der Hand, und ich fischte ihn schnell mit dem rechten Zeigefinger wieder aus der Chia-Masse.

»Das weiß ich nicht«, sagte ich und musste tief Luft holen.

Denn in dem Moment ging mir auf, dass er verheiratet sein könnte. Dass ich möglicherweise davon geträumt hatte, den Ehemann einer anderen zu küssen, dort im Pfarrbüro. Und schlimmer noch: dass ich möglicherweise immer noch davon träumte.

Mein Gott, dachte ich, war ich jetzt eine von denen, die anderen Frauen den Mann ausspannte?

Sofort schlang ich zwei Löffel der klebrigen Masse hinunter.

Anschließend räusperte ich mich und sagte: »Ich bin nicht auf Männersuche.«

Doch schon eine Viertelstunde später war ich mir nicht mehr so sicher. Mein nächster Schüler hatte abgesagt und ganze zweiundzwanzigeinhalb Minuten lang saß ich mit dem Handy in der Hand da und googelte vor mich hin. Unter einer flackernden Neonröhre im Klassenzimmer.

Er hieß Ivar. Nicht zu fassen, dass ich das nicht wusste. Ivar Kirkeby. Er tauchte auf den Internetseiten der Kommunal- und auch der Lokalzeitung auf und erzählte, sein Herz schlage für Asker und er sei in der dortigen Gemeinde getauft und konfirmiert worden.

Außerdem hatte ich mich nicht geirrt: Er sah immer noch aus wie Jesus, als er mir auf dem Handydisplay entgegenlächelte. Er trug ein T-Shirt und hockte vor einem Rosenbusch.

Ich vergrößerte ihn. Stück für Stück. So fand ich heraus, dass seine Augen halb grün, halb braun waren und dass er beim Rasieren unterhalb der rechten Wange etwas nachlässig gewesen war. Außerdem hatte er auf dem nackten Oberarm die perfekte Behaarung, aber Gott sei Dank wuchsen ihm keine Haare aus der Nase. Entstellende Tätowierungen waren auch nicht zu sehen.

Ich ging gründlich zu Werk. Ohren, Augenbrauen und Haaransatz. Ich zoomte seine Lippen heran, bis sie das ganze Display ausfüllten.

Anschließend las ich, dass er eine Schwäche für die *Simpsons,* Lammeintopf und den Sänger Bjørn Eidsvåg hatte und dass er 1977 geboren war. Aber war er verheiratet?

Hm. Er wohnte jedenfalls im Gamle Drammensvei. In einem Einfamilienhaus, was auch immer das heißen mochte.

Ein paar Stunden später musste ich feststellen, dass es keine eindeutige Antwort gab. Lichterbögen im Fenster konnten Verheiratete und Unverheiratete gleichermaßen aufstellen. Aber waren die Vorhänge nicht etwas zu feminin? Und was war mit der Orchidee auf dem Fensterbrett?

Schwer zu sagen, zumal ich nur begrenzt Einblick hatte, als ich in der Dämmerung an Ivars Haus vorbeiging.

Ich muss dazusagen, dass sein Grundstück gewissermaßen auf meinem Heimweg lag, nur ein kleiner Abstecher in Richtung Fjord. Es war eine gute Gegend, Doppelgaragen und große Gärten, keine grelle Weihnachtsbeleuchtung.

Sehr standesgemäß für einen Pfarrer.

Erneut blickte ich möglichst unauffällig zum Haus.

Er schien sportlich zu sein. Zwei Paar Ski lehnten an der Hauswand, was mich unmittelbar darüber sinnieren ließ, ob er sportlich genug für *zwei* Paar Ski war – gehörte er zu den Leuten, die für jeden Schnee eigene Skier brauchten?

Sie waren gleich lang und konnten durchaus beide Ivar Kirkeby gehören.

Es sei denn, seine Frau war groß.

Nachdem ich geradezu verdächtig langsam an seinem Haus vorbeispaziert war, beschleunigte ich meine Schritte. Ließ Skier Skier und Orchideen Orchideen sein. Die Schuhspikes knirschten auf dem vereisten Bürgersteig, und ich hatte immer noch ein Kribbeln im Bauch.

Ivar Kirkeby, ein schöner Name.

»Selma, sind Sie das?«

Ich fuhr zusammen.

Neben mir hatte ein schwarzer Volvo abgebremst, und durch das offene Fenster drang eine vertraute Stimme. »Was führt Sie hierher? Ich hoffe, ich habe Sie nicht erschreckt!«

Einen Moment lang stand ich da und blinzelte nur. Dann holte ich tief Luft und drehte mich zu dem offenen Seitenfenster, aus dem ein Mann, der Jesus zum Verwechseln ähnlich sah, den Kopf herausstreckte.

»Vilma«, korrigierte ich. »Ich … bin nur auf dem Heimweg von der Arbeit.«

Jetzt galt es, einen kühlen Kopf zu bewahren.

»Sehr schön«, sagte er und warf einen Blick in den Rückspiegel, um zu sehen, ob er einem Auto Platz machen musste. »Ich … habe ganz vergessen, mit Ihnen über die Beerdigung zu sprechen. Ist es in Ordnung, wenn ich Ihnen bald eine SMS schicke?«

Ich nickte. Dreimal. Der Gedanke, Ivar Kirkebys Telefonnummer zu kennen, war mir auf Anhieb höchst sympathisch.

»Oder … wollen Sie einsteigen?« Er klopfte neben sich auf den Beifahrersitz. »Ich bin auf dem Weg zum Einkaufszentrum, um eine Lampe zu kaufen. Ich fahre mehr oder weniger bei Ihnen vorbei.«

Ivar Kirkeby wusste, wo ich wohnte. Natürlich wusste er das, schließlich hatte er vor nicht allzu langer Zeit mit seiner warmen Hand und den Briefen meines Vaters auf meiner Treppe gestanden. Aber trotzdem.

Ich nickte erneut und ließ mich nicht zweimal bitten. Also lief ich schnell ums Auto herum, zog den Mantel enger um mich und machte es mir auf dem beheizten Sitz neben Ivar Kirkeby bequem, der mit seinen halb grünen, halb braunen Augen lächelte und – ganz Gentleman – wartete, bis der Gurt eingerastet war.

Dann fuhr er los. »Ich wohne gleich da vorne«, erklärte er.

»So ein Zufall«, sagte ich.

So fuhren wir dahin. Ivar Kirkeby und ich.

»Langen Arbeitstag gehabt?«, fragte er.

Ich nickte.

Und plötzlich, als ich so dasaß, mit meinen Schuhspikes auf Ivar Kirkebys Fußmatte, schoss mir ein Gedanke durch den Kopf: So ist es, ein Paar zu sein.

Ein Mann und eine Frau auf den Vordersitzen. Ein Mann, der weiß, wo er hinwill, und eine Frau, die sich entspannt zurücklehnt. Sie könnten sich über die Weihnachtsgeschenke für die Kinder unterhalten, die rotwangigen Engelchen, die sich bestimmt einen Schlitten wünschten oder irgendwelche Spielsachen, an denen sie schon nach wenigen Tagen das Interesse verloren – aber egal, Weihnachten ist schließlich nur einmal im Jahr.

Sie würden lächeln, er und sie, in Vorfreude auf Heiligabend, auf den Weihnachtsbaum, vor dem sie bald schon *in fröhlich seligem Entzücken* stehen würden.

Und in dem Moment lächelte ich wohl auch und dachte, es könnte genauso gut umgekehrt sein. Dass sie am Steuer saß – die Geschlechterrollen waren nicht entscheidend. Ich war nur nicht darauf gekommen, weil ich selbst keinen Führerschein besaß.

Erneut blickte ich auf Ivar Kirkebys Hände und wurde an eine Liedzeile erinnert.

Zweie, die mich weisen zu Himmels Paradeisen.

Nicht, dass ich ernsthaft den Wunsch verspürte, dem Himmelreich so bald einen Besuch abzustatten.

Ich war mir nur nicht so sicher, wo Ivar Kirkeby hinwollte! Denn plötzlich riss er das Steuer herum und hielt abrupt vor einem Fitnessstudio mit dem Namen *Funke*.

»Abtauchen«, sagte er.

»Was?«, fragte ich.

»Abtauchen!«

Ich starrte ihn mit offenem Mund an, während er auf dem Sitz nach unten glitt und die Beine im Fußraum anwinkelte. Sein Blick forderte mich auf, es ihm gleichzutun.

Also schön. Zögernd rutschte ich auf dem warmen Sitz nach vorne, bis ich eine äußerst unbequeme Stellung erreicht hatte, die sich kaum noch als sitzend bezeichnen ließ.

Ich verstand überhaupt nichts.

Gleichzeitig schoss mein Puls in die Höhe. Was ging hier vor sich? Waren wir in Gefahr? Ängstlich starrte ich Ivar an, der vorsichtig den Hals reckte und nach links aus dem Fenster lugte.

Wurde er etwa verfolgt? Lag jemand im Gebüsch und zielte auf uns? Schnell verbarg ich das Gesicht in den Händen, weil ich das so in Filmen gesehen hatte; wie ein leuchtend roter Punkt plötzlich auf der Stirn des Todgeweihten auftauchte, an der Stelle, die der Mörder im Visier hatte.

Dann schoss mir ein anderer Gedanke durch den Kopf: Herrje – prüfte er, ob die Luft rein war? Hatte er vor, mich klammheimlich zu *küssen*?

»Meine Frau«, sagte er plötzlich.

Jetzt kam ich nicht mehr mit. Seine Frau? Wo?

»Ach, so«, stotterte ich nur.

Mussten wir deshalb in Deckung gehen?

»Ist sie gefährlich?«

»Nein, nein.« Jetzt schaute er nach rechts, ehe er sich wieder auf dem Sitz nach oben schob, schluckte und in den Rückspiegel schaute. »War nur ein Scherz.«

Ich mühte mich ebenfalls wieder nach oben und war völlig perplex. Ich muss schon sagen: ein merkwürdiger Humor.

»War nur ein Scherz«, wiederholte er und ließ den Motor wieder an. »Ab und zu braucht man das im Alltag.«

Ich nicht, dachte ich, traute mich allerdings nicht, es laut zu sagen. Was, wenn die meisten Menschen über diese Art von Spaß lachten? So was fand ich schon immer schwer einzuschätzen.

Mir war jedenfalls nicht zum Lachen zumute. Denn natürlich konnte ich sie jetzt spüren, die Enttäuschung darüber, dass Ivar einer anderen Frau sein Jawort gegeben hatte. Bis dass der Tod sie schied.

Oder? Im nächsten Augenblick dämmerte mir – von den Spikes bis zum Kopf – die volle Konsequenz von Ivar Kirkebys eigenwilligem Humor. Und wenn auch das ein Scherz war? Vielleicht war er überhaupt nicht verheiratet?

Konnte doch sein.

Unmöglich war es jedenfalls nicht.

Aber wie sollte ich ihn danach fragen, ohne sein Misstrauen zu wecken?

Ich schwieg lieber. Und da auch Ivar Kirkeby nichts sagte, saßen wir stumm im Auto, bis er vor meinem Haus hielt. Dort schlug er plötzlich die Hände vors Gesicht.

»TUT MIR LEID! ENTSCHULDIGUNG!« Er schrie fast.

Schon wieder zuckte ich zusammen. Und dieses Mal entfuhr mir fast ein »Jesses«, angesichts der Gesellschaft.

»Ich habe Sie angelogen«, sagte er atemlos. »Ich … meine Frau … wir haben Probleme. Und … ich wollte nicht, dass sie denkt, ich würde sie verfolgen.«

Dieses Geschrei. Immer noch versuchte mein armes Gehirn, die Worte zu sortieren: *Frau … Probleme.*

Das war also der Grund, weshalb wir vor dem Fitnessstudio angehalten hatten und abgetaucht waren?

Ich schüttelte den Kopf und versuchte, mich zu sammeln. Aber Ivar Kirkeby murmelte weiter in seinen Schoß: »Wir … kriegen es nicht auf die Reihe. Die Ehe und … ja, dann ist da noch ihr *Personal Trainer*, ich …«

Ich schaffte es nicht, klar zu denken. Völlig verdattert saß ich da und blinzelte, während Ivar Kirkeby auf dem Fahrersitz kauerte. Mir fiel auf, wie still es in einem Auto war, wenn der Motor nicht lief und es draußen schneite; große Flocken trafen die Windschutzscheibe und rutschten langsam auf die heiße Motorhaube.

Nach einer Weile versuchte ich es mit einem leisen Hüsteln.

Ich erwog, so etwas wie »Wird schon wieder« oder vielleicht auch »Alles wird gut« zu sagen, ließ es aber bleiben. Ehrlich gesagt hatte ich nicht die geringste Ahnung, was ich tun sollte. Oder was von mir erwartet wurde. In Gesellschaft des Pfarrers war ich bisher einzig und allein darauf eingestellt gewesen, eine würdige Trauernde abzugeben. Aber doch keinen Beichtvater. Beziehungsweise keine Beichtmutter.

»Tut mir leid, Selma.« Endlich hob Ivar Kirkeby den Kopf.

In dem Moment keimte eine seltsame Entschlossenheit in mir auf, die ungewohnt und ungewöhnlich war. Als hätte ich, Vilma, eine Aufgabe, eine Art Berufung. Als wäre ich die Erste an einem Unfallort – so eine Art Ärztin, professionell und moralisch integer.

Daher holte ich tief Luft und folgte meiner Intuition.

»Sie haben nicht zufällig Neurodermitis?«

Er legte erneut den Kopf in die Hände.

»Das soll ziemlich anstrengend sein«, fuhr ich fort, »für den Ehepartner, meine ich.«

Ein Schuss ins Blaue. Aber man konnte ja nie wissen, ob man nicht zufällig den Nagel auf den Kopf traf, auch wenn es unwahrscheinlich war. Und besser als nichts war es wohl allemal?

Ich hörte den Ruf immer deutlicher. Hier saß ein Mann, der mir sein Herz ausgeschüttet hatte. In einem solchen Fall musste man doch das bisschen Wissen hervorkramen, über das man verfügte. Wer hätte gedacht, dass ich Sølvis Eheklatsch einmal für etwas Konstruktives nutzen könnte?

Aber bei Ivar Kirkeby schien nichts zu klingeln. Er blieb weiterhin stumm, während ich vor meinem inneren Auge dreizehn Jahre mit Kaffeepausengesprächen zum Thema Ehemänner im Schnelldurchlauf abspulte.

Ich wollte gern hilfsbereit sein. Aber dann überlegte ich:

Sollte ich ihn lieber *trösten*? Konnte ich mich nicht empathisch zeigen, ohne Ivars Ehe *aktiv* auf die Sprünge zu helfen?

Ich überlegte, ob ich Ivar die Schulter tätscheln sollte, als er seinen schweren Kopf hob und mich gequält ansah.

»Ich glaube nicht mehr an Gott.«

Das hatte gerade noch gefehlt. Und trotzdem war ich – schon wieder – überrascht. Der gute Ivar, der als Pfarrer seinen Schäflein den Weg weisen sollte, hatte offenbar die Orientierung verloren. Ausgerechnet er, der Hirte der Gemeinde.

»Ich auch nicht«, platzte ich heraus, doch er schien mich nicht zu hören.

»Ich meine, ich habe versucht, nach Gottes Willen zu leben«, jammerte er. »Wirklich. Und jetzt, wo ich es mehr denn je bräuchte: Ist da ein klitzekleines Wunder zu viel verlangt?«

Ja, dachte ich. Aber ich war wohl nicht die Richtige, um diese Frage zu beantworten. Gut, Pfarrer kannten sich in dieser Angelegenheit wohl besser aus als ich, aber trotzdem, an seiner Stelle würde ich mir keine allzu großen Hoffnungen mache, dachte ich. Ich war jedenfalls noch nicht mit Wundern beschenkt worden. Obwohl ich als Kind mehrmals darum gebeten hatte.

»Meine Großtante hat es auch versucht«, sagte ich. »Das mit Gott, meine ich. Und dann fiel ihr eine Liedtafel auf den Kopf und sie war tot.«

Er war immer noch in seiner eigenen Welt. »Es ist fast nicht zum Aushalten.«

»Es gibt Schlimmeres.«

Daraufhin strich er sich verzweifelt durch das Jesushaar und holte so lange Luft, dass ich einen Moment lang glaubte, sein Atemmechanismus würde klemmen.

»Ich bitte nochmals um Entschuldigung«, seufzte er.

Am liebsten hätte ich seine Hand genommen, »Das wird schon« gesagt oder vielleicht auch »Ihr Geheimnis ist bei mir in guten Händen« – aber nichts davon passierte.

Denn gleichzeitig strömte etwas durch mich hindurch. Eine Art körperliches Lächeln, wenn es so etwas gibt. Als wäre die unsichtbare Klavierlehrerin aus dem Schatten getreten, hinein ins Rampenlicht.

Ivar Kirkeby, der Mann, der Jesus glich, hatte sich mir anvertraut. Er hatte mich auserwählt und mir von seiner angeknacksten Ehe und seinem fehlenden Gottesglauben erzählt. Mir, Vilma Veierød.

Er räusperte sich kurz und ließ den Motor an.

»Danke, Selma«, sagte er schließlich, »wir … sehen uns.«

Kurz darauf stand ich winkend im Schneetreiben. Und dachte: Vilma, zum allerersten Mal bist du wichtig.

Dann ging ich ins Haus und nahm einen Brief vom Sekretär.

Anschließend tat ich etwas, was ich noch nie getan hatte.

Ich zündete die erste Adventskerze an, obwohl erst Freitag war.

Ein Lichtlein für die Freude.

London, den 16. Oktober 2019

»Which one of two powers, Love or Music, can elevate man to the sublimest heights?«
Die Frage stammt nicht von mir, Vilma, aber sie klingt gut, nicht wahr? Und es heißt, der Komponist Hector Berlioz sei zu folgender Antwort gelangt:
»Love can give no idea of music, while music can give an idea of love.« Um später zu ergänzen: »Why separate them? They are two wings of the soul.«

Nun hatte Berlioz, wie Dir sicherlich klar ist, ein leidenschaftliches Verhältnis zu beidem. Seine berühmte Symphonie Fantastique *wurde beispielsweise für eine irische Schauspielerin komponiert, von der er ganz verzückt war, und anlässlich ihrer Rückkehr nach Paris aufgeführt.*
Der Zufall wollte es jedoch, dass sie von dem Konzert nichts mitbekam (trotzdem heirateten sie – und wurden ein paar Jahre später wieder geschieden).

Man kann nicht behaupten, dass ich ebenso drastisch zu Werke ging. Komponieren hat mir nie gelegen, und als Maria und ich frisch zusammen waren, beschränkten sich meine Geschenke auf herzförmige Steine und Rindenstücke – auf unseren Spaziergängen nach Ullevålseter und rund um den Sognsvann war es zu einem närrischen Spiel zwischen uns geworden.
Möglicherweise hatte es seinen Ursprung in jener Büroklammer, aus der ich ein Herz geformt hatte, als wir zusammen auf der Treppe saßen (bevor Maria ging, hatte ich sie ihr ins Knopfloch gesteckt).

Erst nach einer Weile durfte ich sie zu Hause besuchen. In der alten von Rosen und einem Lattenzaun umgebenen Holzvilla in Asker.
Ja, ich weiß sehr wohl, dass Du dort wohnst, Vilma (dem Internet sei Dank). Und ich hoffe, Du füllst das schöne Haus mit Leben, aber das ist eine andere Geschichte.
Natürlich wünschte ich mir schon lange etwas Zeit mit ihr allein. Die Wohnung in der Stadt teilte ich mir ja mit meinem Freund Hans, und zum einen war mir nicht danach, ihm von meinem Liebesleben zu erzählen – zum anderen war die Wohnung stark von Hans' nachlässigem Verhältnis zur Ordnung geprägt. (Als er wenige Wochen später nach München zurückkehrte, fand ich unter seinem Bett einen Teller mit Spiegeleiern.)
Aber dann, Anfang Mai, fuhr Deine Großtante zu Verwandten nach Westnorwegen, und Maria sollte das Haus eine Woche lang für sich allein haben.

Selbstverständlich wollte ich zu ihr. Doch gleichzeitig, so merkwürdig es auch klingen mag, stieg ich an diesem Frühlingstag mit gemischten Gefühlen in den Zug nach Asker.
Und dafür gab es durchaus Gründe. Zum Beispiel konnte ich mit Glück nie so recht umgehen – obwohl ich genauso danach strebte wie alle anderen. Doch sobald es mir einmal hold war, hatte ich das Gefühl, es wäre zu schön, um von Dauer zu sein. Früher oder später gäbe es einen Rückschlag.
Vielleicht ist es die Angst, enttäuscht zu werden, vielleicht denke ich, ich hätte das Glück nicht verdient. Doch diesmal hatte ich noch ein anderes Problem, das man gar anfassen und berühren konnte. Buchstäblich.
Den künstlichen Schnauzer.
Ich traute mich fast nicht mehr, ihn zu verwenden. Denn früher oder später würde Maria merken, dass er sich an einer Ecke

löste oder verrutscht war. Früher oder später wäre ich durchschaut. Entlarvt wie ein Betrüger.
Es ließ sich ja nicht leugnen, dass ich mich für einen anderen ausgegeben hatte.
Ich musste ihr wohl oder übel davon erzählen.

Aber wie? Diesen schrecklichen Augenblick hatte ich mir unzählige Male vorgestellt, und zwar mit unterschiedlichem Ausgang. In drei Versionen, um genau zu sein:
Sie verließ mich auf der Stelle.
Sie tat so, als wäre nichts (obwohl sich in Wahrheit alles verändert hatte).
Sie würde die Hunde auf mich hetzen.

Die letzte Variante erlebte ich zum Glück nur im Traum und wachte daher stets zu der glücklichen Erkenntnis auf, dass Maria an einer Hundeallergie litt.
Natürlich hoffte ich, dass ich, der Mann hinter dem Schnauzer, wichtiger wäre als die Narbe über der Lippe. Aber wir Menschen sind nicht immer rational. Wie würde Maria reagieren, wenn es so weit wäre?

Als ich eintraf, hatte sie gekocht, eine Art Fleischeintopf mit Reis, sie hatte sogar eine Flasche Wein aus dem Keller geholt. Wir aßen im Wohnzimmer, neben dem Klavier, daran erinnere ich mich, mit Blick auf den Garten, die Rosenbüsche und einen Sonnenuntergang in glühendem Gelb.
»Das Haus ist schon seit mehreren Generationen in Familienbesitz«, erklärte Maria. »Und ich habe das schönste Zimmer mit Blick auf den Fjord. Willst du es sehen?«
Ich wischte mir mit der Serviette den Mund ab, drückte zum hundertsten Mal möglichst unauffällig den Schnauzer fest und folgte ihr nach oben.

Das Zimmer war klein mit Dachschräge und Abseite in der Ecke. Einem Bild von Nannerl Mozart an der Wand und rosa Prinzessinnenvorhängen, aus denen sie eigentlich längst herausgewachsen sei, wie sie lachend kommentierte.
»Schau mal«, sagte sie, »ich sammle immer noch Schätze.«
Sie holte ein kleines Kästchen aus der Abseite. Darin lagen neben Glanzbildern und Perlen älteren Datums die klobigen Steine, die ich ihr geschenkt hatte, und die verbogene Büroklammer, die ein Herz darstellen sollte.
Ich lächelte. »Eines Tages wirst du bestimmt reich.«
Sie lachte. »Ja, wer weiß.«

Die Aussicht kennst Du natürlich. Unten der ruhige Fjord, die frühlingsgrüne Dunkelheit, das offene Fenster, das den Maiabend ins Zimmer holte.
Trotzdem verlieh mir wohl vor allem der Rotwein Mut und ließ die Angst schwinden. Ist es nicht komisch, dass einem selbst künstliche Schnauzer in, ja, feuchtfröhlichem Zustand weniger katastrophal vorkommen?
Egal wie, es fühlte sich an, als sei die Zeit jetzt reif. Daher berührte ich den Schnauzer, holte tief Luft und machte mich darauf gefasst, ein Geständnis abzulegen.
»Du, Maria, als du vor Kurzem gesagt hast, du würdest nicht wissen wollen …«
Abrupt klappte sie das Kästchen zu.
»Ja?«
Das war kein guter Start. Ich schüttelte den Kopf.
»Entschuldigung, ICH hatte das gesagt. Erinnerst du dich? Dass Dinge früher oder später ans Licht kommen – dass es besser ist, sich nicht im Vorhinein zu fürchten …«
Sie schwieg.
Ich präzisierte: »… für diesen Bertram, deinen Freund …«

Nein. Etwas hatte sich verändert. War der Rotwein binnen einer Millisekunde verdampft? Plötzlich war sie ganz und gar verschwunden, jene Leichtigkeit, die mir doch bei meinem Geständnis helfen sollte.
Jetzt nickte Maria sachte, und es war zu spät, um einen Rückzieher zu machen.
Vielleicht sollte ich die Sache anders angehen, überlegte ich.
»Ich meine, ist DIR Unwissenheit lieber?«
Sie wich zurück. »Wie meinst du das?«
Ein weiterer verbaler Umweg, damit quälte ich sie genau so sehr wie mich selbst.
»Ich muss dir was gestehen«, sagte ich mit festerer Stimme.
»Was denn?«
»Ich … habe dir etwas verheimlicht.«
Sie stand vor mir, einen Moment lang rührte sie sich nicht, dann wandte sie den Blick ab. »Schon in Ordnung«, sagte sie schnell. »Ich muss es nicht wissen. Du brauchst nicht – «
»Aber ich muss. Maria, ich bin nicht so … wie du glaubst.«
»Unsinn, Vilhelm. Ich habe Brahms mit dir gespielt. Das genügt.«
Ich schloss für einen Moment die Augen, machte sie wieder auf und atmete aus.
»Es fühlt sich nicht mehr richtig an. Dass du es nicht weißt.«
Sie runzelte die Stirn. »Du hast doch gesagt, du wüsstest lieber NICHT, dass …«
»Das denke ich immer noch.« Ich hielt ihren Blick fest. »Aber …«, jetzt gab es keinen Weg mehr zurück, »… ich erwarte nicht, dass du hinterher noch genauso für mich empfindest …«

Dann tat ich es: Ich schloss die Augen und riss mir den Schnauzer herunter, wie ein Pflaster. Stand da in der Dunkelheit meiner geschlossenen Lider. Meine Lippe brannte, ich

spürte einen Druck hinter den Augen. Und traute mich nicht, sie aufzumachen.
Einen Augenblick lang war es still.
»Vilhelm?«
Ich drehte mich von ihr weg. Öffnete die Augen, kehrte Maria aber nach wie vor den Rücken zu. Draußen war der Himmel von Rosa in ein mattes Hellblau übergegangen – wie passend.
»Das ist sie«, sagte ich schließlich in Richtung Fenster, »die nackte Wahrheit.«
Es klang albern.
Maria sagte nichts. Eine ganze Weile. Trotzdem konnte ich hören, dass sie sich bewegte. Vermutlich zog sie ihre Jacke an. Und ich dachte: Jetzt geht sie. Jetzt will sie nichts mehr von mir wissen.
Doch dann spürte ich, dass sie direkt hinter mir stand. Ein leiser Hauch ihres Atems in meinem Nacken.
»Dann lass uns beide nackt sein«, sagte sie.
Einfach so.
Langsam drehte ich mich um.

Da stand sie. Völlig entkleidet. Mit schiefgelegtem Kopf trat sie einen Schritt auf mich zu, berührte vorsichtig mit dem Finger meine Lippe. Dann folgten jene Worte, die mein Leben für immer veränderten (es muss erlaubt sein, es so zu schreiben, wenn nichts anderes die Sache trifft).
»So what?«

Tja, der gute Berlioz hätte dazu sicherlich allerhand sagen können. Zur Liebe, zur Musik. Und zu Flügeln.
Ich selbst brachte in dem Moment jedoch nicht viel heraus. Ich starrte das Schönste an, was ich je im Leben gesehen hatte, und sagte: »Du bist perfekt.« Dabei hatte ich das Gefühl, einen Schluckauf zu bekommen.

»Meine Tante findet, ich stolpere zu oft«, sagte sie und kam näher.

Ja, sie zitterte ganz leicht. Ich bestimmt auch, als sie mein Hemd aufknöpfte, und erst recht, als sie die Arme um meinen nackten Oberkörper schlang.

Der Rest ist, wie es so schön heißt, Geschichte. Von der insbesondere eine Tochter verschont bleiben sollte.
Trotzdem muss ich einräumen, dass an jenem Abend die Musik nicht das Schönste auf der Welt war.
Da kann Hector Berlioz sagen, was er will.

Die zweite Runde

»Hat es sich diesmal anders angefühlt?« Robert hielt die schwere Tür für mich auf, und schon standen wir wieder an der frischen Luft. »Jetzt, wo du mehr über ihn weißt?«

Die Tür fiel mit einer Art Seufzer ins Schloss, und ich zog den Reißverschluss meiner Steppjacke bis zum Hals. »Im letzten Brief schrieb er, dass sie Sex hatten«, sagte ich. »Keine Ahnung, was ich davon halten soll.«

Robert blieb stehen und wusste es wohl auch nicht.

»Aha«, sagte er nur.

»Also, nicht im Detail, Gott sei Dank«, fuhr ich fort. »Aber sie hatten sich ganz offensichtlich sehr ... lieb.«

Robert lächelte.

»Das ist ja schon mal was«, sagte ich.

Und wahrscheinlich hatte der tote Mann, den ich gerade (zum zweiten Mal) ehrfürchtig umrundete, genau deshalb heute einen anderen Eindruck auf mich gemacht. Irgendwie lebendiger, wie er dort mit weißem Kinnbart und künstlichem Schnauzer lag.

Obwohl er doch streng genommen noch toter war als beim letzten Mal, falls sich dieser Zustand überhaupt steigern lässt.

»Vielen Dank, jedenfalls«, sagte Robert.

Ich sah ihn fragend an.

»Dafür, dass ich nicht länger ... du weißt schon, ein schlechtes Gewissen haben muss.«

Er räusperte sich kurz und wippte auf den Füßen vor und zurück.

Ich nickte. Tatsächlich hatte sich Robert dieses Mal im Hintergrund gehalten und weder mit männlichen noch mit weiblichen Geschlechtsteilen die Stimmung ruiniert.

Er sah trotzdem etwas verlegen aus, und ich fügte hinzu: »Mir hat es auch gutgetan.«

Und das war nicht mal gelogen.

Ja, nicht *gutgetan* in dem Sinne, dass ich jetzt ein vollständig geklärtes, friedliches Verhältnis zum Tod hätte. Ich werde wohl nie zu denen gehören, die dem Tod mit der Haltung begegnen: »Mal sehen, was sich auf der anderen Seite befindet.«

Vielmehr hatte ich das Ziel, den Untergang so lange wie möglich hinauszuschieben, mit Chia-Samen und dem Verzicht auf unnötige Reisen nach New York. Und selbstredend mit Reflexjacke.

Doch egal, wie tot mein Vater aussah, er strahlte auch etwas Beruhigendes aus, so blass und friedlich, wie er dalag. Die schlanken Hände auf der Brust verschränkt (dafür hatte vermutlich Robert gesorgt) und mit einem langen Leben hinter sich. Er hatte Freud und Leid erlebt. Und ein paar handschriftliche Briefe als eine Art unbeabsichtigtes Testament hinterlassen.

Trotzdem hatte ich vor allem an *Mama* gedacht, als ich zu Robert sagte, es habe gutgetan. Denn eins hatte sich seit dem letzten Mal verändert, dank der Briefe aus der Feder meines Vaters: Ich wusste jetzt, dass sie ihn geliebt hatte. Den Mann, der nun leibhaftig vor mir lag. Sein Lächeln – bestimmt auch sein Lachen, die Haare und die Hände.

Meinen Vater, so wie er war. Oder zumindest, wie er gewesen war. Auch ohne Schnauzer. Das war eigentlich schon eine ganze Menge.

Möglicherweise hatte es sich deshalb ganz natürlich angefühlt. Es war wie von selbst passiert, dass ich erst vor ein paar Minuten eine Hand auf die kalte Stirn meines Vaters gelegt und gesagt hatte: »Wie gern hätte ich dich kennengelernt.«

Und »Lebwohl«. Denn »Danke für alles« hätte etwas merkwürdig geklungen, schließlich war *alles* in diesem Zusammenhang nicht gerade viel. Wobei er natürlich an meiner Zeugung beteiligt gewesen war. Und von meiner Warte aus betrachtet, war das eine ziemlich grundlegende Sache.

Anschließend hatte ich an die Tür der angrenzenden Kammer geklopft, in der sich Robert verschanzt hatte, bevor wir den Raum und meine toten Wurzeln in Gestalt von Vilhelm Mozart Sandvik verließen.

Den Mann, der gelebt und geliebt hatte und mein Vater geworden war.

»Irgendwie kenne ich ihn jetzt besser«, erklärte ich Robert (er wippte vor dem Eingang immer noch auf seinen Füßen vor und zurück), »weil er über Mama und sich schreibt.«

»So?«

»Am Anfang hat er nur über Raumfahrt geschrieben«, sagte ich, »und ein Brandenburgisches Konzert, das offenbar ins All geschickt wurde.«

Robert zog den Schal fester um den Hals. »Über Raumfahrt?«

Ich nickte. »Über Voyager eins und zwei.«

»Hm«, sagte Robert. »Das war ihm dann wohl aus irgendeinem Grund wichtig.«

»Scheint so«, sagte ich.

Die Sonne, die sich mit Mühe über eine Art Lagergebäude am anderen Ende des Hofs geschoben hatte, verschwand hinter einer Wolke, und sofort blies von irgendwoher ein kalter Wind, der Schnee von einer Weide herunterwehte.

Ich bibberte ein bisschen, hauptsächlich, um einen Abschied einzuläuten. Robert verstand offenbar das Signal.

»Soll ich dich vielleicht … nach Hause begleiten?«

Ich sah ihn verwundert an. »Warum?«

»Ich dachte nur … letztes Mal, als du ihn dir angeschaut hast … *verdammte Scheiße* … da … ja, im Bus …«

»Ich kann sehr gut allein Bus fahren.«

Es klang etwas schroff, das hörte ich selbst.

Er nickte kurz, schob die Hände in die Taschen und schaute nach links und nach rechts.

»Natürlich, gut, gut … *blöde Fotze* … Entschuldigung.«

»Okay.« Ich zog die Mütze noch etwas tiefer über die Ohren.

»Nun denn.« Er wippte wieder vor und zurück.

»Du kannst ja bis zur Bushaltestelle mitkommen?«

Man konnte hier nicht von einer nennenswerten Entfernung sprechen. Aber der Fußweg unter der dünnen Schicht Neuschnee vom Vortag war kaum gestreut, sodass Robert und ich hin und wieder auf die zusammengeschobene Schneekante steigen und in wochenlang aufgestaute Hundepisse (oder Schlimmeres) treten mussten.

Natürlich war ich selbst schuld, dass ich die Spikes nicht mitgenommen hatte. Allerdings konnte ich ja schlecht auf Spikes um meinen toten Vater herumklackern, fand ich, und es wäre mir respektlos vorgekommen, sie in einer solchen Umgebung aus- und wieder überzuziehen.

Folglich hatte ich es mir selbst zuzuschreiben. Es wäre wohl eine Ironie des Schicksals, wenn ich jetzt auf dem Weg von der Leichenschau meines Vaters mit dem Kopf aufs Eis knallen und mir das Genick brechen würde. Solche Unfälle lagen schließlich in unserer Familie.

»Und du bist sicher, dass alles in Ordnung ist?« Robert balancierte auf dem Schneewall gegenüber und musterte mich skeptisch.

Schon verrückt, wie sehr ihm der kleine Vorfall im Bus nachging.

»Alles bestens, ja«, antwortete ich.

»Denn … ich dachte nur … wenn du jemanden zum Reden brauchst … ich habe im Sommer meine Mutter verloren, ich weiß, wie …«

»Ich habe jemanden zum Reden. Den Pfarrer.«

Mehr wollte ich dazu nicht sagen. Das war eine Sache zwischen Ivar Kirkeby und mir. Daher wechselte ich schnell das Thema: »Findest du auch, dass er wie der Weihnachtsmann aussieht?« Unter meinem Fuß gab das Eis nach, ich sackte ein und bekam Schnee in den Schuh.

»Der Pfarrer?«

Ich schüttelte den Kopf. »Mein Vater«, erklärte ich und spürte, wie der Schnee bis unter die Fußsohlen kroch.

Robert sah mich verlegen an. »Der Pathologe könnte so etwas angedeutet haben. Dass eine gewisse Ähnlichkeit besteht.«

»Hm.«

»Aber … warum?«

Das fragte ich mich auch. Warum die Vergangenheit plötzlich häppchenweise an die Oberfläche stieg, wie Luftbläschen, gefüllt mit Fragen ohne Antworten. Und vor allem war da Großtante Ruth.

»Es ist nur so, dass … ich glaube, unser Nachbar hat für mich den Weihnachtsmann gespielt«, sagte ich.

»Aha?«, kam es von Robert.

»Als ich klein war, meine ich. Und jedes Jahr habe ich gehofft, er würde die Maske absetzen und darunter käme mein Vater zum Vorschein.«

Ich machte einen großen Schritt vom Schneewall herunter. Jetzt, da wir uns der Hauptstraße näherten, war deutlich großzügiger gestreut worden.

»Aber dann hat Großtante Ruth seine Kleider im Garten verbrannt.«

»Was?«

Ich nickte. »Mit Maske und allem Drum und Dran. Zusammen mit den verwegenen Büchern von Agnar Mykle«, erklärte ich. »Und einer *Schlümpfe*-Kassette.«

Robert sah mich eindringlich an. Besser gesagt, er glotzte.

Während ich Großtante Ruth vor mir sah, wie sie im Garten stand und in den Flammen stocherte – auch den gelben und sicherlich giftigen Rauch, als sie die Plastikmaske ins Feuer warf. Und ich erinnerte mich noch gut, wie er dort in der Glut lag und mich anlächelte, ehe er zusammenschrumpelte und verschwand. Der Weihnachtsmann. Für immer.

»Warum?«, fragte Robert.

»Sie wollte wohl auf dem rechten Pfad wandeln, wie es in der Bibel heißt. Sie hielt den Weihnachtsmann für etwas Heidnisches.«

»Ach, herrje.«

»Im Jahr darauf kam an Weihnachten ein heiliger König. Melchior, glaube ich. Aber da war schon nichts mehr zu retten.«

Wir hatten die Bushaltestelle erreicht. Ein Lastwagen fuhr vorbei und spritzte salzigen Schneematsch in den Unterstand.

»Und warum die Schlümpfe?«, fragte Robert.

Ich zuckte die Schultern. »Keine Ahnung.«

Ich wunderte mich über mich selbst. Noch vor wenigen Sekunden war ich auf einem Schneewall herumgestapft und hatte von meiner Kindheit erzählt. Dinge, an die ich seit Großtante Ruths Tod nicht mehr gedacht hatte.

Und wem? Nicht Ivar Kirkeby, dem ich eigentlich mein Herz ausschütten wollte, der mein wahrer Seelenfreund war (wahrscheinlich noch viel mehr als das).

Sondern Robert. Dem Mann, der an Leichen herumschnippelte und in fast jedem zweiten Satz mit Kraftausdrücken um sich warf.

Trotzdem war er ein angenehmer Gesprächspartner. Mit liebenswürdigen Augen und, ja, bei genauerem Hinsehen auch mit Lachfältchen. Und ich schaute genauer hin, während wir hier im Bushaltestellenhäuschen standen. So lang, dass es ihm auffiel und er zurückstarrte.

»Entschuldigung«, sagte ich und schlug die Augen nieder.

»Wofür?«

Das wusste ich selbst nicht so genau. »Du hast bestimmt keine Lust mehr auf tote Menschen.«

Er sah mich verwundert an.

»*Du* bist doch gar nicht tot?«

Er holte Luft, um weiterzureden, im selben Moment entdeckten wir aber den Bus, der den Hang heraufkam.

Ich streckte die Hand aus, um ihn anzuhalten, so wie man es machen soll.

Nein, zum Glück war unsereins nicht tot, dachte ich, als ich kurz darauf auf meinem Sitz saß. Mein Körper war immer noch warm, meine Hand winkte Robert zu, meine Zehen registrierten, dass der Schnee im Schuh zu Wasser geworden war. Ich war sogar ziemlich lebendig. Und das Resultat zweier Menschen, die sich geliebt hatten.

Das hätte ich auf Roberts Frage antworten sollen: Diesmal *hatte* es sich anders angefühlt.

Luftballons und andere Seltsamkeiten

»Ich glaube, ich bin verliebt«, erzählte ich Mama, als ich nach Hause kam. Wobei, streng genommen redete ich nur mit einem Foto von ihr, auf dem sie Zöpfe trug und ein weißes Kleid. Ich nehme es immer von der Wand, wenn wir uns unterhalten.

Es war noch früh am Nachmittag. Die tiefstehende Sonne schien durch die Wohnzimmerfenster und fiel treffenderweise auf *Die Liebenden*, eine Picasso-Kopie über dem Wohnzimmertisch (aus der Zeit, als er noch verständlich malte).

Ich hatte mir eine Tasse Kamillentee gekocht und das Knäckebrot mit ein paar Blättern Grünkohl und stimmungshalber einer halben Kiwi verziert. Jetzt saß ich auf dem harten Veloursofa und hatte tatsächlich sogar ein Teelicht im Kamin angezündet, den ich sonst nie benutzte.

Es war lange her, dass Mama und ich uns unterhalten hatten. So lange, dass das Bild Staub angesetzt hatte. Aber Mama lächelte wie immer – schon als ich den Staub herunterblies und auch, als ich mit dem Daumen über den geriffelten Rahmen strich.

Trotzdem spürte ich, dass sich seit dem letzten Mal einiges verändert hatte.

Ja, bisher war Mama für mich eine Art Fantasiefreundin gewesen. Aber jetzt, dank Papas Briefen, schien sie irgendwie Kontur anzunehmen. Sie wurde immer wirklicher. Sie hatte

Geheimnisse, Brahms und die Liebe – ein ganzes Leben, von dem ich nichts wusste. Und sie redete nicht länger munter drauflos.

Um ehrlich zu sein, ich auch nicht. Zum Beispiel fühlte es sich anstößig an, mit ihr über Papa zu reden, vor allem nach dem letzten Brief. Ich wusste mittlerweile einfach zu viel.

Deshalb war es an der Zeit, den Kontakt wiederaufzunehmen. Und plötzlich funkelten Mamas Augen, wie sie eingerahmt auf meinem Schoß lag.

»Verliebt?«, schien sie zu fragen.

Ich nickte und spürte ein Kribbeln im Brustkorb. »Es ist mir erst heute klar geworden«, sagte ich.

»So, so«, sagte Mama.

»… dass es nicht einfach vorbeigeht.« Ich trank einen Schluck Tee und fuhr fort: »Dieses Verlangen, ihn zu küssen.«

Sie nickte bedächtig.

»Den Pfarrer, meine ich.« Ich holte tief Luft. »Ist … das für dich in Ordnung?«

Mir war nicht ganz klar, warum ich Mama um Erlaubnis fragen musste. Tot, wie sie war, nach mehr als dreißig Jahren (und sie hatte auch nicht die Angewohnheit, im Zimmer herumzugeistern, wie manche Tote das angeblich tun).

So ist es wohl einfach bei mir: dass ich gewisse Dinge mit Mama abklären muss. Vor allem, wenn es um nette Sachen geht.

Jedenfalls war jetzt die Katze aus dem Sack. Ich war verliebt in einen verheirateten Mann mit warmen Händen und kompakten Oberarmen, der Ähnlichkeit mit Jesus hatte. Gespannt starrte ich auf das Foto. Kam zu dem Schluss, dass Mama nickte, und atmete erleichtert aus.

»Ja, er wird sich ganz bestimmt scheiden lassen«, schob ich hinterher. »Und ich habe nicht vor, bis dahin etwas zu unternehmen. Ich will einfach nur für ihn da sein.«

Doch, das klang gar nicht so schlimm.

»Ich spanne anderen Frauen ja nicht den Mann aus«, fuhr ich fort, »das verstehst du doch.«

Mama verstand. Und ob. Wenn ich nämlich so darüber nachdachte, war sie gerade die Richtige, um mir mit moralischen Vorhaltungen zu kommen. Schließlich wusste ich jetzt, dass sie nicht lange gezögert hatte, bis sie mit meinem Vater ins Bett gehüpft war. Obendrein in meinem Schlafzimmer, ins selbe Bett.

Aber daran wollte ich lieber nicht denken.

»Ich will ihm nur ein paar Textnachrichten schicken«, fuhr ich fort.

Dafür gab es einen Grund. Vorhin im Bus hatte ich von Ivar Kirkeby eine SMS erhalten, gut formuliert und fehlerfrei, mit einem »freundlichen Gruß« darunter. Und natürlich mit seinem Namen.

Ohne Kirkeby.

Ich platzte fast vor Freude auf meinem Sitz, wie ein Luftballon – ja, mir war, als könnte der nicht mehr ganz taufrische Busfahrer es im Rückspiegel sehen. Dass ich, Vilma Veierød, soeben eine hochromantische SMS bekommen hatte.

Und jetzt? Allein beim Gedanken daran musste ich mir das Handy schnappen und mich wieder bis zu besagtem Text durchklicken (obwohl ich mitten in einer Unterhaltung mit Mama steckte). Denn ich spürte ganz deutlich, dass ich, nachdem mir der Gedanke nun schon mal gekommen war, keine Ruhe fände, bevor ich ihm nicht geantwortet hätte.

Aber was? Es stand so viel auf dem Spiel, und ich wollte

mich unbedingt von meiner besten Seite zeigen. Oder von einer ganz neuen Seite?

Eine Weile rührte ich mich nicht. Dann sagte ich zu Mama:

»Ich glaube, es wird Zeit, dass ich zu moderneren Methoden greife.«

Ich dachte an diese Emojis, die ich bisher noch nie benutzt hatte. Und im selben Zug ging mir durch den Kopf, wie ich wohl wäre, wenn Mama länger gelebt hätte – mehr als die ersten vier Jahre meines Lebens.

Wäre ich dann moderner? Eine von »den Coolen«?

Man konnte wohl kaum behaupten, dass Großtante Ruth etwas in dieser Richtung unternommen hatte.

Nicht, dass der Gedanke half. Nicht, dass er je geholfen hätte. Nein, ich musste es allein schaffen – so wie alles in meinem Leben. So war es einfach.

Nun gut, Emojis also. Natürlich hatte ich schon Smileys und Daumen erhalten, keine Frage. Aber als ich jetzt die Möglichkeiten auslotete, war das Angebot schier überwältigend. Gelbe Gesichter, die heulten, schliefen und zwinkerten, Kirschen und Pommes, Brokkoli und Schachfiguren. Äffchen, Meerjungfrauen und ein winziges Kerlchen in einer Badewanne.

Was sollte ich damit?

Nun ja, Ivar beeindrucken.

Zunächst landete ich bei einem einfachen Smiley. Einem geradezu aufdringlich freundlichen Gesicht. Aber das Wort »Begräbnis« mit einem Smiley dahinter? Ich hatte meine Zweifel.

»Was würdest *du* ihm schicken?«, fragte ich Mama.

Sie antwortete nicht. Genauso wenig wie Picassos Liebende an der Wand. (Die waren wohl mit anderen Dingen beschäftigt.)

Ganz benommen von der großen Auswahl, entschied ich mich für eine Blume. Im Eifer des Gefechts verkleinerte ich versehentlich das Display, tippte aber auf ein Emoji, das ich für eine Rose oder eine Tulpe hielt, es war zumindest rot und sah gut aus. Also schön.

Senden. Und ab damit.

Wieder spürte ich ein Kribbeln im Brustkorb und hörte das Ticken von Großtante Ruths alter Wanduhr. Wer weiß, vielleicht las Ivar meine Nachricht just in diesem Moment? Vielleicht fiel ihm gerade auf, dass ich mir besonders viel Mühe mit meiner Emoji-Auswahl gegeben hatte?

Eins stand doch fest: Er konnte eine Aufmunterung gebrauchen. Wo ihm Gott entglitten war und seine Frau ihn offenbar nicht mehr liebte – vielleicht hatte sie sogar ein Verhältnis mit ihrem Personal Trainer. Ich konnte mir lebhaft vorstellen, wie sie die Augen verdrehte, wenn er sie um Verständnis bat, wie sie den frisch gebrühten Kaffee als selbstverständlich ansah. Wenn er nach einem langen Abend und etlichen Überstunden nach Hause kam, wärmte sie ihm nicht einmal die Reste in der Mikrowelle auf.

Ich stellte mir vor, wie er sich über die rote Blume freuen würde. Wie er sich den restlichen Tag über immer wieder dabei ertappte, dass er an diese Vilma dachte, die so lieb zu ihm war. Ja, vielleicht würde er sich die Nachricht mehrmals anschauen.

Ich schaute sie mir jedenfalls noch einmal an. Und vergrößerte sie sogar.

Da erstarrte ich. Denn zu meinem Entsetzen wurde mir klar, dass ich die Nachricht nicht mit einer roten Rose versehen hatte.

Sondern mit einem Luftballon.

»Der nächste Freitag ist ein wunderbarer Tag für die Beerdigung«, stand dort. Und dann: ein Luftballon.

Herr im Himmel. Ich schlug mir die Hände vors Gesicht. Das sah doch aus wie die Einladung zu einem Kindergeburtstag. Oder zu einem fröhlichen Kirmesbesuch. Ich richtete mich auf dem Sofa auf und schrieb in aller Eile: »Vergessen Sie den Luftballon.«

Ich drückte auf Senden.

Dann schrieb ich: »Denken Sie stattdessen an Rosen.«

Ich schickte die Nachricht ab, bereute es aber sofort.

Also schrieb ich: »Denken Sie an die Beerdigung und ignorieren Sie alles andere. Mit freundlichem Gruß, Vilma.« Dann schleuderte ich das Handy aufs Sofa.

Warum war alles nur so schwierig? Ich meine: diese Art der Kommunikation, die für die meisten ein Spiel war, Senden und wusch, Herzchen und Späße – warum war mir das alles so fremd? Vertrieben sich die Leute auf ihren Partys mit so etwas die Zeit, brachten sie sich gegenseitig die Verwendung von Schachfiguren und Brokkoliköpfen bei?

Ich seufzte.

War ich doch zu alt für meine Zeit, wie Sølvi und meine Kollegen behaupteten? Oder stimmte etwas mit der Zeit nicht?

»Was sich der Pfarrer eigentlich wünscht«, sagte ich schließlich zu Mama, »ist ein Wunder.«

Sie schien zu nicken. Und im Grunde war ich ganz seiner Meinung, es war an der Zeit für ein kleines Wunder. Nichts Großes. Einfach nur, dass aus einem Luftballon eine Rose wurde. Mehr wollte ich gar nicht.

Aber Mama und Wunder? Vergiss es. Die zwei Dinge passten nicht zusammen, sonst würde Mama jetzt noch leben. Sonst wäre sie an jenem unglückseligen Tag früher aufgewacht. Wäre auf ihren Füßen gelandet oder hätte ein Kissen dabeigehabt, das den Sturz abgemildert hätte.

Nein. Ich schüttelte den Kopf und dachte an Ivars Oberarme.

Das half. Das engsitzende Hemd und die Augen, die braun, aber auch grün waren. Ich musste nicht einmal rückwärtszählen.

Und zum Glück verblasste dabei sogar der rote Luftballon.

Trotzdem musste ich Mama fragen:

»Bist du *wirklich* sicher, dass es okay ist?«

»Na klar, na klar«, antwortete sie.

Ich stieß einen Seufzer der Erleichterung aus. Dann hängte ich sie zurück an die Wand und nahm einen Brief vom Sekretär.

London, den 19. Oktober 2019

Ich hoffe, Vilma, Du hast schon erlebt, wie die Liebe uns Menschen völlig närrisch macht.
Falls nicht, kannst Du Dich darauf freuen.
Ja, hätte mir jemand während meiner Zeit in München gesagt, dass ich in wenigen Jahren jemanden so heiß und innig lieben würde, dass ich lernen wollte, auf dem Kopf zu stehen – ich hätte wohl laut gelacht.
Nicht, dass derlei akrobatische Übungen erforderlich gewesen wären, sie waren eher ein spontaner Einfall – und davon hatte Deine Mutter sehr viele.

Ihre Tante weilte noch in Westnorwegen, und Maria hatte plötzlich die Idee, mich in diese buchstäblich auf den Kopf gestellte Welt einzuweihen. Sie selbst habe die Kunst verlernt, meinte sie – trotzdem gab sie mir klare und ermunternde Anweisungen.

Und just in dem Moment, als mein Kopf auf den Teppichboden gedrückt wurde und sich meine Beine an den Schornstein klammerten, ertönte im Radio in der Küche, das wir vergessen hatten auszuschalten, Bachs Zweites Brandenburgisches Konzert.
»Genau dieses Stück«, sagte ich, »ist auf dem Weg ins Weltall.«
Dann warf die Schwerkraft mich der Länge nach zu Boden, sodass es in der Vitrine daneben klirrte.

Erst eine ganze Weile später, nach viel Gelächter und Gejammer, nahm Maria den Faden wieder auf. »Inwiefern?«, fragte sie.
Ich hatte vergessen, worüber wir gesprochen hatten.
»Das Brandenburgische Konzert«, erklärte sie, »auf dem Weg ins Weltall?«
Ich nickte. »Ich übrigens auch.«

Es war nämlich eins meiner ersten Engagements in München gewesen. Die Aufnahme des Brandenburgischen Konzerts Nummer zwei mit dem Münchener Bach-Orchester. Meine erste Einspielung überhaupt, doch es hat nicht viel gefehlt, und ich hätte die Aufnahme ruiniert, als mein Magen während einer Generalpause laut knurrte.
Karl Richter, damals ein berühmter Bach-Interpret, dirigierte. Vielleicht nicht so, wie man es heute machen würde, die Interpretation von Bachs Werken ändert sich fortlaufend, je nach Zeit und Mode. Aber ich war damals noch keine zwanzig gewesen und der festen Überzeugung, dies sei die einzige Art, Bach zu spielen – und natürlich die beste.
Und offenbar war nicht nur ich dieser Auffassung gewesen. Selbst Jahre später hatten andere wohl genauso gedacht. Im Herbst 1977 erfuhren wir nämlich, dass niemand Geringeres

als die NASA ebendiese Einspielung ins All schicken wollte, als Teil der sogenannten »Golden Records«.
Natürlich war es eine große Ehre, aber nichts, worüber ich bis zu diesem Tag, an dem ich in Maria Veierøds Wohnzimmer auf dem Kopf stand, besonders viel nachgedacht hatte.

»Dann lebst du also ewig«, sagte sie, als ich mit Erzählen fertig war.
Ich verstand nicht, was sie meinte.
»Na, wenn du immer weiter ins All, in die Unendlichkeit reist, lebst du doch gewissermaßen ewig, oder?«
»Ja, vielleicht«, sagte ich.
Ich saß auf dem Boden und rieb mir den schmerzenden Ellbogen, während sich mein Schädel immer noch seltsam platt anfühlte. Maria setzte sich zu mir.
»Meine Tante fürchtet sich vor dem Weltall.«
»Vor dem Weltall?«
»Ja. Letzte Woche bat sie mich, sie festzuhalten. Sie hatte plötzlich Angst, die Schwerkraft würde nachlassen.«
Das klang merkwürdig. »Inwiefern?«
»Dass sie ins Weltall gesogen werden könnte und dann mutterseelenallein dort oben herumschwebte.«
Ich schaute unwillkürlich aus dem Fenster, in den hellblauen Maihimmel, der keiner Fliege etwas zuleide tun könnte.
Ich musste lachen. Der Gedanke an eine betagte Tante, die in der Milchstraße herumflatterte, war ziemlich amüsant.
»Das hört sich … etwas schräg an«, sagte ich.
Maria lächelte gequält und schüttelte den Kopf. »Hinterher haben wir beide so getan, als wäre es nur ein Scherz gewesen.«
»Jesses.«
Maria seufzte leise, wie sie dort neben mir saß. »Meine Tante ist in letzter Zeit so ängstlich geworden. Sie fürchtet sich vor der Einsamkeit.«

Ich rappelte mich auf dem Perserteppich wieder auf, streckte die Hand aus und zog Maria hoch. Ich war glücklich, dass die Einsamkeit kein Teil von mir oder von uns war.
Doch Marias Gedanken schienen noch im Universum zu verharren. Sie ging zum Fenster, als wollte sie zu den Sternen schauen, obwohl es helllichter Tag war.
»Dass Musik auf dem Weg ins All ist«, fuhr sie fort, »ist doch ein schöner Gedanke. Dass es sie dort draußen immer geben wird. Auf ewig.«
Sie blieb noch eine Weile so stehen, zupfte ein paar trockene Blätter von einer Begonie auf dem Fensterbrett und sagte dann, vor allem zu sich selbst, glaube ich: »Ich mag nichts, was ein Ende hat.«
Ich schlang die Arme von hinten um sie. »Dann ist das Weltall wohl wie für dich gemacht«, sagte ich lächelnd.
Ich konnte spüren, dass sie nickte.
»Ja, das Weltall ist wie für mich gemacht.«

Wenn ich so darüber nachdenke, muss ich der Tante ein bisschen recht geben. Denn in diesen Tagen war es so, als würde die Schwerkraft nicht mehr so recht funktionieren.
Ich glaube tatsächlich, sie hat auf Verliebte nur begrenzten Effekt.

Moussaka, das Original

Was die Sache mit der Schwerkraft betraf, stimmte ich Papa nicht ganz zu. Ich saß wieder im Lehrerzimmer, die (mit Chia-Pudding gefüllte) Butterbrotdose vor mir auf dem Tisch. Zwar deutete einiges darauf hin, dass ich verliebt war, aber die Schwerkraft schien trotzdem noch zu wirken. Vor allem in diesem Moment, als der Fjällräven mit Fahrradschuhen und Radlerhose ins Lehrerzimmer klackerte.

Sofort rutschte ich auf dem blauen Stoffsofa etwas tiefer.

Der Fjällräven war Schlagzeuglehrer gewesen, bevor er Vizerektor wurde. Vor etwa zehn Jahren hatte er für die Schulband ein großes Projekt geplant: »Norwegian Pop and Jazz«. Ein ganzer Abend, der allen Arten von rhythmischer norwegischer Musik gewidmet sein sollte; Lehrer, die nicht in diesem Bereich unterrichteten, wurden dazu abgestellt, Kulissen zu bauen und natürlich an Planungssitzungen teilzunehmen.

Als der Fjällräven jedoch mitbekam, dass sein Projekt sowohl bei den Kollegen als auch bei den Schülern unter dem Codenamen »Norwegian Pop und Scheiß« lief, blies er die Veranstaltung unter dem Vorwand ab, er stehe kurz vor einem Burnout.

Der Burnout war allerdings nicht so schwerwiegend, dass er nicht zwei Wochen später die Stelle als Vizerektor der Musikschule übernehmen konnte (er hatte jahrelang in derselben Blaskapelle gespielt wie die Rektorin), eine Rolle, die er hemmungslos und leidenschaftlich mit unwichtigen E-Mails und unnötigen Sitzungen ausfüllte.

Sølvi und ich hegten den Verdacht, dass es ihm vor allem ums Radfahren gegangen war. Auf der neuen Stelle konnte er nämlich von einer dezentralen Schule zur nächsten radeln und so zwei Fliegen mit einer Klappe schlagen: Radfahren, was ihm vermutlich wichtiger war als das Leben selbst, und das Verteilen idiotischer Arbeitsaufgaben, womit er sich seinen Lebensunterhalt verdiente.

Auch gestern hatte er eine Rundmail verschickt. Bezüglich der anstehenden Fortbildung.

Ein einziges Fest sollte es werden. Wir sollten einfach nur gute Laune mitbringen, dann würde sich der Tag zu einer inspirierenden Mischung aus fachlichem Input und geselligem Beisammensein entwickeln. Im Mittelpunkt stand natürlich die Detailplanung des Weihnachtskonzerts.

Ich bekam fast Schüttelfrost. Nach dem letzten Workshop, als uns ein Coach, eine eigens angeheuerte Frau im Hosenanzug, dazu anleitete, uns zu öffnen und ehrlicher miteinander umzugehen, hatten Lars, der Klarinettenlehrer, und Trine, die Akkordeonlehrerin, ihre Stelle gekündigt.

Opfer der Ehrlichkeit, könnte man sagen.

Ohne dass der Fjällräven den Wink verstanden hätte.

Und nun stand er auf dem strapazierfähigen Linoleum, rot im Gesicht und fast dampfend in seinem Reflex-Shirt. »Hallo Ladys!«, fing er an.

Witzig, doch bis zum heutigen Tag habe ich noch nie erlebt, dass jemand einen Raum mit den Worten »Hallo Gentlemen« betreten hat, aber egal. Rein faktisch betrachtet, hatte er ja nicht unrecht.

Anschließend machte er eine Bemerkung, dass ja schon wieder Dezember sei und Weihnachten immer näher rücke.

»Was du nicht sagst«, warf ich ein.

Daraufhin nickte und lächelte er, ehe er uns versicherte, dass er keineswegs gekommen sei, um uns zu ärgern (was implizit hieß, dass er das niemals täte) – nein, er wolle uns nur persönlich mitteilen, dass wir die glücklichen Auserwählten seien. (Keine Ahnung, warum er an dieser Stelle eine kleine Pause machte. Sølvi und mir schwante nichts Gutes.)

»Ein Quif«, strahlte er. »Und ihr follt ef vorbereiten.«

»Wie bitte?«, fragte Sølvi.

»Worum soll es dabei gehen?«, fragte ich.

Unsere lauwarmen Reaktionen deutete er offensichtlich als Enthusiasmus, er lächelte breit und fuhr fort. Ja, ein »luftigef Quif«, es gebe keinerlei Vorgaben, außer dass der Schwierigkeitsgrad dem Umstand Rechnung tragen solle, dass zum Essen Wein gereicht werde.

Er zwinkerte vielsagend, während sich ein kleiner Tropfen von der Kante seines Helms löste und über seinen Nasenrücken lief.

Anschließend breitete er die Arme aus. »Okay, Ladyf?«

Ich glaube, wir nickten. Dann klackerte er auf seinen Fahrradschuhen wieder hinaus zu den Ballonreifen. Weg war er.

»Ein Quiz«, fragte Sølvi. »Bist du gut in so was?«

Ich schluckte etwas Chia-Pudding hinunter und wusste nicht, ob ich mit Ja oder Nein antworten sollte. Ehrlich gesagt, bin ich mir ziemlich sicher, dass meine Allgemeinbildung Sølvis übertrifft (neulich hat sie erzählt, sie würde gern nach Frankreich fahren, weil sie so frankophob sei), aber Eigenlob hat sich wohl noch nie günstig auf das Knüpfen freundschaftlicher Bande ausgewirkt.

Und genau darum ging es mir. Ich war mir nur nicht so ganz sicher, wie ich das mit dem Knüpfen anstellen sollte.

»Ich weiß nicht«, sagte ich. »Und du?«

Sie schenkte sich Kaffee aus ihrer grellbunten Thermoskanne ein.

»Um Musik dürfen sich die Fragen jedenfalls nicht drehen«, meinte sie, »das hängt allen schon zum Hals raus. Ich kenne mich mit Prominenten aus. Und mit Gartenpflanzen.«

»Wirklich?«, fragte ich.

Insgeheim musste ich zugeben, dass Sølvi wahrscheinlich doch allerhand wusste. Immerhin hatte sie ihrem Mann ziemlich viel beigebracht. Zum Beispiel, wann es an der Zeit war, eine Party zu verlassen. Den Unterschied zwischen Grün und Türkis zu erkennen. Und dass er sich tief im Innern nichts sehnlicher zu Weihnachten wünschte als ein Teeservice für zwölf Personen.

Jetzt trank Sølvi einen Schluck Kaffee und fuhr fort: »Und du? Womit kennst du dich aus?«

»Mit dem Tod«, sagte ich.

Auch auf die Gefahr hin, dass es seltsam wirkt: Ich hatte einen Plan. Und Pläne muss man bekanntlich an die äußeren Umstände anpassen. Daher setzte ich ihn auf der Stelle um, frei nach dem Assoziationsprinzip.

»Apropos«, sagte ich, »könntest du dir vorstellen, bei einer Beerdigung zu spielen?«

Sølvi verstand nur noch Bahnhof.

»Was für eine Beerdigung, Vilma?«

Ich räusperte mich. »Mein Vater«, erklärte ich. »Er ist plötzlich tot in einem Flugzeug aufgetaucht.«

Sie stellte die Tasse so abrupt ab, dass der Kaffee überschwappte, machte den Mund auf und schloss ihn wieder. »Nein, also Vilma, ich hatte ja keine Ahnung …«

Sie zögerte einen Moment.

»Mein herzliches Beileid«, brachte sie schließlich heraus. Ich sah, dass sie weitersprechen wollte, sich aber sozusagen selbst bremste – als wäre sie der Ansicht, die Beileidsbekundung müsse einen Moment für sich stehen.

»Aber … also … inwiefern aufgetaucht?«

»Ich wusste nicht, dass es ihn gab«, erklärte ich.

Obwohl ich ihr förmlich ansah, wie ihr Gehirn ratterte, bohrte sie an dieser Stelle nicht weiter. Vielmehr zog sie in Zeitlupe eine Papiertüte mit einem Croissant aus der Tasche und biss schweigend hinein. Als dürfte ich nicht behelligt werden.

»Also, das ist der Grund dafür, dass … ja, die Sache mit dem Pfarrer …?«, kam dann trotzdem.

Ich nickte.

Sie schüttelte den Kopf. »Aber warum hast du denn nichts davon erzählt, Vilma?«

Warum? Ich war aufrichtig überrascht. Hätte ich ihr davon erzählen sollen? Ich führte einen weiteren Löffel mit Chia-Pudding zum Mund und sah sie verwundert an. War Sølvi wirklich an so etwas interessiert?

»Ich … weiß nicht«, war alles, was mir dazu einfiel.

Ich kaute und schluckte.

Sølvi schwieg so lange wie wahrscheinlich noch nie zuvor.

»Klar bin ich dabei«, sagte sie schließlich. »Was soll ich spielen?«

Darüber brauchte ich keine Sekunde nachzudenken. »Brahms.«

Gestern hatten wir uns getroffen, Ivar Kirkeby und ich. Im Pfarrbüro. Denn wenn es um Begräbnisse gehe, treffe man sich besser von Angesicht zu Angesicht, hatte er gemeint.

Textnachrichten seien in vielen Situationen praktisch, aber eben nicht in allen.

Kurz hatte ich mich gefragt, ob er auf den roten Luftballon anspielte, schob den Gedanken jedoch beiseite.

Und ich widersprach ihm nicht. Natürlich wollte ich gern zu ihm kommen, es war schließlich nicht gerade unwahrscheinlich, dass ein solches Gespräch uns einander näherbringen würde. Auf rein seelischer Ebene, meine ich. Ich war schließlich keine, die anderen den Ehemann ausspannte (bevor er nicht von sich aus zu mir kam).

Nein, vorläufig hielt ich an meinem ursprünglichen Ziel mit Ivar Kirkeby fest: die Minimierung des Risikos, an Einsamkeit zu sterben. Das galt nach wie vor.

Trotzdem hatte ich dem Treffen mit gemischten Gefühlen entgegengesehen. Aus dem einfachen Grund, dass ich schon lange ein angespanntes Verhältnis zu Begräbnissen habe.

Einerseits wegen dieser gedämpften Orgelmusik vor Beginn des Elends, der Lilien und Bibelworte und allem, was die harten Fakten vernebelte und überdeckte: Man war zusammengekommen, um einen Leichnam in der Erde zu vergraben, auf dass Pilze und Aaskäfer ihr Werk verrichten konnten. Punkt.

So war es nun mal. Aber es war nicht der einzige Grund, weshalb ich Begräbnisse möglichst mied (was im Übrigen nicht besonders schwierig war – einer der Vorteile, wenn man keine engen Freunde hat).

Es war diese plötzliche Übelkeit. Das widerliche Gefühl im Zwerchfell, das sich stets einstellte, sobald ich die Türschwelle einer Kirche überschritt – oder spätestens ab dem Moment, in dem ich den Sarg erblickte. Und die Lilien oder Nelken obendrauf. Aber ich hatte mir nie Gedanken über die Ursache gemacht.

Und außerdem hatte ich meinen toten Vater zweimal gesehen, ohne mich übergeben zu müssen.

Fakt war dennoch, dass diese Zeremonie, die andere schön und wehmütig fanden, bei mir den Wunsch auslöste, mich schleunigst meines Mageninhalts zu entledigen.

Nun ja. So war es wohl einfach.

Und mein Vater musste so oder so unter die Erde. Kurzum, ich hatte keine andere Wahl.

Ich war leicht verwundert, als ich das Pfarrbüro betrat und mir Essensgeruch entgegenschlug. Denn dort saß Ivar, über einen Tisch gebeugt, der niedriger war als sein Stuhl, und führte eine Plastikgabel zum Mund.

»Moussaka«, sagte er kauend. »Das Original, mit Aubergine.« Sie schien glühend heiß zu sein, das entnahm ich der Art, wie er den Bissen hinunterschluckte. »Aus der Frischeabteilung von Meny, braucht man nur in der Mikrowelle aufzuwärmen.«

Er hielt mir eine Plastikform hin, als würde er Reklame für den undefinierbaren matschigen Inhalt machen.

Na schön, offensichtlich hatten wir alles Formelle hinter uns gelassen – das sollte ich wohl als Kompliment werten. Ivar entfernte rasch ein paar grüne Aktenordner von dem mir schon vertrauten Polstersessel, damit ich Platz nehmen konnte.

»Wollen Sie mal probieren?«

Komisch. Anders als erwartet, hatte ich noch keinen Anflug von Herzklopfen. Vielleicht, weil er heute so anders wirkte? Seine Haare waren strubbelig, und auf dem weißen Kragen prangte ein gelber Fleck. Ich tippte auf Ei.

Außerdem hatte er Tränensäcke unter den Augen.

»Ja, gern«, hüstelte ich. Zu einem Pfarrer sagte man wohl nicht Nein.

Ich folgte ihm mit dem Blick, als er aus einem Kiefernschrank einen Plastikteller herausnahm (der sicherlich für den Gemeindekaffee vorgesehen war), und stellte fest, dass auf dem Sofa eine zusammengeknüllte Decke und ein dickes Kissen lagen.

»Nur einen Bissen«, sagte ich, als er mir auftat. Bescheidenheit galt in Kirchenkreisen doch sicherlich weiterhin als Tugend.

Ich fragte mich, ob er hier übernachtet hatte.

Dann aßen wir, Ivar und ich, von den Plastiktellern auf einer gepunkteten Wachstischdecke unter den Filzstiftzeichnungen von Noahs Arche und dem hellblau gewandeten Jesus an der mit Jutetapete verkleideten Wand. Nach und nach kam es mir tatsächlich so vor, als bräuchte Ivar die Moussaka mit Aubergine, um seine geistliche Form wiederzufinden.

Nachdem er sich den Mund mit einer Weihnachtsserviette abgewischt hatte, bedachte er mich nämlich mit einem wohlwollenden Blick und klatschte so abrupt in die Hände, dass ich zusammenzuckte.

»Also«, fing er an, »ich werde natürlich ein paar Worte zu Ihrem Vater sagen.«

Ich nickte so würdevoll wie möglich. Denn jetzt war Ivar bei der Arbeit. Er schob den Teller beiseite und griff nach Stift und Papier – ja, jetzt ging es ans Eingemachte. Und es fühlte sich besser an als erwartet.

»Haben Sie seit dem letzten Mal noch mehr herausgefunden, Selma?«

Ich korrigierte ihn nicht.

»Er hatte Sex mit meiner Mutter«, entfuhr es mir.

Ich meine, das war trotz allem eins der letzten Dinge, die ich gelesen hatte. Abgesehen von den Grenzen der Schwerkraft und dem Kopfstand. Aber offen gestanden, wusste ich nicht, was Ivar Kirkeby mit diesen Informationen anfangen sollte.

Er räusperte sich. »Sex«, wiederholte er, als fühlte sich das Wort in seinem Mund fremd an. »Das war ja nun … keine große Überraschung?«

Anschließend sah er mich so fragend an, als würde er mir unterstellen, ich hätte in der Schule den Sexualkundeunterricht geschwänzt.

»Na ja, bis dahin bin ich in seinen Briefen gekommen«, erklärte ich. »Und er war in sie verliebt. Er scheint keiner dieser Dreckskerle gewesen zu sein, die eine Frau schwängern und sich dann verdrücken.«

Ich schaute auf zu Jesus und hoffte, er würde mir zustimmen.

Ivar Kirkeby nickte.

Und obwohl besagtes Schwängern streng genommen außerehelich erfolgt war, hoffte ich, dass das Ansehen meiner Eltern nicht darunter litt.

»Und was ist dann passiert?«, fragte er. »Warum ist er verschwunden?«

»Ich weiß es nicht«, sagte ich kopfschüttelnd. »Weiter bin ich noch nicht gekommen. Ich darf ja nur …«

Er fiel mir ins Wort »… einen Brief pro Tag lesen. Daran erinnere ich mich.«

Es folgte eine Pause, in der Ivar achtzehn Mal mit dem Daumen auf den Kugelschreiber klickte, »hm« brummte und auf seinem Blatt Papier herumkritzelte.

Ich machte bestimmt auch »hm«. Darüber hinaus konnte ich ihm jedoch nicht helfen. Ich hatte ja wirklich keine Ahnung, warum Papa verschwunden war. Oder warum er jetzt wieder aufgetaucht war, noch dazu tot.

»Aber er hat auch etwas über Großtante Ruth geschrieben«, sagte ich schließlich. »Dass sie Angst vor dem Alleinsein hatte.«

Ivar schaute von seinem Gekritzel auf. »Hat das etwas mit der Beerdigung zu tun?«

»Eigentlich nicht«, antwortete ich und schwieg.

Ich überlegte weiter und dachte, warum auch immer, an Großtante Ruths Begräbnis. An die Pfarrerin, die ihr bestimmt nicht gefallen hätte, an mein schwarzes Kleid, das ich danach nie wieder getragen hatte. Und plötzlich rutschte mir heraus: »Obwohl sie immer wollte, dass ich mit Zöpfen herumlief. Wie meine Mutter.«

Er schien verwirrt. »Äh … Ihre Großtante?«

Ich nickte. »Dabei wollte ich nur die gleichen Haare haben wie Annie. Sie wissen schon, die aus dem Musical.«

»Selma, ich finde, wir sollten bei Ihrem Vater bleiben.«

Ich verstand und fühlte mich ertappt. Schämte mich. Natürlich war das Ganze zu weit hergeholt, als dass Ivar die Zusammenhänge nachvollziehen konnte. Außerdem war es keineswegs seine Aufgabe, Großtanten und Achtzigerjahre-Musicals auf dem Schirm zu haben.

Ich hatte ja nicht einmal rote Haare.

»Tut mir leid«, sagte ich. »Das sind nur Erinnerungen, die gerade hochkamen.«

Anschließend brauchte ich einen Moment, um wieder in die Spur zu kommen. Ivar Kirkeby mit seinen Kritzeleien schien ebenfalls neben der Spur zu sein.

Und das war vermutlich meine Schuld. Puh, dachte ich.

Irgendwo hatte ich gelesen, wollte man sich einen Mann angeln, musste man ihn davon überzeugen, dass er einen *brauchte*.

Wobei, was hieß, sich einen Mann angeln? Ich hatte ja nicht die Absicht, Ivar Kirkeby schon am Haken baumeln zu haben. Aber *falls* er aus seiner kränkelnden Ehe ausbrechen würde, sollte er wissen, wen er brauchte.

Nämlich mich, Vilma.

Darum ergriff ich meine Chance. »Und … was macht Ihre Ehe?«

Er schreckte so ruckartig von seinen Kritzeleien hoch, dass der Kugelschreiber zu Boden fiel. Es war, als ließe er alles Geistliche von sich abfallen, dann sagte er schnell: »Tut mir leid. Ich … hätte Sie wirklich nicht mit meinen Problemen belästigen sollen.«

Großherzig schüttelte ich den Kopf. »Kein Thema.«

»Nein. Das war wirklich unprofessionell.«

»Überhaupt nicht!«

Jetzt ging es ums Ganze, dachte ich. Jetzt war es an mir, mich von meiner großzügigen Seite zu zeigen. Armer Ivar – es war bestimmt sehr kräftezehrend, sich ständig um andere Seelen kümmern zu müssen.

»Bei mir können Sie ganz Mensch sein …«, sagte ich daher und fügte hinzu: »… Ivar.«

Damit überraschte ich ihn wohl ein wenig. Er rutschte erkennbar auf dem Stuhl zurück und sagte: »Danke, vielen Dank. Aber … es ist vielleicht am besten, wenn wir uns jetzt auf die … Liturgie konzentrieren.«

Er war wirklich professionell bis in die Fingerspitzen.

Also konzentrierten wir uns auf die Liturgie. Die Auswahl der Lieder (»Ich bete an die Macht der Liebe« versuchte er zu umschiffen, bestimmt, weil er es selbst nicht mehr hören konnte) und andere musikalische Einlagen.

Zwischendurch sah ich ihn verstohlen an und überlegte: Wer hätte das vor nur wenigen Wochen gedacht? Dass ich mich mit einem attraktiven Pfarrer unterhalten würde, der Jesus ähnelte, aber nicht länger an Gott glaubte? Noch dazu über einen toten Vater, von dessen Existenz ich bis vor Kurzem nichts geahnt hatte? Und mir war nicht einmal übel.

Es lief besser als erwartet. Zumindest für mich.

Es stellte sich allerdings heraus, dass Ivar mit dem folgenden Bibelwort seine liebe Mühe hatte.

»Aber die Liebe ist die größte unter ihnen«, begann er, brach jedoch ab und ging rasch zum Fenster. Dort blieb er mit verschränkten Armen stehen, und ich konnte an seinen Nackenmuskeln erkennen, dass er schluckte.

»Das sind … schöne Worte«, sagte ich vorsichtig.

Er nickte stumm. Zur Straße hin. Zu einem windschiefen Weihnachtsbaum, der nur auf halber Höhe mit Kerzen ausgestattet war.

»Warum muss alles bloß so schwierig sein?«

Er schluchzte und trat gegen den Elektroheizkörper unter dem Fenster. In Socken.

Als Pfarrer.

Das Geräusch hing noch lange in der Luft, und keiner von uns unterbrach es. Zumal ich keine gute Antwort auf die Frage hatte. Dann begannen seine Schultern ein wenig zu beben, und er jammerte leise: »Wo ist Gott, wenn ich ihn am meisten brauche?«

Dazu konnte *ich* schon gar nichts sagen.

Tja, vermutlich interessierte er sich auch nicht für die Sichtweise eines Laien. Er ließ sich in den Polstersessel plumpsen und verbarg den Kopf in den Händen. Wiegte sich vor und zurück und schluchzte.

Schon wieder. Zum zweiten Mal in unserer kurzen Geschichte. Das konnte doch kein Zufall sein.

Was nun? Hier saß ich, Ivars vermutlich einziger sicherer Hafen in all dem Chaos, und hatte keine Ahnung, was ich tun sollte. Sollte ich ihm auf Basis von Sølvis Erzählungen erneut eheliche Ratschläge erteilen? Oder ihm sagen, wenn er nur gründlich genug suche, tauche Gott sicherlich irgendwann wieder auf? Dafür hatte ich allerdings keinerlei Anhaltspunkte.

Am Ende hob ich meine leicht zitternde Hand und strich ihm über den Rücken. Zuerst so behutsam, dass der Hemdstoff fast nicht seine Haut berührte, und ich machte mich darauf gefasst, meine Hand bei der kleinsten Krümmung der Wirbelsäule zurückzuziehen.

Doch Ivar ließ mich gewähren.

Allmählich traute ich mich, seine Rückenwirbel durch das Hemd zu erfühlen und dann meinen Herzschlag bis in die Hand pochen zu lassen.

Ivar Kirkeby. Soweit ich mich erinnern konnte, war ich einem anderen Menschen noch nie so nah gekommen. Unglaublich, hier saß Vilma Veierød und streichelte einen geistlichen Rücken, der sich warm und durch das Hemd ein bisschen verschwitzt anfühlte.

Und der Pfarrer? Was ging gerade in ihm vor? War es möglich, dass er in seinem Schoß eine Art Offenbarung empfing? Im Sinne von: So viel Fürsorge, ein solches Verständnis habe ich bisher noch nie erlebt?

Ich fragte mich, ob ich ihn womöglich liebte. Also, so richtig.

Endlich hob Ivar den Kopf und sah mich mit tränennassen Augen an.

»Entschuldigung«, sagte er. »Aber ich habe seit Tagen nicht geschlafen.«

Ich nickte verständnisvoll, stand auf und holte ein paar Papierhandtücher vom Waschbecken.

Ivar schnäuzte sich. Immer und immer wieder. Anschließend erhob er sich vom Sessel, so langsam wie ein alter Mann. »Vielleicht sagen wir einfach, dass Ihr Vater klassische Musik geliebt hat. Und dass die Wege des Herrn unergründlich sind?«

Ich nickte, und zwar äußerst taktvoll, man will sich schließlich nicht aufdrängen.

»Abgemacht«, sagte ich.

Dann machte ich mich allein auf den Weg zum Ausgang.

Draußen schneite es wieder. Im Licht der Straßenlaternen wirkte der Dämmerungshimmel beinahe rosa. Sogar die Stromleitungen sahen schön aus, jetzt, wo sich der Schnee daranheftete. Gab es auch ein Emoji für Schnee?

Ja, plötzlich verspürte ich den brennenden Wunsch, Ivar eine kurze aufmunternde Nachricht zu schicken, mit Schneekristallen, um ihn daran zu erinnern, dass das Leben weiterging und trotz allem bald Weihnachten war.

Daher holte ich im Gehen das Handy heraus – angeblich war es wasser-, ergo auch schneedicht – und scrollte mich zum zweiten Mal durch die Emojis.

Dann schrieb ich »Danke für alles« und fügte einen Schneekristall hinzu.

Aber nein. Der war kaum zu erkennen. Ich schickte die Nachricht nicht ab und beschloss, lieber nach etwas Buntem und Weihnachtlichem zu suchen. Einem kleinen Christbaum oder einem Dompfaff.

Schlussendlich entschied ich mich für keins von beiden, denn ich fand das perfekte Emoji für etwas, was Ivar und mich verband.

Nachdem ich auf Senden gedrückt hatte, lächelte ich vor mich hin und stapfte tatsächlich leichtfüßiger als sonst durch den Schnee. Wer weiß, vielleicht war an der Behauptung meines Vaters ja doch etwas dran; dass sich die Schwerkraft auf uns Verliebte nur begrenzt auswirke.

Die Nachricht war jedenfalls auf dem Weg zu Ivar.

»Danke für alles«, stand dort. Zusammen mit einer schönen Aubergine.

Er war schließlich sehr angetan gewesen von dieser Moussaka.

London, den 22. Oktober 2019

Ehe ich weiterschreibe, Vilma, sollst Du eins wissen, für den Fall, dass es Dir bisher niemand erzählt hat: wie überaus begabt Deine Mutter war. Nein, ich ziehe den Begriff zurück. Das Wort »begabt« lässt auf eine angehende Künstlerin schließen, ein sich allmählich entwickelndes Talent. Und so sollte sie nicht in Erinnerung bleiben.

Maria war ganz einfach eine große Musikerin. Punkt. Gerühmt und von norwegischen Orchestern als Solistin begehrt, lange bevor sie die Musikhochschule mit Auszeichnung abschloss. Unglaublich, dass ich das nicht wusste!

Was natürlich dem Umstand geschuldet war, dass ich aus dem Ausland kam. Und das war auch gut so. Denn angesichts all dessen, was ich mit der Zeit erfuhr, hätte ich sie niemals gebeten, mich bei einem einfachen Probespiel zu begleiten.

Du kannst Dir denken: Wäre ich schicksalsgläubig, würde ich meinem ehemaligen Lehrer dafür danken, dass er so unbescheiden in meinem Namen bei ihr angefragt hatte. Schließlich war das der Grund dafür, dass ich an jenem Tag im Mai in einer Holzvilla in Asker saß, an einem Tisch mit gehäkelter Tischdecke und mir gegenüber Maria.

Ruth Veierød servierte einen Lammbraten; es sollte das einzige Mal bleiben, dass wir zusammen aßen. Bisher hatten wir einander kaum gesehen, geschweige denn, uns näher kennengelernt, aber wenn ich ehrlich sein soll, war ich fest davon überzeugt, dass sie mich nicht ausstehen konnte.

Maria konnte mich zum Glück beruhigen: Ihre Tante sei einfach so. Wortkarg und schwer zu durchschauen.

Außerdem habe sie sehr viel verloren, erklärte Maria. Ihr Zwillingsbruder, Marias Vater, sei der einzige Bruder gewesen, und als er bei einem Autounfall ums Leben kam, habe Ruth Veierød das Gefühl gehabt, eine Hälfte von ihr sei fortgerissen

worden. Ja, sie denke immer noch täglich an ihn, das habe sie gesagt.
Als ich dort saß, tröstete ich mich damit, dass ein Mensch, der Maria ganz allein zu der erzogen hatte, die sie heute war, vieles richtig gemacht haben musste – und das war das Allerwichtigste.

Wie damals die meisten Frauen mittleren Alters war auch Ruth Veierød grauhaarig (heutzutage sind alle brünett, gut, vielleicht nicht mehr in meinem Alter – da sind sie eher lilafarben). Außerdem war sie schmächtig wie ein Vögelchen mit Knopfäuglein, die wachsam, wenn nicht gar auf der Hut waren.
Sie selbst aß keinen Bissen. Nein, sie saß da mit den Händen im Schoß und sagte, sie habe schon gegessen, wir bräuchten bloß zuzugreifen.
Ich lobte das Essen, so gut ich konnte, und versuchte mich an einem Toast (wir stießen mit Himbeersirup an – auf den Frühling und das schöne Wetter). Zugleich hatte ich das Gefühl, die Tante und ihre Knopfäuglein musterten mich unentwegt. Drapierte ich die Stoffserviette auch fein säuberlich auf dem Schoß? Ich kaute konzentriert mit geschlossenem Mund und schluckte das Essen schweigend hinunter. Wenn ich Maria hin und wieder anlächelte, kam es mir vor, als wären wir einander gerade erst vorgestellt worden und hätten nicht schon das Bett miteinander geteilt.
Das Gespräch verlief höflich. Und zäh. Ehrlich gesagt, war es eine Erleichterung, als die Mahlzeit zu Ende war.
Aber ich verharrte in meiner Rolle: Ob wir beim Tischabdecken helfen könnten?
Nein, auf keinen Fall, wir sollten uns einfach in den Garten begeben, erklärte Ruth Veierød, sie werde in der Zeit Kaffee für den Nachtisch aufsetzen. Anschließend deutete sie mit dem

Kopf zu einem wundersamen Gestell neben einem Fliederbusch (einer Hollywoodschaukel, wie ich später erfuhr). Dennoch blieb ich stehen und gehorchte nicht sofort. Stattdessen nickte ich ebenfalls dem Frühlingsabend zu, in Richtung eines Apfelbaums mitten im Garten.

»Es sieht ganz nach einer guten Apfelsaison aus«, sagte ich im Bemühen, eine Konversation einzufädeln.

Marias Tante nickte kurz. »Ich werde Maria und Ihnen im Herbst einen Apfelkuchen backen.«

Die Sonne verschwand hinter einem Bergrücken, und dennoch war es für Mai seltsam warm. Maria saß bereits auf der drolligen Schaukel, als ich ihr in den Garten folgte.

»Du hast ihr noch nichts erzählt?«, fragte ich.

Sie sah mich entschuldigend an. »Vom … Herbst, meinst du? Und London?«

Ich nickte, und Maria schüttelte den Kopf. »Ich will es ihr schonend beibringen, Schritt für Schritt.«

Sie hörte auf zu schaukeln und klopfte auf das geblümte Kissen neben sich auf der Schaukel. Ich gehorchte und setzte mich zu ihr wie ein großer glücklicher Hund.

»Aber ich habe sie schon darauf vorbereitet, dass ich ausziehen werde.«

»Und … wie hat sie es aufgenommen?«

Maria lächelte fast stolz. »Ich habe ihr sogar eine Untermieterin organisiert«, sagte sie. »Eine Krankenschwester. Damit sie nicht allein im Haus ist. Das hat geholfen, glaube ich.«

Ich war erleichtert, drehte mich um und brach eine kleine Fliederdolde ab, die mich im Nacken kitzelte. Im selben Moment fiel mir etwas ein.

»Gibt es … sonst noch jemanden, dem du davon erzählen solltest?«

Sie sah mich verständnislos an.

Ich fuhr fort: »Jemanden, der Bescheid wissen müsste?«
Nein, das war einfach töricht von mir.
»Vergiss es«, sagte ich schnell.
Es entstand eine Pause, als verstünde sie nun doch, worum es ging.
Ich räusperte mich und wechselte das Thema. »Du hast ihr aber noch nicht erzählt, wo wir hinwollen?«
»Tante Ruth?«
Maria schüttelte den Kopf. Dann stieß sie sich mit dem Fuß ab, und wir schaukelten ein paarmal vor und zurück. Als wären wir schon unterwegs.

Wir wollten nach London. Alle beide. Aber ich konnte Maria nicht vorwerfen, dass sie die Neuigkeit noch nicht verkündet hatte – alles war ja so schnell gegangen.
Zwar wusste ich nun schon seit einer geraumen Weile, dass ich das Probespiel gewonnen hatte (was mich immer noch wunderte, da ich keinerlei Erinnerung daran hatte). Aber vor wenigen Tagen wollte es der Zufall, dass überdies ein überraschendes Angebot aus London eintraf. Für eine Stelle als Solobratschist. Ausgerechnet an dem Tag, an dem ich der Philharmonie eine Antwort geben musste.
Ich fühlte mich geehrt. Und natürlich war die Entscheidung ein Luxusproblem, wie man heute sagt. Außerdem fiel sie mir nicht schwer – ich fällte sie von Herzen: Ich wollte dort sein, wo Maria war. So einfach war es.
Auch Deine Mutter war sich ihrer Sache sicher. »London«, sagte sie mit diesen leuchtenden Augen, mit denen sie mich immerzu anschaute. »London ist perfekt. Ich komme mit!«

Erneut überkam mich das Gefühl, das mich bei unserem ersten Kuss auf der Treppe ereilt hatte: dass die Zeit drängte – ja, das hatte Maria sogar selbst gesagt. Außerdem dieses Wilde,

Kindliche, als wollte sie alles erleben, sich entfalten. Augenblicklich.
Das ist wohl die Künstlerin in ihr, dachte ich. Außerdem: Worauf sollten wir warten?
Für mich stand fest, dass Deine Mutter das letzte Wort in der Angelegenheit haben sollte. Eine Pianistin wie Maria sollte nicht in Norwegen versauern müssen.

»Ich werde ihr von London erzählen«, sagte Maria. »Bald.«
Ich nickte. Mit ihrer warmen Schulter an meiner – ich glaube, das war das Einzige, was ich im Kopf hatte.
»Aber wir dürfen nicht vergessen, ihr zu schreiben.«
Ich nickte erneut.
»Und sie oft zu besuchen, ja?«
»Na klar. Du bestimmst.«

Sekunden später war sie damit beschäftigt, einem Käfer, der im Gras auf den Rücken gefallen war, wieder auf die Beine zu helfen.
Dann konnte ich es mir nicht länger verkneifen. »Dieser Bertram? Wirst du … ihm auch schreiben?«
Sie holte kurz Luft, als müsste sie sich darauf vorbereiten, seinen Namen auszusprechen.
»Bertram?«
»Ja«, sagte ich so beiläufig wie möglich. »Geht es ihm gut?«
Sie schwieg einen Moment. »Ja, doch«, sagte sie dann, »es geht ihm besser.«
»Besser?«
Sie nickte.
»Dann … war er also krank?«
Maria schüttelte stumm den Kopf, stand auf und ging zum Apfelbaum. »Er hatte sich nur in etwas verrannt«, sagte sie leichthin.

Plötzlich fühlte ich mich schäbig, wie ich hier saß und sie ins Verhör nahm.
Doch dann drehte sie sich zu mir um, als wäre nichts gewesen.
»Wollen wir nachschauen, ob der Rhabarber schon reif ist?«

Ja, genau das sollten wir tun, dachte ich. Außerdem: Wollte ich wirklich mehr über diesen Mann mit dem komischen Namen erfahren? Ich folgte Maria um die Hausecke und beschloss, das Ganze auf sich beruhen zu lassen.

Seither habe ich oft darüber nachgedacht: dass es kein Liebespaar und übrigens auch kein Ehepaar gibt, das tatsächlich eine Einheit bildet. An eine solche Symbiose glauben nur die Jungen und Frischverliebten.
Aber vielleicht zerrt er dennoch an uns, dieser unstillbare Drang, den anderen in- und auswendig kennen zu wollen. Jeden noch so kleinen Winkel seiner Seele.

Maria spürte wohl noch den kleinen Schatten zwischen uns, als wir wieder auf der schaukelnden Bank saßen, mit je einer sauren Rhabarberstange in der Hand und einer kleinen Tasse Zucker zum Reintunken. Denn jetzt schob sie den freien Arm unter mein Hemd, die warme Hand den Rücken hinauf, Haut auf Haut.
Mehr brauchte es nicht. Zusammen mit dem Sommerabend, dem Flieder, dem warmen Licht aus den Wohnzimmerfenstern.
Und anschließend, als ihr Fuß unter dem Tisch (und unter Ruth Veierøds selbstgemachtem Karamellpudding) meinen fand – war Bertram Bang längst vergessen.
So einfach. Zu einfach eigentlich, dass er verschwunden und vergessen war.

Doch eine Erinnerung, die sich mir von diesem Tag eingebrannt hat, ist die Verabschiedung. An dem hellgrauen windstillen Abend, nach dem Pudding und einem Glas Sherry. Maria in der Tür, sie drückte mich kurz – ich wollte ja bloß in die Stadt, und sie würde mich am nächsten Tag besuchen.
Ihre Tante hingegen begleitete mich noch zum Tor. Dort angekommen, blieb ich stehen und bedankte mich überschwänglich, es sei mir eine Freude gewesen, sie kennenzulernen – und überhaupt das Essen, äußerst deliziös.
Ihre Vogelaugen sahen durch mich hindurch, wie bei einer Röntgenaufnahme. Sie nahm meine Hand in ihre trockene, fast knöcherne.

Dann drückte sie so fest zu, dass meine Knöchel bestimmt weiß anliefen. »Geben Sie gut auf sie acht«, sagte sie. »Sonst verzeihe ich Ihnen nie.«

Schokolinsen und offene Türen

Viele glauben, es sei traurig, Weihnachten allein zu feiern. Diesen Menschen möchte ich sagen: Kommt drauf an, was man gewöhnt ist.

In den Jahren, nachdem Tante Ruth den Weihnachtsmann verbrannt hatte, sagte sie immer: »Allein sind wir am stärksten.« Und angesichts des Umstands, dass sie allgemein ziemlich wenig sagte, hinterließ diese Aussage einen gewissen Eindruck.

Natürlich besorgten wir einen Weihnachtsbaum, backten und putzten sogar hinter den Bücherregalen – wofür brauchten wir Hilfe? Wir waren zu zweit, und so sollte es in diesem Haus eben sein. Es war ein Haus für zwei. Erst für Großtante Ruth und Mama, dann für Großtante Ruth und mich.

Ansonsten war ich mir ziemlich sicher, dass es mit der Religion zusammenhing. Mit dem rechten Pfad oder so ähnlich. Vielleicht wollte sie uns von Versuchungen fernhalten. Denn das musste man Großtante Ruth lassen: Das Sich-Fernhalten beherrschte sie aus dem Effeff.

»Wir brauchen nicht aufzumachen«, sagte sie oft, wenn es an der Tür klingelte.

Aber mit der Zeit wurde mir klar, dass weder Gott noch Jesus ihre Freude an verschlossenen Türen hatten, weder an Weihnachten noch im restlichen Kirchenjahr. Und was Großtante Ruth anbelangte, wurde ich immer unsicherer, ob sie überhaupt Freuden kannte.

Trotzdem hatte ich mich erst in letzter Zeit gefragt, wovor sie eigentlich Angst gehabt hatte. Wen fürchtete sie vor der Tür?

Doch eins will ich ihr lassen: Einsamkeit kann auch Stärke bedeuten. Wer nicht von anderen abhängig ist, ist weniger verletzbar.

Genau dieser Gedanke hat mich schon oft getröstet.

An meinen weihnachtlichen Traditionen war also nichts verkehrt. Ganz im Gegenteil. Zwar konnte einem die Zeit zwischen den Jahren schon mal etwas lang werden, aber mit Heiligabend war ich ziemlich zufrieden.

Die arme Sølvi beschwerte sich ständig darüber, dass sie weder die üblichen Disneyfilme noch *Drei Haselnüsse für Aschenbrödel* sehen konnte, weil sie für ihren hoffnungslosen Mann und die verhätschelten Kinder in der Küche wirbelte (Dorsch für ihn, Rippchen für die noch Hoffnungsvollen).

Ich war dagegen mein eigener Herr, und die Veranstaltung lief wie am Schnürchen.

Um fünf Uhr hörte ich im Öffentlich-Rechtlichen, wie der Knabenchor *Sølvguttene* Weihnachten einläutete, aß gepökelte Lammrippen und Moltebeercreme in selbstgemachten Hippen, und am Ende des Abends saugte ich Nussschalen vom Boden auf und hatte dabei ein Auge auf die Christmette in Rom.

In der Zimmerecke stand ein Weihnachtsbaum, wenngleich aus Plastik. Doch ein Lebkuchenhaus war in meiner Weihnachtstradition zugegebenermaßen ein fremdes Element.

»Vermutlich wird fast der gesamte Tag dafür draufgehen«, hatte Robert etwas schuldbewusst am Telefon gesagt.

Klar, ich wusste ja inzwischen, dass er es einfach nicht übers Herz gebracht hatte, Nein zu sagen. Ich hätte Amdis

Enthusiasmus wohl auch nicht widerstehen können. Trotzdem fragte ich mich, was in letzter Zeit eigentlich los war.

Sølvi und meine anderen Kollegen zum Beispiel. Ich kannte sie seit dreizehn Jahren, sie hatten keinen blassen Schimmer, wo ich wohnte. Umgekehrt war es genauso. Sie konnten gut und gern in einem Hausboot wohnen oder in Schlafsäcken unter der Brücke schlafen.

Und jetzt? Innerhalb von wenigen Wochen war das Haus zu einem Ort geworden, an dem die Leute nach Herzenslust ein und aus gingen. Mit Notentaschen, Nesquik und dem Angebot, verstorbene Väter ein zweites Mal zu sehen. Und mittendrin ich, die doch eigentlich allem am liebsten *aus dem Weg ging*.

Ein Lebkuchenhaus, das den ganzen Tag beanspruchen würde.

Äußerst seltsam. Wie sich die Menschen in meinem Leben breitgemacht hatten.

»Okay«, hatte ich Robert geantwortet, wir würden also einen Tag dafür opfern. Aber dann müsse Amdi in der Zeit auch etwas üben – ich konnte ihm nicht noch weitere Klavierstunden an anderen Tagen geben, dann hätte ich ja gar keine freie Zeit mehr.

Das sah Robert genauso.

Und jetzt standen die beiden vor meiner Tür, Amdi mit seiner Notentasche und Robert mit zwei großen Tragetüten, in denen man für gewöhnlich Feuerholz transportierte.

»Es ist wohl ein wenig mit mir durchgegangen«, sagte er entschuldigend und kam herein, ohne sich vorher die Schuhe abzutreten. Der Schnee schmolz rasch auf den Dielenfliesen, ich sah schon vor mir, wie er nach dem Ausziehen der Stiefel hineintreten und Spuren auf dem Parkett hinterlassen würde.

Amdi hingegen malträtierte die Fußmatte nach allen Regeln der Kunst und strahlte beim Eintreten wie das Kind auf der Zwiebackpackung.

»Wir haben zusammen eingekauft«, erklärte er eifrig, »du kannst dir nicht vorstellen, wie viel coole Deko es gibt!«

Dies stellte er schon im nächsten Moment unter Beweis. Robert und Amdi hatten die Süßigkeiten- und Kuchendekoregale in einem Ausmaß geplündert, dass nach Fertigstellung des Knusperhäuschens vermutlich kein einziger Millimeter Lebkuchen mehr zu sehen wäre. Gummibärchen und Schokolinsen, Marshmallows und saure Pommes, was immer Letztere auf einem Haus zu suchen hatten.

»So«, sagte Robert lächelnd, nachdem er die Kalorienbomben zusammen mit einem Kilo Fertigteig auf der Küchenzeile gestapelt hatte. »Bist du bereit, Vilma?«

Ich war zu keinem Zeitpunkt bereit gewesen. Trotzdem nickte ich und holte Weizenmehl und Tante Ruths altes Nudelholz. Mir fiel auf, dass Robert meinen Namen wusste. Immer. Das musste man ihm lassen.

Amdi betrachtete die Köstlichkeiten auf der Küchenzeile, als wäre er der frischgekürte Herrscher über Willy Wonkas Schokoladenfabrik.

»Können wir Hogwarts nachbauen?«, strahlte er.

»Wie wäre es mit dem Todesstern?«, scherzte Robert.

»Ich brauche eine Schürze«, sagte Amdi dann und rannte in die Diele, um eine mitgebrachte rote Schürze zu holen, die ihm Robert mit der größten Selbstverständlichkeit um die Taille band.

»Aber zuerst brauchen wir einen Bauplan, *Arschloch.*«

Amdi machte sich daran, den Plan zu zeichnen. Ein bisschen schief, nicht unähnlich dem Muminhaus, nur in einer eher quadratischen Version. Anschließend bat Robert um ein Lineal, fluchte kurz und zeichnete Stück für Stück nach Amdis Anweisung – Wände und Dach, die er erstaunlich akkurat aus dem Papier ausschnitt.

Amdi in seiner roten Schürze kniete wiederum auf Großtante Ruths Küchenhocker und verfolgte den Prozess mit andächtigem Schweigen.

Ich muss zugeben, dass der Anblick eine gewisse Weihnachtsstimmung heraufbeschwor: Direkt über Amdi im Fenster hing der Adventsstern, auf dem Fensterbrett stand ein Weihnachtsstern aus dem Blumenland, während der Apfelbaum draußen mit Schnee bedeckt war.

»Sehr schön …«, sagte Robert und schnitt eine Längswand aus, »… mal auf andere Gedanken zu kommen. Es ist … das erste Weihnachten seit dem Tod meiner Mutter.«

Ich nickte. Seine Mutter, ja, die Frau, die nur noch »Gurke« sagen konnte und kurz darauf verstarb. Ich erinnerte mich.

»Zum ersten Weihnachtsfest nach dem Tod meiner Großtante habe ich Hippen gebacken«, sagte ich. »Ich brauchte ja keine Rücksicht mehr darauf zu nehmen, dass sie die nicht mochte.«

»Das kann man nicht ganz vergleichen«, sagte Robert.

Vermutlich hatte er recht.

»Wahrscheinlich«, sagte ich und war einen Moment still. »Macht es dich traurig?«

Ein ausgeschnittenes Fenster landete auf der Schokolinsentüte.

»Manchmal«, sagte er und sah mich an. »Schon komisch.«

Dann wandte er sich wieder der Längswand zu und schnitt schweigend weiter. Ich sammelte die ausgeschnittenen Papierfetzen in einer Hand.

»Meine Oma ist auch tot«, verkündete Amdi. »Und sie hatte eine riesengroße Warze am Fuß.«

Das anschließende Teigausrollen klappte bestens, auch wenn es nur in eine Richtung erfolgte und das Resultat braunen Flugzeuglandepisten ähnelte. Allerdings war ich etwas skeptisch, als Robert Amdi kurz darauf das Messer überlassen wollte, um die Wände aus dem Teig herauszuschneiden.

»Da kann nichts passieren«, meinte Robert lachend. Demonstrativ drückte er das glatte Buttermesser gegen die Handfläche und durchbohrte sich nicht ansatzweise die Haut.

Ihm fällt es leicht, dachte ich. Zu lachen. Gefahren zu verdrängen. Ich hätte ihm aus dem Stegreif von unglaublichen Todesarten erzählen können, gegen die man sich nicht wappnen konnte, egal, auf wie viele Bananen man verzichtete.

Nehmen wir den Flötenlehrer Lars-Martin. Letztes Jahr an Weihnachten stolperte er beim Rückwärtsgehen über eine offenstehende Spülmaschine und rammte sich ein Steakmesser in den Allerwertesten. Es hätte locker auch die Hauptschlagader treffen können.

Und vor allem hätte ich ihm erzählen können, dass meine größte Angst darin bestand, einen anderen Menschen zu verletzen. Etwas anzurichten, das sich nicht wiedergutmachen lässt.

Aber so etwas war nicht für Kinderohren bestimmt. Außerdem wäre Amdi sicher enttäuscht, wenn er beim Backen nur *zusehen* dürfte.

Der Junge überlebte und verbrannte sich nicht einmal an den heißen Backblechen.

Der darauffolgende Bau des Lebkuchenhauses verlief allerdings etwas hektisch, da weder Robert noch ich bisher mit Karamell gearbeitet hatten. Die Lebkuchenwände mussten mehrmals voneinander getrennt werden, weil das klebrige Zeug fest wurde, bevor wir die Wände in die rechtwinklige Position gebracht hatten.

Außerdem verbrannte sich Robert dreimal die Finger an der heißen Zuckermasse, und er war kurz davor, willentlich zu fluchen, als Amdi in einer kritischen Phase der Dachmontage auf die Idee verfiel, ihm auf den Rücken zu springen.

Doch o Wunder, am Ende stand das Haus fertig vor uns, wenn auch etwas wacklig und hier und da mit Karamellklümpchen verunziert.

Amdi lächelte stolz und ich erleichtert.

Robert wischte sich über die Stirn. »Hat außer mir noch jemand Hunger?«, fragte er. »Ich habe uns ein paar Baguettes besorgt.«

Amdi starrte ihn lange an. »Du hast doch Süßigkeiten für uns gekauft.«

Damit kam der Junge aber nicht durch, und kurze Zeit später kaute er auf einem belegten Baguette herum und warf sehnsüchtige Blicke zu dem Süßwarenladen auf der Küchenzeile.

Ich lächelte in mich hinein.

Und wieder musste ich Amdi über den Tisch hinweg anschauen. War er nicht ein außergewöhnlich hübsches Kind? Die Ellbogen auf die grüne Wachstischdecke und den Kopf schräg in die Hände gestützt. Dieses sanfte Gesicht, das zu sagen schien, dass er die Welt für gut hielt. Oder es schlicht und einfach nicht besser wusste.

Tja, Vorletztes konnte ebenso gut für Robert gelten, dachte ich amüsiert und schaute nun zu ihm. Dort saß er mit hochgekrempelten Ärmeln, hatte immer noch Mehl auf dem Oberarm und sah aus, als könnte ihm das Elend der Welt nichts anhaben, jetzt nicht und auch nicht in der Zukunft.

Schön für ihn, dachte ich. Es sei ihm gegönnt.

Und es war ja auch eine nette Geste, dass er uns etwas zu essen gekauft hatte. Ich klappte das Baguette auseinander und bedachte den Käse, den Schinken, die Paprika und die Petersilie mit einem zufriedenen Nicken, genauso wie die Orangensaft-Trinkpäckchen, die er gerade vor uns hinstellte.

»Prost«, sagte er.

»Prost«, sagte Amdi und drückte sein Päckchen dabei so fest zusammen, dass der Saft in hohem Bogen aus dem Strohhalm schoss und auf Roberts karierter Hemdbrust landete.

Egal. Ich holte Küchenpapier und schimpfte nicht.

Nicht einmal, als es ans Verzieren des Lebkuchenhauses ging und Amdi ganz aufgedreht mit Puderzucker an den Fingern um den Tisch sauste, mit dem festen Vorsatz, die Süßigkeiten gleichmäßig auf der Oberfläche des Häuschens zu verteilen, wobei jedoch ein beträchtlicher Teil in seinem Magen landete.

Natürlich fragte ich mich, was Amdis Eltern zu dem Zuckerverzehr sagen würden (sein Vater war immerhin Arzt!), aber ich schob den Gedanken schnell beiseite. Der Großteil landete zum Glück an dem Haus, das am Ende nicht als solches wiederzuerkennen war; wir hätten genauso gut eine Milchtüte verzieren können.

Amdi strahlte trotzdem vor Glück und Stolz, als er endlich vor dem fertigen Resultat stand und Robert ihn mit dem Handy verewigte.

Danach lief er andächtig ein paarmal um das Lebkuchenhaus herum, bevor er mich fragte: »Hast *du* als Kind auch so ein Haus gebaut? Mit deiner Tante?«

»Nie«, sagte ich.

»Hast du denn Süßigkeiten gekriegt?«

Süßigkeiten. Ich fischte eine Schokolinse vom Boden auf und antwortete nicht sofort. Was war das nur für ein Kind, das mich ständig aus der Fassung brachte oder besser gesagt:

in der Zeit zurückkatapultierte? Einfach nur, indem es mir Fragen stellte. Gut, mir wurden sonst selten Fragen gestellt. Aber trotzdem.

Süßigkeiten.

Es kam mir vor, als hörte ich das Wort mit den Ohren meiner Kindheit. Sofort musste ich an den Übernachtungsgeburtstag bei Erika Strøm-Andersen denken. Alle sollten ihre Lieblingssüßigkeiten mitbringen, damit wir sie unter der Bettdecke futtern könnten, während Erikas Eltern glaubten, wir würden schlafen.

Wie sehr ich mich darauf gefreut hatte. Wochenlang hatte ich die Süßigkeiten gesammelt, die es samstags immer gab: Lakritze, Kaubonbons und Gummibärchen. In einer Tasche mit Ponys drauf, hinter der Bettschublade.

Übernachtungsparty.

Komisch, dass ich es immer noch spüren konnte. Das Kribbeln, das Geheimnisumwitterte.

Aber nein, es war sinnlos, darüber zu spekulieren. Das wusste ich sehr genau.

Also schüttelte ich kaum merklich den Kopf und beantwortete die Frage: »Na klar. Großtante Ruth war ja kein Monster.« Dann räusperte ich mich schnell. »Aber jetzt wird Klavier geübt.«

Robert, der gerade mit etwas, was er wohl für einen Spüllappen hielt, Puderzucker vom Tisch wischte, nickte zu uns herüber.

»Gute Idee«, meinte er. »Üb du nur, Amdi, wir übernehmen in der Zwischenzeit den Abwasch. Die Pizza können wir hinterher essen.«

Ich sah ihn verwundert an. »Die Pizza?«

»*Grandiosa*«, sagte Robert augenzwinkernd. »Die wollte Amdi so gern haben.«

Natürlich. Und wie üblich war *ich* nicht gefragt worden. Aber na ja, so hatten sich die Dinge wohl einfach entwickelt. Vilma Veierøds Haus stand mit einem Mal allen Arten von Zusammenkünften offen. Hereinspaziert, nehmen Sie Platz. Pah!

Aber komischerweise war ich nicht sauer. Ich fragte mich nur, was als Nächstes käme. Eine Chorprobe? Eine Mitternachtsparty? Fehlte bloß noch, dass Robert seinen Toilettenbeutel und einen Schlafsack auspackte.

Also wirklich. Einfach unfassbar.

Weihnachtssterne und besitzanzeigende Fürwörter

Amdi wollte üben, Robert abwaschen. So weit, so gut. Während der eine vergnügt mit der Notentasche in Richtung Wohnzimmer schlenderte, ließ der andere heißes Wasser mit zu viel Spüli ins Spülbecken laufen.

»Und wie schaut's mit den Briefen aus?« Robert sah mich an. »Bist du schon schlauer geworden?«

Noch mehr Fragen. Ich nahm ein kariertes Geschirrtuch aus der Schublade und sagte: »Tja.«

Nicht, weil er nicht fragen dürfte. Ich meine, es war ja nur Robert, der so viel Seltsames von sich gab, dass es nicht schlimm war, wenn ich komische Sachen sagte.

Ich wusste es schlicht nicht: War ich mittlerweile schlauer?

Weiß der Himmel, antwortete ich für mich selbst. Denn offen gestanden hatte ich noch jede Menge Fragen. Was Mama ihm verheimlicht hatte? Was es mit diesem Bertram Bang auf sich hatte? Warum mein Vater, der sie so sehr geliebt hatte, nie Teil meines Lebens geworden war? Und natürlich: Was war mit Großtante Ruth – wobei ich mich Letzteres schon immer gefragt hatte.

Aber da war noch mehr. Die Fragen eines Kindes, die zum Beispiel dann auftauchten, wenn ich abends kurz vorm Einschlafen war. Wie hatten sich Papas Hände angefühlt, als sie noch warm waren. Hätten sie sich für eine Kinderhand geeignet? Roch er nach Aftershave?

Wäre er ein Vater gewesen, der abends lange an der Bettkante saß? Konnte er singen?

»Nicht wirklich schlauer, nein«, sagte ich und drehte den Wasserhahn zu, da der Seifenschaum schon über die Mischbatterie hinauswuchs.

»Aber ich glaube, ich hätte ihn gemocht. Meinen Vater. Er … wirkt nett.«

Der Seifenschaum knisterte, und ich merkte, dass Robert mich ansah.

»Ich hätte nur zu gern gewusst, wie seine Stimme klang.«

Dazu nickte er, die Hände im Spülwasser. Lächelnd sagte er: »In der Hinsicht sind Tote ziemlich unpraktisch.«

Dann spülte er das Nudelholz und reichte es an mich weiter.

»Stimmt«, erwiderte ich, »sie sind tatsächlich ziemlich unpraktisch.« Ich holte tief Luft. »Zum Beispiel muss man sie beerdigen.«

Robert erstarrte.

»Hast du Angst davor?«

Ich drehte das Nudelholz in der Hand, trocknete es ab und legte es zurück in den Schrank.

»Bei Beerdigungen wird mir übel. Schon immer.«

»Hm«, sagte Robert.

»Und eine Trauer- und Gedenkfeier«, fuhr ich fort, »wenn man doch am liebsten vergessen würde? Und dreieckige Schnittchen habe ich auch noch nie gemocht.«

Er wühlte im Schaum und fand schließlich ein Messer, das er im Takt zu Griegs Walzer aus dem Wohnzimmer mit der Bürste bearbeitete. Der Walzer in a-Moll, den Amdi immer wieder von vorn spielte.

Ein Platscher, und die Spülbürste verschwand im Spülwasser.

Robert sah mich an: »Ich weiß, was wir machen. Wir üben.«

»Äh … was?«

»Die Beerdigung. Dann bist du vorbereitet.«

Alle Arten von Zusammenkünften. Hab ich's nicht gesagt? Zur Krönung des Ganzen ließ ich mich jetzt willenlos in die Diele winken oder ins Foyer, wie Großtante Ruth gern sagte.

»Das muss genügen«, meinte Robert und sah sich um.

Inwiefern *genügen*?, dachte ich, sagte aber nichts.

»Einen Tick sakraler als in der Küche zumindest«, schob er hinterher.

Ich stand auf den kalten Fliesen und musterte ihn skeptisch. »Du schlägst also eine Art Konfrontationstherapie vor?«

Ich hatte schon davon gehört, dass Menschen ihre Angst vor Insekten oder Reptilien überwanden, indem sie die Tiere immer wieder berührten.

»Es soll aber keine Spinne beerdigt werden.«

Robert lächelte. »Es muss so authentisch wie möglich sein«, sagte er. »Ich bin der Tote, und du kommst jetzt quasi in die Kapelle.« Dabei zeigte er zur Küchentür, offenbar sollte ich seiner Ansicht nach von dort Einzug halten.

In die Kapelle. Ich sah mich in der Diele um. Das einzige Sakrale waren zwei Wandleuchten, die mit etwas gutem Willen an Stumpenkerzen erinnerten. Danach blickte ich zu Robert, der auch mit tonnenweise gutem Willen kaum als Leiche durchging, wie er dort in der Diele stand, das Hemd voller Orangensaftflecken.

Sicher, er hatte durchaus Informationen aus erster Hand, was das Verhalten von Toten anging. Aber trotzdem.

»Ich will keinen *offenen* Sarg«, sagte ich.

»Dann nimm eine Decke.«

Ich muss sehr skeptisch ausgesehen haben, denn Robert schaute sich in der Diele um und rückte kurzerhand die lange Bank unter dem Spiegel von der Wand ab. Dann drehte er sie um und legte sich hinein. Obwohl er dabei die Beine anziehen musste.

»Oder nutz deine … *Fickscheiße* … Fantasie.«

Meine Fantasie? Auf keinen Fall. Mit meiner Fantasie stand ich auf Kriegsfuß. Genau deshalb zählte ich ja ständig rückwärts.

»So klappt das nicht«, sagte ich kurz.

»Komm schon!«, sagte Robert.

Was in Gottes Namen passierte hier gerade?

Wieder dieser flehentliche Blick. »Darf ich mich nach der ganzen Backaktion nicht wenigstens ein bisschen revanchieren?«

Aha. *Daher* wehte der Wind. Noch so etwas, was *ich* tun sollte, damit *er* kein schlechtes Gewissen zu haben brauchte. Es war wie ein Perpetuum mobile, eine Ewigkeitsmaschine.

»Dann muss ich mich erst mal umziehen«, sagte ich, »wenn es so authentisch wie möglich sein soll. Von dem schwarzen Kleid wird mir nämlich auch übel.«

Ja doch, ich hatte mich ergeben. Dann würden wir wohl eine Beerdigung für meinen Vater veranstalten, mit einem fluchenden Sektionsassistenten in einer Holzbank. In der Diele. So sah mein Leben mittlerweile also aus.

Ich ging nach oben und zog mich um, löste sogar den Pferdeschwanz und trug Mascara auf. Anschließend holte ich meine einzigen Nylonstrümpfe ohne Löcher aus dem Schrank und die hochhackigen Schuhe, die ich seit dem Weihnachtsessen in der Musikschule im Jahr 2000 nicht mehr getragen hatte. Wennschon, dennschon.

Unten spielte Amdi Schumann mit der Lebensweisheit eines Achtzigjährigen. Mitten in dem ganzen Tohuwabohu. Als wäre ihm alles andere egal.

Ich warf einen kurzen Blick in den Spiegel. Registrierte, dass der schwarze knielange Rock etwas enger saß, als ich es in Erinnerung hatte. Doch ansonsten machte sich tatsächlich eine Art Beerdigungsgefühl in mir breit.

Robert kauerte immer noch in der Holzbank, als ich auf wackeligen Beinen die Treppe hinunterstakste.

»Schön, *verfickt*«, sagte er und räusperte sich.

»Mir ist jetzt schon übel«, sagte ich. Dass es tatsächlich Menschen gab, die in solchen Schuhen sogar tanzen konnten. Ich klammerte mich ans Geländer und war zum Glück noch heil, als meine Schuhe klackernd auf die Bodenfliesen in der Diele trafen.

»Hier«, sagte ich und gab Robert ein Badetuch mit der Aufschrift *Tropicana*. »Die Decke ist gerade in der Wäsche.«

Er nickte mehrmals und drapierte das Badetuch über seine Beine. »Also, dann tun wir jetzt so ... als wäre ich dein Vater im Sarg, und du kommst –«

»Wir brauchen noch Blumen«, sagte ich. »Damit es sich echter anfühlt. Und Kerzen.«

»Okay«, sagte er in seinem Sarg.

Ich zündete auf dem Tischchen, auf dem früher das Telefon gestanden hatte, eine Kerze an und holte den Weihnachtsstern von der Fensterbank in der Küche. Der Verstorbene nahm sie entgegen und legte sich ordentlich hin, wie es sich für eine Leiche offensichtlich gehörte. So, wie mein Vater bald daliegen würde.

Trotzdem war es komisch, dachte ich. Dass ausgerechnet ich hier stand und mich im Beerdigen übte.

Das Szenario, das sich mir darbot, war nicht minder skurril. Eine auf den Kopf gestellte Bank. Ein buntes Badetuch mit Palmen und riesiger *Tropicana*-Aufschrift, über einen Verstorbenen gebreitet, der erkennbar atmete und in den Händen einen Weihnachtsstern von Blumenland hielt.

Na ja, egal. Ich hatte beschlossen mitzuspielen. Mit Kleid und allem Drum und Dran. Daher holte ich tief Luft und stakste in die Küche, um von dort aus Einzug in die Kapelle zu halten. Ich versuchte, mich in die richtige Stimmung zu versetzen, stellte mir vor, Amdi spiele Orgel, und atmete noch tiefer ein. Ja, das Begräbnis meines Vaters, die Blumen, die Kapelle …

Da kletterte die Leiche aus dem Sarg.

»Sorry!«, sagte Robert, »mir fällt gerade ein, dass ich die Pizza in den Ofen schieben sollte.«

Also gut.

Ich wartete, während der Verstorbene die Pizza in den Ofen schob und Amdi informierte, dass es in zwölf bis fünfzehn Minuten etwas zu essen gebe.

Dann kam er auf Socken zurückgerannt, lächelte entschuldigend und legte sich wieder in den Sarg, wie Dracula nach erfüllter Mission. Der Weihnachtsstern auf seiner Brust hob und senkte sich, aber das musste ich notgedrungen ausblenden.

Zweiter Versuch.

Erneut schritt ich durch die Küchentür, atmete tief ein und stellte mir vor, ich befände mich in der Kapelle.

»Sorry!«

Mein Gott, was war denn jetzt schon wieder?

Der zum zweiten Mal wiederauferstandene Robert saß aufrecht da, stöhnte und kniff die Augen zu: »Krampf im Fuß.«

Auch das noch. Hätte ich nicht schon vorher Probleme gehabt, in Robert meinen toten Vater zu sehen, so hatte ich sie spätestens jetzt, als er versuchte, den Fuß zu strecken.

»Etwas eng hier«, sagte er entschuldigend.

Tja, dachte ich, bei Särgen geht's nicht um Gemütlichkeit. Ob eng oder geräumig dürfte der Leiche hinlänglich egal sein. Hoffentlich.

Aber dann musste ich doch den Kopf schütteln beim Gedanken daran, dass mein Vater bald in einem Sarg liegen sollte.

Um ewig zu *ruhen*, wie es so schön hieß.

Nun ja, immerhin erholte sich Robert rasch, und wir unternahmen einen letzten Versuch.

Ich verschwand wieder hinter der Küchentür und versuchte zum dritten Mal in die richtige Stimmung zu kommen. Diesmal wartete ich etwas länger und schloss die Augen. Hm, vielleicht saßen ja ein paar Erinnerungen im Stoff meines Kleids, vielleicht konnte ich das Gefühl irgendwo finden und an die Situation anpassen, so, wie Robert es sich vorstellte.

Ich öffnete die Tür und machte, so andächtig wie möglich, ein paar Schritte in die Diele.

Fühlte es sich wenigstens ein kleines bisschen so an, als würde Papa vor mir in dem blumengeschmückten Sarg liegen? Klang das Klackern meiner Schuhe genauso hohl und leer wie in einer Kapelle?

Schwer zu sagen. Doch tatsächlich stieg mir der üble Geruch von Lilien und Nelken in die Nase. Begleitet von dem Gefühl, dass etwas für immer vorbei war, egal, was man tat. Oder getan hatte.

Ich schloss die Augen und machte noch ein paar Schritte auf den Sarg zu.

Dann öffnete ich sie wieder.

Ding-dong.

»*Verfickte Scheiße!*« Die Leiche sprang wie von der Tarantel gestochen aus dem Sarg.

Ich schlüpfte derweil aus den hochhackigen Schuhen und starrte perplex in die Richtung, aus der das Geräusch gekommen war. Hinter der schmalen Scheibe in der Haustür ragte ein bestimmt zwei Meter großer Mann auf, der verwundert von draußen hereinschaute.

Wie benommen ging ich zur Tür, um sie zu öffnen. Ohne etwas zu sagen, ließ ich Gebre herein, geradewegs in das Schauspiel, das sich hier in der Diele bot: Robert, der (zum dritten Mal) von den Toten auferstanden war und sich immer noch an das *Tropicana*-Badetuch und den Weihnachtsstern klammerte. Ich selbst in Nylonstrümpfen und im schwarzen Kleid.

»Wir ... üben nur«, brachte ich schließlich heraus.

»... für ein *Scheißdreck* ... Krippenspiel«, ergänzte Robert. Er nickte schnell, zeigte dann auf die Bank und schob rasch hinterher: »Ich bin das Jesuskind. In der Krippe.«

Es folgte eine kurze Pause.

Gebre schaute verwundert auf Gottes Sohn und dessen Krippe, bevor er sich räusperte und zwei Mal hintereinander »ah ja« sagte.

Auch das Jesuskind räusperte sich.

Mir fehlten die Worte. Ich log ja nicht gern. Im selben Moment fiel mir das Krippenspiel in der Schule ein, bei dem ich damals als dritter Engel mitgewirkt hatte. Und schon gelang es mir, mich spontan in das neue Setting einzufühlen.

»Und ich bin ... Jesu Mutter«, sagte ich und nickte.

Gebre lächelte.

»Aha«, sagte er und schüttelte den Kopf. »Aus manchen norwegischen Traditionen werde ich wohl nie schlau.«

Ich war erleichtert, als sich herausstellte, dass er es eilig hatte. Seine Frau und er hatten nämlich Amdis Basketballtraining vergessen, und obwohl der Junge etwas von Pizza murmelte, warf Gebre nur einen kurzen Blick auf das Zuckerschloss, bevor er ein enttäuschtes Kind zum Auto zerrte.

»Wir essen das Haus nicht auf, versprochen«, beruhigte Robert ihn durchs offene Autofenster, als wir ihm zum Abschied zuwinkten.

Gebre und Amdi fuhren davon, und Robert und ich gingen wieder ins Haus. In der Diele brannte immer noch die Kerze, als wäre die Zeremonie ohne uns weitergegangen.

»Das Jesuskind in der Krippe«, sagte ich.

»Sorry«, sagte Robert. »Auf die Schnelle fiel mir nichts anderes ein.«

Ich musste lächeln, als ich das Badetuch vom Boden aufhob und in die Schuhe schlüpfte.

Robert blieb neben der Bank stehen.

»Willst du … es noch mal probieren?«

Ich zögerte und fröstelte auch ein wenig. Die Kälte von draußen hing immer noch in der Diele. Und Robert war plötzlich zu Jesus geworden, hier gab es zu viele Ungereimtheiten.

»Ich weiß nicht recht«, sagte ich, »irgendwie ist die Luft raus.«

Trotzdem setzte er sich wieder in den Sarg.

Ich ließ mich derweil auf der Treppe nieder und merkte, wie ungewohnt es für mich war, Menschen längere Zeit am Stück um mich zu haben. Ich war richtig erschöpft. Ich hatte immer noch Grieg und Schumann im Ohr, und das Haus roch intensiv nach Lebkuchen. Außerdem spannte das Kleid unter den Armen.

Robert warf mir einen vorsichtigen Blick zu. »Meinst du … es hängt mit deiner Mutter zusammen?«

»Was denn?«

»Diese Beerdigungsprobleme. Dass dir schlecht wird.« Er wartete einen Moment. »Du warst ja erst vier, als sie …?«

Ich nickte.

»Hast du viele Erinnerungen an sie?«

Nein, das konnte ich nicht behaupten. Mama war in erster Linie ein Mensch, den ich mir ausgedacht hatte. Außer in der letzten Zeit, als ich in den Briefen über sie las.

»Nur an einen alten glatzköpfigen Pfarrer. Er hat gesagt, meine Mutter habe ›auf ihren jungen Schultern eine schwere Last getragen‹.« Ich lächelte. »Damals dachte ich, er meint ihre große Handtasche.«

Robert lächelte ebenfalls, entdeckte ein kleines Blatt des Weihnachtssterns auf seinen Socken und schnippte es auf den Boden.

»Weißt du, was ich als Kind geglaubt habe?«

»Nein.«

»Fischstäbchen wären echte Tiere. Ich habe mich allerdings gefragt, wie sie unter Wasser sehen können, ohne Augen.«

Ich lachte. Plötzlich wurde mir bewusst, dass Robert einmal ein Kind gewesen war, und ich überlegte, dass er sich vermutlich kaum verändert hatte. Er war immer noch ein kleiner Junge und … tja, irgendwie unschuldig. Außerdem stellte ich fest, dass er saubere Socken trug.

»Woran ist sie eigentlich gestorben?«

Ich stand abrupt auf.

»Und … bei Großtante Ruths Beerdigung war ich achtzehn«, sagte ich laut und ziemlich schnell. Dann ging ich ins Wohnzimmer. »Damals habe ich Griegs *Nocturne* gespielt.«

Es dauerte eine Weile, bis ich hörte, wie Robert die Bank wieder umdrehte. Außerdem trug er den Weihnachtsstern zurück in die Küche. Dann stand er plötzlich in der Tür und sagte: »Das muss schwer gewesen sein.«

Er hatte die Kerze mitgebracht.

»Grieg ist nicht so schwer, wie er klingt«, sagte ich.

»Ich meine, deine Familie so früh zu verlieren.«

Ach so. Darauf antwortete ich nicht. Obwohl mich Robert eindringlich ansah.

»Ich glaube aber, sie war im Grunde zufrieden.«

»Wer?«

»Meine Großtante.« Dann fügte ich hinzu: »Wenn sie in sich hingehorcht hätte.«

Er reichte mir die Kerze und blickte mich fragend an. »Zufrieden womit?«

»Zu sterben«, sagte ich. »Und hoffentlich Gott zu begegnen. Sie hat immer gesagt, wir könnten nur auf Gnade hoffen. Wir seien beide Sünderinnen.«

»*Scheiße*«, sagte Robert. Und gleich danach: »Entschuldigung.«

Ich trug die brennende Kerze zum Wohnzimmertisch, damit ich sie im Blick hatte. Man könnte ja plötzlich einen Schwächeanfall erleiden, und wer sollte dann verhindern, dass sie das ganze Haus in Brand setzte? Es gab bestimmt Statistiken darüber, wie viele Menschen auf diese Weise ums Leben kamen.

Robert folgte mir höflich, wurde dann aber langsamer und hielt inne, um das Foto auf dem Klavier zu studieren.

»Deine Mutter?«, fragte er.

Ich nickte. Er schaute von Mama zu mir und wieder zurück. »Ihr seht euch ähnlich.«

»Bis auf die Nase, oder?«

Ich ging zum Klavier und musterte Mama ebenfalls. Erinnerte mich an Roberts Worte bei meinem ersten Besuch im Leichenschauhaus. Dass ich die Nase meines Vaters hätte.

Er lächelte. »Bis auf die Nase.«

»Meine Großtante meinte immer, ich sollte Zöpfe tragen. Wie meine Mutter früher.« Ich zeigte auf das Bild.

»Und … du warst anderer Meinung?«

»Ja, ich wollte aussehen wie Annie. Kennst du den Film?«

Er nickte.

»Bei Regen bekomme ich Locken«, erklärte ich. »Oder bei Schnee.«

»Ich weiß«, sagte Robert.

Im nächsten Augenblick merkten wir es beide, und zwar gleichzeitig. Es roch nach verbrannter Pizza.

»Entschuldigung!«, stieß Robert aus, während ich schon zum Backofen stürzte. Ich griff nach den Topflappen, holte die Pizza heraus und stellte fest, dass die Ursache für den Gestank nur ein kleines Stück Käse war. Es war vom Backrost heruntergefallen und verkohlt. Ich holte es mit einem Pfannenwender heraus und spülte es den Ausguss hinunter. Dann machte ich ein Fenster auf, um zu lüften.

»Die Pizza sieht gar nicht so schlecht aus«, erklärte ich, als ich wieder ins Wohnzimmer kam.

Komisch.

Obwohl ich nur wenige Minuten in der Küche gewesen war, herrschte plötzlich eine andere Stimmung. Zwar hatte draußen die Dämmerung eingesetzt, und ich hatte die Deckenleuchte noch nicht angeknipst, aber trotzdem – innerhalb so kurzer Zeit?

Robert stand am Wohnzimmertisch, die Hände in den Hosentaschen. Er betrachtete Großtante Ruths Wanduhr und *Die Liebenden*. Ja, was sollte er sonst machen? Das Lebkuchenhaus war fertig, wir hatten sogar den Abwasch gemacht.

Und jetzt war er einfach zu Besuch.

Ein Gast. Und an Gäste war ich nicht gewöhnt.

Nein. Ich musste kurz innehalten, weil sich alles so seltsam anfühlte. Die Kerze von vorhin brannte noch immer auf dem

Tisch, und hier stand ich, Vilma, in einem hautengen Kleid und mit Nylonstrümpfen. Sogar mit Mascara.

Und zu allem Überfluss roch es nach Pizza. Wie beim Italiener. Als könnten jeden Moment die zwei Köche aus *Susi und Strolch* mit Ziehharmonika und Banjo das Zimmer betreten und »Schön ist die Nacht« sowie irgendwas mit *bella notte* singen.

Ich bemühte mich, so gut es ging, *nicht* an den Augenblick zu denken, als die zwei Hunde in dieselbe Spaghettinudel bissen.

Ich glaube, auch Robert fiel das Außergewöhnliche an der Situation auf, als er dort im Licht der Kerze stand, die so sehr tropfte und lief, dass sogar Jiminy Grille sich zu Hause gefühlt hätte.

Er erstarrte, und mir war, als nähme er erst jetzt mein Kleid wahr, denn gleich darauf sah er zu Boden und anschließend fast schüchtern zu mir hoch.

Ich räusperte mich. »Die Pizza …«, sagte ich. »Sollen wir … oder willst du …«

Seine Augen zuckten leicht, und er fasste sich in den Nacken.

»Nein, ich äh …« Er sah wieder zu mir auf und lächelte kurz.

Aus irgendeinem Grund wurden meine Wangen ganz heiß.

»Ich kann ja … oder eigentlich gehört sie ja dir«, stotterte ich.

»Schon, aber …«

»Du … kannst sie gern in einer Schachtel mitnehmen, wenn du willst?«

Er zögerte einen Moment. »Wir können ja … ich weiß nicht *Kackscheiße* … Entschuldigung.«

»… sie uns teilen, meinst du?«

Es entstand eine seltsame Pause.

»Sicher«, sagte Robert schließlich, »ja … sehr gern.«

Ich nickte. Ging in die Küche, schnitt die Pizza in zwei gleich große Teile und brachte Robert das eine in einer Schachtel.

»Tja, ich … gehe dann jetzt mal«, sagte er.

»Ja«, sagte ich.

Wir umarmten uns kurz und etwas unbeholfen.

Danach räusperte Robert sich: »Wir … sprechen uns … wegen des Lebkuchenhauses, *verdammte Kacke.*«

Ich blieb zurück im schwarzen Kleid. Mit einer brennenden Kerze, einer halben Pizza und einem schiefen, mit viel zu viel Süßkram verzierten Lebkuchenhaus.

So viel dazu, Herr im eigenen Haus zu sein, dachte ich.

Verdammte Kacke.

Na ja, egal, inzwischen hatte ich mich an Roberts Sprache gewöhnt. Irgendwie hatte sie sogar etwas Beruhigendes, das ich nicht ganz greifen konnte.

Am selben Abend schickte er mir eine seltsame Nachricht: »Ich habe noch mal über die Trauerfeier nachgedacht«, schrieb er. »Wir sollten es ganz anders aufziehen.« Dazu ein Smiley.

Aha. Nach kurzem Nachdenken schickte ich ein Smiley zurück.

Komisch, dachte ich. Warum schrieb er »wir«?

London, den 24. Oktober 2019

Mit einem Mal gehörte alles uns. Nicht ihr, nicht mir, in jenem kurzen Sommer waren diese zwei Pronomen aus unserer Sprache wie fortgezaubert. Klingt schrecklich romantisch, oder? Das Wörtchen »wir« hingegen benutzte ich nach den Jahren des Alleinseins mit geradezu kindlicher Freude. Wir waren zu zweit, wir waren wir.
Und die Zukunft? Ich dachte, auch die gehöre uns.

Ich weiß noch, wie wir einen Spaziergang durch den Frognerpark machten. Wie wir die Reise nach London planten, über die Musik sprachen, die wir dort spielen würden. Um uns herum war die Welt frisch und sattgrün, die Birken hatten sich noch immer nicht dem Herbst ergeben – obwohl die Luft an manchen Tagen schon feuchtgrau war.
Maria wirkte aufgekratzt, berührte jede einzelne Skulptur, an der wir vorbeikamen, und plapperte wie ein Wasserfall. Wir sollten auf Tournee gehen, nur wir zwei. Und ob ich schon von diesen »Compact Discs« gehört hätte.
Natürlich hatte ich das. CDs wurden sie meist genannt. Es hieß, man könne drauftreten, ohne dass sie kaputtgingen – das wäre eine ganz andere Hausnummer als Kassetten, die sich immerzu verhedderten, oder zerkratzte Schallplatten.
»In London«, meinte Maria. »schaffen wir uns einen CD-Player an.«
Ich nickte. »Und richtig gute Lautsprecher.«
»Und eine Badewanne«, sagte Maria lachend.
»Und ein Fondue-Set«, schmunzelte ich.
Aber Maria steuerte schon die nächste Skulptur an, diesen eigenartigen Muskelprotz, der aus irgendeinem unerfindlichen Grund kleine Kinder in die Luft schleudert.
»Und was hältst du von einem Stall voll Kinder?«

Natürlich witzelten wir in dem Moment nur herum. Trotzdem wünschte ich, ich hätte ihr eine andere – eine wohlüberlegte – Antwort gegeben. Aber Kinder? Ich hatte doch gerade erst eine Freundin gefunden.
»Nein«, lachte ich, »ich will dich mit niemandem teilen.«
Sie schüttelte den Kopf. »Nie?«
»Jedenfalls nicht in den nächsten zehn Jahren! Was wird sonst aus der Tournee? Außerdem wollen wir doch verreisen und –«
»Nicht mal so eins?«, unterbrach sie mich und deutete auf die Skulptur des Kleinen Trotzkopfs, vor dem ein paar Touristen posierten.
Ich lachte, wir lachten beide. Trotzdem bereue ich bis heute, was ich als Nächstes sagte: »Das Musikerleben wäre dann vorbei.«

Dabei dachte ich nicht an Dich, Vilma, mir ist sehr daran gelegen, dass Du das weißt. Aber ich dachte auch nicht nur an mich, selbst wenn das jetzt so wirken mag. Ich hatte so oft erlebt, wie begabte Musikerinnen von der Bühne verschwanden, sobald sie Kinder bekamen. Was würde mit Maria passieren, wenn sie nicht als die einzigartige Musikerin erstrahlen dürfte, die in ihr steckte? Der bloße Gedanke stimmte mich traurig.

Sie lachte immer noch. »Du bist aber geizig.«
»Geizig?«, fragte ich gespielt empört.
»Weil du mich nicht teilen willst.«
Dann zwickte sie mich in die Nase und lief lachend davon.

Du ahnst nicht, wie oft ich in meiner Erinnerung zu diesem Moment zurückgespult habe. Immer und immer wieder habe ich unser Gespräch durchgespielt und vor mir gesehen, wie ich ihr nachlief, über die Brücke mit den Skulpturen zu einem von Grünflächen und Bäumen gesäumten Kiesweg. Wie glücklich wir waren.

Mitten im Laufen stürzte sie plötzlich. Gerade hatte sie noch gelacht, dann knickten jäh die Beine unter ihr weg. Als hätte sie die Kontrolle über ihren Körper verloren oder vielleicht eher: als wäre sie fallen gelassen worden, wie eine Puppe.
Es war deutlich zu hören, wie sie über den Kies schrammte, ehe sie liegen blieb.
Und sich nicht mehr bewegte.
Ich rannte zu ihr, beugte mich über sie. War sie bei Bewusstsein? Mein Gott – es war die Art, wie sie gestürzt war, die Bewegung hatte so unnatürlich gewirkt. War sie mit dem Kopf auf dem harten Untergrund aufgeschlagen, hatte sie sich das Genick gebrochen?
»Alles in Ordnung, Vilhelm«, murmelte sie in den Kies. Gott sei Dank.
Vor Erleichterung baute mein Herz ein paar Extraschläge ein. Dass alles in Ordnung war, war natürlich ein Euphemismus, aber immerhin bewegte sie jetzt den Fuß ein wenig, sie war bei Bewusstsein, sie war nicht für immer gelähmt …
Als neben uns Passanten stehen blieben, beruhigte ich sie und schickte sie weiter. Dann fasste ich Maria sanft bei den Schultern.
»Soll ich dir aufhelfen?«
Sie schüttelte den Kopf, blieb jedoch liegen.
Ich wartete kurz. Sah, dass sie blutete, an den Knien, vom Handgelenk bis zum Ellbogen – über ihr hing noch immer eine graue Staubwolke in der Luft.
»Maria?«
Wieder schüttelte sie leise den Kopf.
»Du kannst hier nicht liegen bleiben.«

Erst da merkte ich, dass sie weinte. Leise, mit dem Gesicht im Kies. Ihre Schultern bebten, dann eine kurze Pause, wenn sie Luft holte.
Ich wollte ihre Hand nehmen, aber Maria zog sie weg und verbarg ihr Gesicht zwischen den Oberarmen, schuf sich so ihre ganz eigene Dunkelheit. Sie sperrte die Außenwelt aus und weinte weiter.
Lange und bitterlich.

Menschen gingen an uns vorbei, mit einer Art höflichem Verständnis. Mit Kameras und Fahrrädern, bis Maria nach einigen Minuten meine Hand ergriff und sich mühsam aufrappelte.
Auf dem Weg in Richtung Munthes Gate, zu der Wohnung, die ich mit Hans geteilt hatte – zum Glück lag sie nur einen Steinwurf entfernt –, starrten uns die Leute an.
Ich konnte es ihnen nicht verübeln, denn Marias Gesicht war ebenso blutig wie ihre Arme und Knie, und hätte ich nicht so besorgt dreingeschaut, hätte mich bestimmt jemand wegen Misshandlung angezeigt.

Nach einer ersten Runde mit Wattebäuschen und Desinfektionsmittel sah sie trotz meiner dürftigen Krankenpflegekünste gleich viel besser aus. Am schlimmsten hatte es sie an den Knien erwischt, und ich hockte lange vor ihr und pulte mit einer Pinzette Steinchen aus den Wunden.
Maria saß währenddessen still auf dem Küchenstuhl, als würde sie uns aus der Distanz beobachten. Sie weinte nicht mehr und verzog nicht einmal das Gesicht.
»Da lag ein Stein«, sagte ich schließlich.
»Wo?«, fragte sie matt.
»Auf dem Weg, vielleicht bist du darüber gestolpert?«
Sie schwieg.

»Der muss es gewesen sein«, sagte ich.
Ich träufelte Desinfektionsmittel auf einen frischen Wattebausch und tupfte Marias Knie vorsichtig ab, immer und immer wieder. Dann suchte ich ein Pflaster, das groß genug für die Wunde war.
Als draußen eine Straßenbahn den Kirkeveien hinunterquietschte, blickte Maria kurz zum Küchenfenster, schwieg aber weiterhin.
»Bist du wirklich sicher, dass du nicht mit dem Kopf aufgeschlagen bist?«, fragte ich.
Sie nickte.
Mühsam rappelte ich mich auf, meine Knie waren taub.
»Fertig«, sagte ich. »Soll ich dir einen Tee machen?«

Danach saßen wir mit Tee und Keksen auf dem Sofa und schauten uns ausgerechnet Fleksnes an, diese alte Comedysendung. Maria lag in meinem Arm und wirkte ruhiger als sonst, aber sie lachte nicht ein einziges Mal (dabei war Fleksnes wirklich zum Schreien!).
Nach einer Weile ging ich zum Fernseher und schaltete ihn aus. Dann setzte ich mich wieder zu ihr, und als ich Marias ernstes, von den Wangen bis zu den Schläfen aufgeschürftes Gesicht betrachtete, spürte ich wieder den gleichen schmerzvollen Schauder wie im Park, als sie gestürzt und in meinem Innern alles erstarrt war.
Aus einem Impuls heraus drückte ich sie fest an mich, zu fest natürlich, das Pflaster an ihrem Unterarm bot ja kaum Schutz. Also lockerte ich den Griff, auch wenn es mir schwerfiel. »Ich hatte solche Angst, dass dir etwas zugestoßen sein könnte«, sagte ich.
Ohne zu antworten, lehnte Maria den Kopf an meine Schulter. Draußen ruckelte die nächste Straßenbahn vorbei, sie kam mir so weit weg vor, wie aus einer anderen Welt.

»Ich bin hart im Nehmen«, fuhr ich fort, »aber wenn dir etwas zustoßen würde, allein der Gedanke …«
Sie rührte sich immer noch nicht, doch endlich brach sie ihr Schweigen: »Der Gedanke woran?«
Ich zögerte kurz, wollte die Situation am liebsten mit einem Witz entschärfen. »Na, als der Ältere von uns beiden werde ich natürlich zuerst sterben«, sagte ich lachend. »Da bestehe ich drauf!«
Maria schwieg wieder.
Also unternahm ich einen neuerlichen Versuch. Ich wollte das Ganze abschließen, die Leichtigkeit zwischen uns zurückholen. »Ein Glück, dass man nicht hellsehen kann.«
Damit wäre das Thema durch, dachte ich.
»Und wenn doch?«, fragte sie. »Wenn du hellsehen könntest – würdest du es wissen wollen? Wer von uns beiden zuerst …?«
Ich holte tief Luft und schüttelte den Kopf.
»Eins steht fest«, sagte ich. »Wenn ich wüsste, dass du … also … das würde ich nicht überleben.«
»Wenn du wüsstest, dass ich sterben muss?«
Das wollte ich nicht hören, nicht einmal daran denken. Daher beschloss ich, das Thema wegzuküssen. Ich küsste ihre Stirn, ihre Lider, ihre nach Frühherbst duftenden Haare. Verschränkte meine Finger mit ihren.
»Ich liebe dich, Maria.«

Sie drückte meine Hand ganz fest.

Dass alles anders wäre

Es war Vormittag, ich saß am Küchentisch und sollte eigentlich glücklich sein. Und ja, irgendwo in mir spürte ich noch eine angenehme Wärme, wenn ich daran dachte, wie Amdi sich über das Lebkuchenhaus gefreut hatte. Oder an Robert, der wusste, dass sich meine Haare bei Regen lockten.

Ich seufzte. So ein Quatsch. Als wäre es wichtig, wie meine Haare bei Regen aussahen. Eine physikalische Reaktion, mehr nicht – und Robert war es eben aufgefallen.

Anderseits: Es ging hier um mich, Vilma. Darum, wie jemand anders mich sah.

Ich faltete den Brief wieder zusammen. Natürlich wusste ich, warum ich so niedergeschlagen war. Wen ließ es schon kalt, wenn die eigene Mutter weinte? Oder der eigene Vater die Vorstellung nicht ertrug, dass sie sterben könnte – auch wenn genau das vor langer Zeit passiert war.

Denn sie war ja gestorben. Allerdings nachdem mein Vater aus ihrem Leben verschwunden war.

In meinem Leben war damals nur Großtante Ruth geblieben.

Ich stand auf und ging ins Wohnzimmer, zum Klavier mit den Messingkerzenhaltern und dem Foto von Mama an der Wand. Wieder einmal stand ich da und betrachtete sie, ihr Lächeln, ihre dunklen Augen. Und plötzlich kam es mir vor, als hörte ich Papa davon erzählen, wie sie durch den Frognerpark gehopst war, wie die beiden von Tourneen, CD-Playern und Badewannen geträumt hatten.

Arme Mama, dachte ich. Denn egal, was danach passiert war, eins stand fest: Ihr Leben hatte sich nicht so entwickelt, wie sie es sich erträumt hatte. Im Gegenteil.

Ich musste schlucken. »Du bist nie um die Welt gereist«, sagte ich, »weil du mich bekommen hast.«

Natürlich antwortete sie nicht, sie wollte mich nicht verletzen, das würde Mama niemals tun.

»Du hattest mich nicht geplant«, sagte ich, »und Papa auch nicht. Das ist mir schon klar.« Ich zögerte einen Moment. »Wahrscheinlich habe ich es schon immer gewusst.«

Und das stimmte, ich hatte es schon vor langer Zeit begriffen. An den Gedanken hätte ich also längst gewöhnt sein können. Und trotzdem hatte ich mir noch nie so sehr gewünscht, von jemandem geplant worden zu sein. Dass alles einen Sinn hätte.

Aber na ja. Man kann nicht alles haben.

Vorsichtig nahm ich das Foto von der Wand. Ich weiß nicht, ob es an den Lichtverhältnissen lag oder ob es so schleichend passiert war, dass ich es nie bemerkt hatte, doch im nächsten Moment fiel mir auf, dass die Jutetapete hinter dem Bilderrahmen eine Spur heller war. Ringsum war die Tapete vergilbt, das Sonnenlicht hatte nur diesen einsamen kleinen Kreis ausgespart.

Einmal hatte ich Großtante Ruth gefragt, warum kein Foto von mir über dem Klavier hing.

»Das ist nicht nötig«, hatte sie erwidert, »ihr seht euch doch so ähnlich.«

Ich strich mit dem Daumen über Mamas Gesicht und nahm wieder auf dem Velourssofa Platz.

»Hab ich dir schon mal davon erzählt, wie gern ich früher Annie sein wollte?«, fragte ich meine Mutter.

Nein, hatte ich nicht, auf ihre Antwort brauchte ich gar nicht zu warten. Erst die Ereignisse der letzten Zeit hatten all die Erinnerungen wieder aufgewirbelt.

»Anlass war die Übernachtungsparty bei Erika«, fing ich an, »wo wir bergeweise Süßigkeiten futtern wollten.«

Mama schien zu nicken.

»Außerdem wollten wir *Annie* gucken. Ich kannte den Film schon und liebte ihn über alles und träumte davon, selbst Annie zu sein.«

Von meinem Taschengeld hatte ich mir den Soundtrack gekauft, ihn mir stundenlang angehört und mir vorgestellt, ich wäre das Waisenmädchen mit den roten Locken auf der CD-Hülle.

Die mutige Annie, die der grässlichen Waisenhausleiterin Miss Hannigan das Leben schwermachte und alle naselang aus dem Heim ausriss.

Natürlich gab es keinen Grund, Großtante Ruth mit der versoffenen Miss Hannigan zu vergleichen, schließlich hatte sie noch nie etwas Stärkeres als Apfelsaft zu sich genommen. Und doch sprach Annie etwas in mir an, vielleicht, weil wir beide so gerne Eltern haben wollten.

Um das Ganze abzukürzen: Ich beschloss auszubüxen, so wie Annie.

Besonders dramatisch war das Ganze nicht, Großtante Ruth sollte ja nicht mal mitkriegen, dass ich weg war, ich spekulierte nämlich darauf, dass sie die ganze Nacht durchschlafen würde.

Und ich, die neue Annie, würde das Spalier vor meinem Fenster hinunterklettern, mich zu Erikas Übernachtungsparty schleichen und zurücksein, bevor Großtante Ruth am nächsten Morgen aufwachte.

So der Plan.

In der Tasche unter meinem Bett lagen nicht nur die gesammelten Süßigkeiten der letzten Samstage, sondern auch ein Nachthemd und ein Teddy, weil alle einen mitbringen wollten.

Ich schaute wieder hinunter zu Mama.

»War sie mit dir auch so streng?«, fragte ich. »Wollte sie dich auch nirgendwo übernachten lassen?«

Keine Antwort. Aber dann fiel mir ein, was sie zu Papa gesagt hatte. Dass Großtante Ruth Angst vorm Alleinsein habe. Da war sicher etwas dran. Andererseits: Hatte Großtante Ruth das Alleinsein nicht regelrecht begrüßt, oder besser gesagt, das Zu-zweit-Sein?

Ich wollte Mama gerade die Wange streicheln, doch mit einem Mal war es, als hielte ich nicht mehr sie in den Händen, sondern mich selbst. Die Haare zu Zöpfen geflochten, so wie Großtante Ruth es immer gewollt hatte. Und auf einmal blickte ich aus dem Bilderrahmen heraus, mit zwei Schleifen in den Haaren. Als hätte Großtante Ruth sie mir gerade erst vor dem Spiegel geflochten und dabei so fest gezogen, dass es ziepte.

Ich schüttelte den Kopf. Dieser Spiegel – warum kehrte ich immer wieder zu ihm zurück? Manchmal hatte ich fast den Eindruck, Großtante Ruth lebte darin weiter.

Ich schob den Gedanken schnell beiseite und betrachtete wieder das Foto, sah ich Mama oder mich? Ich wusste es nicht – und für einen Augenblick war mir, als gäbe es außerhalb des Bilderrahmens keine von uns. Als hätten wir beide nur einen Platz in der Vergangenheit.

Wie auch immer, in einem Punkt musste ich Robert und Großtante Ruth recht geben: Wir ähnelten uns sehr, Mama und ich.

Ich schaute wieder hinüber zu dem hellen Kreis über dem Klavier, die Spur eines einzelnen Fotos.

»Sie hat mich fast immer Maria genannt«, sagte ich.

Und auf einmal überkam mich tiefe Traurigkeit. Ich war traurig, weil ich Mama nie wirklich gekannt hatte.

Weil ich nichts von Papa gewusst hatte. Weil ich mich selbst kaum kannte.

Ich schluckte und starrte wieder auf die Tapete.

»Vilma?«

Es war Mama.

»Vielleicht hilft es ja, wenn du ein bisschen spielst?«

Das sagte sie nicht zum ersten Mal.

»Das habe ich früher immer gemacht«, fuhr sie fort, »um meine Gefühle herauszulassen.«

Sie hatte leicht reden, Mama, die Musik gelebt und jeden einzelnen Ton mit ganzer Seele empfunden hatte. Außerdem hatte ich es schon unzählige Male probiert.

»Bei mir funktioniert es nicht mehr«, seufzte ich. »Ich kriege es nicht mehr hin.«

Aber Mama lächelte mich nur traurig an.

»Das weißt du doch gar nicht«, sagte sie.

Mama und dem alten Schønstad, den beiden hatte ich noch nie etwas ausschlagen können. Also atmete ich tief durch und ging zum Klavier. An dem sich nichts verändert hatte, alles war wie immer, von den Pedalen bis zu der kleinen Porzellanfigur auf Großtante Ruths Häkeldeckchen, ein Junge mit Blumenkorb.

Ich nahm Platz und legte die Finger auf die Tasten.

Ich entschied mich für ein Stück von Grieg: *Dank*.

Dann begann ich zu spielen. Drückte die Tasten in der richtigen Reihenfolge, mit der richtigen Dynamik, Rubato, und wusste haargenau, was ich tun musste. Und ich tat es. Aber nicht mit ganzer Seele. Nicht so leidenschaftlich, wie Mama gespielt hatte. Nicht so, als wäre sie noch am Leben.

Und auf einmal war ich mir nicht mehr sicher, ob ich mich nicht doch in die Musik hineinfühlen konnte. Ich wusste nur, dass ich es nicht wollte.

Oder nicht durfte.

»Wenn ich nur wie du wäre, Mama.«

Ich saß wieder auf dem Sofa. Betrachtete Mamas Hände im Bilderrahmen. Sie umklammerten eine Stuhllehne, aber dann sah ich vor mir, wie ihre Finger vor langer Zeit über die Tasten geflogen waren, hier im Wohnzimmer. Ich erinnerte mich an ein Präludium von Bach, an die Leidenschaft, mit der sie gespielt hatte.

Aber ich hatte nicht Mamas Hände. Meine waren anders, meine kleinen Finger waren kürzer, deshalb hatten mir die Oktaven immer Schwierigkeiten bereitet. Rachmaninow und César Franck schieden mehr oder weniger aus, ich konnte die großen Intervalle nicht greifen.

Trotzdem hatte es für Großtante Ruth nie zur Debatte gestanden, welches Instrument ich spielen sollte. Natürlich nicht.

»Nach deinem Tod muss sie sehr verzweifelt gewesen sein«, sagte ich.

Verzweifelt, tja, damit war sie nicht allein gewesen. So hatten wir wenigstens eine Gemeinsamkeit gehabt, Großtante Ruth und ich. In all den Jahren, die wir zusammen in diesem Haus lebten.

»Ich wünschte, du wärst noch hier«, sagte ich.

Mama lächelte.

»Und alles wäre anders.«

Ich ging zum Klavier und hängte das Foto wieder an den Nagel.

»Es war keine Absicht«, sagte ich. »Verzeih mir, Mama.«

London, den 25. Oktober 2019

»Die Zukunft«, sagte Maria einmal, »existiert ja nur in unserer Fantasie. Denn ist sie einmal hier, ist sie schon wieder vorbei, nicht wahr? Mit dem Tod verhält es sich ganz ähnlich.«
»Mit dem Tod?«
»Wer tot ist, weiß nicht mehr, dass er einmal gelebt hat. Manche Dinge können nicht gleichzeitig existieren. Das Leben und der Tod, das Jetzt und die Zukunft.«

Während ich hier am Schreibtisch sitze und diese Zeilen zu Papier bringe, frage ich mich, ob sie wirklich recht hatte. Denn ich muss immer wieder an diese Uhr denken, an die leuchtenden Zeiger, die vielleicht drei vor zwei, vielleicht auch zwanzig nach elf zeigen. An das Licht, das sie ausstrahlen, an den Moment, der bis in die Unendlichkeit andauert.
Ich finde den Gedanken tröstlich. Obwohl wir hier auf Erden vergänglich sind, begibt sich jeder Augenblick unseres Lebens auf eine Reise. Hinaus in die Ewigkeit, wie die Voyager-Sonden. Wie Einzelbilder, die kurz hintereinander abgespult werden, wie Millisekunden auf einer Uhr.
Und wenn wir schon davon sprechen (ich weiß ja, dass Du mich überleben wirst): Wenn ich einmal sterbe, soll meine Asche im Meer verstreut werden. Das Meer soll mich forttragen, immer weiter hinaus.
Aber nicht irgendwo, Vilma. Wenn möglich, dann bitte bei Vollen in Asker.
Warum, wirst Du hoffentlich bald verstehen.

Aber lass uns jetzt über etwas anderes reden.
Für den Umzug nach London waren die meisten Vorbereitungen getroffen. Wir hatten eine Wohnung in Kensington gefunden – ein beurlaubter Orchesterkollege wollte sie uns

untervermieten, unmöbliert, für ein ganzes Jahr – ein Glückstreffer.
Doch kurz vor der Abreise kam die Nachricht, Ruths senile Mutter in Vilhelmstad liege im Sterben (sie war steinalt, jetzt wurde sie endlich erlöst).
Natürlich hatte ich Verständnis, dass Maria in Norwegen bleiben wollte, bis die alte Dame unter der Erde war – auch wenn das Timing, rein egoistisch betrachtet, kaum ungünstiger hätte sein können. Daher buchte ich einen Flug für mich allein, Fornebu – Heathrow. Es ging nicht anders, das Orchester erwartete mich schließlich zur neuen Spielzeit.
Eigentlich hatte ich keinen Grund zu jammern, Maria würde ja schnellstmöglich nachkommen. Und in einem Punkt war es gar nicht so schlecht: So könnte ich schon einmal Möbel besorgen und die Londoner Wohnung für sie herrichten.
Oh, Vilma, ich freute mich wie ein Schneekönig. Hatte ich doch immer geglaubt, dass sich nie eine Frau in mich verlieben würde, geschweige denn sich eine Zukunft mit mir vorstellen könnte (weder mit noch ohne Schnauzer). Ein gemeinsames Zuhause. Es war zu schön, um wahr zu sein.

Nachdem wir uns ein paar Tage nicht gesehen hatten, fuhr ich zu ihr nach Asker. Maria und Ruth hatten die letzte Zeit bei der alten Dame in Vilhelmstad verbracht, aber jetzt war Maria auf die glänzende Idee verfallen, einen Abstecher nach Hause zu machen, damit wir einen Tag zusammen hätten, ehe ich am nächsten Morgen nach London aufbrechen würde.
Es war ein klarer, noch sommerlich warmer Augusttag, und ich hatte so viel Gepäck, dass ich mir vom Bahnhof ein Taxi nahm. Wahrscheinlich hörte Maria die Reifen im Kies, denn kaum hatte ich die Wagentür geöffnet, stand sie schon in der Haustür, strich sich nervös Haarsträhnen aus dem Gesicht und trat ungeduldig auf der Stelle. In ihrem Gesicht waren

immer noch die Schürfwunden vom Sturz im Frognerpark zu erkennen, aber ihre Augen leuchteten hellwach und fröhlich.
»Ich habe eine Polaroid-Kamera gekauft«, sagte sie atemlos, »du weißt doch, was das ist?«
Ich ließ mein Gepäck am Tor stehen und befühlte meine Jackentasche. Natürlich hatte ich von diesen wundersamen Kameras gehört, die in null Komma nichts Bilder produzierten, ich hatte mir schon lange eine gewünscht. Und doch reagierte ich enttäuscht. Denn hier stand ich, mit einer in Geschenkpapier eingewickelten Schachtel in der Jacke, aber der Überraschungsmoment war nun wie verpufft.
Zum Glück verpuffte meine Enttäuschung genauso schnell, als Maria das Geschenk auspackte, sie stand immer noch in der Tür. Sie riss das Goldpapier auf und nahm den Deckel ab – in der Schachtel lag ein goldener Herzanhänger mit einer Perle, ich hatte die Kette am selben Morgen beim Juwelier abgeholt.
»Schau mal auf die Rückseite.«
Maria hielt das Schmuckstück hoch und las.
»Dein V.«
Im selben Moment fiel sie mir um den Hals und drückte mich so fest, als ginge es um ihr Leben. So fest, dass sie mir beinah die Luft abschnürte. Dann ließ sie genauso abrupt von mir ab, und ich musste fast rennen, als ich ihr ins Haus folgte, weil sie sich die neue Kette sofort umlegen wollte.
»Ich habe jede Menge Pläne für heute«, erklärte sie atemlos, während ich noch im Gehen versuchte, den Verschluss zu schließen.
Ich bugsierte sie vor den Dielenspiegel, wo sie endlich stehen blieb. Ohne zu blinzeln, betrachtete sie ihr Spiegelbild, als sähe sie sich zum ersten Mal. Oder als sähe sie eine ganz andere. Sie schien vollkommen gedankenverloren, als verberge der Spiegel etwas Geheimes, Unendliches.
Und sofort musste ich daran denken, mit welcher Begeisterung

sie mir manchmal von den Narnia-*Büchern oder* Mio, mein Mio *erzählt hatte. Von anderen Welten – jetzt kam es mir vor, als befände sie sich selbst in einer.*
Aber nur für ein paar Sekunden, dann kam sie wieder zu sich, lächelte mir zu und rückte das Herz auf ihrem Dekolletee zurecht.
Trotzdem konnte ich die Frage nicht zurückhalten: »Gefällt sie dir nicht?«
Sie lachte laut und schnürte mir erneut fast die Luft ab. »Ich liebe sie!« Dann ließ sie mich los und lief nach draußen.

So begann der Tag. Hinaus in den Garten, das Goldherzchen noch um den Hals, scheuchte Maria mich unter einen Apfelbaum am Gartenzaun. »Und jetzt bitte lächeln!«
Dieses glänzende Stück Fotopapier, das den Moment nur Sekunden später wiedergab. Leider erinnere ich mich nicht daran, wie sie ausgefallen war; die einzige Porträtaufnahme von Maria und mir, als Polaroidfoto. Ich weiß nur, dass Maria schnell ins Haus zurückflitzte und wenig später mit einem kleinen Rucksack und einer Weinflasche zurückkam.
»Auf zum Meer!«, rief sie.

Es war einer dieser klaren, noch warmen Spätsommertage. Wir gingen einen Pfad hinunter, der sich zwischen Vollen und Elnestangen am Ufer entlangschlängelte, mal durch gleißendes Sonnenlicht, mal durch klar umrissene Schatten.
Der weiche Waldboden federte unter unseren Füßen, Maria hatte den Rucksack geschultert, und ich neckte sie ein bisschen, weil sie wie ein Hund im Zickzack lief – sie hatte nämlich beschlossen, ausschließlich auf Wurzeln zu treten.
Ich selbst lief über Vorjahresblätter und plattgetrampelte Zapfen und kam mir neben ihr auf einmal so alt vor, aber was machte das schon?

Die Luft war von einem süßlichen Duft erfüllt.
Nach einer Weile nahm Maria Kurs auf eine kleine Landspitze – oder heißt es Landzunge? Ich bin im Landesinneren aufgewachsen und kann mir einfach nie merken, welcher Begriff der richtige ist –, setzte den Rucksack ab und öffnete ihn. Sie ging nah am Wasser in die Hocke und wirkte jetzt etwas ruhiger.
»Diese Raumsonde, von der du erzählt hast …«, sagte sie.
»Ja?«
Sie fischte das Polaroidfoto aus der Jacke und die Weinflasche aus dem Rucksack.
»Sie fliegt immer weiter hinein ins Unbekannte«, sagte sie.
Vorsichtig rollte sie das Foto zusammen, schob es durch den Flaschenhals, steckte feierlich den Korken in die Öffnung und legte die Flasche ins Wasser.
»So reisen wir jetzt auch immer weiter«, sagte Maria und gab der Flasche einen sanften Schubs.

Ich überlegte kurz, ob sie mich mit der Aktion zum Lachen bringen wollte. Ich hatte mir vorgestellt, wir würden noch ein Weilchen sitzen bleiben und beobachten, wie die Flasche aufs Meer hinaustrieb oder sich nach wenigen Metern irgendwo verkeilen würde.
Aber Maria sprang unversehens auf und verschwand zwischen den Bäumen. Ich griff nach einem Stöckchen und stieß die Flasche noch einmal an.

Erst viel später fiel mir ein, was sie zu einem früheren Zeitpunkt einmal gesagt hatte. Dass sie nichts mochte, was ein Ende hat.
Was sie damit gemeint hatte, erschloss sich mir erst viele Jahre später.

An jenem Tag sprudelte sie jedenfalls nur so von Ideen, und ich hatte alle Mühe, mit ihr mitzuhalten.

Sie kam zum Ufer zurück, holte tief Luft und verkündete: »Jetzt wird gespielt!«

Wahrscheinlich machte ich ein ziemlich perplexes Gesicht, denn sie fügte rasch hinzu: »Sachen, die uns Spaß gemacht haben, als wir Kinder waren … das ganze Leben noch mal von vorn, sozusagen.«

Ich lächelte verwundert. »Das ganze Leben – an einem einzigen Tag?«

»Warum nicht?«

Ich schüttelte den Kopf wie ein geduldiger Großvater.

»Du fängst an«, erklärte Maria.

Ich überlegte kurz. »Kopfstand kommt schon mal nicht infrage«, lachte ich. »Wie wär's mit Purzelbäumen?«

Maria hatte deutlich mehr Ideen als ich und setzte sie voller Hingabe in die Tat um. Sie kletterte auf Bäume, ließ sich einen grasbewachsenen Hügel hinabrollen, badete im Meer, obwohl das Wasser höchstens siebzehn Grad hatte, entdeckte eine Schaukel aus einem morschen Brett und alten Seilen und bestand darauf, dass ich sie anschubste, damit sie immer höher flog.

Und plötzlich sah ich, wie sie am Rand einer Klippe auf einem Bein balancierte.

Ich zog sie schnell zurück. »Bist du verrückt? Hast du gesehen, wie tief das hier runtergeht?«

Na ja, eigentlich waren es nur ein paar Meter. Allerdings ragten dort unten spitze Schieferfelsen empor, und wenn ein Mensch … allein vom Hinsehen wurde mir schon mulmig.

Ich drückte sie fest an mich, fast starr vor Schreck, während Maria mich seelenruhig fragte: »Hast du Die Brüder Löwenherz gelesen?«

Hatte ich nicht.

»Die Jungen springen in einen Abgrund, in eine andere Welt«, sagte sie. »Ins Paradies, könnte man sagen. Eine schöne Vorstellung, nicht wahr?«

Ins Paradies? Ich musterte sie schweigend und wusste nicht, was ich davon halten sollte. Dann lächelte sie plötzlich und machte sich von mir los.

»Über so was scherzt man nicht, Maria!«, rief ich ihr hinterher. Aber sie lachte nur, seltsam laut, wie mir schien. »Tut mir leid.«

Schließlich verkündete sie, es sei Zeit für ein Picknick. Und was für eins: zwei Flaschen Brause mit Strohhalmen, Zimtschnecken in Papierförmchen, Lakritze und Lutscher. »Wie früher«, sagte sie.

Ich musste lachen, als sie die Köstlichkeiten auf einer Picknickdecke verteilte. »Du hast wirklich an alles gedacht, oder?«

Ohne zu antworten, blickte sie aufs Wasser und nippte mit der Konzentration einer Sommelière an ihrer Brause. Dann ließ sie ein Stück Lakritze auf der Zunge zergehen, verdrückte eine Zimtschnecke nach der anderen, steckte sich schließlich einen Lolli in den Mund und lief damit los, wie es mir als Kind streng verboten gewesen war.

So ging es den restlichen Nachmittag weiter. Wir machten Weitsprung im Sand, sammelten Muscheln, pflückten Margeriten, und dann wollte sie im Garten eine Runde Krocket und Badminton spielen, obwohl es eigentlich längst zu dunkel war.

Erst als ich sie am Abend zu mir ins Bett ziehen wollte, hielt sie plötzlich inne. Sie stand da und sah mich an, als würde sie jeden Moment etwas sagen, doch ihr Mund blieb verschlossen. Vielleicht erwartete sie, dass ich etwas sagte, etwas Bedeutungsvolles und Schönes, über uns und die Zukunft, ehe ich am nächsten Tag abreisen würde. Nicht, dass ich im Begriff war,

zu einer Weltumsegelung aufzubrechen, aber immerhin ging am nächsten Morgen mein Flieger nach London.
»Versprichst du mir, dass wir immer zusammenbleiben?«, fragte ich.
Ob sie innerlich zusammenzuckte? Ich weiß es nicht. Es war eher – wie soll ich es beschreiben? –, als wäre sie nicht ganz da. Als wäre sie in Narnia oder in einer anderen Dimension. Aber dort blieb sie nicht lange, und als sie wieder zurückkam, schien sie etwas gefunden zu haben – eine Antwort? Sie kam auf mich zu und sagte: »Die Zukunft ist nicht morgen. Die Zukunft ist heute.«

Es war seltsam. Mit ihren Küssen vertrieb Maria alle Fragen, die mir durch den Kopf gingen.
Da war sie. Meine große, meine einzige Liebe.
Als sie an diesem Abend einschlief, schmiegte sie sich so eng an mich, dass ich fast kein Auge zubekam.

Ein letzter Brahms und der Beginn einer letzten Reise

Ob die Zukunft heute oder morgen ist?

Wer weiß das schon. Allerdings bin ich mir sicher, dass es auch Orte ohne gibt, ohne Zukunft, meine ich.

Krematorien zum Beispiel. Oder Kapellen.

Gemäuer ohne Leben. Stühle und Sitzbänke von Trauer abgewetzt. Selbst die Kerzen brennen für etwas, was nicht mehr ist. Für die Vergangenheit.

Was Papa dazu gesagt hätte? Vielleicht hätte er darauf beharrt, dass er nach wie vor lebe, in dieser goldenen Datenplatte, die irgendwo im All umherflog.

Doch für mich war er trotzdem tot. Ohne dass ich je seine Stimme oder sein Bratschenspiel gehört hatte.

Davon abgesehen lief die Trauerfeier vor der Einäscherung meines Vaters besser als erwartet.

Und daran hatte Robert entscheidenden Anteil. Zum einen schien diese eigenartige Konfrontationstherapie tatsächlich anzuschlagen, zumindest was den Sarg betraf. Dort vorne im Altarbereich sah er geradezu einladend aus, hell und schlicht, geschmückt mit weißen Rosen und violetten Anemonen. Beinahe adventlich, Tod hin oder her.

Als ich mich viel zu früh in der Kapelle in Asker in eine der vorderen Reihen setzte, wurde mir jedenfalls wider Erwarten nicht übel. Im Gegenteil, ich musste fast lächeln, als ich daran dachte, wie Robert unter dem Badetuch und mit dem Weihnachtsstern auf der Brust in meiner Diele gelegen und in seinem quicklebendigen Fuß einen Krampf bekommen hatte.

Natürlich wäre ein Lächeln äußerst unpassend gewesen, deshalb räusperte ich mich leise und versuchte stattdessen, möglichst betrübt auszusehen.

Wobei mein Vater bestimmt nichts dagegen gehabt hätte. Gegen ein Lächeln, meine ich.

Robert erwies sich jedenfalls auch heute als äußerst hilfreich. Als erster Trauergast (nach mir) betrat er die Kapelle und kam fast lautlos den Mittelgang herauf.

Eigentlich hatte ich nach Ivar Ausschau gehalten und darüber nachgedacht, dass ich seit der aufmunternden Auberginen-Nachricht nichts mehr von ihm gehört hatte.

Er hätte doch wenigstens ein kurzes Danke schicken können, vielleicht seinerseits mit einer Aubergine garniert oder wenigstens mit einem Smiley.

Aber gut, der Ärmste machte gerade eine schwere Zeit durch, das durfte ich nicht vergessen.

Und das Komischste war, dass mir bis eben überhaupt nicht aufgefallen war, dass er nicht geantwortet hatte. In den letzten Tagen hatte ich nicht ein Mal an seinen Rücken unter dem Hemdstoff gedacht und auch nicht öfter als sonst aufs Handy geguckt – ich hatte Ivar schlicht vergessen. Obwohl ich doch höchstwahrscheinlich in ihn verliebt war!

Na ja, ich hatte ja selbst ziemlich viel um die Ohren gehabt, Lebkuchenhäuser und so weiter.

Jetzt kam jedenfalls Robert auf mich zu, in Anzug und Mantel, und wirkte völlig verändert. Wahrscheinlich, weil ich ihn zuletzt mit Badetuch und tropfnassem Hemd gesehen hatte. Heute waren seine Haare auf gepflegte Weise verstrubbelt, er hatte sich frisch rasiert und sogar einen Schlips umgebunden. Er wirkte fast ein wenig fremd.

Aber was hatte ich erwartet? Dass er hier im grünen Krankenhauskittel und mit Mundschutz aufkreuzte?

Als er bei mir ankam, beugte er sich leicht vor und flüsterte. »Hallo. Alles in Ordnung?«

Er roch gut. Dann merkte ich, dass er nervös in Richtung Sarg schielte, und da ging mir auf, dass er auf meine Übelkeit anspielte.

»Ja«, antwortete ich.

»Bestens.« Er lächelte und nickte in Richtung der hinteren Reihen. »Dann … suche ich mir mal einen Platz.«

Im selben Moment stimmte der Organist die ersten Töne an.

»Du sitzt hier«, sagte ich und zog Robert schnell neben mich auf die Bank. Er blinzelte und sah mich verwundert an.

Nein, ich hatte nicht endgültig den Verstand verloren.

Allerdings hatte ich die traurigen Klänge der Orgel wiedererkannt, die mir durch Mark und Bein gingen – und schlagartig begriffen, dass ich mich darauf dummerweise nicht vorbereitet hatte.

Auch Robert wirkte überrumpelt.

»Entschuldige«, stammelte ich. »Die Musik … das hat mir gerade die Luft abgeschnürt.«

»Okay?«

Robert legte den Kopf schief, als könnte er so besser hören. Die Musik, die einen Schleier der Trauer über alles breitete, bis die eigentliche Zeremonie begann.

Robert sah mich ernst an. »Es kommt äußerst selten vor, dass jemand plötzlich das Atmen einstellt«, sagte er vorsichtig.

»Aber …?«

Er zögerte. »Na ja, es ist nur so … ich hab Angst, dass ich … du weißt schon … alles ruiniere … wie neulich.«

Ich ließ meinen Blick durch die Kapelle schweifen, über die weißgekalkten Wände, die Rosen auf dem Sarg, den diskreten Bestatter, der gerade Kerzen anzündete. Und da verstand ich, was Robert meinte: Satan und seine Namensbrüder hatten in einer Kapelle wohl eher nichts zu suchen, auch wenn die Norwegische Kirche im Lauf der letzten Jahre deutlich inklusiver geworden war.

Aber egal: Ich beschloss, dass meine Anwesenheit in diesem Moment wichtiger war als gottesfürchtiges Verhalten.

»Mein Vater hört dich eh nicht«, sagte ich.

Robert atmete tief ein. »Gut, ich will es versuchen.«

Langsam schälte er sich aus seinem verknitterten Mantel und legte ihn sich fein säuberlich über die Knie.

Es war seltsam, ja fast ein bisschen lustig, dass diese tickende Zeitbombe eine derart beruhigende Wirkung auf mich ausübte. Ich lächelte Robert dankbar zu, wie er in seinem Anzug neben mir saß und mir so vertraut und zugleich so fremd war.

Dann ließ ich den Gedanken freien Lauf, im Hintergrund die wehmütigen Orgelklänge, die sich mit aller Trauer abgefunden hatten.

Schon saß man wieder da, dachte ich. Obwohl man doch geglaubt hatte, man hätte längst alle verloren, die man verlieren konnte, sie begraben und vielleicht sogar aus seinen Gedanken vertrieben.

Aber nein, plötzlich war noch jemand aufgetaucht: ein Vater, den man eigentlich schon vor langer Zeit verloren hatte. Man könnte meinen, das wäre keine große Sache. Dass einer mehr oder weniger keinen Unterschied machte.

Aber weit gefehlt. Denn eins hatten die letzten Tage mir gezeigt: Es *war* eine große Sache, eine sehr große sogar. Gleich würde ich von meinem Vater Abschied nehmen, ohne dass ich den Hauch einer Ahnung hatte, wer er gewesen war und warum sich die Dinge so entwickelt hatten.

Aber im Gegensatz zu meiner Mutter und Großtante Ruth hatte er Briefe geschrieben.

An mich. Seine Tochter. Er hatte immerhin versucht, mir Antworten zu geben.

Im nächsten Moment riss mich Robert aus meinen Gedanken, indem er mich mit dem Ellbogen anstupste.

»Vilma?« Er schaute nervös zwischen seiner Uhr und mir hin und her. »Also … ist das wirklich nicht zu riskant … dass ich hier sitze?«

Ich sah ebenfalls auf die Uhr und dann zu Robert, sein Knie zitterte rastlos.

Ja, gleich würde die Trauerfeier losgehen. Hinten in der Kapelle entdeckte ich Sølvi, die gerade ihre Geige auspackte. Außerdem war mir, als flatterte Ivars weißer Talar hinter einem Pfeiler vorbei.

Ich begegnete Roberts fragendem Bick. Und nickte.

Ich bereute keine Sekunde, dass er neben mir saß. Es tat gut, ihn in meiner Nähe zu wissen. Vor allem, als ich mich zum Klavier begab, um mit Sølvi zu spielen – in dieser seltsam zeitlosen Stille, die der Musik vorausging.

Wahrscheinlich war ich froh, dass danach jemand in der Bankreihe auf mich warten würde. Das kam schließlich nicht oft vor.

Das Klavier und auch die Violinistin ließen definitiv zu wünschen übrig, und trotzdem dachte ich beim Spielen, dass es meinem Vater bestimmt gefallen hätte – Brahms bei seiner Trauerfeier, der zweite Satz der Sonate in d-Moll. Obwohl das Klavier dumpf und kümmerlich klang und Sølvis Bogenwechsel deutlich zu hören waren. Obwohl wir nicht mit Mamas Hingabe und Leidenschaft spielten.

Aber immerhin saß hier seine Tochter am Klavier, gleich neben dem geschmückten Sarg. Die Tochter, die ihn so gern kennengelernt hätte.

Inzwischen kannte ich ihn gut genug, um zu sagen, dass das am meisten für ihn gezählt hätte.

Als ich an meinen Platz zurückkehrte, war es überraschenderweise Robert, der feuchte Augen hatte, obwohl wir uns doch eigentlich auf der Trauerfeier *meines* Vaters befanden. Ich reichte ihm ein Papiertaschentuch.

»Danke«, sagte er lächelnd, trocknete sich die Tränen und nickte.

Keine Ursache. Ich hätte ja selbst gern geweint, wäre ich nur dazu imstande gewesen. Bestimmt hätte es gutgetan – ich hatte mir immer vorgestellt, dass Tränen einem dabei halfen, mit schwierigen Dingen abzuschließen.

Und wäre ich der Typ dafür, hätte ich bestimmt auch während der Trauerrede geweint, ich fand sie nämlich ziemlich gut. In einem weißen Talar stand Ivar da und sprach auf Grundlage der spärlichen Informationen, die er zur Verfügung gehabt hatte, über das Thema »Ankommen«.

Wobei, ehrlich gesagt kann ich gar nicht beurteilen, wie gut die Rede war, denn in Gedanken schweifte ich immer wieder ab. Wahrscheinlich lag es an Ivars klerikalem Tonfall.

Zu meiner Verteidigung sei gesagt, dass sich meine Gedanken um meinen Vater drehten. Und um diese Raumsonde, wobei mir immer noch nicht so richtig klar war, weshalb sie ihm derart am Herzen lag.

Sicher, es war bestimmt aufregend gewesen, an einer Einspielung mitzuwirken, die später im interstellaren Raum herumschweben würde. Trotzdem ließ sich nicht daran rütteln, dass so eine Golden Record letztlich nicht mehr als ein kleiner Gegenstand aus Gold und Kupfer war, mit dem die Außerirdischen garantiert nichts anzufangen wüssten.

Und auch an meinem Vater konnte man so lange rütteln, wie man wollte: Er lag mausetot im Sarg, würde bald kremiert werden, und ehrlich gesagt tröstete es mich herzlich wenig, dass ein Bruchteil seines Vermächtnisses zwischen Sternen und Galaxien herumschwirrte.

Ich hatte mir immer einen Vater gewünscht. Einen Vater, der zu meinen Musikschulkonzerten kam und voller Stolz klatschte, egal, wie ich spielte. Der mich zu Übernachtungspartys fuhr, mir und meinem Nachthemd durchs Autofenster zuwinkte und mich am nächsten Morgen wieder abholte. Der meine Brote mit zu viel oder zu wenig Butter bestrich und bestimmt ab und zu mein Basketballtraining vergaß. Für den ich einfach nur Vilma war.

Weltall hin oder her.

Wie auch immer, es war trotzdem schön, als wir nach der Trauerrede das Zweite Brandenburgische Konzert über die Musikanlage der Kapelle spielten, aber nicht für irgendwelche Aliens, sondern ganz allein für meinen Vater.

Zwischendurch war mir sogar, als hörte ich Robert leise wimmern.

Ich schielte zu ihm rüber und sah, wie sich seine Kiefer bewegten. Aber nicht im Takt mit der Musik, nicht so, als würde er mitsummen. Er presste die Lippen aufeinander und kniff die Augen zusammen. Und als ich den Blick ein Stück hinabwandern ließ, bemerkte ich, wie sich seine Hände so fest in den Mantel krallten, dass seine Fingerknöchel weiß wurden.

Robert wimmerte nicht, weil er ergriffen war – er versuchte

nur auf Biegen und Brechen, nicht zu fluchen. Er quälte sich – für mich!

Nein, jetzt waren wir quitt, das musste ich ihm unbedingt später sagen. Quitt und noch mal quitt.

Zumal es ihm tatsächlich gelang, sich zu beherrschen. Mit Ausnahme von einem kleinen *Pimmel!*, den er perfekt getimt und kaum hörbar an einer geeigneten Stelle des Brandenburgischen Konzerts herausließ.

Trotzdem war ich etwas nervös, da Roberts unfreiwillige Ausbrüche der andächtigen Stille nicht gerade gut zu Gesicht gestanden hätten.

Gott sei Dank gab er jedoch keinen Mucks von sich.

Stattdessen sah Robert mich an. Aber nicht gequält, sondern freundlich, wie um sicherzugehen, dass ich immer noch atmete und nicht plötzlich aus den Latschen kippte.

Und das tat ich auch nicht. Vielmehr dachte ich an meinen Vater, der sich auf den Weg dorthin machte, wo meine Mama schon viel zu lange war.

Die Absenkvorrichtung ächzte und krächzte, wie ich es von früheren Trauerfeiern in Erinnerung hatte. Aber irgendwann hatte sie ihren Teil der Arbeit erledigt. Der Sarg war in einem Loch im Boden verschwunden und nun bereit, in ein paar Tagen in den Muffelofen geschoben zu werden.

Damit war die Trauerfeier vorbei.

Der Organist stimmte eine weniger schwermütige Melodie an, so als hätte sich unsere kleine Trauergemeinde inzwischen mit dem Tod versöhnt – oder Hoffnung auf ein ewiges Leben geschöpft.

Nun ja, sollte er ruhig klimpern, dachte ich, kehrte dem Tod den Rücken und machte mich auf den Weg in Richtung Ausgang. Tatsächlich war mir ein wenig leichter zumute.

Am Ausgang hatte sich eine winzige Schlange gebildet. Kein Wunder, schließlich stand Ivar dort in seinem Talar und schüttelte feierlich Hände. Erst Sølvis, dann Roberts.

Von draußen wehte es kalt durch meine dünne Strumpfhose, aber das machte mir nichts aus.

Ich wartete darauf, dass Ivar mich ansehen, mir seine gesamte Aufmerksamkeit schenken würde, und legte mein Gesicht prophylaktisch in andächtige Falten.

Dann: Ivars warme Hand, die mir inzwischen so vertraut war.

»Mein Beileid«, sagte er.

Ich holte tief Luft. »Kommen Sie noch mit in den Pub?«

Seine Antwort war eher unkonventionell, allerdings gab es dafür eine Erklärung, die seltsamerweise wieder mit Robert zu tun hatte. Angefangen hatte alles mit seiner Nachricht nach dieser skurrilen Generalprobe, nach der er vorgeschlagen hatte, wir sollten den traditionellen Leichenschmaus ganz anders aufziehen.

Tags darauf hatte er angerufen und ohne jegliche Einleitung verkündet: »Lass uns hinterher in den Pub gehen.«

Ich hatte einen Moment gezögert. »Ich war noch nie im Pub.«

Robert schien unbeeindruckt. »Einmal ist immer das erste Mal.«

Trotzdem hatte ich hin und her überlegt. Wäre ein Besuch im Pub nicht irgendwie respektlos? Zwar hatte ich noch nie einen von innen gesehen, aber in Film und Fernsehen wirkten Pubs immer furchtbar schäbig – Menschen, die nach der Bedienung schnipsten und in schummrigen Ecken knutschten.

Andererseits gab es doch den Begriff »Trauerbier«, und das klang nach einem altehrwürdigen Brauch.

Dem konnte Robert nur zustimmen. Auf einen Verstorbenen das Glas zu erheben, sei das Respektvollste, was man tun könne, beteuerte er.

Damit hatte er mich überredet.

Und jetzt, mit Ivars warmer Hand um meine, versuchte ich mich an derselben Überredungstaktik, schließlich wollte ich ihn unbedingt dabeihaben.

Mein Interesse schien jedoch auf wenig Gegenliebe zu stoßen, denn nachdem ich die Frage ausgesprochen hatte, blickte sich Ivar nervös um und tat so, als hätte er mich nicht gehört.

»Auf ein Trauerbier«, fügte ich hinzu und beugte mich zu ihm vor. »Ich würde mich freuen, wenn Sie mitkämen.«

Ivars Blick flackerte so lange weiter, bis Robert und Sølvi außer Hörweite waren. Dann nahm er mich beiseite. »Hören Sie zu, Vilma.«

Natürlich hörte ich ihm zu.

»Ich bin Pfarrer.«

Er war Pfarrer, logisch, das wusste ich doch. Sollte ich darauf »Und ich bin Klavierlehrerin« antworten?

Ich schwieg lieber und wartete ab.

Ivar wand sich und blickte geheimniskrämerisch nach rechts und links.

»Sie … verstehen, worauf ich hinauswill?«

Wieder versuchte ich, seinen Blick einzufangen – aber vergebens. Ich sollte verstehen, worauf er hinauswollte? Vielleicht gingen Pfarrer prinzipiell nicht in den Pub, zumindest nicht unmittelbar nach einer Trauerfeier – meinte er das?

»Okay«, sagte ich.

Und dann begriff ich, wie egoistisch ich mich hier aufführte. Ich behelligte ihn mit meinen Sorgen, obwohl er doch schon mehr als genug Stress hatte, mit seiner Frau und noch dazu mit dem Allmächtigen.

Ich holte tief Luft, beschloss, mich von meiner verständnisvollen Seite zu zeigen, und beugte mich noch etwas weiter vor. »Vergessen Sie nicht, ich bin immer für Sie da«, raunte ich ihm zu.

Dann nickte ich und war ziemlich zufrieden mit mir selbst. Ja, auch ein Pfarrer musste hin und wieder jemandem sein Herz ausschütten. Und in Ivars Fall war ich dieser Jemand, das hatten die Ereignisse der letzten Zeit doch wohl gezeigt. Im Auto und auch im Pfarrbüro.

»Ich stehe Ihnen stets zur Verfügung«, setzte ich noch hinzu und versuchte, meinen Worten einen gewissen Schwung zu verleihen.

Nein, ich war keineswegs enttäuscht, als ich Sølvi und Robert folgte und in das Taxi stieg, das Robert auf der Hauptstraße angehalten hatte.

Alles hat seine Zeit, dachte ich, es spielte keine Rolle, ob Ivar in den Pub mitkam oder nicht. Schließlich würden wir noch sehr viele schöne Gespräche im Pfarrbüro führen.

Außerdem tranken wir wohl beide am liebsten Kaffee.

Trauerbier und Gemüse

Im Gegensatz zu Ivar kam Sølvi gern mit in den Pub. Und auf die Gefahr hin, voreingenommen zu wirken: Überrascht war ich davon nicht.

Aber ich freute mich natürlich – schließlich war es das erste Mal, dass wir außerhalb der Schule Zeit miteinander verbrachten, und derlei Aktivitäten verlängerten doch angeblich die Lebenserwartung, Treffen mit Freundinnen in der Freizeit, meine ich.

Abgesehen davon wäre es ziemlich riskant gewesen, mit Robert allein im Pub zu sitzen. Was, wenn er mit einem seiner weniger jugendfreien Ausdrücke einen betrunkenen Schlägertyp provozierte?

»Ich kann aber nicht bis Mitternacht mit euch im Pub rumhängen«, erklärte Sølvi. »Denk dran, Vilma, wir haben morgen die Fortbildung.«

Ich unterdrückte ein Lachen. Bis Mitternacht? Als ob ich da nicht schon lange schlummern würde.

Als wir den Pub betraten, blieb ich wie angewurzelt am Eingang stehen und sehnte mich schon jetzt nach meinem wohlig warmen Bett. Ein Leichenschmaus mit Schnittchen und gedrückter Stimmung war die eine Sache – aber das hier?

Die Luft war alkoholgeschwängert und der Geräuschpegel eindeutig zu laut für meine Gefühlslage, dabei war es noch nicht mal Abend.

Dann dachte ich wieder an die Mikromorts und daran, dass man öfter unter Leute gehen sollte. Also biss ich die Zähne zusammen, und während ich Sølvi und Robert zu einem freien Tisch folgte, merkte ich, wie mir ein alter Knacker mit blutunterlaufenen Augen auf die Beine starrte.

Sølvi nahm unsere Mäntel, um sie an den klapprigen Kleiderständer am Eingang zu hängen, und Robert zog los, um Getränke zu besorgen.

Cola für mich, Bier für die beiden.

Ich blieb allein sitzen und überlegte, wie man sich an so einem Ort zu verhalten hatte. Mit Konzerten und Trauerfeiern kannte ich mich aus. Aber das hier?

Als Erstes fiel mir auf, dass die wenigsten mit geradem Rücken dasaßen. Also ließ ich mich auch ein bisschen hängen und stützte die Ellbogen auf die Tischplatte, nach dem Vorbild einer jungen Blondine am Nebentisch. Ganz *casual* oder wie das heutzutage hieß.

Außerdem schien fast niemand Cola zu trinken, registrierte ich. Im nächsten Moment kam Robert mit unseren Getränken zurück.

»War doch eine schöne Trauerfeier, oder?«, fragte er.

Ich nickte. »Ich bin trotzdem froh, dass sie vorbei ist.«

»Skål«, sagte er und setzte sich. »Auf deinen Vater, Vilma. Auf Vilhelm Mozart Sandvik.«

Keine Ahnung, was der Auslöser war. Vielleicht die kurze Stille, nachdem wir angestoßen hatten. Oder dass jemand anders seinen Namen gesagt hatte.

Jedenfalls kamen mir urplötzlich die Tränen. Nicht viele, aber deutlich sichtbar. Schnell wischte ich mir mit dem Handrücken über die Augen und presste ein »Entschuldigung« hervor.

»Entschuldigung?«, fragte Sølvi. »Du hast gerade von deinem Vater Abschied genommen und entschuldigst dich? Heul nur, Vilma! Und gönn dir ein Bier. Das wird dir guttun.«

Robert reichte mir eine Serviette, begleitet von einem *Satanspimmel.*

Ich bedankte mich herzlich, trocknete mir die Tränen und schniefte zu Ende. »Tourette«, sagte ich an Sølvi gewandt. »Du gewöhnst dich dran.«

Robert lächelte, nahm einen Schluck von seinem Bier und warf mir einen schwer zu deutenden Blick zu.

»Dann lasst uns darauf auch anstoßen«, sagte Sølvi, und mir dämmerte, dass sie in den nächsten Stunden auf alles Mögliche das Glas erheben würde.

Aber plötzlich machte mir das gar nichts mehr aus. Die Stimmung war gut, niemand torkelte durchs Lokal oder bedrohte andere mit zerbrochenen Flaschen. Kein Mann pfiff den weiblichen Gästen nach, niemand brüllte ein Sauflied wie die Jungs damals bei unserer Mittelstufenabschlussfeier. Ich merkte, wie sich meine Schultern allmählich entspannten.

»Und wie geht's jetzt weiter?«, fragte Robert nach einer Weile.

»Na ja, ich werde die restlichen Briefe lesen«, antwortete ich.

Natürlich wollte Sølvi alles darüber wissen, und ich musste ihr die ganze Geschichte ausbreiten, von meinem Vater, der mir Briefe geschrieben hatte für den Fall, dass wir uns nicht mehr begegnen würden.

Sølvi sah fast ein bisschen träumerisch aus. »Woher nimmst du die Geduld? Ich hätte alle Briefe auf einmal gelesen.«

Als ob ich das nicht wüsste.

»Sie sind für mich zu einer Art Adventskalender geworden. Außerdem liebe ich Routinen.«

Als ob Sølvi das nicht wüsste.

»Hast du mehr über die Raumsonden gelesen?«, fragte Robert. »Diese Golden Records sind doch faszinierend. Bilder, Tonaufnahmen und so weiter, und schwupps, raus damit ins Weltall. Vielleicht animieren sie die Außerirdischen ja dazu, uns einen Besuch abzustatten.«

Am anderen Ende des Lokals ging ein Glas zu Bruch, woraufhin irgendjemand applaudierte, ich hatte keine Ahnung, warum.

Ich musste Robert enttäuschen. »Es dauert mindestens vierzigtausend Jahre, bis die Voyager-Sonden ein anderes Sonnensystem erreichen«, erklärte ich. »Dann gibt's hier niemanden mehr, den sie besuchen könnten.«

Sølvi trank den letzten Schluck aus ihrem Glas und rief: »Skål auf den Weltuntergang!«

Robert musste lachen.

»Außerdem«, fuhr ich fort, »ist das nicht ein einziger riesengroßer Bluff? Schöne Bilder und Musik ins All zu schicken, als wäre hier unten alles eitel Sonnenschein.«

Robert schaute mich fragend an. »Du meinst, die Außerirdischen wären enttäuscht?«

Ich nickte. »Wir Menschen hinterlassen doch nichts als Elend.«

»Papperlapapp!« Sølvi senkte den Blick, nachdem sie einen allerletzten Tropfen aus ihrem Glas geschüttelt hatte. »Man darf nicht immer nur das Schlechte in der Welt sehen. Es gibt doch auch so viel Schönes.«

»Nein«, sagte ich.

»Wir sollten wenigstens versuchen – «

»Tue ich doch«, fiel ich ihr ins Wort. »Indem ich um Probleme einen weiten Bogen mache und zu niemandem gemein bin. Das muss reichen.«

Ich leerte mein Glas, und einen Moment lang herrschte Stille.

Robert räusperte sich schließlich. »Will jemand noch was trinken?«

»Vilma«, sagte Sølvi. »Du brauchst einen Drink.«

Tja, kaum waren Sølvi und ich gemeinsam aus, ließ ich mich von ihr zum Trinken verleiten. Ganz schön schwach von mir.

Andererseits: Die meisten Menschen machen ihre ersten Alkoholerfahrungen wohl schon in der Schulzeit, so betrachtet, war ich doch ziemlich lange standhaft geblieben, wenn man darauf überhaupt stolz sein konnte.

Für einen klitzekleinen Moment gerieten die Mikromorts in einen Konflikt miteinander. Auf der einen Seite: der gesellige Pub-Abend, der mir wahrscheinlich guttat. Auf der anderen Seite: der bekanntlich wenig gesundheitsfördernde Alkohol. Aber gut, solange ich am Ende des Abends bei plus/minus Null landete, würde es schon nicht so schlimm sein.

Es kam schließlich nicht alle Tage vor, dass ich meines toten Vaters mit einem Skål gedachte.

Ich nickte, und kurz darauf kam Robert mit drei randvollen Biergläsern zurück. Zu meiner Überraschung schmeckte das Zeug gar nicht mal schlecht, und als ich so dasaß (ganz weltgewandt mit dem Bierglas in der Hand), kam ich nicht umhin, diese neue Vilma von außen zu betrachten.

Eine Vilma in Rock und Strumpfhose, die die Ellbogen auf den Tisch stützte, mit Freunden im Pub saß, über Gott und die Welt redete und mit richtigem Alkohol anstieß. Als hätte sie schon immer zu dieser schrägen Clique gehört, fast wie in *Friends*, mit Chandler und Phoebe.

»Skål«, sagte Sølvi schon wieder.

»Skål«, stimmte ich mit ein und schüttelte meine Haare ein bisschen.

Robert stieß lächelnd mit mir an.

Und plötzlich kam ich mir selbst ein bisschen wie Phoebe vor, als Robert und Sølvi mich aufforderten, von meiner Schülerin zu erzählen, die immer aufs Klo rannte, sobald sie ihre Hausaufgaben vorgespielt hatte, und sich dann bis zum Ende der Stunde dort versteckte.

Robert lachte herzhaft.

»Aber sie macht Fortschritte«, fügte ich hinzu, »zu Hause übt sie fleißig.«

Sølvi legte mir den Arm um die Schultern und kam auf das Thema von vorhin zurück.

»Da hast du's, Vilma, man darf nie aufgeben. Menschen verändern sich. Meiner daheim zum Beispiel …«

Ich ahnte, was jetzt kommen würde, denn von Sølvis Mann wusste ich weit mehr, als mir lieb war.

»Als wir uns kennengelernt haben, konnte er mit Mühe und Not ein Spiegelei braten.«

Robert und ich schwiegen.

»Aber jetzt, dreißig Jahre später, bekommt er auch ein Käsebrot hin.« Sie lachte laut. »Hab ich schon davon erzählt, wie er Kirschjoghurt in die Tomatensuppe gerührt hat?«

»Ja«, murmelte ich, aber Sølvi hörte mich nicht.

Hoffentlich verfällt sie jetzt nicht auf die Idee, von ihren Entbindungen zu erzählen, dachte ich.

Aber zum Glück schüttelte Sølvi den Kopf und sagte nur: »Kerle!«

»Kerle!«, wiederholte Robert und stieß erneut mit mir an.

»Apropos«, sagte Sølvi, »wie läuft's mit deinem Pfarrer?«

Ich stellte mein Glas ab. »Ivar ist nicht *mein* Pfarrer.«

»Fotze!«, rief Robert und tauchte unter den Tisch ab, um einen runtergefallenen Bierdeckel aufzuheben.

»Aber na ja … wir haben im Pfarrbüro zusammen Moussaka gegessen.«

Sølvi kniff die Augen zusammen. »Moussaka? Ist das dieser Kartoffelauflauf?«

»Aubergine«, korrigierte ich. »Wenn man's richtig macht.«

»Na, wenn du meinst«, murmelte Sølvi.

Auch auf die Gefahr hin, dass man mich für übertrieben stolz hält: Ich kann es nicht leiden, wenn jemand meine Erinnerungen anzweifelt. Am allerwenigsten Sølvi, die fast täglich ihren Autoschlüssel verlegt oder ihr Lunchpaket zu Hause vergisst. Also kramte ich den Beweis aus der Manteltasche.

»Hier«, sagte ich und öffnete die Nachricht an Ivar: *Danke noch mal.* Triumphierend zeigte ich auf das Emoji. »Aubergine.«

Langsam weiteten sich Sølvis Augen auf Normalgröße, in ihrem Blick lag eine Mischung aus Vergnügen und Entsetzen. »Du hast dem Pfarrer eine Aubergine geschickt?«

Robert tauchte unter dem Tisch hervor und machte ebenfalls große Augen.

»Ja«, sagte ich verunsichert, »ich wollte einfach … nett sein.«

Robert starrte einen Moment lang auf die Tischplatte, als müsste er sich ein Lächeln verkneifen. Als er aufblickte, blitzte es schelmisch in seinen Augen.

»Äh … du weißt aber schon, was so eine Aubergine … bedeutet?«

»Wie bedeutet?«

Sølvi lehnte sich zu mir herüber. »In Emoji-Sprache.«

Ich sah zwischen den beiden hin und her.

»Pimmel«, sagte Robert.

Ich wartete.

»Schwanz.«

Ich wartete immer noch.

»Das sind diesmal keine Tics«, sagte er. »Genau dafür steht die Aubergine. Tut mir leid.«

Danke noch mal plus Aubergine. Offenbar hätte ich ihm ebenso gut einen erigierten Penis schicken können. Denn genau dafür schien die Aubergine in dieser absurden Emoji-Sprache zu stehen.

Typisch. Vorhang auf für die sozial gewandte Vilma Veierød, die ausgerechnet dem Herrn Pfarrer einen hübschen lilafarbenen … ich wollte den Gedanken gar nicht zu Ende denken.

Wieso passierte mir so was ständig?

Selbst auf Flaschen mit Bleichmitteln prangten doch diese Aufkleber mit der Aufschrift *Do not drink*. Warum in Herrgottsnamen warnte der norwegische Staat einen nicht auch vor sexualisierten Nutzpflanzen?

Ich schlug mir die Hände vors Gesicht.

Was keineswegs half. Im Dunkel meines Kopfes ließ ich die Tage seit der unglückseligen SMS Revue passieren – und zu meinem großen Entsetzen wurde mir klar, was Ivar vorhin in der Kapelle gemeint haben musste. Als er sagte, ich würde doch sicher verstehen, dass er Pfarrer sei.

Er hatte auf die Aubergine angespielt! Die Einsicht traf mich mit voller Wucht.

Der Seelsorger hatte von der Frau, der er helfen und den Weg weisen wollte, ein Geschlechtsteil geschickt bekommen. Und auch nachdem er sie behutsam auf die delikate Situation hingewiesen hatte, war sie hartnäckig geblieben und hatte gesagt, sie sei immer für ihn da und stehe ihm jederzeit zur Verfügung.

Jetzt gab ich mich endgültig dem Alkohol hin. Ich nahm das Bierglas in beide Hände, stürzte den Rest hinunter, ging zur Theke und besorgte Nachschub. Robert lachte und versprach, die Sache mit Ivar zu klären, *first thing in the morning*, aber auch das tröstete mich nicht.

Ich trank. Pfiff auf alle damit einhergehenden Mikromorts. Ein, zwei Lebensjahre mehr oder weniger spielten jetzt auch keine Rolle mehr. Und Ivar auch nicht – obwohl ich doch vielleicht in ihn verliebt war!

Mit hängendem Kopf saß ich da, starrte in mein Glas und verfluchte im Stillen jegliches unter falscher Flagge segelnde Gemüse.

»Tja«, Robert stupste mich mit dem Ellbogen an, »Kraftausdrücke und so. Ich spreche sie aus, du verschickst sie. Wir sind ein echtes Dreamteam, oder?«

Dann lachten er und Sølvi so lange und so laut, dass ich am liebsten nach Hause gegangen wäre.

Aber Robert überredete mich offenbar zu bleiben, zumindest glaube ich das, denn nach dem dritten Bier verschwamm alles. Und noch mehr nach ein, zwei Gläsern von einem süßlichen Zeug, ich erinnere mich nicht mehr an den Namen, irgendwas mit Strawberry und Moskito.

Ich habe das diffuse Gefühl, dass wir noch eine ganze Weile dort saßen. Dass ich ziemlich viel lachte und dass wir Erdnüsse knabberten.

Dass Robert mich irgendwann nach Hause brachte, und ganz vage meine ich mich zu erinnern, dass ich ihn zum Abschied umarmte.

Und dass er gesagt haben könnte, ich sei seltsam und lustig.

London, den 28. Oktober 2019

Am 17. September 1983 stellte ich den Bratschenkasten und meinen Koffer in der leeren Londoner Wohnung ab. Danach fuhr ich mit der Handfläche über die Wände, wie um sicherzugehen, dass alles in Ordnung war (dabei kannte ich mich nur mit Noten und dem Bratschenschlüssel aus), klopfte im Badezimmer die Fliesen ab und drehte in der Küche das Wasser auf und zu.

Ach, Vilma, ich fühlte mich wie ein König!

Ich ging ins Wohnzimmer, atmete tief durch und dachte: Jetzt fängt das Leben an. Mit einer Frau an meiner Seite, einem gemeinsamen Zuhause, der Musik und der großen weiten Welt … ja, jetzt kann es losgehen. Und das alles passierte ausgerechnet mir!

Ich konnte mein Glück kaum fassen. Hatte Vilhelm Mozart Sandvik, »das Kaninchen«, tatsächlich das große Los gezogen?

Offensichtlich – denn hier stand ich, in London, in unserer ersten gemeinsamen Wohnung, ich hatte alles, was ich mir je erträumt hatte – und es löste sich nicht in Luft auf, als ich mir sicherheitshalber in den Arm kniff.

Ja, ich hatte alles.

Bestimmt eine halbe Stunde lief ich von Zimmer zu Zimmer (es waren drei an der Zahl), erfreute mich am warmen Licht der Nachmittagssonne und an dem Zweig eines Ahornbaums, der sich vor dem Küchenfenster an den Sims schmiegte. Ich malte mir aus, wie Teppiche, Vorhänge, vielleicht auch ein Fußabtreter mit der Aufschrift Willkommen *bald die weiße Leere ausfüllen würden, zusammen mit uns: Maria und Vilhelm, Vilhelm und Maria.*

Apropos – wir brauchten auch ein Klingelschild! Aus Messing? Oder ein lustig angemaltes aus Holz?

Dazu einen Küchentisch, bequeme Stühle und ein Sofa, in dem man versinken konnte, darüber hatten Maria und ich schon gesprochen. Als mein Blick auf den glänzenden, frisch aufgearbeiteten Parkettboden fiel, kritzelte ich außerdem noch »Filzgleiter« auf einen Zettel.

Und fürs Schlafzimmer: ein Doppelbett. Das erste Doppelbett meines Lebens. Mit ordentlichem Bettzeug, bloß nicht diese englische Unart mit Wolldecke und Umschlaglaken, sodass man sich vorkommt wie in einem Briefumschlag. Ein bisschen norwegisch durfte es schon sein.

Und es war gut, dass ich dieses Projekt hatte, uns ein Heim schaffen konnte. Wahrscheinlich wäre ich sonst vor Sehnsucht krank geworden. Maria war nämlich wieder auf dem Weg zu Ruths Mutter in Vilhelmstad und würde mich nicht so bald anrufen können.
Ihr jungen Leute könnt Euch das heutzutage natürlich kaum vorstellen mit Euren Handys. Aber damals war es nichts Ungewöhnliches, eine Woche auf einen Anruf zu warten, zumal Auslandsgespräche ein teures Vergnügen waren (zu der Zeit sprachen wir von »Ferngesprächen«).
Als ich nichts von ihr hörte, machte ich mir deshalb keine Sorgen.
Warum auch? Vor lauter Aufregung kam ich ja nicht einmal dazu, meinen Koffer auszupacken. Stattdessen kaufte ich Möbel, schleppte die schweren Sachen die Treppe hoch und schraubte alles zusammen, bis ich Blasen an den Händen hatte, und wahrscheinlich lief ich tagelang in denselben Kleidern herum – aber ich wollte schnellstmöglich fertig werden und mein neues, aufregendes, sorgenfreies Leben einläuten.
Ich besorgte ein Bett, zwei Nachtschränkchen, einen Küchentisch, Stühle und sogar ein Tischtuch, das ich für modern hielt.

Ganz zu schweigen von der großen Überraschung: dem CD-Player.
Welche Musik ich zu seiner Einweihung spielen würde, hatte ich bereits entschieden: Elgars Cellokonzert mit Jacqueline du Pré, Maria liebte die Version heiß und innig.
Ich legte die CD ein und freute mich wie ein Kind.

Doch nach anderthalb Wochen hielt ich es nicht mehr aus.
Ich musste ihre Stimme hören und ihre Freude darüber, dass ich das Bett und den Küchentisch bereits aufgebaut hatte, und ich wollte ihr von dem Amselnest erzählen, das ich im Ahornbaum vor dem Küchenfenster entdeckt hatte, von den ersten Orchesterproben … wollte so vieles mit ihr teilen.
Ich hatte zwar keine Telefonnummer von Ruths Mutter in Vilhelmstad, aber vielleicht war Maria ja inzwischen zurück in Asker?
Ich wählte die Nummer, und jedes Mal, wenn die Wählscheibe zurückschnellte, stieg mein Puls weiter. Ich wartete, während es am anderen Ende klingelte, dachte, wie wunderbar es doch war, dass allein die Erwartung ihrer Stimme mir Herzrasen bescherte – jeden Moment konnte es so weit sein …

Aber dann meldete sich Marias Tante.
»Vilhelm am Apparat«, sagte ich. »Ist Maria zu Hause?«
Natürlich fragte ich Ruth auch höflich nach ihrem Befinden und ob sie wisse, ob Maria schon einen Flug gebucht habe.
Die Pause danach werde ich nie vergessen.
Und schließlich kam ihre Antwort, kühl und mechanisch von der anderen Seite der Nordsee: »Sie kann nicht mit Ihnen sprechen.«

Das waren ihre Worte.
Gefolgt von einem leisen Klick.

Seitdem habe ich viele Male versucht, mich an diesen Moment zu erinnern: Was dachte ich, als am anderen Ende der Leitung aufgelegt wurde?
Aber nein. Das Einzige, woran ich mich erinnere, ist die Stille danach. Nie zuvor hatte ich so etwas Geräuschloses gehört.

Natürlich hatte ich Angst, ihr könnte etwas zugestoßen sein. Ein Unfall? Mit dem Bus oder mit einem Auto?
Aber nein, in dem Fall hätte ihre Tante doch wohl etwas gesagt?
Oder hatte sie es nicht über sich gebracht? Saß sie neben dem Telefon und wartete auf einen Anruf aus dem Krankenhaus, auf eine Nachricht, ob Maria überleben würde? War sie genauso verzweifelt wie ich? Ich stand auf und lief rastlos durch die Wohnung.
Und natürlich rief ich noch einmal an, nur eine Viertelstunde später. Ohne Erfolg. Nach etwa zehn Minuten versuchte ich es erneut und im Lauf des Abends drei weitere Male. Aber niemand nahm ab.
Niemand meldete sich mit: »Oh, Vilhelm, du hast mir so gefehlt.« Niemand. Nicht am nächsten Tag und auch nicht an den Tagen danach.

Rückblickend betrachtet kommt mir diese Zeit wie ein Brei aus Nächten und Tagen vor, einzig durchbrochen von den Orchesterproben – wie ich mich dazu aufraffen konnte, ist mir immer noch ein Rätsel.
Sonst verbrachte ich jede freie Minute zu Hause, in Reichweite des Telefons, für den Fall, dass sie anrufen würde. Ich schlief nicht mehr, hatte kaum noch Appetit, aß Corned Beef direkt aus der Dose.
Erst als das Wochenende näher rückte, konnte ich endlich einen klaren Gedanken fassen: Ich musste nach Hause, sofort.

Während ich darauf wartete, mit dem Reisebüro verbunden zu werden, räumte ich den Koffer aus, der seit meiner Ankunft halb offen dagelegen hatte. Den Hörer in der Hand, die Schnur maximal gespannt – ich wollte die Wartezeit sinnvoll nutzen, umpacken, mich reisefertig machen.
Mit der freien Hand nahm ich Hemden und Hosen aus dem Koffer, stapelte sie fein säuberlich auf dem Bett und verstaute meine schwarzen Socken in einer Schublade, während es in meinem Ohr tutete.
Dann, als ich zumindest in diesem klitzekleinen Bereich meines Lebens für Ordnung gesorgt hatte, entdeckte ich ganz unten im Koffer ein doppelt gefaltetes Blatt Papier.
Ein Blatt Papier, das ich nicht dort hineingelegt hatte.
Ich ließ den Hörer aufs Bett fallen und griff nach dem Brief, der offenbar tagelang unter meinem blauen Anzug und den Noten einer Brahms-Sonate gelegen hatte.

Ich muss zugeben, ich habe ihn kurz darauf verbrannt. Das Papier war dünn und verwandelte sich im Nu zu Asche. Trotzdem weiß ich noch genau, dass der Brief mit Kugelschreiber geschrieben war. Wahrscheinlich auf einer weichen oder unebenen Unterlage, denn hier und da hatte sich der Stift durchs Papier gebohrt.
Aber vor allem erinnere ich mich an die ersten Zeilen, Wort für Wort.

»Ich schreibe dies am Morgen, Vilhelm, du schläfst noch. Und lege den Brief in Deinen Koffer, damit Du ihn bei Deiner Ankunft in London findest.
Ich bringe es nicht über mich, es Dir ins Gesicht sagen. Nicht dass es weniger schmerzhaft ist, diese Zeilen zu schreiben – aber mir bleibt nichts anderes übrig: Wir können nicht mehr zusammen sein.«

So fing der Brief an. Was sie danach schrieb? Sie könne mir den Grund nicht verraten. Um unser beider willen. Dass sie darauf vertraue, dass ich ihr diesen einen letzten Gefallen erweisen würde: ihr nicht zu schreiben, sie nicht anzurufen. Sie einfach zu vergessen.
Mein Leben zu leben.

Darunter ihr Name: Maria.

Erleichterung. Das war meine erste Reaktion. Sie war am Leben, ihr war nichts zugestoßen.
Mein zweiter Gedanke: Ich glaubte ihr nicht. Ihr Brief wirkte so liebevoll, wie ein kleines trauriges Gedicht, das ich nicht persönlich nehmen sollte, ja, in ihren Zeilen schwang so viel Zuneigung mit, dass die Worte partout nicht zu mir durchdrangen. Aber dann, auf einer eher rationalen Ebene, ging mir die Botschaft allmählich auf, und ich versuchte mich an einer möglichst nüchternen Analyse, aus welchem Grund Maria so etwas geschrieben haben könnte.
War es ihre Tante? Hatte sie Maria verboten, zu mir zu kommen – sie festgehalten und bevormundet, ja ihr die Zeilen regelrecht diktiert? Dann musste ich daran denken, wie sie mir am Gartentor zum Abschied die Hand gedrückt hatte, im Nachhinein kam es mir fast wie eine Drohung vor.
Andererseits: Ich hatte doch gut auf Maria achtgegeben, so wie die Tante es verlangt hatte. Oder nicht?

Dann – ungefähr so, wie der Puls erst richtig beschleunigt, wenn die Gefahr bereits überstanden ist – nahm ich die zeitverzögerte Reaktion meines Körpers wahr. Und während die Gewissheit Stück für Stück in jeden noch so winzigen Nerv vordrang, wanderten auch meine Gedanken in eine andere Richtung:

Hatte dieser mysteriöse Bertram etwas damit zu tun? Über den Maria nie hatte sprechen wollen, von dem sie stets abgelenkt hatte mit Ausflüchten, in denen es um Zucker und Rhabarber ging. Hatte er die ganze Zeit im Hintergrund gelauert?
Schwankte Maria zwischen ihm und mir, oder schlimmer noch: Hatte sie sich längst für ihn entschieden und nicht den Mut gehabt, es mir zu beichten? Aber jetzt, da ich in einem anderen Land war und sie mein Leid nicht würde mitansehen müssen, schoss sie mich ganz bequem ab?
Nein, das konnte nicht sein. Weder das eine noch das andere.

Der Hörer lag immer noch auf dem Bett. Ich griff danach. Und im selben Moment meldete sich jemand vom Reisebüro, glücklicherweise bevor meine Gefühle mich erneut übermannten – bevor ich wenige Minuten später auf dem Bett lag und an die Decke starrte, erfüllt von dem Gefühl, alles sei ganz und gar unwirklich.
Ja, es gebe noch einen freien Platz für den Flug nach Oslo am Samstagvormittag, übermorgen. Ich schlug ohne Zögern zu.

Am Morgen darauf schleppte ich mich zur Arbeit. Zwischen Probe und Konzert am Abend holte ich mein Flugticket ab und ging nach Hause, um in Asker anzurufen, stündlich. Es wurde zu einer Art Routine. Ich bekam nicht mal mehr Herzklopfen. Und auch nach dem Konzert probierte ich es weiter, obwohl es bereits kurz vor Mitternacht war.
Asker, bestimmt zum hundertsten Mal, sieben Klingelzeichen. Wie immer.

Als es plötzlich in der Leitung knisterte und jemand den Hörer abnahm, zuckte ich zusammen.
Dann: ihre Stimme. Marias Stimme.

»Vilhelm?«

Ich bekam kein Wort heraus, so überwältigt war ich. Diese sanfte Stimme, die all meine Träume in sich barg, die Zukunft am Leben hielt, so fern und fremd und doch so über die Maßen vertraut.

»Vilhelm, du darfst nicht mehr anrufen.«

All die Worte, die ich mir so sorgfältig zurechtgelegt hatte, waren wie weggefegt. Doch dann half mir meine Verzweiflung auf die Sprünge.

»Maria … liebst du mich denn nicht mehr?«

Totenstille.

»Maria, hat deine Tante – «

»Nein, Vilhelm. Das ist es nicht.«

»Was dann? Sag schon – tu es mir zuliebe!« Ich drängelte wie ein Kind.

»Gerade dir zuliebe kann ich es nicht sagen.«

Erst jetzt merkte ich, wie erschöpft sie klang.

»Weil … es einen anderen gibt?«

»Hör auf, Vilhelm.«

»Diesen … Bertram?«

Wieder Stille. Dann ein tiefer Seufzer.

»Das Beste, was du tun kannst, ist, dein Leben weiterzuleben.«

Am liebsten hätte ich die Worte wiederholt, sie nachgeäfft. Weiterzuleben? Doch die Verzweiflung überlagerte alle anderen Gefühle. Meine Stimme überschlug sich fast: »Ich weiß nicht, ob ich das kann, Maria …«

Aber sie erwiderte nur: »Doch, Vilhelm«, sie klang fast ein wenig barsch, »das kannst du.«

Dann legte sie auf.

Vermutlich wäre das der Moment gewesen, um in Tränen auszubrechen. Oder um etwas zu zerschmettern. Und auch jetzt,

während ich diese Zeilen schreibe, überkommt mich ein solcher Drang. Aber ich tat nichts dergleichen.
Aus einem einzigen Grund: Sie hatte nicht Nein gesagt.
Liebst du mich denn gar nicht mehr?, hatte ich gefragt.
Und Maria hatte nicht geantwortet. Sie hatte nicht Nein gesagt, und daran klammerte ich mich.
Woran auch sonst? Etwas anderes gab es nicht.

Auch am nächsten Morgen, als ich meinen Koffer die Treppe hinunterschleppte, klammerte ich mich noch an diesen Gedanken. Ich hatte kaum geschlafen, das Adrenalin hatte mich wachgehalten und meinen Fokus geschärft: Ich würde heimfliegen, nach Norwegen, und Maria zurückgewinnen.
Bis heute grübele ich darüber, warum ich vor der Haustür innehielt und noch einen Blick in den Briefkasten warf.
Es ist seltsam, aber vielleicht nicht ungewöhnlich, dass das Triviale und das Schicksalhafte manchmal zusammenlaufen. Dass uns kleine, augenscheinlich belanglose Dinge ablenken, zumindest für ein, zwei Sekunden, und uns eine kurze Verschnaufpause von unseren düsteren Gedanken verschaffen.

Davon abgesehen war es ein logischer Gedanke. Seit meinem Einzug hatte ich den Briefkasten kein einziges Mal geleert – ich wollte verhindern, dass er während meiner Abwesenheit überquoll.
Also stellte ich den Koffer ab, suchte an meinem Schlüsselbund den richtigen Schlüssel und öffnete den Briefkasten.

Ein einziger Umschlag lag darin, wattiert, mit meinem Namen auf der Vorderseite. Darunter die Adresse, London. Schnörkelige, dicht aneinandergedrängte Buchstaben, mit Kugelschreiber geschrieben.

Dann das unverkennbare V, mit einem kleinen Häkchen oben links.

Verzeih mir, wenn ich abschweife, Vilma, aber eine Sache lässt mich nicht los: Wie viel unser Körper begreift, ohne dass wir uns dessen bewusst sind.
Nur ein kleines Beispiel: Auch wenn ich im Lauf meiner Karriere häufig mit Lampenfieber zu kämpfen hatte, litt ich nie an Bogenzittern. Du weißt, wenn der Ton mit den Zähnen klappert, weil man den Bogen vor Aufregung nicht gleichmäßig über die Saite zu ziehen vermag. Ich glaube, mein Körper hatte in diesen Momenten eins verstanden: dass es trotz allem nicht um Leben und Tod ging.
Aber dort im Hausflur, vor dem Briefkasten?
Obwohl ich weder ein- noch ausatmete, schien der Umschlag in meiner Hand zu flattern. Meine zittrigen Finger wanderten hinein und tasteten nach einem Brief. Nichts. Erst als ich die Hand ganz hineinsteckte, stießen meine Fingerkuppen auf einen glatten, kühlen Gegenstand.

Im ersten Moment fühlte es sich an, als ob jeder einzelne Rückenwirbel, ja mein ganzes Skelett erstarrte oder zu Stein wurde, als hätte die Berührung einen Fluch ausgelöst.
Denn sofort erkannte ich den kleinen Gegenstand wieder. Ich musste ihn nicht einmal aus dem Umschlag nehmen. Schließlich hatte ich dieses glänzende Kleinod eigens für sie ausgesucht.
Das Goldherzchen. Von mir für sie.
Mit der Inschrift »Dein V«.
Mein Koffer blieb eine ganze Weile vor dem Briefkasten stehen. Mein Körper ebenso. Jetzt war er allerdings nicht mehr steif und reglos. Nein, alles, was mich in den letzten Tagen angetrieben und meine Hoffnung künstlich am Leben gehalten

hatte – ob Adrenalin oder Wahnvorstellungen –, all das verließ mich jetzt, rieselte in meinem Innern wie Steine nach unten, donnerte auf den harten Boden und rollte aus meinen dünnen Herbstschuhen.

Als ich nach einer halben Ewigkeit wieder nach oben ging, war von meiner Hoffnung nichts mehr übrig. Ich kam mir leicht und unwirklich vor, wie ein leerer Panzer, der sich die Treppe hochkämpfte, die Tür aufschloss und den Koffer ungeöffnet im Flur abstellte. Wie jemand, der vergessen hatte, wozu das gut sein sollte: ein Zuhause, Hoffnungen, das Leben überhaupt.

Den ganzen Tag schleppte ich mich durch die Wohnung, benommen und ausgezehrt. Betrachtete die Möbel, die ich gekauft und eigenhändig zusammengeschraubt hatte. Den Küchentisch, die Stühle mit den lächerlichen Filzgleitern. Alles, was ich nach oben geschafft und eingehend inspiziert hatte, um sicherzugehen, dass die Sachen gut genug waren. Das Sofa, in dem man versank. Das hoffentlich moderne Tischtuch.

Man könnte vielleicht denken, ich wäre an die Decke gegangen, um meinen Gefühlen Luft zu machen. Dass ich eine Lampe zerdeppert oder aus dem selbst montierten Couchtisch Kleinholz gemacht hätte.

Aber dazu fehlte mir die Kraft. Ich warf nur ein kleines Kissen mit der Aufschrift It takes two aus dem Fenster – es landete auf einem Renault, der unten vor dem Haus parkte. Das Kissen konnte unmöglich auf dem Bett liegen bleiben.

Irgendwann zog ich los, um eine Flasche Wodka zu kaufen. Danach ließ ich den CD-Player laufen, die ganze Nacht, Elgars Cellokonzert mit Jacqueline du Pré. Feinfühlig, kraftvoll, wehmütig.

Ich spürte ein Stechen im Herzen, dann kamen die Tränen, und schließlich versank alles im Alkohol.

Irgendwann ging ich ins Bett. In das Bett, das ich erst vor wenigen Tagen mit geblümter Bettwäsche bezogen hatte, in der Hoffnung, sie würde Maria gefallen.
Das breite Doppelbett, für mich allein. Vilhelm Mozart Sandvik – der Mann mit dem künstlichen Schnauzer.

Wörter mit S

Am Tag nach der Beerdigung meines Vaters erwachte ich mit dem ersten Kater meines Lebens. Und schämte mich. Ich hatte Gott weiß wie viele Gläser Bier getrunken und Robert umarmt, ihm vielleicht einen Vortrag über Mikromorts gehalten und … hatte ich zu Hause nicht noch einen von Papas Briefen gelesen?

Ich erinnerte mich nicht mehr so genau.

Aber immerhin war ich mir nun ziemlich sicher, dass Robert ein echter Gentleman war. Ein Glück, schließlich las man so viel in der Zeitung, von Lustmolchen, die ihr Gemächt mit Schokolade einschmierten und betrunkene Frauen nötigten, das Elend abzuschlecken. Von Leuten, die sich mit Staubsaugern und anderen elektronischen Gerätschaften vergnügten.

Die Welt war verrückt, aber Robert bildete wohl glücklicherweise eine Ausnahme.

Aber wie war das jetzt mit dem Brief gewesen?

Ich wollte gerade aufstehen und einen Blick in den Adventskalender werfen, da hörte ich von draußen ein langes, schrilles Hupen.

Ach, du meine Güte, dachte ich, wer veranstaltet denn in unserer friedlichen Siedlung so einen Lärm?

Es hupte erneut, und das Geräusch bohrte sich erbarmungslos in meinen Brummschädel. Stöhnend streckte ich mich nach dem Handy, um nachzusehen, ob es überhaupt schon Tag war.

Drei entgangene Anrufe. Und im selben Moment fiel sie mir wieder ein: die Fortbildung! Draußen stand Sølvi mit dem Auto.

Ich rief sie an, während ich auf einem Bein durchs Zimmer hüpfte und versuchte, das andere in eine Hose zu zwängen.

»Hast du an das Quiz gedacht?«, fragte sie.

»Klar, alles unter Kontrolle.«

Fünf Minuten später spurtete ich zu ihrem Golf, mit offenen Stiefeln und einer Plastiktüte voll zerknüllter Zettel.

»Ja ja, alles unter Kontrolle«, sagte sie lachend und verdrehte die Augen. »Hier, du kannst meinen Kamm benutzen.«

Ich verkniff mir die Frage, ob Sølvi oder sonst jemand in ihrer Familie womöglich Läuse hatte, und nahm den Kamm entgegen.

Dann betrachtete ich mich im Seitenspiegel und verteilte Sølvis abgestorbene Hautzellen in meinen Haaren – was in Anbetracht meiner Übelkeit und meines Katerschädels nicht gerade die glorreichste Idee war.

»Hast du vielleicht eine Paracetamol?«, fragte ich.

Sølvi lachte wieder. »Guck mal in meine Tasche. Da müsste auch was zu trinken drin sein.«

Ich spülte die Tablette mit Wasser herunter und sagte den ganzen Weg bis zum Konferenzzentrum kein einziges Wort. Lehnte einfach den Kopf zurück, schloss die Augen und versuchte, mich an den gestrigen Abend zu erinnern. Irgendwas hatte sich in mein Gedächtnis eingegraben – aber was?

Eins stand jedenfalls fest: Nie wieder Alkohol. Keine feuchtfröhlichen Abende im Pub mehr. Und als Sølvi vor dem Konferenzzentrum parkte, wo der Rest des Kollegiums schon in kleinen Grüppchen vor dem Eingang verstreut stand, dachte ich: lieber Einsamkeit und zehn bis fünfzehn Mikromorts.

Tja, und dann: die Fortbildung. Offenbar hatte man ein bisschen mehr Geld springen lassen als für eine gewöhnliche Lehrersitzung (dass eine kommunale Musikschule sich auf Staatskosten verlustieren darf, kommt wahrlich nicht jeden Tag vor).

Normalerweise hätte ich durchaus zu schätzen gewusst, dass im Foyer Obstschnitze und Kaffee bereitstanden, aber heute war mir alles Essbare zuwider (ja, eigentlich war mir die gesamte Veranstaltung zuwider, aber das war ja nichts Neues). Bei jedem Schritt brummte mir der Schädel, und der Kaffee schmeckte bitter.

Der Fjällräven strahlte jedoch wie ein Honigkuchenpferd und begrüßte jeden von uns persönlich, als wären wir ein Haufen alter Freunde, ja, als bestehe nicht die geringste Hierarchie.

Eigenartig, dass Verwaltungstypen bei Fortbildungen immer so aufdrehen. Ob es an ihrem Faible für Räumlichkeiten mit Teppichboden liegt? Oder an diesen schicken Tafeln, auf denen steht, Seminarraum 3 sei ab zehn Uhr für ihre Veranstaltung reserviert?

Nein, vermutlich geht es vor allem darum, dass sie, überbezahlt, wie sie sind, den Großteil des Jahrs auf diesen einen Tag hinarbeiten – und dann überschlagen sie sich vor Freude, wenn es endlich so weit ist.

»Und?«, fragte Sølvi und schob sich dabei einen oxidierten Apfelschnitz in den Mund. »Habt ihr gestern noch lange gemacht?«

Ich sah sie baff an. Natürlich war es nett, dass wir ein Gesprächsthema hatten, ein gemeinsames Erlebnis in der Freizeit … aber was meinte sie?

»Wieso? Bist du früher gegangen als ich?«

Da lachte sie wieder, und allmählich ging mir ihr Gekicher gehörig auf den Keks.

»Erinnerst du dich nicht mehr?« Sie feixte. »Ich bin abgehauen, als ihr anfingt, Erdnüsse in die Luft werfen und sie mit offenem Mund aufzufangen.«

Auch jetzt stand mein Mund offen. Himmel, was war das jetzt wieder? Irgendwo hatte ich mal gelesen, eine Erdnuss in die Lunge zu bekommen, sei lebensgefährlich. Ich fasste mir unwillkürlich an den Hals, konnte jedoch keine offensichtlichen Erstickungssymptome feststellen. Und trotzdem: Was, wenn sich eine Erdnuss in just diesem Moment durch mein Lungengewebe fraß?

Ich schüttelte mich. Doch schon im nächsten Moment schossen mir in beunruhigend kurzem Abstand zwei noch viel gruseligere Gedanken durch den Kopf.

Erstens: Was würde Ivar sagen, wenn er von meinem wilden Abend erfuhr?

Und zweitens: Ich hatte ihm eine Aubergine geschickt! Was in dieser dämlichen Emoji-Sprache so viel hieß wie: männliches Geschlechtsteil.

Ich stürzte mich auf ein an beiden Enden braun verfärbtes Bananenstück.

»O Gott«, sagte ich zu Sølvi, »was mache ich jetzt?«

»Sei stolz auf dich«, erwiderte sie nur und nickte mir aufmunternd zu.

Ich hatte keinen blassen Schimmer, wie sie das meinte. Allerdings konnte ich sowieso nur an Ivar denken. An seinen Rücken unter dem Hemdsstoff, an seine Lippen, die ich auf dem Handy herangezoomt hatte. An den Pfarrer mit den warmen

Händen, den allerersten Menschen, der mir, Vilma, sein Herz ausgeschüttet hatte.

Und was hatte ich getan? Hatte ihm ein violettes Glied geschickt.

»Ich meine die Aubergine«, jammerte ich, »was mache ich damit?«

Sølvi schien meine Sorgen nicht zu teilen. »Robert hat doch versprochen, das für dich zu klären.«

Ich seufzte. Okay, das war natürlich eine nette Geste gewesen. Allerdings war die Situation, vorsichtig ausgedrückt, delikat. War Robert mit seinen Tics tatsächlich der richtige Kandidat, um das Missverständnis aus der Welt zu räumen? Was, wenn zwischen Ivar und mir jetzt für immer diese Aubergine stand?

»Ich finde ihn nett«, sagte Sølvi.

»Nett?«

»Und irgendwie ganz schnuckelig.«

»Robert?«, fragte ich.

Im selben Moment wurde mir klar, welchen Riesennachteil dieses Unter-Leute-Gehen (ob im Pub oder sonst wo) mit sich brachte: Offenbar war ich ungefragt in die Gemeinschaft jener Frauen aufgenommen worden, in der von einem erwartet wurde, in einem fort über Männer herzuziehen. Als wären sie frische Fleischware.

Nicht, dass ich viel Erfahrung mit solchen Gesprächen hatte, aber einmal hatte ich eins in der Garderobe nach einem Musikschulkonzert mitbekommen, zwischen meinen jüngeren Kolleginnen an der Trompete, die sich über Männerhintern unterhielten – unverblümt, plump, oberflächlich. Und über solche Themen rede ich nun mal nicht gern, zumal sie mich nicht sonderlich interessieren.

Außerdem war Sølvi doch glücklich oder zumindest mittelglücklich verheiratet. Was kümmerte sie dann Roberts potenzieller Charme?

Jetzt griff sie nach einer Traube und setzte noch eins drauf: »Ich glaube, er mag dich.«

Ich schüttelte den Kopf. »Er hat bloß ein schlechtes Gewissen, wegen allem Möglichen.«

Sølvi warf mir einen schwer zu deutenden Blick zu. Doch zur Abwechslung schwieg sie jetzt.

Dafür hatte jetzt unsere Rektorin Redebedarf. Sie hieß uns alle herzlich willkommen und zwitscherte, wie schön es sei, so viele »fröhliche Mitarbeiterinnen und Mitarbeiter« zu sehen.

Mich konnte sie damit wohl kaum meinen.

Dann holte sie tief Luft und strahlte bis über beide Ohren, als bäte sie gleich den Weihnachtsmann herein. »Und damit wir noch fröhlicher werden, beginnen wir den Tag mit einer Runde Lachyoga!«

Leises Gemurmel, nervöses Kichern. Wir drehten uns um und tatsächlich: Wie aufs Stichwort kam ein verdächtig lächelnder Coach aus einer Ecke hervor.

Himmel, dachte ich, hört der Mist denn nie auf?

Von außen betrachtet war das Spektakel bestimmt sehr amüsant: eine Horde Musiklehrer in Ponchos und Strickpullovern, die im Konferenzraum umeinander herumschlichen und versuchten, möglichst tief aus dem Bauch zu lachen, damit sich »die guten Gefühle im ganzen Körper ausbreiten«.

Hier Anne-Kari (Gitarre), die bereits mehrere Burnouts hinter sich hatte, dort Karl (Posaune), dem der viele Kraftsport O-Beine beschert hatte. Und nicht zu vergessen: die für ihr schallendes Gelächter berüchtigte Hilde-Marit, die durch den Raum wackelte und dabei »Ha ha« hickste – zwar tief aus dem Bauch, aber auch zutiefst genervt.

»Komm schon, Vilma!«, rief der Fjällräven, als er mit Rasierschaumresten am Ohr wie Santa Claus höchstselbst an mir vorbei-ho-hote. »Mach dich mal locker!«

Ich blitzte ihn zornig an. Nein, vielen Dank. Jetzt war Schluss mit Lockermachen. Außerdem hätte ich ihm nur allzu gern erzählt, wie spaßig Lachyoga war, wenn einem der Schädel dröhnte.

»Idiot«, murmelte ich im Stillen und rang mir ein Lächeln ab.

Natürlich wurde es nicht besser. Um den Teamgeist weiter zu stärken, wurde jetzt auch noch das Licht ausgeknipst.

Dann sollten wir im Dunkeln herumtapsen und einander »freundschaftlich berühren« (es sei wohl nicht nötig, vorher an #MeToo zu erinnern, fügte der Lachheini hinzu).

Alle schmunzelten pflichtschuldigst, und fast alle schielten zu Trompeten-Ingmar hinüber, der seine Wirkung auf die Damenwelt von Natur aus überschätzte.

Trotzdem weigerte sich nur Anne-Kari mitzumachen. Beim Einkaufen habe ihr mal ein Verrückter an die Brust gegrapscht und seitdem lasse sie sich äußerst ungern von Fremden berühren.

Uns anderen war allerdings auch nicht gerade zum Lachen zumute. Außerdem bin ich mir nicht wirklich sicher, ob es ein Vor- oder Nachteil war, dass der Konferenzsaal ohnehin nicht richtig dunkel wurde. Als ich dastand und Britt aus der Verwaltung den Arm tätschelte, kam mir die Welt jedenfalls ziemlich absurd vor. Absurd und chaotisch.

Aber es ging noch weiter. Nach einer kurzen Kaffeepause: Gruppenarbeit. Fast das gesamte letzte Jahr hatten wir gemeinschaftlich an unserem neuen Schulcredo herumgetüftelt: »Ein inklusives und zukunftsorientiertes kulturelles Herz für alle – vom Laien bis zu den Profis von morgen« (weiß der Fuchs, wie man mit zweiundzwanzigeinhalb Minuten pro Unterrichtseinheit Profis heranzüchten sollte).

Wie auch immer, jetzt lautete der Auftrag, innerhalb der nächsten zwei Stunden den perfekten Slogan für unser Weihnachtskonzert im Teppichladen zu finden.

Zu diesem Zweck wurden wir in kleine dunkle Seminarräume gepfercht, je zu fünft, mit der gleichen Anzahl Kaffeebechern und einem Teller Obst, das nach unserer Teamgeiststärkung im Dunkeln noch jämmerlicher aussah als vorher.

Anne-Kari legte sofort los. *Komm auf den Teppich!* lautete ihr Vorschlag, und Posaunen-Karl konterte mit *Ein Weihnachtsflokati.*

Als ich versuchte, mir den Teppichladen und die dort zu erwartende Akustik vorzustellen, fiel mir nur eins ein: *Eng und muffig* (aber das behielt ich lieber für mich).

Kein Vorschlag löste Begeisterungsstürme aus, weshalb wir eine Weile an die Styroporplatten an der Decke starrten und so taten, als würden wir eifrig nachdenken. Schließlich wurde gemeinschaftlich beschlossen, die Teppiche über Bord zu werfen – was den Slogan anbetraf, meine ich.

Manche beschlossen sogar, den gesamten Arbeitsauftrag zu vergessen. Hildur zum Beispiel holte ihr Strickzeug hervor und erzählte uns von dem kleinen Wong, ihrem Klarinettenschüler, der täglich zwei Stunden übte. Posaunen-Karl berichtete, Wongs Schwester Xi sei nicht weniger fleißig, woraufhin sie einvernehmlich nickten.

Asiaten seien wirklich etwas ganz Besonderes, sagte Hildur. »Die üben bis zum Gehtnichtmehr, das liegt in den Genen.«

Für einen Moment herrschte betretenes Schweigen, bis sich der Zivi aus der Verwaltung zu Wort meldete: »Ich denke, wir sollten lieber nicht über Gene sprechen.«

Hildur zog es vor, dazu zu schweigen, wohingegen ich beschloss, mein bei Gruppenarbeiten übliches Schweigen zu brechen.

»Amdi, einer meiner Klavierschüler, ist auch sehr begabt.«

Hildur bedachte mich mit einem ähnlich abschätzigen Blick wie vorher den Zivi.

Dann bewegten sich ihre verkniffenen Lippen: »Aha. Er spielt also im Takt?«

Totenstille. Anne-Kari kramte in ihrer Tasche, und der Zivi musterte eingehend eine schlechte Vermeer-Kopie an der Wand. Karl stierte auf sein Handy und rief plötzlich: »Oh, ich habe gerade eine SMS bekommen!«, als könnte er Frequenzen wahrnehmen, die für uns andere unhörbar waren.

»Nimm's mir nicht übel, Vilma«, fuhr Hildur fort, »aber wir wissen doch alle, dass deine Schüler wie Roboter spielen. Åge-Per hat deshalb schon überlegt, dir das Metronom wegzunehmen. Wusstest du das nicht?«

Ich widerstand dem Impuls, die Flucht zu ergreifen, und blieb sitzen. Ringsum nahm das Gespräch allmählich wieder Fahrt auf, und Hildur strickte hektisch vor sich hin, rechte, aber vor allem linke Maschen.

Stimmte das tatsächlich? Und vor allem: War das allgemein bekannt?

Trotz Kopfschmerzen und leicht vernebeltem Denkvermögen war ich schockiert. Sprach dieser Idiot mit Rasierschaum im Ohr tatsächlich vor dem versammelten Kollegium über mich und mein Metronom?

Natürlich hatten wir in der Vergangenheit Differenzen gehabt, das gebe ich zu. So war ich zum Beispiel davon überzeugt, dass der kleine tickende Apparat für viele meiner Schüler die Rettung war: Wenn sie mit Metronom übten, blieb ihr

Spiel zwar unmusikalisch, aber im Gegensatz zu vielen anderen war es wenigstens im Takt.

Dass der Fjällräven einen anderen Ansatz vertrat, hatte ich inzwischen kapiert. Doch nach unserem letztjährigen Workshop zum Thema »Offene Kommunikation« hätte man wohl mindestens erwarten können, er wäre zuerst auf mich zugekommen.

Aber okay, dachte ich angesäuert, man hatte mich auf der Waage gewogen und für zu leicht befunden. Oder besser gesagt für zu rhythmisch für den einzigen Job, den ich hier auf Erden innehatte.

Wie gesagt blieb ich sitzen.

Doch später in der Pause schüttete ich Hildur ein Tütchen Salz in den Tee.

Ob meine Kopfschmerzen deshalb nachließen, weiß ich nicht.

Und meine Laune war so oder so im Eimer. Vor dem Abendessen hieß es nämlich: gemütliches Beisammensein. Selbst ohne Kater und öffentliche Demütigung hätte ich nichts mehr verabscheut. Abgesehen vom Tod und vergleichbaren Widrigkeiten vielleicht.

Dumm rumstehen und über Gott und nicht die Welt zu plaudern, bis dein Gesprächspartner jemanden erspäht, mitten im Satz abbricht und sich mit einem »Ja, hallo!« davonstiehlt – einfach nicht mein Ding.

Daher schnappe ich mir bei solchen Gelegenheiten am liebsten die ausgebrannte Anne-Kari und verziehe mich mit ihr in eine abgelegene Ecke. Wegen ihrer kaputten Hüfte kann sie nicht so schnell fliehen, außerdem redet sie nicht ständig von Krebs, wie die meisten Frauen in ihrem Alter es tun.

Kaum hatte ich Anne-Karis Strickjacke hinter einem Pfeiler anvisiert, kam jedoch Sølvi auf mich zugestürmt, mit hektischen Flecken im Gesicht.

»Es gibt Probleme in der Küche«, sagte sie, »das Essen verspätet sich. Åge-Per will das Quiz vorziehen.«

Ja, das Quiz. Besser gesagt: meine Hälfte von dem Quatsch. Die Vorbereitung des Spiels war definitiv keine Herzensangelegenheit gewesen, weder für mich noch für Sølvi, und deshalb hatten wir beschlossen, uns je um einen Teil zu kümmern und die Fragen kurz vorher »zu vermanschen«, wie Sølvi es ausgedrückt hatte.

Als ich zur Garderobe eilte, um die Plastiktüte mit den zerknitterten Zetteln zu holen, dämmerte mir allerdings, dass fürs »Vermanschen« jetzt keine Zeit mehr war.

Zurück im Konferenzsaal, hatten sich die vier Mannschaften bereits an die Tische in den Ecken verteilt; Sølvi und ich mussten wohl oder übel improvisieren. Während meine Fragen sich ausnahmslos um den Tod drehten, ging es bei Sølvi um Berühmtheiten und Gartenpflanzen. Zu meiner Verteidigung sei jedoch gesagt, dass ich mir redliche Mühe gegeben hatte, den Fragen trotz des düsteren Themas einen erbaulichen Touch zu verleihen.

Mit der Erbaulichkeit war es jedoch schnell vorbei, als die vier Mannschaften um den Sieg wetteiferten. Nach dem alkoholseligen gemütlichen Beisammensein war der Fjällräven so angeknipst, dass er unter die Tische der anderen kroch und versuchte, die Konkurrenz auszuspionieren, wobei die (buchstäblich und konkret) Berührten laut aufschrien. Aber egal. Sølvi und ich lasen abwechselnd unsere Fragen vor, und alle machten gut mit.

Brenzlig wurde es erst bei der Punkteauszählung, als sich herausstellte, dass die zwei besten Mannschaften, die »Bergtrolle« und die »Prosecco-Geckos«, gleichauf lagen – und Sølvi und mir die Fragen ausgegangen waren.

Die zwei Gewinnermannschaften, die seit geraumer Weile auf leeren Magen getrunken hatten, dachten jedoch gar nicht daran, sich die Krone zu teilen. »Sudden death!«, brüllten sie im Chor, während der Fjällräven und Hilde-Marit schnurstracks nach vorn stürmten, um sich als Mannschaftskapitäne ein Stechen zu liefern.

Sølvi und ich tauschten Blicke.

»Wir müssen improvisieren«, flüsterte Sølvi. »Wir denken uns neue Fragen aus. Ich nehme Hilde-Marit, du Åge-Per.«

Ich nickte. Natürlich bekam ich den Fjällräven ab, also Åge-Per, hier musste ich ihn wohl oder übel bei seinem richtigen Namen nennen. Den Mann, der am liebsten mein Metronom »einkaffieren« wollte und dies vor allen »herumpofaunt« hatte. Nur nicht vor mir.

Da stand er, ohne Schuhe, das Hemd aus der Hose, und lallte: »Mach dich locker, Vilma. Stell ein paar coole Fragen!«

Ein paar coole Fragen? Ich musterte ihn von Kopf bis Fuß. Vom schweißglänzenden Schädel bis zu den zerschlissenen Tennissocken.

Cool? Wenn er wüsste, wer gestern sturzbetrunken dem Erdnusstod in die Augen geblickt hatte. Und plötzlich war es, als hätte jemand etwas in mir angefacht, und ein ungekanntes, teuflisches Rachegefühl stieg in mir auf.

Wenn er wüsste, wie viele Wörter mit S ich kannte.

Also schön. Jetzt war Schluss mit dem Tod. Mal sehen, was du davon hältst, dachte ich und spürte einen Druck vorne am Kopf. Wuchsen mir etwa Teufelshörner aus der Stirn?

»Welcher norwegische Dramatiker hat Peer Gynt geschrieben?«

»Henrik Ibfen!«, brüllte Åge-Per.

Ich musste mich umdrehen, um mein teuflisches Grinsen zu verbergen.

Dann war Sølvi an der Reihe. Hilde-Marit wusste natürlich, dass die Phrase »Winter is coming« aus *Game of Thrones* stammte. Eins zu eins.

Zurück zu Åge-Per. Und zu mir, dem Teufelchen.

»Welches Shakespare-Stück hat Benjamin Britten als Oper adaptiert?«

Na klar: »Ein Fommernachtffffraum!«, rief der Fjällräven fröhlich.

Sølvi warf mir einen warnenden Blick zu, den ich geflissentlich ignorierte.

Auch die nächste Frage konnte Hilde-Marit korrekt beantworten. Zwei zu zwei. Drei zu drei – die Spannung stieg. Während sich Sølvis Fragen um *Tatsächlich Liebe,* Kronprinz Charles und irgendeine nach Carl von Linné benannte Blume drehten, zielten meine auf Antworten wie »Siebenschläfer«, »Staubsauger« und »Soloselbstständige« ab.

Ich war nicht mehr zu bremsen, und meine Teufelshörner wurden von Frage zu Frage länger.

Wer hätte gedacht, dass Alkohol so eine Wirkung auf mich hatte? Dass die rachsüchtige Vilma Veierød, die bei Kollegiumsbesprechungen kaum den Mund aufbekam, auf einmal die Hölle zum Kochen brachte?

Aber ich tat es nicht nur für mich. Es fühlte sich an, als rächte ich mich auch für andere – als täte ich das Richtige. Als ginge es hier nicht nur um das Metronom, sondern vielmehr um ein langes Crescendo aus Ungerechtigkeiten und Verwicklungen, die zu diesem teuflischen Moment geführt hatten.

Ja, plötzlich kam es mir vor, als täte ich es auch für Papa. Und vielleicht, auf eine schwer zu greifende Weise, auch für Mama.

Dann, als Hilde-Marit eine falsche Antwort gab, schlug die große Stunde des Fjällräven.

Ich atmete tief durch. »In welchem Meeresgebiet laichen Aale?«

Ich war wirklich nicht stolz auf mich, als der fahrradverrückte Idiot die Arme hochriss, als hätte er gerade das entscheidende Siegtor geschossen.

Aber es war ein herrliches Gefühl, das muss ich zugeben. Oh, es tat so gut.

»Die Fargaffofee!«

Flashback

Sie fiel mir wieder ein. Die Geschichte meines Vaters. Denn ich hatte den nächsten Brief gelesen, am Abend nach der Beerdigung. Nach meiner ersten Begegnung mit dem Nachtleben von Asker.

Jetzt las ich ihn noch einmal, während die Dezembersonne schräg durchs Küchenfenster fiel, und plötzlich verstand ich, warum ich gestern bei der Fortbildung dieses Unbehagen verspürt hatte (mit teuflischen Folgen). Mein Kater war nicht der einzige Grund gewesen.

Zugebenerweise hatte ich mich ordentlich danebenbenommen, denn einen betrunkenen Kollegen vor versammelter Mannschaft wegen seines Sprachfehlers aufzuziehen, war nicht gerade die feine englische Art. Andererseits war es auch nicht sonderlich nett, hinterrücks über anderer Leute Metronom zu reden. All das ging mir durch den Kopf, während ich mir den letzten Bissen Knäckebrot mit Tomatenfisch in den Mund steckte.

Und trotzdem. Weder im Alkohol noch im Metronom lag der Hund oder was auch immer begraben; es war das Gefühl des Verlassenwerdens, obwohl doch eigentlich mein Vater der Leidtragende gewesen war. All seine Träume, alles, woran er geglaubt hatte, war von jetzt auf gleich zertrümmert worden.

Völlig ahnungslos hatte er in London gewartet, mit Blümchenbettwäsche und CD-Player – und dann schrieb Mama ihm aus dem Blauen heraus, sie könnten sich nicht mehr sehen. Ohne ihm einen konkreten Grund zu nennen.

Und noch davor hatte er sie unzählige Male angerufen, aber immer nur Großtante Ruth erreicht. Ich konnte mir denken, wie sich das für ihn angefühlt hatte.

Es mag an der grellen Sonne gelegen haben, doch als ich von dem Brief aufblickte, taten mir die Augen weh. Ich blinzelte ein paar Mal und faltete ihn zusammen.

Armer Papa, dachte ich. Und plötzlich verspürte ich das dringende Bedürfnis, ihn in den Arm zu nehmen, den alten Mann. Meinen Papa mit dem weißen Bart und dem künstlichen Schnauzer – ja, ich hätte ihn so gern getröstet.

Aber was hätte ich ihm gesagt? Dass alles wieder gut werde?

Und dann sah ich ihn vor mir, in seinem jetzigen Zustand, eingeäschert in einer Urne. Eins stand jedenfalls fest: Es war ziemlich viel schiefgelaufen. Und zwar gründlich.

Ich musste an dieses Telefonat denken.

Endlich hatte Mama den Hörer abgenommen, aber nicht gesagt, ob sie meinen Vater immer noch liebe. Oder ob dieser Bertram etwas mit ihrem Sinneswandel zu tun habe. Irgendetwas mit dem Kerl war faul gewesen, und zwar von Anfang an, das verstand sogar ich.

Ich fuhr so abrupt hoch, dass der Teller auf dem Tisch schepperte. Mir war etwas in den Sinn gekommen.

Ich konnte kaum noch einen klaren Gedanken fassen und zupfte wie eine Besessene vertrocknete Blätter aus dem Weihnachtsstern. Anschließend ging ich mindestens drei Mal um den Tisch, immer linksherum.

War *Bertram Bang* mein Vater? Hatte Mama Schluss gemacht, weil sie von einem anderen schwanger gewesen war? War ich etwa Vilma *Bang*?

Ich steuerte den Spiegel an, hielt aber auf halbem Weg inne. Ich wusste doch längst, wen ich sehen würde. Und zwar weder Vilma Bang noch Vilma Veierød. Und auch keine Vilma Mozart Sandvik.

Ich atmete ein paar Mal tief ein und setzte mich wieder. Dann zog ich den Laptop heran, googelte ein bisschen und landete schließlich auf einer Website mit zahlreichen Bildern und aufdringlichen Werbeanzeigen für den Baby-Bonusclub.

Ganz oben stand: *Rund um die Schwangerschaft*. Darunter folgten Wochenübersichten, Kalender und Illustrationen von Eizellen, Eierstöcken und Spermien. Ich fing an, die Tage und Monate von meiner Geburt zurückzuzählen. Eine merkwürdige Aufgabe, für diese Art Mathematik hatte ich schließlich nie Bedarf gehabt, und vor allem war ich beim Rechnen noch nie so nervös gewesen.

Nach gründlicher Analyse kam ich jedoch zu dem Schluss, dass meine Mutter zum Zeitpunkt des Telefonats noch nichts gewusst haben konnte. Von dem Kind, von mir, unabhängig vom Vater.

Das war also nicht der Grund, warum sie ihm den Brief geschrieben und das Goldherzchen zurückgeschickt hatte.

Einerseits war ich beruhigt, andererseits aber auch nicht. Was war dann der Grund gewesen? Jetzt verstand ich noch viel weniger, aus welchem Grund sie Papa so unglücklich gemacht hatte. Wie sie es ausgehalten hatte, ihn derart im Ungewissen zu lassen.

Plötzlich überkam mich ein unheilvolles, fremdes Gefühl. War Mama nicht der Mensch gewesen, für den ich sie immer gehalten hatte, sondern vielmehr eine – wie hieß das noch mal? – Femme fatale, die ein Schlachtfeld der gebrochenen Männerherzen zurückgelassen hatte?

Erschrocken über mich selbst verscheuchte ich den Gedanken. Ich musste mich jetzt zusammenreißen und durfte mich nicht von meinen Gefühlen überwältigen lassen, sonst würde sich das früher oder später rächen. Nachts würde ich kein Auge mehr zutun und dann nicht nur Schäfchen zählen, sondern auch Kühe, Schweine, Ziegen, Hühner … kurzum alles, was kreucht und fleucht.

Sonst würde ich von mindestens tausend rückwärtszählen müssen.

Mit welchem Recht hätte ich, Vilma, meiner Mutter irgendwelche Vorwürfe machen können? Ich war schließlich am Leben, und daran hatte sie entscheidenden Anteil. Sie war die Gute von uns beiden.

Nur zur Sicherheit zählte ich schnell von fünfzehn runter, ließ Wasser über den Teller laufen und räumte ihn in den Geschirrspüler.

Als ich mich ein wenig beruhigt hatte, fiel mir wieder ein, was Robert gesagt hatte; dass ich die Nase meines Vaters hätte. Nicht die von Bertram Bang (von dem Robert allerdings auch nichts wusste), sondern die von Vilhelm Mozart Sandvik.

Und genau den wollte ich doch als Vater.

Daran musste ich mich klammern. Zumal er mir doch wohl kaum all die Briefe geschrieben hätte, wenn er sich nicht absolut sicher gewesen wäre, dass er mein Vater war. Er war schließlich nicht auf den Kopf gefallen.

Zu meiner eigenen Verwunderung verspürte ich das tiefe Bedürfnis, über all das mit jemandem zu reden. Nicht über die Vaterschaft an sich und schon gar nicht über die körperlichen Veränderungen, die eine Schwangere im ersten Trimester durchmachte, sondern über die unerwartete Wendung, die die Beziehung meiner Eltern genommen hatte.

Natürlich kam mir sofort Ivar in den Sinn. Wenn's um vertrauliche Gespräche ging, waren wir schließlich ein eingespieltes Team. Ob wir auch sonst ein gutes Team sein könnten, musste die Zeit zeigen – aber nach diesem peinlichen Fauxpas mit der Aubergine?

Aus einem Impuls heraus kramte ich das rosafarbene Post-it hervor, das ich nie weggeworfen hatte.

»Hallo, Vilma«, sagte Robert fröhlich.

Offensichtlich hatte er meine Nummer gespeichert, woher wusste er sonst, dass ich es war?

»Hallo.«

»War schön vorgestern.« Dann schob er rasch hinterher: »Im Pub, meine ich.«

Im Pub, ja. Ich räusperte mich und erinnerte mich dunkel an unsere Abschiedsumarmung. An den Geruch seines Aftershaves. Daran, dass er gesagt hatte, ich sei seltsam, aber lustig.

Ich holte tief Luft.

»Sie hat mit ihm Schluss gemacht«, sagte ich. »Einfach so, ohne Vorwarnung. Aber ich glaube nicht, dass sie da schon wusste, dass ich … du weißt schon … unterwegs war.«

Robert musste einen Moment nachdenken. Dann sagte er zögerlich: »Du meinst deine Mutter und deinen Vater … die Briefe?«

Obwohl er mich nicht sehen konnte, nickte ich. »Und ich dachte immer, dass er abgehauen wäre.«

»Hmm«, machte Robert.

»Weil er noch keine Kinder wollte.«

Plötzlich verwandelten sich die Briefe meines Vaters von Schwarz-Weiß in Farbe, von Papier in Wirklichkeit. Denn erst jetzt, da ich meine eigenen Worte hörte, wurde mir klar: Das Kind war ich. Vilma, fünfunddreißig, die in diesem Moment mit dem Handy am Ohr am Küchentisch saß.

Ich war das Kind, das er sich erst in zehn Jahren gewünscht hatte.

Natürlich hatte er es nicht persönlich gemeint, schon klar. Er hatte sich generell kein Kind gewünscht, ganz gleich ob Junge oder Mädchen – noch nicht jedenfalls.

Aber wenn er gewusst hätte, dass ich unterwegs war – hätte das etwas geändert?

»Vielleicht …«, druckste Robert am anderen Ende der Leitung herum, »… musst du einfach weiterlesen?«

»Ich weiß nicht, ob ich das kann.«

Es war seltsam, denn ich hatte noch nie Probleme damit gehabt, traurige Filme bis zum Ende zu schauen. Und wahrscheinlich hätte ich die Briefe auch ohne Zögern weitergelesen, hätte mich nicht eine Sache ins Grübeln gebracht: In den letzten Tagen war mein Leben ein bisschen schöner gewesen. Mit dem Lebkuchenhaus und Nesquik, obwohl ich anfangs solche Zweifel gehabt hatte. Sogar im Pub war's schön gewesen.

Schön, ganz allgemein. Trotz Beerdigung, Alkohol und pubertärer S-Wörter-Anwandlungen während der Fortbildung.

Ich war sogar davon ausgegangen, dass meine Seele auf einem guten Weg war. Dass Ivar wusste, was er tat.

Aber für meinen armen Vater war damals eine Welt zusammengebrochen. Mama hatte ihn verlassen, und er hatte seinen Kummer in Wodka ertränkt, in der Wohnung mit dem neuen Sofa und der vermeintlich modernen Tischdecke. Mutterseelenallein. Im Hintergrund Elgars Cellokonzert. Die Vorstellung war so unglaublich traurig.

Wollte ich wirklich lesen, wie sehr er gelitten hatte? Mein eigener Vater? Sollte ich nicht lieber ein bisschen warten? Plötzlich stand mehr auf dem Spiel als zuvor.

»Ich werde darüber nachdenken«, sagte ich zu Robert.

Er schwieg einen Moment.

»Ach, ich habe übrigens Ivar angerufen«, sagte er dann, »wie versprochen. Er war sehr … verständnisvoll. Du sollst dir keine Sorgen machen.«

Ivar. Gott sei Dank! Erleichtert seufzte ich auf. Verständnisvoll, ja, das war er. Und so warmherzig. Obwohl er genug eigene Probleme hatte, mit seiner Frau und dem Allmächtigen. Ich konnte nur den Hut vor ihm ziehen.

»Danke«, sagte ich. »So ein Glück, dann kann ich ihn ja wiedersehen.«

»Ja«, antwortete Robert und zögerte einen Moment. »So ein Glück.«

»Aber du, Vilma?«

»Ja?«

»Ich dachte nur … ob wir … vielleicht …«, er atmete tief ein, wartete einen Moment, atmete aus. »Na ja, dieses … *Kackdreckfick* … Lebkuchenhaus.«

»Lebkuchenhaus?«

»Ich dachte, wir könnten es Amdi schenken. Wenn du es nicht selber brauchst?«

»Klar«, sagte ich, »wir schenken es Amdi.«

»Sehr gut, sehr gut. Dann … komm ich die Tage vorbei und hol es ab, okay?«

»Klar«, sagte ich.

»Schön«, erwiderte Robert. »Prima.«

Ich rief Ivar nicht an. Es erschien mir noch ein bisschen zu früh, auch wenn nun dem Himmel sei Dank keine Aubergine mehr zwischen uns stand.

Stattdessen ging ich ins Wohnzimmer und nahm den nächsten Brief vom Sekretär. Hielt ihn einen Moment lang in der Hand und dachte an Papa, der ihn geschrieben und in einen Umschlag gesteckt hatte.

Dann legte ich ihn auf den Couchtisch. Ich wollte den Brief morgen lesen.

Denn eine Sache musste ich herausfinden: Wann mein Vater von mir erfahren hatte. Nicht von irgendeinem Jungen oder Mädchen, sondern von mir, Vilma.

Was hatte er gedacht? Was hatte Mama ihm geschrieben? Irgendetwas musste sie ihm ja geschrieben haben.

Dass alles an mir dran sei, zehn Zehen und zehn Finger? Dass ich ein süßes Baby sei? Oder ein Schreihals? Dass ich ohne Haare auf die Welt gekommen sei? Oder mit Locken?

Und vor allem: Hatte sie geschrieben, ich sei ihr wichtig? Dass sie mich über alles liebe?

Ja, ich musste dringend herausfinden, mit welchen Worten ich in Papas Leben getreten war.

London, den 31. Oktober 2019

Wenn mir damals jemand erzählt hätte, ich würde innerhalb der nächsten Jahre sieben Frauen verlassen, und zwar aus dem einfachen Grund, dass ich sie nicht geliebt hatte, hätte ich ihn vermutlich für verrückt erklärt.
Ich, der sich nichts mehr gewünscht hatte, als für immer mit Maria zusammen zu sein (so schwülstig das klingen mag) – wie sollte ich zu so einem Leben fähig sein?
Aber um ehrlich zu sein, Vilma, ging es mir weder darum, zu leben, noch, zu lieben. Stattdessen flüchtete ich mich in den Alkohol und in den Irrglauben, die Affären würden mich trösten.
Zum Teil war übrigens mein Schnauzer daran schuld, ach, hätte mein lieber Freund Hans das nur gewusst.
Ob ich mit dem Schnauzer mehr Selbstvertrauen ausstrahlte? Möglicherweise. Sobald ich ihn mir anklebte, durchlief ich jedenfalls eine Verwandlung. In einen Vilhelm, um den es gar nicht so schlecht stand, der nichts zu verlieren hatte.
»Du hast so traurige Augen«, hat eine der Frauen einmal zu mir gesagt – ich schätze, sie meinte es als Kompliment.
Wie auch immer. Auf einmal lagen mir die Frauen zu Füßen, und ich half ihnen nicht auf. Dafür schäme ich mich bis heute.

Vielleicht wollte ich mich ja rächen. An Maria.
Denn egal, aus welchem Winkel man die Sache betrachtete, schienen doch sämtliche Spuren zu diesem mysteriösen Bertram Bang zu führen. Die Art, wie sie sich um ihn gesorgt hatte, als er krank gewesen war, ihre ständigen Ausflüchte.
Und außerdem: Spielen Aussehen und Stil nicht oft eine größere Rolle, als wir es uns eingestehen wollen?
Kein Wunder, wenn sie einem Adonis ohne entstellende Narbe über der Oberlippe den Vorzug gab, einem Mann von Welt (so einer war dieser Bertram doch bestimmt?), der sie nicht

ungefragt küsste und nervös in einer Napoleonschnitte herumstocherte.
Was könnte sonst der Grund sein, von dem ich nichts erfahren sollte?

Im Rückblick dachte ich auch über ihre Stimmungsschwankungen nach, darüber, dass sie es oft so eilig gehabt hatte. Waren es Gewissensbisse gewesen? Die Qual der Wahl?
Lange plagte mich die Erinnerung an unseren letzten gemeinsamen Abend. An die Bitte, mir zu versprechen, wir würden für immer zusammenbleiben.
Hätte sie doch nur mit einem simplen »Ja, für immer Vilhelm« geantwortet.
Aber nein. Dumm und bis über beide Ohren verliebt, wie ich es war, hatte ich mich mit einem »die Zukunft ist heute« begnügen müssen. Was auch immer das heißen mochte.
Nun ja, ich sammelte Indizien, die auf diesen Bertram Bang hindeuteten, und trug eine ganze Menge zusammen.

Und so grotesk es auch klingen mag, weidete ich mich an der Vorstellung, welche weniger vorteilhaften Züge der Kerl mit der Zeit an den Tag legen könnte.
Die wenigsten eignen sich dazu, verschriftlicht zu werden, aber lass es uns so sagen: Ich hegte die Hoffnung, dass er auf halber Strecke zwischen Kopf und Fuß eher unterdurchschnittlich ausgestattet war. Dass er Mundgeruch hatte, beim Essen abstoßend schmatzte – und dass ihm büschelweise die Haare ausfielen.
Und nicht zuletzt: dass er übereifrige Schweißdrüsen hatte.
Kurzum, ich wünschte dem Mann alles erdenklich Schlechte.
Alles Eklige, Klebrige und Schmierige.
Allerdings währte diese Phase nicht lange. Und auch die Zeit, in der ich ihn regelmäßig auf Klopapier kritzelte, war schnell

vorbei (mehr sage ich dazu lieber nicht). Um das Ganze abzukürzen: Irgendwann ging meiner Kreativität die Luft aus, und die Verbitterung – gepaart mit Absolut Vodka – gewann die Oberhand.
Es grenzte an ein Wunder, dass ich im Orchester trotzdem halbwegs vernünftige Arbeit leistete, abgesehen von ein paar unangenehmen Situationen mit Kolleginnen, denen ich den Laufpass gegeben hatte, bisweilen nur mit kurzen Briefchen – keine offene Konfrontation, so wenig Unannehmlichkeiten wie möglich.
Ja, diese Einstellung wurde in den nächsten Jahren zu einer Art Mantra: so wenig Unannehmlichkeiten wie möglich.
Ein Motto, das sich wohl die meisten Männer auf die Fahne schreiben.
Ich scherte mich nicht um meine Mitmenschen, und sie scherten sich nicht um mich.
Und immer öfter stellte ich mir die Frage: Ist die Welt ein guter Ort? Oder sind wir Menschen bloß hier, um andere zu benutzen und benutzt zu werden, um uns zu bedienen und zu verschmähen, uns mit dem zu begnügen, was wir bekommen?
Mein einziger Trost (neben meinem unsteten Gefährten, dem Alkohol) war wieder einmal die Musik. Aber nicht jede Musik. Kein Stück, das mich an Maria erinnerte. Und niemals Brahms, sofern er nicht gerade auf dem Orchesterspielplan stand.

Aber dann, Vilma, kam der Brief. Klein und unauffällig, Name und Adresse handschriftlich auf dem Umschlag vermerkt, das V ohne Häkchen. Erst wollte ich ihn ungeöffnet beiseitelegen – bestimmt nur eine verschmähte Liebschaft, die ihrem Ärger Luft machen wollte, es wäre weiß Gott nicht das erste Mal gewesen.
Aber dann drehte ich den Umschlag um, und mein Blick fiel auf den Absender.

Der Brief war von Deiner Großtante. Ruth Veierød.
Nicht von Maria.

Obwohl es spät war, nach einem Konzert, fühlte ich mich auf einmal stocknüchtern und wacher denn je. Ich riss den Umschlag auf, zog den Brief heraus und las die wenigen Worte. Die handgeschriebenen Buchstaben waren unverschnörkelt, der Inhalt so kurzgefasst, dass er in einer einzigen Zeile Platz fand.
Obwohl es um etwas so Endgültiges und unsagbar Ungerechtes ging:
Maria war tot. Ein Unfall.
Ruth Veierød wollte mich darüber in Kenntnis setzen.
Sonst nichts.
Oft heißt es, in solchen Momenten bleibe die Zeit stehen, und für viele Menschen mag es sich so anfühlen. In meinem Fall jedoch sprang die Zeit zurück, waren die letzten vier Jahre wie ausgewischt. Der gefaltete Brief in meinem Koffer, das Telefonat mit Maria, meine Theorien über Bertram Bang und sein Erscheinungsbild – das alles war weg.
Stattdessen war ich wieder in Asker, hielt Maria im Arm, spürte die Sommerwärme, die von ihren Haaren ausging, ihre weichen Wangen, ringsum ein Meer aus Flieder, Apfelbäumen und Rhabarber. Der Moment war paradiesisch – und so grausam weit weg von der Wirklichkeit.
Ein Unfall. Langsam realisierte ich, was passiert war.
Und genauso langsam zog die Schwerkraft meine Knie aufs kalte Parkett hinab.
Dann, in einem verzweifelten Moment, wich jegliche Wut aus meinem Körper. Machte Platz für die Trauer um diesen Menschen, den ich mit jeder Faser meines Körpers, mit Haut und Haaren geliebt hatte, mehr als alles andere. Und der jetzt nicht mehr da war.

Oje, was ist nur los mit mir? Ich schreibe, als hätte nur ich einen Verlust erlitten. Verzeih mir, Vilma – wie gedankenlos von mir. Ich kann mir nicht einmal ansatzweise vorstellen, wie es sich anfühlen muss, im Alter von vier Jahren die eigene Mutter zu verlieren. Vielleicht so, als würden um einen herum alle Wände eines Hauses einstürzen? Als wäre man vollkommen schutzlos?

Ich kann nur raten. Allerdings habe ich noch lebhafte Erinnerungen an die Zeit, in der die Erwachsenen so groß wirkten und so viel Sicherheit ausstrahlten. In der es einem völlig unmöglich erschien, dass sie einmal sterben könnten.
Für Dich muss eine Welt zusammengebrochen sein, Vilma. Ich kann nur hoffen, dass Du in dieser schweren Zeit viel Wärme erfahren hast. Das hoffe ich wirklich.

Ich für meinen Teil war mit meiner Trauer allein. Ich versuchte nie, sie jemandem zu beschreiben, dazu wäre ich auch gar nicht imstande gewesen.
Aber ich glaube, die Musik ist dazu imstande. Falls Du einmal Tschaikowskis letzte Symphonie gehört hast, verstehst Du, was ich meine. Dieser vierte Satz, die letzte Komposition, die er der Öffentlichkeit präsentierte, ehe er sich vermutlich selbst das Leben nahm, 1893 in Sankt Petersburg.
So traurig, so verzweifelt und zugleich so wunderschön, ein Herz, das schlägt und plötzlich verstummt – das keine Hoffnung zurücklässt und trotzdem: weiterlebt.

Ich blieb lange am Küchentisch sitzen.

Ich hätte den Brief nicht lesen sollen.

Aber nun konnte ich es nicht mehr rückgängig machen.

Nach einer Weile ging ich zum Sekretär und blätterte durch sämtliche Umschläge. Dann ging ich nach oben in mein Zimmer, um nachzuschauen, welche Nummer auf dem letzten gestanden hatte.

Nein, ich hatte keinen Brief übersprungen. Zwischen den beiden Episoden hatten vier Jahre gelegen. Vier Jahre, über die mein Vater nicht geschrieben hatte. Kein einziges Wort.

Ich ließ mich auf die Bettkante sinken und fühlte mich vollkommen leer, wie ausgehöhlt.

Großtante Ruth hatte meinen Vater über Mamas Tod informiert. Doch mich, Vilma, hatte sie mit keiner Silbe erwähnt.

Als hätte ich überhaupt nicht existiert.

Ich saß eine Weile da und hörte zu, wie draußen der Müllwagen die Zufahrten abklapperte. Papier, Plastik- und Restmüll. Irgendwo weit weg, in einer anderen Dimension.

Es war, als gehörten die Oberschenkel, an die die Bettkante drückte, einem anderen Menschen. Das Bettzeug unter meinen Fingern fühlte sich steif und fremd an. Mein Körper – wenn es überhaupt meiner war – kam mir so leicht vor, so unwirklich, wie eine verblasste Erinnerung.

Wen hatte Großtante Ruth eigentlich in mir gesehen? Nur meine Mutter? Maria mit den Zöpfen? Ihre Nichte, die sie über alles geliebt und für immer verloren hatte?

Ich nahm eine Strähne zwischen meine Finger, meine Haare waren noch so weich und lockig wie damals. Und auch genauso lang. Du hast ihre Haare, hatte Großtante Ruth immer gesagt, die Haare deiner Mutter.

Ich schloss die Augen, und da spürte ich sie im Nacken, Großtante Ruths Hände. Den Kamm, mit dem sie einen Mittelscheitel zog. Ihre Fingernägel, die meine Kopfhaut streiften, wenn sie mir Zöpfe flocht, sie strammzog und dann zwei Mal das Haargummi drumwickelte.

Danach stand sie hinter mir und blickte mit ihren Vogelaugen über meinen Kopf hinweg in den Spiegel, musterte ihr Werk und nickte zufrieden.

Sah sie im Spiegel nur sich und Maria?

Ich stand auf und trat ans Fenster, am ganzen Körper zitternd. Draußen lag der Garten. Am Apfelbaum der Nachbarn baumelte ein kitschiger Plastikweihnachtsmann.

»Und ich?«, hörte ich mich flüstern, und mein Blick wanderte zum Fliederbusch, der sich unter der Schneelast bog.

»Und Papa?«

Was dann passierte? Ich glaube, man spricht in solchen Situationen von einem Flashback. Es war, als würde ich in die Vergangenheit zurückkatapultiert, an einen Augustabend, ich saß auf der Glasveranda, während sich über dem Fjord ein Gewitter zusammenbraute. Der Donner war noch ein gutes Stück entfernt, und der Garten lag vor mir wie in stiller Erwartung. Und auch Großtante Ruth wartete.

Wenn ich so darüber nachdenke: Es muss zu der Zeit gewesen sein, in der sie anfing, sonntags in die Kirche zu gehen und nachts im Schlaf zu schreien wie ein Gespenst. Aber dieser Gott (oder wer auch immer in der Kirche das Sagen hatte) vermochte es nicht, ihrem Verhalten ein Ende zu setzen. Obwohl ich ihn immer wieder darum bat.

Ich dürfte zehn oder elf gewesen sein, und an jenem Tag war ich zum ersten Mal ohne Erlaubnis zum Kiosk gegangen und hatte mir von meinem Taschengeld Kaugummi und Brausepulver gekauft. Was mir gar nicht ähnlich sah – aber ich steckte mitten in meiner Annie-Phase und wollte mutig, frei und Gott weiß was alles sein.

Jetzt saß ich im Korbsessel auf der Veranda und zählte den Abstand zwischen Blitz und Donner in der Ferne, während Großtante Ruth auf eine Entschuldigung wartete.

»Wer etwas Unrechtes getan hat, muss um Vergebung bitten«, sagte sie. »Gott will das so.«

Tja, mit diesem Gott hatte ich noch keine nähere Bekanntschaft gemacht. Ich wurde einfach nicht schlau aus ihm. Ich wusste nur, dass er im Alten Testament ein Tohuwabohu mit Fröschen und Heuschrecken angerichtet hatte, im Religionsunterricht hatten wir Bilder dazu gemalt.

Trotzdem musste sich etwas in mir angesprochen gefühlt haben. Wahrscheinlich mein schlechtes Gewissen. Vielleicht lag es aber auch am Himmel, der binnen kürzester Zeit vom schwülen Sommerabend zur Nacht übergegangen war. Über dem Oslo-Fjord zuckten Blitze und erleuchteten die Veranda. Die Stille war ohrenbetäubend. Ich zählte bis zehn, mindestens, dann holte der Donner den Blitz ein.

Und ja, ich entschuldigte mich, als die ersten Regentropfen auf die kleinen Glasscheiben im Verandafenster klatschten. Draußen im Garten bewegten sich die Rosenbüsche im Wind.

Mein Gewissen ließ mir trotzdem keine Ruhe. Schließlich war der heimliche Kioskausflug nur ein kleiner Vorgeschmack auf den wahren Ungehorsam gewesen: die Tasche, die unter meinem Bett lag und dort regelrecht glühte, mit Nachthemd und Süßigkeiten für Erika Strøm-Andersens Übernachtungsparty.

Und noch viel schlimmer: mein Plan, aus dem Fenster zu klettern.

Ich wurde nervös. Wie schlimm war es eigentlich, sich davonzuschleichen? Konnte einem so etwas vergeben werden?

Ich dachte gründlich nach und versuchte, meine Frage so clever wie möglich zu formulieren:

»Und wenn man etwas Unrechtes tut, wovon niemand weiß?«

Ich sah alles ganz deutlich vor mir: Wie sich Großtante Ruths Gesicht plötzlich verzerrte und irgendwie leer und fremd wirkte. Wie sie sich zum Fenster umwandte, auch wenn es gar nicht geblitzt hatte. Und obwohl ich damals nur ein Kind war, verstand ich intuitiv, dass sie sich versteckte. Sich in etwas Geheimes, Erwachsenes flüchtete.

Sie blieb eine ganze Weile so stehen, während draußen der Wind immer stärker wurde. Der Fliederbusch neigte sich nach links.

Ich weiß noch, dass ich eine kurze Hose anhatte und ein bisschen fröstelte, das Gefühl meiner nackten Beine im Korbsessel. Ich wartete. Und gleichzeitig spürte ich, dass sich etwas veränderte hatte, dass ich besser nicht hier wäre. Blitze erleuchteten die Veranda, und Großtante Ruth stand wie angewurzelt da und starrte in den Garten. Ich konnte gerade mal bis vier zählen, da donnerte es laut und ich kauerte mich zusammen.

Plötzlich murmelte sie, wie zu sich selbst: »Es gibt Dinge, die kann man nicht wiedergutmachen.«

Und dann: »Sonst verliert man alles.«

Ich spürte, dass es um etwas Großes ging. Dass es ein wichtiger Moment war, ich verstand nur nicht, warum.

Und noch heute sehe ich uns vor mir, auf der Veranda, während der Regen immer kräftiger auf das dünne Dach niederprasselte. Während Großtante Ruth langsam zu sich kam und begriff, dass ich sie gehört hatte. Einen Moment lang sah sie mir in die Augen, dann verschwand sie ins Wohnzimmer.

Ich hatte gefragt: »Was macht Gott dann?«

Das Brecheisen und was Gott womöglich getan hat

Kurz bevor ich den Anruf bekam, dass Großtante Ruth mitten in »O du fröhliche« eine Liedtafel auf den Kopf gefallen sei und sie schwerverletzt im Krankenhaus in Bærum liege, hatte ich draußen im Garten Kletterrosen für die niedrige Vase auf dem Wohnzimmertisch geschnitten.

Ich war damals achtzehn, hatte einen Zimtkranz gebacken und Kaffee für uns gekocht, und jetzt wartete ich auf Großtante Ruth, die eigentlich längst aus der Kirche hätte zurücksein müssen.

Ich weiß noch, wie nervös ich war, da ich mir denken konnte, wie sie die Nachricht aufnehmen würde, die ich ihr mit Rosen und Gebäck versüßen wollte: Ich hatte mich dazu entschlossen, in eine kleine Wohnung in der Stadt zu ziehen. An den Wochenenden könnte ich nach Hause kommen, aber sonst hätte ich die Möglichkeit, Zeit mit den anderen Musikstudenten zu verbringen, da zu sein, wo sich das Leben abspielte.

Zumindest wollte ich es probieren.

Aber dann, als ich mit dem Strauß voller Rosen in der einen und dem Telefonhörer in der anderen Hand dastand, war mein erster Gedanke, dass sie mir die Antwort bereits gegeben hatte: Sie wollte nicht verlassen werden. Dann lieber sterben.

Der Gedanke war natürlich absurd – sie hatte wohl kaum

dafür gebetet, dass ein hundert Jahre alter Nagel der Schwerkraft zum Opfer fallen möge, zumal niemand so richtig verstand, wie das Unglück geschehen war.

Doch als ich im Krankenhaus ankam, war sie tot.

Der Vorfall lag jetzt viele Jahre zurück. Dass wir zu zweit hier im Haus gelebt hatten, war lange her.

Aber erst jetzt, als ich oben in meinem Zimmer stand und in der Ferne das Piepen des Müllwagens hörte, begriff ich, dass Großtante Ruth nie verlassen worden war.

Papa war verlassen worden.

Und Großtante Ruth hatte es die ganze Zeit gewusst.

Ich stand reglos da und starrte auf den Plastikweihnachtsmann, auf diese seltsame Kreatur, die an Kindheit und Spaß erinnerte. Im Stillen wiederholte ich die Worte aus dem Brief: ein Unfall. Ruth Veierød wollte mich nur darüber in Kenntnis setzen. Sonst nichts.

Dann setzte ich mich in Bewegung, völlig planlos, jedenfalls dachte ich das.

Ich ging die Treppe hinunter ins Erdgeschoss und weiter in den Keller, an der Waschmaschine und dem alten Kesselofen vorbei, in den Abstellraum, bis ich vor der uralten Werkzeugkiste stand, die schon meinem Großvater gehört haben musste.

Ich kramte einen Zollstock und einen Hammer heraus. Der restliche Inhalt hatte sich zu einem einzigen Klumpen verhakt, Schraubenzieher und -schlüssel, Stahldraht, Nägel. Ich schüttelte die Kiste, und als ich sie auf dem Boden auskippte, tat das laute Klappern in den Ohren weh. Schließlich wurde ich fündig und ging schnurstracks nach oben, die kalte Kellertreppe hinauf.

In der Diele hielt ich inne und atmete tief durch die Nase ein und aus.

Sonst nichts.

Ruth Veierød. Der Mensch, der mich vor meinem Vater versteckt, mich ihm weggenommen hatte, obwohl Papa mich wahrscheinlich geliebt hätte.

Und warum? Nur weil sie Angst vor dem Alleinsein hatte? Weil sie nie über Mamas Tod hinweggekommen war?

Sonst nichts. Damit war ich gemeint.

Ich war das »nichts«.

Und daran war allein Großtante Ruth schuld.

Was hat dir das Recht dazu gegeben?, hätte ich am liebsten geschrien.

Stattdessen griff ich nach dem Brecheisen. Hielt es wie einen Golfschläger.

Ein einziger Schlag genügte, ein einziger gezielter Schlag, und schon explodierte der Spiegel. Das Glas zersplitterte, der goldene Gipsrahmen zerbrach in Stücke.

Das Klirren hallte noch lange nach. Wie in Zeitlupe rieselten die Scherben zu Boden und funkelten im Schein des Kronleuchters. Als wäre ein ganzes Eisschloss explodiert.

Eine Scherbe drehte sich noch einen Moment lang auf den Fliesen, wie ein letztes Echo, dann wurde alles still. Nur in meinen Ohren surrte es noch, wie ein Motor, der sich nicht abstellen ließ.

Regungslos stand ich in der Diele und starrte zu Boden, da klingelte es an der Tür. Danach verschwamm alles.

Irgendwann muss ich wohl aufgemacht haben. Draußen stand Robert, wie aus einer anderen Welt, obwohl er aussah wie immer, mit zerstrubbelten Haaren und schiefgelegtem Kopf.

»Hallo«, sagte er mit einem verlegenen Lächeln und trat von einem Fuß auf den anderen. Er kam mir so weit weg vor.

»Ich … ich hab dir was mitgebracht.«

Ich antwortete nicht.

»Einen … Weihnachtsstern. Zu einer Beerdigung bringt man doch normalerweise Blumen mit und …«

Er lächelte wieder, räusperte sich und sagte: *»Dreckssscheiße.«*

Dann wurde es still. Schweigend nahm ich die in Einschlagpapier gehüllte Pflanze entgegen und glotzte ihn an, als hätte er mir einen Meteoriten überreicht.

»Ist … alles okay mit dir?«

Ich nickte und versuchte, mich zu fokussieren. Es war, als wäre mein Blick falsch ausgerichtet, auf einen weit entfernten Punkt. Ich blinzelte hektisch, schaffte es mit meinen Augen aber nur bis zu seiner Jacke. »Mir ist ein Spiegel kaputtgegangen«, sagte ich schließlich und räusperte mich, »das ist alles.«

»Ah, verstehe.« Robert musterte mich skeptisch. »Ist wirklich alles okay?«

Ich antwortete nicht. Dachte an das Brecheisen, das immer noch auf dem Boden lag, gleich hinter mir, inmitten von tausend Scherben.

Wieder entstand eine eigenartige Pause. Dann sagte Robert etwas unsicher: »Na ja, eigentlich wollte ich nur das Lebkuchenhaus abholen.«

Endlich gelang es mir, den Blick von seiner Jacke zu lösen. »Ja klar«, sagte ich und blinzelte wieder. »Komm rein.«

Also kam er rein. Aber erst trampelte er den Schnee von den Schuhen. Dann folgte er mir zögerlich durch die Diele, ohne nach rechts zu schauen, wo die Scherben rund um das rostige Brecheisen am Boden funkelten. Wir gingen in die Küche, zu dem windschiefen Lebkuchenhaus, das hier so fehl am Platz wirkte wie ein Kirmeskarussell in einem Sanatorium.

»Vilma«, sagte Robert. »Stimmt was nicht?«

Da sagte ich es: »Nach Mamas Tod hat Tante Ruth meinem Vater geschrieben.«

Er hielt am Küchentisch inne.

»Mich hat sie dabei mit keinem Wort erwähnt.«

Meine Stimme zitterte, ich konnte nichts dagegen tun. Es klang dämlich, wie ein blökendes Schaf.

Robert ließ sich auf einen Stuhl nieder und sah mich mit ernstem Blick an.

»Ich glaube, dafür hasse ich sie.« Jetzt versagte meine Stimme endgültig, ich drehte mich schnell weg. Mein Gesicht fühlte sich seltsam nackt an.

»Heilige Scheiße«, murmelte er.

Ja, heilige Scheiße, dachte ich und merkte, dass nicht nur meine Stimmbänder zitterten, sondern mein ganzer Körper. Selbst meine Beine. Der Schlag gegen den Spiegel steckte mir immer noch in den Knochen, es fühlte sich an, als wäre in mir ein Motor angeworfen worden. Als müsste ich auf der Stelle von hier weg.

Robert schwieg lange. Dann hörte ich, wie er tief einatmete.

»Ich kann mir gut vorstellen, dass du wütend bist. Auf deine Tante und auf deine Mutter – «

Ruckartig fuhr ich herum.

»Auf Mama?«

Robert zuckte zusammen. Wahrscheinlich hatte ich barscher geklungen als beabsichtigt. Zögerlich antwortete er: »Ich meine nur, weil … sie deinem Vater ja auch nichts erzählt hat.«

Ich öffnete den Mund, schloss ihn jedoch wieder, weil ich nicht die richtigen Worte fand. Dann kehrte ich Robert erneut den Rücken zu, in mir war immer noch dieses motorenartige Surren. Ich starrte in den Schrank mit den Topflappen und Untersetzern, aus irgendeinem Grund stand die Tür offen.

Dann sagte ich, so ruhig ich konnte: »Sie wird ihre Gründe gehabt haben.«

Nein, ich wollte diesen Gedanken nicht mal denken. Nie im Leben hätte ich über meine Mutter ein schlechtes Wort verloren – oder auch nur gedacht. Sie war die Unschuldige, ich war noch nie im Leben wütend auf sie gewesen. Kein einziges Mal. Das war schier unmöglich.

Und warum zum Henker mischte Robert sich überhaupt ein?

Jetzt schwieg er. Bestimmt wartete er darauf, dass ich mich umdrehte. Aber ich starrte unverwandt auf die Topflappen.

»Verstehst du's nicht?«, fragte ich schließlich.

Er räusperte sich vorsichtig. »Nicht so richtig.« Seine Stimme klang weich, fast ein bisschen pädagogisch. »Warum sollte man einem Mann nicht erzählen, dass er Vater geworden ist?«

Jetzt wandte ich mich um.

»Sie hatte ein Geheimnis«, sagte ich. »Mehr weiß ich nicht.«

An dieser Stelle hätte er natürlich nicken sollen, wie sonst auch. Er hätte einsehen müssen, dass Mama nie etwas Unrechtes getan hatte, noch jetzt hatte sie jederzeit ein offenes Ohr für mich und sagte »Na klar, na klar«. Nichts in der Welt würde je etwas daran ändern.

Stattdessen schüttelte er den Kopf.

»Geheimnisse führen zu nichts Gutem«, sagte er und lächelte vorsichtig. »Sorry, Vilma, aber das hätte sie ihm doch erzählen müssen.«

Es war merkwürdig, denn für einen kurzen Augenblick glaubte ich, Tränen würden in mir aufsteigen. Echte Tränen, tief aus dem Bauch.

Heraus kam jedoch nur ein kaltes, nüchternes Staccato: »Rede nicht schlecht über meine Mutter.«

In meinem Hinterkopf surrte immer noch der Motor.

Robert zuckte zusammen. »Ich … ich wollte nicht …«

»Das geht dich nichts an.«

»Okay, okay.« Er blinzelte ein paarmal und starrte mich so entgeistert an, als wäre ich ein gemeingefährlicher Junkie mit einer Pistole in der Hand. Dann holte er tief Luft, als wollte er etwas Versöhnliches sagen.

Aber ich ließ ihn nicht so weit kommen: »Niemand hat dich darum gebeten, dich einzumischen.«

Er blinzelte wieder.

»Trotzdem tust du's die ganze Zeit. Dabei geht's in Wahrheit nur um dich.« Ich schnappte nach Luft. »Darum, dass du wegen irgendwelcher Kinkerlitzchen ein schlechtes Gewissen hast!«

Ich war dermaßen in Rage, dass ich beim Reden spuckte. Aber das machte mir nichts, ich wurde noch lauter: »Du hast doch keine Ahnung, wie sich ein echtes schlechtes Gewissen anfühlt.«

»Ich –«

Weiter kam er nicht. Der Motor und ich preschten auf ihn zu – wie ein wild gewordener Rasenmäher oder so. »Wie es einen gefangen hält. Und alles zerstört, was schön sein könnte …«

Ich wollte nur noch fliehen. Raus. Weg.

»Aber du … tauchst einfach so auf! Obwohl dich niemand eingeladen hat, zu einem Lebkuchenhaus, und … du … du …«

Ich rang nach Worten.

»… machst dir Sorgen?«, fragte Robert leise.

Ich hätte schweigen sollen, das wusste ich.

»Ja«, fuhr ich ihn stattdessen an. »Aber ich brauche dein Mitleid nicht.«

Sein Blick. Als wollte er etwas Wichtiges sagen, traute sich aber nicht.

»Okay«, flüsterte er schließlich.

»Du solltest gehen.« Meine Stimme brach weg. »Du weißt ja nicht, wovon du redest.«

In Roberts freundlichem Gesicht blitzte etwas auf, das ich nicht einzuordnen vermochte. Als würde etwas Warmes plötzlich kalt – oder war es umgekehrt? Kurz war alles still.

Dann sagte er: »Ich glaube, du hast auch keine Ahnung.«

Er vergaß das Lebkuchenhaus. Es stand immer noch auf der Küchenzeile, windschief und grell, so fehl am Platz wie eine Tröte bei einer Beerdigung oder ein Clown bei einem Nahost-Friedensprozess.

Am liebsten hätte ich mit dem Brecheisen Kleinholz daraus gemacht, um dieser Episode einen angemessenen Abschluss zu verleihen. Schokolinsen und Gummibärchen, Marshmallows und Colaflaschen, weg mit all dem Süßkram. Ich war gerade so schön in Fahrt.

Keine Ahnung, warum ich es bleiben ließ. Ich weiß nur, dass kurz darauf die Haustür ins Schloss fiel, aber nicht knallend, sondern leiser als sonst, und dann sah ich Roberts Hinterkopf durch das schmale Fenster neben dem Eingang.

Seine verstrubbelten Haare, den Jackenkragen mit einem Rollkragenpulli darunter.

Einen Streifen Haut, als er den Nacken beugte.

Das Geräusch von Schritten, erst auf der Treppe, dann in der Einfahrt, die ich gestreut hatte.

Robert.

Die Stille, die folgte, war kalt und kompakt. Wie in einem Iglu, in das nur eine Person hineinpasste, ich.

Vilma Veierød. Mutterseelenallein.

Und da wurde mir klar: Ich hatte alles zerstört.

Die unwirkliche Vilma Veierød

Ich bin mir sicher, dass meine Augen bedrohlich funkelten, als ich ins Bad ging und mir meinen Spitzen-BH anzog. Anschließend malte ich mir die Lippen an, mit dem rotesten Lippenstift, den ich fand.

Und obwohl ich keine Spikes überzog, geriet ich kein einziges Mal ins Schlittern, als ich im Dunkeln die abschüssige Straße hinabeilte. Unter meinen Schuhen knirschte es.

Das Einzige, was mir im Kopf herumschwirrte, war das Wort Zerstörung. Ich hatte noch nicht alles zerstört. Es gab noch viel mehr, was ich zertrümmern und verwüsten konnte, bis ich irgendwann genug hätte – oder noch mehr Hunger entwickeln würde. *Verwüsten*, dachte ich, ein schönes Wort.

Ich hatte nichts mehr zu verlieren.

Denn ganz gleich, ob es mir genommen worden war oder ob ich es selbst kaputtgemacht hatte: Alles, was mir einmal wichtig gewesen war, war nun fort.

Und das machte mich unverwundbar, so als wäre ich eine Art Superheldin – der Gedanke brachte mich zum Lachen, ich klang fast wie eine Hexe.

Ich lief weiter, trat gegen einen Eisklumpen, er traf einen geparkten Toyota. Ich pfiff auf die verdammten Mikromorts und fühlte mich unsterblich, lief mitten auf der Straße, und kam mir ein Auto entgegen, wich ich erst in letzter Sekunde zur Seite. Vilma Veierød war ja sowieso eine Geheimsache, ein Nichts.

Ob die Autofahrer mich sahen? Ob sie abbremsten? Oder bestand meine Superkraft vielmehr darin, dass ich unsichtbar war?

Ich stieß mein Hexenlachen aus, kickte einen Eisklumpen gegen einen roten Honda und etwas Schotter gegen ein Motorrad. Ich war unbesiegbar. Ein blindwütiger Roboter, ein von Menschenhand geschaffenes Ungeheuer, getrieben von einem einzigen, brennenden Wunsch: Ich wollte mich real fühlen.

Ich lief mit der Kondition einer Maschine und brauchte fast nicht zu atmen.

Dann stand ich mitten in Ivars Einfahrt. Sollte ich ihn küssen, wenn er die Tür aufmachte? Mich auf ihn stürzen? Wie das im Detail vonstattengehen sollte, wusste ich allerdings nicht so recht. Ich war mir nicht mal sicher, ob ich es tatsächlich wollte, wusste lediglich, dass sofort etwas passieren musste. Etwas Wildes, Verrücktes, was ich später bereuen und wofür ich mich hassen würde. Hauptsache, es fühlte sich real an.

Und wer hatte eigentlich entschieden, dass die Ehe etwas so verdammt Heiliges war?

Ich biss mir auf die Unterlippe und schmeckte den ranzigen Lippenstift, der vermutlich uralt war.

Ich holte tief Luft.

Nahm allen Mut zusammen und steuerte auf die Eingangstür zu, als plötzlich grelle Lichtkegel auf die Hauswand fielen.

Autoscheinwerfer, jemand fuhr die Einfahrt hinauf.

Keine Ahnung, ob meine Superkräfte kurzerhand verpufften oder ob mein innerer Roboter keinen Saft mehr hatte. Diesmal sprang ich jedenfalls nicht todesmutig vors Auto, im Gegenteil.

Ich reagierte vielmehr wie eine Hundertmeterläuferin nach

dem Startschuss und rettete mich hinter eine Mülltonnenbox, nur wenige Sekunden bevor die Scheinwerfer mich erfasst hätten. Mein Herz pochte wie wild, und ich kauerte mich zusammen, feige und klein in meinem Versteck, in dem es nach Kohl und Kaffeesatz müffelte.

Natürlich gab es gute Gründe, mich zu verstecken, schließlich wusste ich nicht, ob Ivar im Auto saß. Was, wenn es seine Frau war?

Ich hätte natürlich behaupten können, ich käme von den Zeugen Jehovas. Aber falls Ivar plötzlich dazustieß? Würde es nicht seltsam wirken, wenn ich an einem Tag für Jehova missionierte und am nächsten die seelsorgerische Betreuung der Norwegischen Kirche in Anspruch nahm? All das ging mir, umgeben von diesem Müllgestank, durch den Kopf, dabei hatte ich mich doch bis eben noch unsterblich gefühlt und dem Teufel Konkurrenz machen wollen.

Aber egal. Im nächsten Moment wurde die Autotür geöffnet und wieder zugeschlagen. Vorsichtig linste ich hinter der Müllbox hervor.

Das musste sie sein, Ivars angetraute Ehefrau, blond und hochgewachsen. Wer sonst sollte so zielstrebig die Haustür aufmachen, ohne vorher zu klingeln?

Obwohl ich erleichtert war, dass sie mich nicht entdeckt hatte, war es wieder mal typisch: Ich kam schlicht und einfach zu spät.

Die Tür fiel hinter ihr zu, und in einem Anflug von Wut überlegte ich, ob ich einen Schneeball dagegenwerfen sollte, ließ es jedoch bleiben.

Stattdessen blickte ich mich nach allen Seiten um, kroch vorsichtig aus meinem Versteck und schlich mich wie eine Füchsin auf die Rückseite des Hauses.

Was genau wollte ich hier? Warten, bis Ivars Frau weg und die Luft wieder rein wäre? Ich wusste es selbst nicht.

Durch ein großes Fenster fiel Licht in den Garten, hinter der Scheibe sah ich das Wohnzimmer. An den Wänden vergilbte Holzpaneele, davor ein Bücherregal, auf der Fensterbank standen ein Lichterbogen und ein paar holzgeschnitzte Engel mit schiefgelegten Köpfen und gefalteten Händen.

Das Haus des Pfarrers.

Ivar selbst hockte mit einem iPad auf dem Sofa und sah immer noch aus wie ein durchtrainierter Jesus. Im nächsten Moment drehte er sich um, als seine blonde Frau ins Wohnzimmer trat. Sie war schön, aber alles andere wäre auch merkwürdig gewesen, schöne Menschen neigen schließlich dazu, sich vorzugsweise mit ihresgleichen zu verpartnern.

Und sich hinterher wieder zu trennen – siehe Hollywood.

Sie sagte etwas, und auch wenn ich ihre Worte nicht genau verstehen konnte, wunderte ich mich darüber, dass ich hier draußen überhaupt etwas hörte. Dann sah ich, dass das Fenster einen Spaltbreit offenstand, obwohl im Kamin ein Feuer brannte – so viel zum Thema Ressourcenverschwendung.

Doch wenige Sekunden später bemerkte ich etwas noch viel Schlimmeres: Ivars schöne Frau reckte den Hals und starrte an ihm vorbei in Richtung Fenster – geradewegs in die Dunkelheit, zu mir.

Grundgütiger!

Ich machte einen Satz zur Seite und suchte Schutz hinter einem schütteren Thujabusch. Blieb reglos dort sitzen, als wäre ich ein Teil der Natur, ein Eichhörnchen vielleicht. Durch die Zweige konnte ich erkennen, wie seine Frau aufs Fenster zuging.

Sie blickte nach draußen, nach rechts und nach links, und schüttelte nach einer Weile den Kopf – wahrscheinlich dachte sie, dass sie sich nur etwas eingebildet hätte.

Erleichtert seufzte ich auf, aber dann schoss mir ein sonderbarer Gedanke durch den Kopf: Was, wenn sie recht hatte? Was, wenn hier hinter dem Thujabusch nur ein Hirngespinst hockte, die unwirkliche Vilma Veierød, die so lange verschwiegen worden war, dass sie dem Reich der Fantasie anzugehören schien?

Ich lächelte verbittert in mich hinein.

Hier hockte ich, Vilma die Verführerin, im Garten meines Angebeteten. In jederlei Hinsicht unsichtbar. Gestern, heute und mit allergrößter Wahrscheinlichkeit auch morgen.

Und obendrein musste ich jetzt auch noch pinkeln.

Aber konnte ich mich davonschleichen? Auf keinen Fall. Ivars Frau schien Augen wie ein Luchs zu haben. Und als Zeugin Jehovas vor einem fremden Haus rumzulungern, war eine Sache; in einem nicht minder fremden Garten in der Botanik herumzukrabbeln, etwas ganz anderes. Nein, mir blieb nichts anderes übrig, als zu warten.

Keine Ahnung, wie lange ich hinter dem Thujabusch saß und mir das Pinkeln verkniff (sagen wir, Beckenbodentraining werde ich in diesem Leben nicht mehr machen müssen). Oder wie lange Herr und Frau Pfarrer dort drinnen auf dem Sofa hockten, beide mit dem Gesicht zum Fenster, und sich unterhielten. Mal hörte ich gar nichts, mal ein unregelmäßiges, leises Summen.

Bis Ivars Frau die Stimme erhob.

Ich riss die Augen auf.

»Niemals!«, rief sie, sprang vom Sofa auf und blieb mitten im Wohnzimmer stehen, gespannt wie eine Feder.

Was in aller Welt?, dachte ich, die Situation begann zu eskalieren. Ivar stand ebenfalls auf, und dann drangen vereinzelte Satzfetzen zu mir heraus: »Ich – und was ist mit dir?«, »Das weißt du ganz genau« und zu guter Letzt: »Zur Hölle, Ivar!«

Ich gaffte richtiggehend. Und ja, ich geb's zu: Ich genoss das Drama, das sich dort hinter dem Fenster abspielte. Allerdings zog es sich für meinen Geschmack etwas in die Länge.

Meine Blase war kurz vorm Platzen, und nach einer Weile verlor ich das Interesse. Die beiden schienen sich nur im Kreis zu drehen.

Was sie vermutlich selber wussten.

Dann jedoch nahm das Schauspiel eine schockierende Wendung: Frau Pfarrer schälte sich aus ihrer rot-weiß gestreiften Bluse und stand plötzlich im BH (der übrigens meinem ähnelte) vor ihrem Mann (und mir).

Jetzt kapierte ich überhaupt nichts mehr. Was sollte das denn werden? Sag meinen Brüsten Lebwohl, die siehst du nämlich nie wieder?

Nein, soweit ich das erkennen konnte, sagte sie kein Wort. Sie stand einfach nur da und sah ihn an, fast ein bisschen kokett.

Es war ein seltsamer Anblick. Allerdings kann ich nicht verhehlen, dass er, von einem schadenfrohen Standpunkt aus betrachtet, etwas Befriedigendes hatte; denn ich war felsenfest davon überzeugt, dass Ivar jeden Moment die Flucht ergreifen würde. Mit so einem Gehabe konnte *mein* Ivar doch nichts anfangen. Was sich hier abspielte, war das Ende ihrer Ehe, und ich saß in der ersten Reihe. Ivar stand stocksteif da und glotzte nur, nicht weniger schockiert als ich.

Jetzt, dachte ich, jetzt ist es so weit.

Doch statt zu fliehen, fiel er über sie her wie ein Tier, anders kann ich es nicht beschreiben. Als wären ihre Lippen eine lebensrettende Sauerstoffflasche am Meeresgrund. Seine Hände fummelten an ihrem Rücken herum, rissen den BH auf und kneteten ihre Brüste wie einen zähen Brotteig.

Ich kämpfte gegen den Brechreiz an und blickte mich verzweifelt um, suchte nach einem Fluchtweg. Ringsum war jedoch nur offenes Gelände, und Frau Pfarrer hatte das Gesicht noch immer dem Fenster zugewandt. Und damit mir, Vilma, der gescheiterten Verführerin hinter dem Thujabusch, die ganz dringend für kleine Klavierlehrerinnen musste.

Ich kniff die Augen zusammen, aber das half nichts gegen die Geräusche, also öffnete ich sie wieder. Herr und Frau Pfarrer ließen sich jetzt aufs Sofa plumpsen – und ich hatte volle Sicht auf das Spektakel, herzlichen Dank auch. Wofür um Himmels willen brauchten die Leute heutzutage so überdimensionierte Fenster? Ivar lag oben, die Hose in den Kniekehlen, dann zwängte er sich auch aus der Unterhose, und …

Nun ja, an Jesus erinnerte er mich jedenfalls nicht mehr.

Erneut schloss ich die Augen und dachte: Falls Gott tatsächlich existiert, falls er mich gerade bestrafen will, dann kann ich ihm nur gratulieren. Denn jetzt fingen Herr und Frau Pfarrer zu allem Übel auch noch an, laut und rhythmisch zu stöhnen. Musste das sein? War es denn wirklich nötig, das Elend zu vertonen?

Ja, offensichtlich.

Keine Ahnung, warum ich immer angenommen hatte, Angehörige der Geistlichkeit würden deutlich diskreter zur Tat schreiten, im Dunkeln unter der Decke.

Mussten sie mir wirklich derart offensiv vor Augen und Ohren führen, wie überflüssig ich hier war, wie einsam und deplatziert eine Frau mit Spitzen-BH und uraltem Lippenstift in ihrem eigenen Leben sein konnte?

Trotzdem schlug ich wieder die Augen auf.

Hinter dem Lichterbogen hüpften Ivar Kirkebys bleiche Pobacken in strengem Rhythmus auf und ab. Und die Engel mit ihren schiefgelegten Köpfen, ihren Flügeln und den gefalteten Händen schauten dabei zu.

Hilfe, dachte ich, diese Bilder kriege ich doch nie wieder aus dem Kopf! Die runtergezogene Hose, der bleiche, zwischen zwei Frauenschenkeln eingeklemmte Pfarrerspodex … hoch, runter. Crescendo. Accelerando.

Himmel, hatten die beiden ein Tempo drauf!

Aber das Allerschlimmste war das Gefühl der Demütigung.

Ivar Kirkeby, dessen Hand sich so warm und angenehm angefühlt hatte. Der mich aufgefordert hatte, alles aufzuschreiben, wofür ich dankbar war. Der mich im Pfarrbüro von seiner Moussaka hatte kosten lassen.

Fast hätte ich mir den Finger in den Hals gesteckt, um dem Ganzen ein würdiges Ende zu setzen. Ich hatte keine Kraft mehr, wollte nur noch weinen, pinkeln, mich auf den Boden legen und im Idealfall erfrieren.

Aber stattdessen steckte ich mir die Finger lieber in die Ohren, schloss die Augen und presste die Lippen aufeinander. Ich wollte weg, von allem, von mir. Weg von der unwirklichen Vilma.

Nach ein paar Minuten war der Spuk vorbei. Das erkannte selbst der unerfahrene Laie. Aber wieso blieb Ivar noch eine halbe Ewigkeit liegen wie ein gestrandeter Wal? Neben seiner Frau, die unverwandt in meine Richtung schaute.

Sie küssten sich, immerhin etwas weniger stürmisch als zuvor. Wahrscheinlich säuselten sie sich auch versöhnliche Worte ins Ohr, wir lieben uns trotz allem und so weiter.

Ivars Hose hing nach wie vor in den Kniekehlen.

Da zog ich meine ebenfalls herunter und ließ hinter Ivar Kirkebys Thujabusch mindestens zwei Liter ab.

London, den 2. November 2019

Es muss doch erlaubt sein, in dieser Welt den einen oder anderen Umweg zu nehmen? Zumal das Leben weiß Gott nicht schnurgerade verläuft, das kann ich aus eigener Erfahrung sagen.
Einige Umwege würde man später am liebsten vergessen, begraben, für immer aus der Geschichte streichen (vielleicht hast Du so etwas auch schon erlebt, Vilma?). Doch manche, so unscheinbar sie im ersten Moment wirken mögen, verfügen über die Kraft, ein Leben zu verändern.

Gewiss sind das keine weltbewegenden Erkenntnisse, die mir hier beim Aufrollen meiner Geschichte kommen.
Deshalb etwas ganz anderes: Singst Du manchmal?
Oder spielst Du ein Instrument? Wie gesagt, ich hoffe sehr, Du magst Musik; alles andere wäre geradezu kurios, mit Deiner Mutter und mir als Eltern. Aber falls dem nicht so ist, bitte gräme dich nicht, ich mag Dich so oder so.

Ich frage nur, weil ich gestern ein Kind auf der Straße singen hörte. Ich trat sofort ans Fenster und sah, wie dort unten ein kleines Mädchen an der Hand seines Vaters ging – was es sang, konnte ich leider nicht ausmachen. Die Kleine sang im Takt mit ihren Schritten, als gehörte beides zusammen – das Gehen und das Singen, das eine so natürlich wie das andere. Tja, und da musste ich an Dich denken – wie immer, wenn ich dieser Tage ein kleines Mädchen sehe.
Danach saß ich alter Mann auf dem Sofa und sinnierte über die Bedeutung von Gesang und Musik fernab von Bühnen und Konzertsälen.
Ich habe einmal eine Radiosendung gehört, in der ein Psychologe über dieses Thema sprach. Früher, erzählte er, seien die

Menschen vor allem körperlicher Arbeit nachgegangen. Und oft hätten sie dabei gesungen, allein oder im Chor, während sie pflügten, Tiere hüteten oder etwas zimmerten. Man sang in der Schule, man sang in der Kirche (ich kenne Leute, die gelegentlich einen Gottesdienst besuchen, nur um mit anderen zu singen).
Im Büro vor dem Computer zu trällern, fühlt sich vielleicht weniger natürlich an?

Der Psychologe erklärte jedenfalls, wie gut es den Menschen tue, Gefühle durch Musik auszudrücken, egal, ob man Profimusiker oder Computerexperte sei. Nicht nur, weil Singen und Musizieren die Kommunikation zwischen den verschiedenen Gehirnregionen fördere, sondern vor allem, da die Musik uns ins Gleichgewicht bringe, uns Trost spende und uns den Weg zu innerem Frieden weise.
Damals in der schwierigen Zeit habe ich oft vor mich hin gesummt, besser gesagt psalmodiert, leise und monoton, und mich dabei vor und zurück gewiegt. Wie in einem Rausch, der alles andere betäubte.
Ich weiß nicht, ob man das miteinander vergleichen kann, aber dieser Psychologe meinte, Menschen, die singen oder ein Instrument spielen, gehe es schlicht und einfach besser.
Nach all den Jahren im Orchester sind meine Arme schlapp, und seit der Pension spiele ich kaum noch. Aber natürlich höre ich ständig Musik. Und gestern, nach dem Erlebnis mit dem singenden Mädchen, schoss mir der Gedanke durch den Kopf, dass wir Menschen uns von Natur aus durch Musik ausdrücken müssen, jeder auf seine Weise und auf seinem Niveau. Und obwohl ich selbst nur noch selten spiele, habe ich in den letzten Tagen morgens unter der Dusche gesungen. Schön hört es sich gewiss nicht an, aber das Singen stimmt mich fröhlich. Daher die Frage: Singst Du, Vilma? Ich hoffe, ja.

Der Fliederbusch

Nein, ich sang nicht. So viel war klar.

Ich war am Schnippeln. Draußen im Garten, schnell und wütend. Es war Vormittag, und die große Gartenschere lag schwer in der Hand. Doch ich war stark, unendlich stark, und voller Hass auf sämtliche Sträucher.

Ich konnte kaum an etwas anderes denken. Ich schnitt munter drauflos, ohne wirklich zu wissen, warum. Da war nur so ein diffuses Gefühl in mir, dass ich dringend etwas beseitigen musste.

Als Erstes mussten die Kletterrosen dran glauben. Die froststarren Zweige ließen sich problemlos abschneiden, ich stutzte sie bis zur Schneedecke herunter und dann noch ein paar Zentimeter tiefer. Anschließend schaufelte ich mit bloßen Händen den Schnee um den Stamm weg und schnitt weiter, bis nur noch ein winziger Stummel aus der gefrorenen Erde ragte. Mit den Füßen scharrte ich Schnee darüber.

Geheimnisse führen zu nichts Gutem, hatte Robert gesagt.

Was wusste er denn schon?

In meinen Fingern breitete sich ein eiskaltes Kribbeln aus, während ich die abgeschnittenen Zweige zusammensammelte. Ich häufelte Schnee darüber und trat ihn so fest, dass ich ein Ziehen im Nacken spürte.

Zu nichts Gutem? Als wüsste ich das nicht selbst. Nichts war gut, nichts würde je wieder gut werden. Nichts.

Als Nächstes war der Johannisbeerstrauch fällig, der ohnehin nur vertrocknete Früchte abwarf. Schnee rieselte in meine Schuhe. Bei meinem Glück würde ich garantiert Erfrierungsschäden davontragen. Wundbrand in den Zehen, und in den Fingern sowieso.

Na, und wennschon.

Robert hatte nicht die geringste Ahnung, wovon er redete.

Und ich machte einfach weiter: schnipp, schnapp, weg mit dem Gestrüpp.

Als ein älteres Paar am Zaun vorbeispazierte, sahen sie entgeistert zu mir herüber. Bestimmt fragten sie sich, warum diese strubbelköpfige Gestalt in Gummistiefeln mitten im Winter im Garten herumberserkerte. Meine Arme wurden müde, aber meine Bewegungen waren rhythmisch sicher wie ein Metronom.

Ich stapfte weiter durch den Schnee, wie ein Häcksler auf zwei Beinen. Beiden Johannisbeersträuchern rückte ich zu Leibe, den Kartoffelrosen und auch dem Gestrüpp mit den giftigen Beeren, dessen Namen ich immer vergesse. Ich kannte kein Erbarmen.

Erst als ich am Fliederbusch ankam, verließen mich meine Kräfte. Er kam mir plötzlich so groß, so mächtig vor. Meine Arme waren taub, ich japste nach Luft und fühlte mich so winzig.

Mit der Gartenschere in der Hand setzte ich mich auf die kalten Holzbohlen der Veranda und merkte, wie erschöpft ich war. Mein Hals schnürte sich zusammen. Kamen mir die Tränen, musste ich weinen? Irgendetwas steckte in meiner Kehle fest.

Nichtsdestotrotz ließ ich den Blick über den malträtierten Garten schweifen. Einsam in der Mitte stand der krumm gewachsene Apfelbaum und wirkte ganz verwundert. Ringsumher lagen frisch gehäckselte Zweige und Äste im niedergetrampelten Schnee verstreut – als hätte sich hier ein hyperaktiver Biber ausgetobt.

Und was brachte mir die Aktion? Überhaupt nichts. Das hätte mir von Anfang an klar sein müssen.

Schließlich konnte ich mich noch ganz genau daran erinnern, wie ich mich vor vierundzwanzig Jahren hier draußen versteckt hatte, über mehrere Stunden, bis es dunkel wurde und Großtante Ruth nach mir rief. Als sie mich fand, sagte sie nur:

»Wir reden nicht mehr darüber, Vilma. Nie wieder.«

Sie hatte Wort gehalten. Und was hatte es ihr gebracht? Was hatte es ihr verdammt noch mal gebracht?

Ich starrte zum anderen Ende des Gartens. Warum hatte ich nicht mit dem Fliederbusch angefangen?

Da fiel mein Blick auf die Gartenschere, und im selben Moment traf mich die Erkenntnis: Hier draußen hatte es jetzt ein Ende gefunden, aber angefangen hatte alles mit einer Schere.

Und zwar am Tag vor Erika Strøm-Andersens Übernachtungsparty, als ich mir die Zöpfe abgeschnitten hatte.

Ich stand abrupt auf, ging mit raschen Schritten zum Fliederbusch, setzte die Gartenschere an einem der dicken unteren Zweige an und mobilisierte all meine Kräfte. Doch meine Arme zitterten, und der Zweig war widerspenstig. Nur mit Mühe und Not konnte ich die Schere wieder lösen, und da spürte ich es: Ich war kurz davor nachzugeben.

Doch ich biss die Zähne zusammen. Weg damit, sagte ich zu mir selbst und suchte mir den dünnsten Zweig. Weg, weg damit, wie ein Mantra. Weg mit dem Flieder, weg mit den Gedanken.

Denn ich wollte nicht, wollte nicht dorthin zurück. Mit aller Kraft versuchte ich, mich am Hier und Jetzt festzukrallen. Aber wenngleich ich den Flieder immer weiter zurückschnitt, wand sich der Abend vor vielen Jahren wie eine Schlingpflanze um mich, immer fester, bis mir fast die Luft wegblieb. Er schleifte mich durch den Schnee, und ich konnte nichts dagegen tun, es half nicht einmal, dass ich rückwärtszählte: hundert, neunundneunzig, achtundneunzig …

Ich versuchte, die Augen offenzuhalten, im Jetzt zu bleiben, und zählte immer weiter … siebenundneunzig, sechsundneunzig … aber ich kam einfach nicht dagegen an, konnte mich nirgendwo festhalten.

Und dann holte mich alles ein, was ich so lange abgewehrt hatte.

Selbst von tausend runterzuzählen, hätte es nicht verhindern können.

Die Schere.

Ich war zurück. Im oberen Badezimmer, und es war Morgen. Mein elfjähriges Ich, mit diesem Kribbeln im Bauch, wie vor einer großen Veränderung.

Hätte ich nur nicht dieses Kribbeln verspürt.

Es war Samstag, und Großtante Ruth war schon früh auf den Beinen gewesen. Ich glaube, sie staubte im Wohnzimmer die Porzellanfigürchen ab.

Wie auch immer, ich stand oben vorm Spiegel, mit einer großen Schere und einem verhängnisvollen Plan: Ich wollte mit einer neuen Frisur auf Erikas Geburtstag auftauchen.

Natürlich hatte das Ganze mal wieder mit Annie zu tun. Mit der mutigen Annie, von der ich einfach nie genug bekam. Alle Mädchen aus unserer Klasse wollten bei Erika zusammen den Film schauen und dabei Süßigkeiten naschen.

Ich kann mich nicht erinnern, mich jemals so auf etwas

gefreut zu haben. Auf das Gekicher im Dunkeln und die Süßigkeiten, darauf, dass mir vielleicht jemand ein Geheimnis ins Ohr flüstern würde. Mir, der neuen Vilma mit den wilden Locken.

Es fühlte sich abenteuerlich und auch ein bisschen unheimlich an, als meine Zöpfe zu Boden fielen, erst der rechte, dann der linke. Ich musste lachen, weil ich etwas derart Verbotenes tat. Ich wusste ja, wie wenig Großtante Ruth für meine »Annie-Schwärmerei« übrighatte, wie sie es nannte, für meine »Träumereien«.

Trotzdem machte ich weiter, schnipp hier, schnapp da – bis ich eine Art Pony zustande gebracht hatte. Dann machte ich mir die Haare nass, wuschelte sie ordentlich durch, richtete mich auf und starrte wie verzaubert in den Spiegel.

Da war sie. Vilma Veierød. Da war ich. Fast ein neuer Mensch. Es fühlte sich an, als könnte jetzt alles Mögliche geschehen. Meine Haare waren zwar nicht so rot wie die von Annie, aber sie wirkten fast lockig, so verstrubbelt, wie sie waren.

Eine halbe Ewigkeit stand ich da, mit diesem neuen, seltsamen Gefühl im Bauch, wie ein frischgeschlüpftes Küken oder der erste Zitronenfalter im Frühling. Jetzt würde es losgehen. Alles Wunderbare, was die Welt zu bieten hatte, ein neues Leben mit Flüstern und Kichern unter der Decke, die erste Nacht, in der ich nicht zu Hause schlafen würde.

Dieses Kribbeln bei dem Gedanken, dass ich am Abend aus dem Fenster klettern würde – ohne dass Großtante Ruth auch nur etwas ahnte. Mein eigenes kleines Geheimnis.

Aber die neue Frisur wollte ich ihr auf der Stelle vorführen.

Ich erinnere mich noch gut an ihren Blick, als ich die Treppe runterkam und den Kopf leicht zurückwarf. In Mamas rotem Rock, der dem von Annie zumindest ein bisschen ähnelte.

Übermütig schlenderte ich an ihr vorbei und musste mir das Lächeln verkneifen. Unter meinen kurzen Haaren spürte ich plötzlich einen Luftzug im Nacken.

Sie sagte kein Wort.

Nicht beim Mittagessen und auch später nicht, beim Abendessen. Trotzdem fühlte es sich an wie ein Sieg, als ich vor meinem Teller mit Frikadellen saß. Getan war getan, ab war ab, niemand konnte mir die Zöpfe an den Kopf zurückzaubern. Großtante Ruth war machtlos.

Ich schlang die Frikadellen und reichlich Soße in mich hinein, mit einem Appetit, wie ich ihn seither nie wieder verspürt habe.

Aber was kann eine Elfjährige schon einem ganzen Tag mit Schweigen entgegensetzen?

Als ich später am Klavier saß, hielt ich es nicht mehr aus. Mitten in einer Clementi-Sonatine brach ich ab und wandte mich zu Großtante Ruth um, die mit ihrem Strickzeug am Mahagonitisch saß.

»Findest du mich so nicht hübsch?«

Erst als sie die Reihe fertiggestrickt hatte, sagte sie: »Du siehst nicht mehr aus wie deine Mutter«, tonlos, ohne den Blick zu heben.

Ich war auf die Antwort vorbereitet gewesen, vielleicht hatte ich sie mir sogar ein bisschen gewünscht.

»Na und?«, konterte ich frech.

Großtante Ruth schwieg.

Also fuhr ich fort: »Ich will nämlich gar nicht aussehen wie Mama. Ich will aussehen wie Annie. Wie ich selbst.«

Damit drehte ich mich um, stimmte Chopin an und fühlte mich auf einmal, als wäre ich endlich ich selbst. Nicht Mama mit den Zöpfen und auch nicht das stille Kind, das in der Schule nie aufzeigte. Ich war ich. Und vielleicht auch ein bisschen Annie, aber wir waren ja im Grunde ein und dieselbe.

Ich kam mir so lächerlich frei und mutig vor, wiegte meinen Oberkörper im Einklang mit der Musik, und dann – nach einem dramatischen Akkord – riss ich den Arm in die Höhe.

Und da passierte es. Der Porzellanengel auf dem Tischchen neben dem Klavier ging zu Bruch.

Großtante Ruth sprang von ihrem Stuhl auf, kreidebleich im Gesicht! Sie ließ ihr Strickzeug fallen und stand stocksteif da, als wäre sie selbst aus Porzellan, und starrte auf die Scherben. Auf die mit Federmuster bemalten Flügel, abgetrennt vom Körper.

»Das war keine Absicht!«

Aber Großtante Ruth kniete bereits, so weiß im Gesicht wie eine Eisskulptur.

»Entschuldigung!«

Sie reagierte nicht, und da wurde mir bewusst, dass es hier um etwas anderes ging. Sie kroch auf dem Boden herum und sammelte Scherben zusammen, mit schnellen, eigenartigen Bewegungen, sie atmete ganz komisch.

»Was ist los, Tante Ruth?«

Ich drängelte, so war ich schon immer gewesen; ich musste unbedingt eine Antwort haben.

Wortlos rappelte sie sich auf und ging mit entschlossenen Schritten in die Küche, um einen Besen zu holen. Ich lief ihr nach. »Sag schon, sind es meine Haare?«

Keine Antwort.

Zurück im Wohnzimmer, starrte sie weiterhin wortlos vor sich hin, ich versuchte, mich in ihr Blickfeld zu manövrieren. »Ich bin doch immer noch dieselbe, selbst wenn ich nicht mehr so aussehe wie Mama.«

Ich kann mich nicht erinnern, ob noch etwas Porzellanstaub auf dem Boden zurückblieb, aber ich erinnere mich bestens an den grünen Besen, mit dem Großtante Ruth drauflosfegte, als jagte sie den Teufel selbst.

»Sieh mich an.«

Endlich hielt sie inne. Sie sagte nichts, schaute mich aber wenigstens an. Und zum ersten Mal dachte ich, dass sie jetzt nicht mehr Mama vor sich sah.

Doch als ich ihrem Blick begegnete, spürte auch ich etwas Neues in mir. Etwas, was meinen Trotz wachrüttelte, der natürlich alles andere als hilfreich war.

Eine Erkenntnis, so klar wie ernüchternd: Erwachsene waren fehlbar. Ihr gelebtes Leben gab ihnen nicht automatisch recht. Ein elfjähriges Mädchen konnte die Dinge genauso durchschauen, genauso scharf denken – ja, all das ging mir durch den Kopf, und dass meine Wut völlig berechtigt war.

Großtante Ruth hingegen hatte keinen Grund, wütend zu sein. Schließlich hatte ich den Engel nicht absichtlich kaputtgemacht.

Deshalb war mein Tonfall jetzt nicht mehr kleinlaut, ich bat auch nicht um Vergebung, sondern fauchte: »Ich hab mich nur der Musik hingegeben!« Dann marschierte ich in Richtung Tür.

Erst da brach etwas aus ihr heraus, das vermutlich die ganze Zeit in ihr geschwelt hatte. Oder wer weiß: Vielleicht war sie ja tatsächlich zu Porzellan erstarrt, denn ihre Stimme klang so brüchig und fremd, kaum noch menschlich.

»Wenn du dich nicht ständig allen möglichen komischen Einfällen hingeben würdest, wäre deine Mutter vielleicht noch am Leben.«

Ich erinnere mich nur noch an das Gefühl, als würde etwas in mir hinabstürzen.

Und niemand war da, um es aufzufangen. Es gab kein Sprungpolster, keinen Rettungsring, keine starken Arme, nur mich, Vilma, mit der neuen Frisur und einer gepackten Tasche unter dem Bett. Trotzdem blieb ich stehen, wahrscheinlich wollte ich hören, was sie als Nächstes sagen würde. Während in mir drin alles zerbröselte, sich in Luft auflöste.

Dann folgte sie, die Geschichte von der Treppe und den Murmeln. Von Mama, die ausrutschte und stürzte und auf die kalten Schieferfliesen knallte. Die sich das Genick brach und aus dem Leben gerissen wurde. Und von Großtante Ruth, die nie wieder glücklich wurde.

Und das alles wegen mir, Vilma, vier Jahre alt.

Wegen meiner blühenden Fantasie.

Seither gehen mir die Bilder nicht mehr aus dem Kopf: Mama, am Fuß der Treppe, der Kopf in einem merkwürdigen Winkel zum Körper, es sah so unwirklich aus, wie eine dieser Leichen im Fernsehen.

Ich hinkte zu ihr, zerrte an ihr, schrie und wollte sie nie wieder loslassen. Das Krankenhaus schickte so schnell wie möglich einen Krankenwagen …

All das erzählte mir Großtante Ruth, hastig und heiser, die Hand so fest um den Besenstiel geklammert, dass ihre Fingerknöchel weiß hervortraten. Und plötzlich war die Welt eine andere.

Die Ärzte hätten nichts mehr für sie tun können.

Mama sei sofort tot gewesen.

Ich bin mir nicht sicher, wie lange die Übernachtungstasche mit den Süßigkeiten und dem Nachthemd noch unter meinem Bett lag. Vielleicht ein halbes Jahr, vielleicht auch länger. Die Schokolade war inzwischen von einer weißen Schicht überzogen.

Statt das Spalier hinunterzuklettern, lief ich nämlich in den Garten und versteckte mich hinter dem Fliederbusch.

Kurze Zeit später fing der alte Schønstad damit an, dass ich mich »der Musik hingeben« müsse, so wie früher.

Ob ich singe? Warum sollte ich?

Ich habe meine Mutter umgebracht. Das ist mein Geheimnis.

London, den 4. November 2019

Glücklicherweise geben so viele Dinge unserem Leben einen Sinn. Das darfst Du nie vergessen, Vilma. Das Gute muss über das Böse siegen, das Licht über die Dunkelheit, anders geht es nicht.
Es gibt so viel Schönheit in der Welt, so viel Licht. Wann immer ich Mahlers Adagietto oder Bruchs Violinkonzert höre, spüre ich die Verliebtheit genauso intensiv wie vor über dreißig Jahren. Oder das Glück im dritten Satz von Beethovens Siebter, es ist unmöglich, sich nicht davon anstecken zu lassen.
Und stell Dir erst die Freude vor, diese Melodien selbst zu spielen, ein Teil von ihnen zu werden, eine der hundert Stimmen zu sein, die einen gemeinsamen Klangkörper bilden, gemeinsam atmen, fühlen. Welch wunderbares Geschenk!

Mit der Zeit fand ich meinen Frieden darin, dass dies mein Leben war: die Musik, die Schönheit – ich war auf der Welt, um die Musik mit den Menschen zu teilen. Zwar nur als einer von vielen, aber nichtsdestominder aus vollem Herzen.
Nicht, dass ich den Frauen gänzlich abgeschworen hatte – aber keine reichte an Maria heran. Ich bin mir nicht sicher, ob es ein Fluch oder ein Segen war – irgendwann hörte ich auf, mir darüber den Kopf zu zerbrechen.
Im Lauf der Jahre habe ich jedenfalls viel Liebe erfahren, am allermeisten durch die Musik.

Und ich hatte Menschen an meiner Seite. Leider haben viele enge Freunde inzwischen das Zeitliche schon gesegnet, zu manchen habe ich auch den Kontakt verloren – treibt das Leben uns doch oft in verschiedene Richtungen.
So war es auch mit meinem guten Freund Hans.

Umso überraschter war ich, als er vor ein paar Monaten plötzlich unten vor dem Haus stand und sich über die Gegensprechanlage ankündigte.
Ich ließ ihn herein, nannte ihm das Stockwerk und war so glücklich, dass ich schnell meinen Schnurrbart aufklebte, den ich mittlerweile nur noch selten trage.
»Du bist jetzt auf Weiß umgestiegen«, feixte er beim Eintreten und deutete auf meinen Schnauzer. Dann lachte er laut und erklärte, er selbst habe sich für das Modell Bowlingkugel entschieden.
Und tatsächlich: Sein Kahlkopf glänzte.

Wir setzten uns, öffneten eine Flasche Portwein, die ich noch im Schrank fand, brachten uns auf den neuesten Stand und schwelgten in Erinnerungen. Wir sprachen auch über das norwegische Kammerorchester; aufgrund einer technischen Panne war eine Einspielung im Radio rückwärts gespielt worden, und seither sprachen alle nur noch vom »Norwegischen Jammerorchester«. Und über den norwegischen Dirigenten, der sich während einer Probe zu Gustav Holsts Die Planeten *mit folgender Aufforderung an ein britisches Orchester unsterblich gemacht hatte: »I just want the opening of Uranus« (man lese: »your anus«).*
Wir lachten über alte Geschichten, und plötzlich fiel mir dieser exzentrische Organist ein, der immer den Kirchenschlüssel mit nach Hause genommen hatte, um zu verhindern, dass jemand anders in der Kirche übte.
Hans nickte eifrig. »Total durchgeknallt, der Kerl, aber sehr talentiert. Ich habe mal mit ihm gespielt. Auf einer Beerdigung«, ergänzte er. Dann sah er mich an. »Ich glaube, du hast sie sogar gekannt. Maria Veierød, sie war gerade mal Anfang zwanzig.«
Maria.

Es fühlte sich seltsam an, nach all den Jahren ihren Namen zu hören und dass mein Herz sofort wieder loshämmerte. Doch das Allerseltsamste war, dass ich Hans nie von ihr erzählt hatte. Damals, nach seinem vermasselten Probespiel, war er überstürzt nach München zurückgekehrt. Und ich, nun ja, ich hatte nur Maria im Kopf gehabt.
Und später wollte ich nicht, dass jemand von uns erfuhr. Mir fehlte die Kraft, über sie zu reden.
Ich räusperte mich.
»Ja, Maria, stimmt. Sie … hat mich mal bei einem Probespiel begleitet.«
»So war es, ja. Traurige Geschichte.« Er nickte. »Vor allem wegen der Kleinen.«
Ich erstarrte.
»Maria hatte ein Kind?«
»Eine Tochter.« Er nickte erneut, und seine Hand wanderte reflexhaft zur Brusttasche, als wollte er eine Zigarettenschachtel herausfischen. Dann lachte er laut, als wäre ihm eingefallen, dass er das Rauchen vor Kurzem aufgegeben hatte.
»Ja«, fuhr er fort, »wenn ich mich recht entsinne, ist sie am vierten Geburtstag der Kleinen gestorben, der Pfarrer hat so was erwähnt. Was für ein trauriges Geschenk.« Er schüttelte den Kopf. »Das Mädchen saß vorn in der ersten Reihe und sang laut mit. Ziemlich gut sogar.«
Ich starrte ihn wortlos an.
»Ja, das Leben ist ungerecht. Während die Familie zum Grab ging, fuhren wir raus aufs Meer.« Er schwieg einen Moment. Dann fügte er hinzu: »Es war Johannisnacht. Am selben Abend habe ich meine erste Frau kennengelernt. Unglaublich.«
Ich schluckte und konnte keinen klaren Gedanken fassen, mir ging nur noch die Sache mit dem Kind durch den Kopf.
»Und der Vater … er war doch sicher … am Boden zerstört?«, presste ich hervor. Ich dachte an Bertram Bang, ob er …?

Hans schüttelte den Kopf. »Von einem Vater war nichts zu sehen, wahrscheinlich war es eine Jugendsünde, das Kind. In Marias Leben habe es nur einen Mann gegeben, erzählte ihre Tante. Und der lebe im Ausland.«

Nur einen einzigen Mann? Das hatte Ruth gesagt?
Vilma, das Zimmer schien sich plötzlich um mich zu drehen. Meine Zunge klebte am Gaumen, und es verstrich ein Moment, ehe ich endlich fragen konnte: »Johannisnacht?«
Hans nickte zufrieden. »Genau. Ach, ein Segen, dass ich mich wenigstens noch an ein paar Dinge erinnere. Das Alter, Vilhelm …«
Wie es mir gelang, die Wochen und Monate bis zur Geburt zurückzurechnen und gleichzeitig mit Hans über unsere Münchner Zeit zu plaudern? Ich weiß es nicht.
Und als ich schließlich zu einem Ergebnis kam, war mir, als löste sich mein Körper von meinen Gedanken. Als bestünde Vilhelm Sandberg nur noch aus einem Kopf, der irgendwo jenseits von Zeit und Raum umherschwebte.
Mühsam presste ich hervor, dass ich mich nicht wohlfühlte, und lud Hans ein, am nächsten Tag wiederzukommen.
Doch als er weg war, hämmerte mein Herz so heftig, dass ich beinah bereute, ihn fortgeschickt zu haben – immerhin wäre ich jetzt ganz allein, wenn ich umkippen sollte, aufgrund eines Schlaganfalls oder des Schocks.
Also legte ich alter Mann mich hin.

Da kamen die Tränen. Bitte versteh mich nicht falsch, liebste Vilma, es waren Tränen der Freude. Ja, im ersten Moment verspürte ich nichts als Freude. Weil es eine Tochter gab, eine leibhaftige Erinnerung an die Vergangenheit – ja, lass uns ruhig von einem »Kind der Liebe« sprechen, auch wenn der Begriff recht abgedroschen klingt.

Ich war plötzlich Vater. Ich, Vilhelm Mozart Sandvik. Der einzige Mann in Marias Leben.
Tränen liefen mir über die Wangen. Ich versuchte, Dich vor mir zu sehen, und überlegte, ob Du Deiner Mutter ähnlich sahst. Ob Du dunkle oder blonde Haare hattest, ob Du schlank oder mollig warst, ob Du Musik mochtest. Ob Du Fußball spieltest.
Ob Du groß oder klein warst, fröhlich oder frech – und egal, welches Bild ich im Kopf hatte, ich dachte immer mit derselben Zärtlichkeit an Dich. Das sollst Du wissen, Vilma. Vom allerersten Moment an habe ich Dich geliebt, bedingungslos. Natürlich tat ich das. Mein Kind, meine Tochter.
Dann jedoch überrollte mich die Trauer ob der Jahre, in denen ich nicht von Dir gewusst hatte. Ob allem, was mir entgangen war. Kleine Kinderhände, die sich um meine Finger schlossen, Dein erster Schultag. Ich sah Spielplätze vor mir, Wippen … eine Art rosaroten Werbefilm für eine Bilderbuchfamilie.
Ein Kinderzimmer mit Bauklötzen und Kuscheltieren. Oh, Vilma, ich hätte Dir so gerne über den Kopf gestrichen und bis zum Einschlafen neben Deinem Bettchen gesessen. Deine winzigen Zähnchen geputzt, Gutenachtlieder gesungen. Und vor allem hätte ich Dir gern Märchen vorgelesen.
Ja, ich glaube, ich wäre ein guter Vater gewesen.

Aber lass uns darüber nicht zu lange nachdenken. Das Letzte, was ich will, ist, Dir ein schlechtes Gewissen zu machen, falls Du schon längst von mir weißt, aber keinen Kontakt wünschtest.
Die Vergangenheit kann man nicht ändern. Aber Du sollst wissen, dass es nicht mein Wunsch war.

Darf ich Dir an dieser Stelle einen guten Rat geben, liebe Tochter?
Behalte Deine Geheimnisse nicht nur für Dich, wie Deine Mutter es damals getan hat.
Wie sagt man so schön? Das Leben ist dazu da, es mit anderen zu teilen.

Versteckspiel

Der zweite Advent war längst vorbei, aber ich hatte mich noch immer nicht dazu aufgerafft, ein Lichtlein für die Hoffnung anzuzünden.

Ich ließ Papas Brief in den Schoß sinken und spürte nur eins: Es war zu spät. Zu spät für ihn, zu spät für mich.

Ich war so nah dran gewesen, ihn zu treffen, diesen Menschen, der Freudentränen geweint hatte, als er von mir erfuhr. Der mich vom allerersten Moment an geliebt hatte, sozusagen unbesehen.

Irgendwann stand ich von dem alten Rokokostuhl auf und legte den Brief auf die Kiste mit Weihnachtsschmuck, die ich vor einer gefühlten Ewigkeit vom Speicher geholt hatte. Ich trug immer noch meinen Pyjama und ließ den Blick durchs Wohnzimmer schweifen, über das Durcheinander, das mir so gar nicht ähnlich sah: Teller und Tassen, die nicht mehr in die Küche zurückgefunden hatten, Knäckebrotkrümel und Gläser mit sauer gewordenen Milchresten. Ich hatte schon ewig nicht mehr aufgeräumt.

Hoffnung? Was ist das überhaupt?, dachte ich.

Man ist hier, lebt vor sich hin und versucht, das Überleben seiner Nachkommen zu sichern. Punkt. Aus. Ende. Und falls man keine Nachkommen hat, konzentriert man sich eben darauf, dem eigenen Tod zu entgehen, und zwar so lange wie möglich. Jeder für sich.

Tja, viel anderes hatte ich in den letzten Tagen wahrhaftig nicht getan. Ich hatte für mich selbst überlebt.

Was nicht sonderlich schwer gewesen war, ich hatte ja nicht mal einkaufen müssen. Ich konnte mich problemlos mit Vorräten aus dem Keller durchfüttern; Dosenravioli, Haferflocken in Kondensmilch, Knäckebrot mit Tomatenfisch.

Bis zum Weltuntergang konnte ich locker durchhalten.

Aus irgendeinem Grund hatte ich sogar ferngesehen, und das kam purer Selbstkasteiung gleich, da auf sämtlichen Kanälen fröhlichste Weihnachtsstimmung herrschte. Britische Premierminister knutschten hinter Bühnenvorhängen und zu Hause vergessene Kinder quälten zwielichtige Ganoven, untermalt von festlicher Musik.

Bei *Guten Morgen Norwegen* verkündete ein nervtötender Strahlemann seine ultimativen Geschenktipps – wie wär's mit einer Schneesäge für Papa, dann kann er sich im Garten ein Iglu bauen? Und vielleicht eine Steppweste für Mama, damit sie mollig warm durch die kalten Tage kommt?

Nein danke.

Und warum sollte man überhaupt darauf hoffen, dass sich irgendwann alles zum Guten wendet? Betrachtete man die Welt als Ganzes, war doch der Großteil der Menschheit ziemlich übel dran, und ich gehörte eben dazu.

Aus dem Radio drang »What a wonderful World« – na ja, ich hegte so meine Zweifel.

Kurz spielte ich auch mit dem Gedanken, Alkoholikerin zu werden, aber das schien mir viel zu anstrengend zu sein, schließlich hatte ich keinen Nerv einkaufen zu gehen, weder Alkohol noch sonst was.

Trotzdem holte ich eine alte Flasche Rotwein aus dem Keller, die ich bei einer Weihnachtsfeier bekommen hatte. Als ich daran schnupperte, fiel mir ein Artikel ein, den ich irgendwo gelesen hatte, wonach sexuell frustrierte Fruchtfliegen sich häufig mit gegorenen Früchten trösteten.

Nein, so was wollte ich mir nicht nachsagen lassen.

Andererseits hatte ich gehört, mit Alkohol im Blut habe man größere Chancen, Stichverletzungen zu überleben.

Aber na ja, dass eine Fünfunddreißigjährige im Pyjama ausgerechnet an dem Tag im eigenen Heim niedergestochen wurde, an dem sie entgegen ihrer sonstigen Gewohnheit dem Alkohol verfiel, hielt sogar ich für unwahrscheinlich.

Also kippte ich den Wein in den Ausguss und hängte meine Alkoholikerinnenkarriere an den Nagel. Es war doch eh alles egal. Ich hatte nicht mal mehr Lust, Hippen zu backen.

An den Weihnachtsliedern in der Schule kam ich allerdings nicht vorbei. Jeden verdammten Tag »O Tannenbaum, die Oma hängt am Gartenzaun« und »Schiefer die Glocken nie klingen«.

»Du bist in letzter Zeit so … mies drauf«, sagte Sølvi eines Tages im Lehrerzimmer. »Stimmt was nicht?«

»Es ist nichts«, antwortete ich. Ich hatte keine Lust, beleidigt zu sein. Eigentlich hatte ich auf überhaupt nichts Lust. Am allerwenigsten darauf, ihr von meinem Vater zu erzählen, der nichts gewusst hatte, von meiner Mutter, die nichts erzählt hatte, oder von Großtante Ruth, die sowieso ein Leben lang geschwiegen hatte.

Sølvi zögerte einen Moment. Wahrscheinlich wartete sie darauf, dass ich noch etwas hinzufügte.

Aber dann, als ich nur stumm auf die lackierte Tischplatte starrte, versuchte sie etwas anderes: »Dieser Pfarrer. Ist er eigentlich … nett?«

Als Gesprächspartner meinte sie wohl. Bestimmt war die Frage gut gemeint, aber nett? Prompt sah ich Ivars käsige Pobacken vor mir, die seit dem einschneidenden Thujabusch-Erlebnis immer wieder vor meinem inneren Auge auf und ab hüpften.

»Nee«, wiederholte ich kopfschüttelnd.

Was hatte ich eigentlich erwartet? In Sachen Liebe, meine ich. Als ob ich, Vilma, in solchen Angelegenheiten je Erfolg haben würde. Adam und Eva hatten es ja nicht mal im Paradies hinbekommen.

»Ich fand ja diesen Robert süß«, sagte Sølvi.

Abrupt stand ich auf, trat an das große Fenster zum Schulhof und nahm das Wetter in Augenschein. Der Wind peitschte den Schnee waagerecht über das Schaukelgerüst, an dem eine vergessene Steppjacke hing.

Sølvi wickelte ihr Sandwich aus. »Ein Mann muss vor allem nett sein.«

Wieder schnürte es mir den Hals zu.

»Auf den Rest kann man eigentlich pfeifen.«

Ich seufzte und pfiff auf das Wetter, setzte mich wieder hin und nahm eine Tüte Mandeln vom Gemeinschaftsteller. »Welchen Rest?«

»Na, wenn's was Festes sein soll«, sagte Sølvi. »Ein knackiger Hintern allein reicht irgendwann nicht mehr …«

Meine Güte, allmählich hatte ich wirklich genug von Hintern! Frenetisch kaute ich auf einer Mandel herum.

»… er muss vor allem nett sein.«

Sie lachte und schob sich einen Bissen von ihrem Sandwich in den Mund.

»Meiner daheim zum Beispiel hat nicht die geringste Ahnung von Autos. Und kochen kann er auch nicht. Ehrlich gesagt kann er nicht mal einen Nagel in die Wand schlagen.«

Das klang schon mehr nach Sølvi.

»Aber er ist nett«, fuhr sie fort. »Und abends unter der Decke kann ich meine Füße an seinen aufwärmen.«

Füße, Hintern … offenbar entscheidende Faktoren, wenn es um die große Liebe ging. Na, meinetwegen.

Sølvi lachte. »Als er damals versucht hat, mich rumzukriegen, hat er mich auf ein Spiegelei eingeladen. Mit Zervelatwurst. Mehr bekam er nicht hin.«

Sie knüllte das Butterbrotpapier zusammen und sagte dann: »Eins steht fest: Der Traumprinz sieht für jede von uns anders aus.«

Eigentlich war es ein nettes Gespräch gewesen, es gab keinen Grund dafür, auf dem Heimweg zu heulen. Aber genau das tat ich.

Wobei, was heißt heulen? Ich spürte vor allem diesen Kloß, der sich seit ein paar Tagen zwischen meiner Brust und meinem Hals hin und her bewegte.

Sagen wir, ich war traurig, als ich durch den Schnee nach Hause stapfte.

Als ob ich mir etwas aus Knackpos machen würde, dachte ich.

Oder aus Spiegeleiern und Nägeln.

Als wüsste ich nicht, wer netter zu mir gewesen war als jeder andere.

Doch das Ende der Fahnenstange war damit noch nicht erreicht. Nein, die Welt bot mir ständig neue Gelegenheiten, zu spät dran zu sein, zum Beispiel jetzt, als es an der Tür klingelte und ich um zwei Uhr nachmittags immer noch im Pyjama rumlümmelte.

Amdi! Ich hatte seine Klavierstunde vergessen.

Mir blieb nichts anderes übrig, als ihm aufzumachen.

»Hast du geschlafen?«. Amdi starrte verwundert auf meinen Aufzug – karierte Baumwollhose und Strickpullover.

»Das sind meine Sportklamotten«, stotterte ich.

Im Grunde war es egal, ob er mir glaubte. Sein letzter Besuch war schließlich schon schräg genug gewesen. Kurz vorher hatte ich einen von Papas Briefen gelesen, in dem er schrieb, er wolle im Fjord verstreut werden, sodass ich die geplante Erdbestattung kurzerhand in eine Einäscherung umwandeln musste.

Zunächst hatte sich das Bestattungsbüro quergestellt, und dummerweise war das Telefonat mit Amdis Klavierstunde zusammengefallen. Während ich um einen Termin für den Verbrennungsofen förmlich betteln musste, hatte Amdi neugierig gelauscht, mich hinterher groß angeguckt und gefragt: »Du willst deinen Vater backen?«

»Nur verbrennen. Aber er ist schon tot.«

Daraufhin hatte er nur die Schultern gezuckt und sich wieder dem Klavier zugewandt.

Ein Glück, dass ihn meine Pyjamahose jetzt genauso unbeeindruckt ließ.

Es war unsere letzte Stunde vor dem Weihnachtskonzert. Ehrlich gesagt wäre sie gar nicht nötig gewesen, denn Amdi hatte alles unter Kontrolle, es gab nichts zu verbessern. Meine einzige Sorge war die Akustik in dem dämlichen Teppichladen, aber glücklicherweise lag dieses Problem außerhalb meines Verantwortungsbereichs.

Also brachte ich dem Jungen zwei neue Stücke bei und zeigte ihm, wie man elegant die Bühne betrat und zum Instrument ging. Und natürlich, wie man sich verbeugte und Applaus entgegennahm.

Amdi zeigte mir im Gegenzug auf seinem Handy ein paar »Memes« oder wie diese albernen digitalen Spielereien hießen. Schließlich öffnete er eine gute alte Karikatur, die Robert ihm geschickt hatte: Ein Mann saß am Klavier, kratzte sich den Kopf und starrte auf einen Zettel mit der Aufschrift: *Press any key*.

»Papa musste mir den Witz erklären«, sagte Amdi und schien darauf zu warten, dass ich lachte. »Das hier hat Robert mir auch geschickt.«

Er zeigte mir ein Video von einem Elch, der auf einen Mähroboter trat, und Amdi lachte so herzhaft, als sähe er das Filmchen zum ersten Mal. Aus Pflichtgefühl rang ich mir ebenfalls ein Schmunzeln ab.

»Wusstet du, dass er früher gehänselt wurde?«, fragte Amdi plötzlich.

Ich versuchte, das Thema wegzuwitzeln. »Der Elch?«

»Robert«, erwiderte Amdi ernst. »Weil er immer so komische Wörter sagt.«

»Ach was.«

»Doch, echt!« Er nickte eifrig. »Er hat geglaubt, dass ihn nie jemand gernhat.« Da lachte er plötzlich glockenhell. »Aber ich hab ihn ja gern. Und du auch.«

Ich antwortete nicht.

»Wenn er das nächste Mal hier ist, müssen wir Verstecken spielen!«

»Verstecken?« Ich blickte ihn verwundert an.

»Ja, klar! Wofür braucht man sonst so ein riesiges Haus? Robert hat schon Ja gesagt.«

Ich warf einen Blick auf die Uhr und spürte schon wieder diesen Kloß im Hals. Was jetzt? Amdis Eltern würden ihn erst in einer Stunde abholen. Aber Verstecken spielen?

Gegen das Verschwinden hatte ich nichts einzuwenden, allerdings wollte ich gar nicht gefunden werden.

»Du kannst das Haus ein bisschen schmücken«, sagte ich schnell und ging zu der Kiste mit dem Weihnachtsschmuck.

»Cool«, sagte Amdi und folgte mir.

Er lag immer noch obenauf, der Brief, den ich am Morgen zuvor gelesen hatte. Mit Papas altmodischen, verschnörkelten Buchstaben, in blauem Kuli. Ich wollte ihn beiseitelegen, damit Amdi einen Blick in die Kiste werfen konnte, in der allerhand Kram lag, Kobolde, Tannenzapfen, Engel … mir war schnurzpiepegal, wo der Junge den Krempel hinhängte, Hauptsache, Robert hatte nichts damit zu tun.

Doch als ich den Brief in die Hand nahm, fiel durchs Fenster ein letzter Sonnenstrahl, direkt auf das matte Papier, sodass man beinah hindurchsehen konnte. Dabei bemerkte ich, dass auf der Rückseite etwas geschrieben stand. Wenige Zeilen, eingeleitet mit zwei Großbuchstaben.

Während Amdi in die Kiste abtauchte, drehte ich den Brief um und las:

PS: Apropos Geheimnisse, Vilma …
Ich musste an dieses Kästchen denken, von dem ich Dir erzählt habe. Erinnerst du dich? Das Kästchen mit Marias Schätzen: Perlen, Glanzbilder mit Katzen- und Engelmotiven, die herzförmigen Steine, die ich ihr geschenkt hatte.
Ich glaube, ich habe noch nicht geschrieben, wo sie es versteckt hatte: unter einer losen Holzdiele in der Abseite in ihrem Zimmer, es gibt dort einen Hohlraum (es macht mich richtig glücklich, dass ich mich im Haus meiner Tochter so gut auskenne). Ob es immer noch dort liegt?

Ich wandte mich wieder Amdi zu.

»Aber zuallererst gehen wir auf Schatzsuche«, sagte ich und war bereits auf dem Weg in Richtung Treppe.

Mein Bett war ungemacht, auf dem Boden lagen Klamotten verstreut, aber das kümmerte Amdi nicht. »Hast du Abseite gesagt?«, fragte er und sah sich um.

In meinem Zimmer, das einmal Mamas Zimmer gewesen war.

Ich nickte und deutete auf die Wand, an der der Schreibtisch stand. Ohne eine Sekunde zu zögern, kroch Amdi in die kleine Kammer und konnte sich darin sogar aufrecht hinstellen.

»Hier ist ja gar nichts.« Er drehte sich um die eigene Achse.

Dann leuchteten seine Augen auf. »Darf ich mir hier ein Geheimquartier einrichten?«

Unter anderen Umständen hätte ich gelächelt. Aber jetzt sagte ich nur »Heute nicht« und kroch ebenfalls in die Abseite hinein. Es roch nach Holz und mindestens zehn Jahre altem Staub. »Erst müssen wir eine lose Diele finden.«

Gesagt, getan. Systematisch suchte Amdi die kleine Kammer ab, von Wand zu Wand, mit einem Eifer, wie ihn nur Kinder und Hunde aufbringen können. Behände kroch er auf allen vieren herum und fuhr mit den Fingernägeln jede einzelne Ritze entlang, als befände er sich mitten in einer spannenden Schatzsuche.

Und natürlich war es Amdi, der die lose Diele fand. Sie war breit, aber kaum länger als ein Lineal, und ließ sich leicht anheben, sie knarrte nicht einmal.

Dann saß Amdi auf staubigen Knien da und schaute stolz zu mir hoch.

Es war ein besonderer Moment. Ich glaube, das merkte sogar der Junge. Er machte keinerlei Anstalten, den Gegenstand herauszunehmen, der nur ein paar Zentimeter unter uns lag: eine kleine hölzerne Schatulle, bemalt mit verschnörkelten Rosen auf blauem Untergrund.

Kein einziges Staubkörnchen war zu sehen, als wäre sie erst gestern hier versteckt worden.

Langsam sank ich auf die Knie, und als ich die Schatulle herausnahm, zitterten meine Hände, aber nur ein bisschen.

»Oh, das sind ja Edelsteine!«

Amdi strahlte übers ganze Gesicht, als ich den Deckel abnahm. »Ein richtiger Schatz, Vilma! Darf ich?«

Mit geradezu rührender Vorsicht nahm er einen Stein heraus, er war grün und herzförmig. »Schau mal!«

Ich schaute auf den Stein, der vieles, aber gewiss nicht edel war, und auf die anderen wundersamen Schätze meiner Mutter. Hier lagen sie, die rauen, unförmigen Herzen, die mein Vater vor sechsunddreißig Jahren für sie gesammelt hatte. Aus Schiefer, Glimmer, Milch- und Rosenquarz. Dazwischen Plastikperlen und Papierchen, vermutlich die Glanzbilder.

Und ganz am Rand: eine kleine, merkwürdig verbogene Büroklammer.

Ich musste ein paar Mal schlucken. Dann nahm ich das komische Ding heraus. Es war winzig und kalt in meiner Hand, und es bedurfte einer ordentlichen Portion Fantasie, um ein Herz darin zu erkennen.

Aber das machte nichts.

Ich wusste ja, wer es geformt hatte. Und wer mit einem Kloß im Hals die Hand darum geschlossen hatte, so wie ich in diesem Moment.

»Wer hat die Steine gesammelt?«, wollte Amdi wissen.

»Mein Vater«, flüsterte ich.

»Den du backen wolltest?«

»Verbrennen«, korrigierte ich, »aber ja. Er hat sie meiner Mutter geschenkt.«

»Ist sie auch tot?«

Ich nickte.

»Darf ich mir die Steine genauer ansehen?«

Wir blieben eine Weile in der Abseite sitzen, und Amdi sortierte die Steine und Perlen auf kleine Haufen. Ich musste immer wieder schlucken und hatte das Gefühl, mich gleichzeitig im Jetzt und in der Vergangenheit zu befinden. Als gehörte ich weder hier- noch dorthin.

Dann wurde es still. Kein Klackern von Perlen und Steinen auf den Holzdielen.

»Was ist das?«

Amdi reichte mir die Schatulle. Sie war ganz leicht und roch nach Farbe und Kiefer. Aber da war noch ein anderer Geruch, den ich nicht sofort einordnen konnte. Dann bemerkte ich, dass die Schatulle noch nicht leer war.

Ein von Hand beschriebenes Blatt Papier lag darin, und mein Blick fiel auf die ersten zwei Wörter:

Lieber Vilhelm

Die Buchstaben waren verschnörkelt und dicht aneinandergedrängt, das V hatte links oben ein kleines Häkchen.

Ich schaute zu Amdi hoch, der sich aufgerappelt hatte und jetzt an einer Spinnwebe herumfingerte.

»Amdi«, sagte ich. »Ich glaube, den Brief muss ich allein lesen. Magst du … so lange ein bisschen Klavier spielen?«

Ich wartete, bis er im Wohnzimmer angekommen war und sich ans Klavier gesetzt hatte.

Dann, zu den Klängen von Schumann und Grieg, gespielt mit der Hingabe eines Neunjährigen, las ich den Brief aus der geheimen Schatulle meiner Mutter.

Asker, den 15. Juni 1988

Liebster Vilhelm,

Du warst bestimmt überrascht, als Du meinen Namen auf dem Umschlag gesehen hast. Und so seltsam es auch klingen mag, ich schreibe, weil ich nach London komme. Zu Dir. Ich habe einen Flug und ein Hotelzimmer gebucht, sag also bitte nicht Nein.
Natürlich habe ich nicht das Recht, etwas von Dir zu verlangen, das würde ich nie tun, Vilhelm. Aber – es geht hier um etwas, das größer ist als Du und ich. Deshalb hoffe ich, Du wirfst den Brief nicht gleich weg, auch wenn Du allen Grund hast, auf mich wütend zu sein.
Ich will versuchen, Dir alles zu erklären.

Ein paar Tage vor Deiner Abreise nach London wurde eine schwere Krankheit bei mir diagnostiziert. Eine Krankheit, die mein Nervensystem angreift und nach und nach jeden Muskel, bis ich irgendwann nicht mehr sprechen, gehen und, ja, nicht mehr atmen kann.
Man könne nichts dagegen tun, sagten die Ärzte.
Und niemand ist schuld daran, höchstens das Schicksal.
Ich kann nicht mal sagen, dass es ein Schock war. Mein Hausarzt und ich hegten schon einen Verdacht, bevor ich Dich kennenlernte.
Vilhelm: Jetzt weißt Du, warum ich anfangs so zögerlich war. Ich war mir nicht sicher, ob ich jemanden in mein Herz lassen oder diesem Jemand erlauben darf, mich in sein Herz zu lassen.
Aber dann sagtest Du, Dir sei Unwissenheit lieber. Erinnerst Du Dich? Dass es keinen Sinn mache, sich im Vorhinein zu ängstigen?

Wir saßen im Treppenhaus vor Deiner Wohnung, das werde ich nie vergessen. Ich war auf dem Weg zum Arzt, um endlich Gewissheit zu haben. Dass ich bei Dir klingelte, war rein impulsiv.
Du kennst mich, Vilhelm: Wenn's drauf ankommt, folge ich meinen Gefühlen. Koste es, was es wolle.

Und noch nie war es so richtig gewesen wie in dieser Situation. Denn nach unserer Unterhaltung ging ich nicht zum Arzt, auch nicht in den darauffolgenden Monaten. Was ich im Übrigen bis heute nicht bereut habe.
Nur dass ich diesen Bertram Bang erfinden musste (so ein dämlicher Name!), um Deinen Rat einzuholen … verzeih mir, Vilhelm, dass es nicht wenigstens ein Mädchenname war. Ich hoffe, ich habe Dich damit nicht verunsichert.

Denn natürlich gab es immer nur Dich. Damals auf der Treppe hast Du mich darin bestärkt, mich für die Hoffnung zu entscheiden, und mir damit den glücklichsten Sommer meines Lebens beschert – es klingt sicher naiv, aber so war es einfach. Und ich werde Dir dafür ewig dankbar sein, Vilhelm, das sollst Du wissen.
Warum ich trotzdem nichts gesagt habe? Nicht mal, als ich Gewissheit hatte?

Obwohl mir die Worte zuwider sind, schreibe ich sie nun nieder: Ich wollte nicht länger leben.
Es ist schrecklich, es so schwarz auf weiß zu sehen, aber damals war ich fest entschlossen: Ich wollte mich nicht von der Krankheit beherrschen lassen, niemandem eine Bürde sein. Nein, lieber wollte ich einen Schlussstrich ziehen – aus eigener Kraft.
Wie hätte ich Dich mit so etwas belasten können?

Es schien mir das Beste, Dich nicht einzuweihen, deshalb schrieb ich, wir könnten nicht mehr zusammen sein.
Ich war davon überzeugt, eine Trennung sei weniger schmerzhaft für Dich als ein Verlust.
Ich dachte, ich täte das Richtige.

Mir war ja klar, was Du sagen würdest (und vermutlich jetzt gerade denkst): Ich hätte Dir sofort alles erzählen müssen und dass Du bis zum bitteren Ende bei mir bleiben würdest. Dass wir diesen steinigen Weg gemeinsam bestreiten könnten.
Aber Vilhelm, mir graute vor diesem Weg.
Und Du? Ja, eigentlich hattest Du es selbst gesagt: Den Gedanken, dass ich vor Dir sterbe, könntest Du nicht ertragen.

Natürlich hattest Du es damals nicht so gemeint. Und trotzdem, Vilhelm, ich wollte Dir kein Leben mit einer Pflegebedürftigen zumuten. Mit einer Frau, die nur noch sterben wollte.
Und nenn es von mir aus Stolz, aber ich wollte, dass Du mich so in Erinnerung behältst, wie ich damals war. Dass Du Dich daran erinnern würdest, was wir zusammen hatten, Du und ich. Ja, genau das habe ich mir gewünscht: dass Du eines Tages voller Liebe an uns zurückdenkst.

Aber das war damals. Heute habe ich Angst, dass Du mich für eine Diebin hältst, die Dir etwas sehr Wertvolles genommen hat. Deshalb bin ich auf dem Weg zu Dir. Zu spät, aber besser als nie.
Es ist nämlich so, dass die Krankheit langsamer voranschreitet, als die Ärzte erwartet hatten. Daher kann ich nicht klagen. Natürlich fällt mir manches schwerer als früher, aber ich kann immer noch gehen. Und reisen. Noch habe

ich die Gelegenheit, ein paar Dinge richtigzustellen, geradezubiegen.

Doch zuallererst muss ich Dir für Deine Beharrlichkeit danken. Dafür, dass Du nach meinem Brief nicht gleich aufgegeben, sondern weiterhin angerufen hast, obwohl ich Dich ausdrücklich darum gebeten hatte, Dich nicht mehr zu melden. Deine Beharrlichkeit war wichtiger, als wir beide ahnen konnten.

Oh, Vilhelm, was musst Du gedacht haben, als Tante Ruth damals ans Telefon ging?
Du verstehst wahrscheinlich, dass ich selbst nicht die Kraft dazu hatte. Deshalb hatte ich ihr erzählt, zwischen uns sei alles aus, und bat sie, Dir auszurichten, ich wolle nicht mit Dir sprechen.
Und sie folgte meinem Wunsch.
Aber darüber hinaus wusste sie nichts, noch nicht. Ich hatte Angst, sie könnte sich einmischen oder mich davon abhalten, mein Leben zu beenden.
Wenn Du wüsstest, wie sehr ich geweint habe, Vilhelm, heimlich, sobald das Telefon klingelte. Jedes Mal.
Weil Du nicht aufgegeben hast.
Und genau deshalb habe ich weitergemacht. Mit dem Leben.
Ich wartete darauf, dass Du aufgibst. Ich wollte mir sicher sein, dass Du nicht eines Tages vor der Tür stehst und auf diese Weise erfährst, dass ich in den Fjord hinausgeschwommen bin, um nie wieder zurückzukehren.
Deshalb habe ich so lange durchgehalten, bis mein Leben (oder was davon übrig war) einen neuen Sinn bekommen hat.
So lange, bis ich die allergrößte Entdeckung gemacht habe.
In den darauffolgenden Monaten, ja Jahren, habe ich nämlich einzig und allein für sie gelebt (es ist so lächerlich einfach, wenn einem die Zeit durch die Finger rinnt):

Vilhelm, Du hast eine Tochter. Wir *haben eine Tochter. In ein paar Wochen wird sie vier, sie heißt Vilma.*
Das war der schönste Name, der mir einfiel.

Oje, ich kann nicht aufhören zu weinen. Ein Glück, dass der Stift trotzdem weiterschreibt.
Und Du hast allen Grund zur Freude! Die Kleine ist lustig und sehr lieb, sie hat braune Zöpfe, Lachgrübchen und sie singt immerzu. Sie ahnt nicht, dass ich nicht mehr lange bei ihr bin.

Ob es wehtut, dass ich nicht miterleben werde, wie sie groß wird?
Ja, manchmal will ich sie einfach nur fest an mich drücken und nie wieder loslassen. Aber gleichzeitig sind wir Menschen so unglaublich anpassungsfähig, ich eingeschlossen. Außerdem (ist es nicht eigenartig?): Ich glaube, ich bin dankbarer als andere Mütter. Denn trotz der Umstände wiegen die hellen Momente schwerer als die dunklen, denn ja, auch für helle Momente blieb noch genug Zeit.
Und ich bin unendlich dankbar, dass ich überhaupt so etwas erleben durfte.

Ich hoffe, Dir wird es genauso gehen.
Auch wenn ich weiß, dass Du Dir etwas anderes gewünscht hast, Vilhelm. Du wolltest, dass wir frei bleiben und um die Welt reisen. Du wolltest keine Kinder, nicht in den nächsten zehn Jahren, das weiß ich noch.
Als ich von der Schwangerschaft erfuhr, war daher mein erster Gedanke: Könnte ich sterben und Dich zu einem alleinerziehenden Vater machen? Deine Träume zerstören? Ja, all das ging mir durch den Kopf; die Krankheit, der Tod – das kleine neue Leben.

Später, nachdem ich mich ein wenig gesammelt hatte, formte sich ein anderer Gedanke: Was, wenn Du eine andere gefunden und Dir ein neues Leben aufgebaut hattest – sollte ich mich aufdrängen, Dir weitere Probleme bereiten? Nach allem, was ich getan hatte, wie hätte ich so dreist sein können, Dein Leben erneut auf den Kopf zu stellen?

Das Schicksal – oder wem wir nun die Schuld geben wollen – macht es uns manchmal wirklich nicht leicht.
Zumal mir die Ärzte nicht viel Zeit gaben. Höchstens ein Jahr. Daher beschloss ich, die wenigen Monate, die mir blieben, einzig und allein dem Kind zu widmen, so gut es eben ging. Trotzdem sollst Du wissen, dass ich nie vorhatte, Dich so lange im Unwissen zu lassen, wirklich nicht. Tante Ruth musste mir versprechen, nach meinem Tod mit Dir Kontakt aufzunehmen.

Aber jetzt lebe ich immer noch, vier Jahre später. Wie soll ich mein Schweigen rechtfertigen?
Damit, dass ich immer noch auf den Tod warte?
Ich weiß es ja selbst nicht, die vergangenen Jahre waren so überwältigend. Ich konnte kaum klar denken. Die Krankheit, das Kind. Tante Ruth, die mir riet zu warten.
Leider bist Du für sie immer noch derjenige, der mich hat sitzen lassen, obwohl ich ihr mindestens hundert Mal erklärt habe, dass es damals allein meine Entscheidung war.

Ich muss dazusagen, sie ist nicht mehr sie selbst seit meiner Diagnose. Mal verdrängt sie alles, als wäre ich gar nicht krank, und schon im nächsten Augenblick klammert sie sich an mich und hat Angst, mich zu verlieren und verlassen zu werden. Deshalb höre ich nicht mehr auf sie, auch wenn das sicher herzlos klingt. Ich habe ihr nicht mal erzählt, dass Vilma und ich nach London fliegen werden. Noch nicht.

Im Moment sieht sie nur sich selbst, glaube ich. Sich selbst und ihren Schmerz.

Wobei ich selbst ja kaum besser war.
Deshalb: Verzeih mir, Vilhelm. Das ist alles, was ich sagen kann. Ich hoffe von ganzem Herzen, dass Du mir eines Tages für all die Jahre verzeihen kannst, die ihr verloren habt, Vilma und Du.
Ich hoffe und glaube nämlich, Du wirst sie mit offenen Armen empfangen, wenn wir uns sehen. Sie braucht einen Vater. Sie braucht Dich.

Und auch ich denke ständig an Dich, Vilhelm. Jeden Abend hole ich meine Schatzkiste hervor und wiege die kleinen herzförmigen Steine in der Hand.
Und ehrlich gesagt vergieße ich dabei auch die eine oder andere Träne. Vor allem, weil wir zusammen so etwas Schönes hatten.

Aber so spielt das Leben. So heißt es doch, nicht wahr?

Es ist schon spät. Deshalb lege ich den Brief in meine Schatzkiste, ehe ich ihn morgen früh zur Post bringe, ehe ich den Koffer packe und mich mit der kleinen Vilma auf den Weg mache. Nach London. Zu Dir.
Ich kann es kaum erwarten, Dich wiederzusehen, Vilhelm. Und falls es eine neue Frau an Deiner Seite gibt – bitte hab keine Angst, dass ich versuche, Dich zurückzugewinnen. Nur eins sollst Du wissen: Ich liebe Dich immer noch.

Deine Maria, für immer und ewig.

PS: Sie hat Deine Nase.

Wie in Trance ließ ich den Brief sinken, fühlte mich wie hinter einer Glaswand, außerhalb meiner Gefühle und meines Körpers, in einem zeitlosen Raum zwischen Damals und Heute, wo ich nur eins tun konnte: betrachten.

Den nie abgeschickten Brief, der hier in der Abseite neben mir lag. Die aufgehäufelten Perlen und Steine. Fremde Knie in einer karierten Pyjamahose. Der Atem einer anderen, der immer flacher wurde.

Und vor mir: die bemalte Schatulle, die immer noch nicht ganz leer war, wie ich jetzt sah. Alles passierte wie in Zeitlupe, als nähmen die Befehle meines Gehirns Umwege durch meinen Körper, bis mein Arm endlich gehorchte und sich nach den letzten zwei Blättern in Mamas geheimer Schatulle streckte.

»Reisedokumente« stand ganz oben. Fornebu – Heathrow, ein Erwachsener, ein Kind. Und dann das Abreisedatum: 22. Juni 1988.

Sechs Tage nach Mamas Tod.

Ich blieb eine Weile sitzen. Fuhr mit dem Daumen über das Papier. Über Mamas und meinen Namen. Spürte einen Kloß im Hals und ein Kribbeln im ganzen Körper.

Immer wieder strich ich über das Datum und die Wörter *Arrival* und *Departure*.

Über die Reise, die nie stattgefunden hatte.

Dann kamen die Tränen, die alles mit sich rissen, mein Zwerchfell löste sich von der Bauchdecke, mein Körper von meinen Gedanken. Ich konnte nicht aufhören zu weinen, während Amdi im Erdgeschoss Klavier spielte, hörte mich selbst laut und unkontrolliert schluchzen. Dann kam es mir vor, als krümmte sich mein gesamter Körper zusammen, als hätte ich vergessen, wie man Luft holt.

So wie damals hinter dem Fliederbusch. Ich war genauso einsam, genauso traurig, genauso verzweifelt.

Nur kannte ich jetzt die Wahrheit.

Dass meine Mutter ihren Vilhelm bis zum letzten Atemzug geliebt hatte, dass eine Krankheit die zwei auseinandergebracht hatte. Dass sie mir beide nur das Beste gewünscht hatten. Das Allerallerbeste.

Und dann, während mir die Tränen über die Wangen liefen, nahm ich den Brief und drückte ihn so fest an mich, als könnte mein Herz das Papier aufsaugen. So fest und verzweifelt, dass meine Kiefergelenke schmerzten.

»Mama«, schluchzte ich. »Papa.«

Obwohl es sinnlos war.

Obwohl sie mich nicht hören konnten.

Denn ich sah uns trotzdem vor mir, unsere kleine Familie, wie wir uns in die Arme fielen – endlich vereint, so, wie es sein sollte. In London. Mein Vater, der vielleicht ein paar Freudentränen verdrückte, nein, er weinte ganz bestimmt und nahm mich hoch, während ich ihn verwundert ansah. Meine Mutter, die endlich dort war, wo sie hingehörte.

Und ich sah mich selbst, Vilma, wie ich umarmt wurde.

Für einen Moment war dieses andere Leben zum Greifen nah gewesen.

Nach einer Weile konnte ich nicht einmal mehr denken und gab mich voll und ganz den Tränen hin. Bis sie irgendwann keine Kraft mehr hatten und ich mich fühlte wie damals als Kind – mein Atem ging stoßweise, ich schnappte krampfartig nach Luft.

Erst da merkte ich, dass Amdi zurückgekommen war, er berührte mich vorsichtig, wartete kurz und ging dann wieder nach unten.

Die Zeit geriet aus den Fugen.

Das Nächste, woran ich mich erinnere, ist Robert. Auf einmal stand er in der Tür, mit seinen zerstrubbelten Haaren und dem karierten Hemd.

Er fragte mich nicht, ob alles in Ordnung sei. Es war nicht nötig.

Robert schon wieder

Irgendwann muss ich aus der Abseite herausgekrochen sein, und ich meine mich zu erinnern, dass Robert mit einem vorsichtigen Lächeln im Gesicht sagte: »Bist du jetzt fertig … mit Versteckspielen?«

Mein Schluchzen war in eine Art Schluckauf übergegangen, ein rhythmisches Zwerchfellzucken, das einfach nicht aufhörte. Bestimmt klang es albern und infantil, aber das war mir egal.

»Alles hätte anders sein können«, mehr brachte ich nicht heraus. Und dann: »Es war meine Schuld.«

Robert bohrte nicht weiter nach. Stattdessen bugsierte er mich die Treppe hinunter ins Wohnzimmer und aufs Sofa, er kochte Tee (Pfefferminztee, aber das war mir in dem Moment egal) und holte die übriggebliebenen Süßigkeiten von unserem Lebkuchenhaus aus dem Schrank.

»Es ist eiskalt hier drinnen, Vilma.«

Er drehte die Heizung unter dem Fenster voll auf.

Ich saß die ganze Zeit nur da und hickste vor mich hin, immer noch im Pyjama. Mit der grünen Wolldecke um die Schultern und einem einsamen roten Gummibärchen in der Hand, mit dem ich nichts anzufangen wusste.

Amdi war inzwischen abgeholt worden, und Robert saß am anderen Ende des Sofas im Licht der Stehlampe, mit ruhiger und konzentrierter Miene und gerunzelter Stirn. Sein Strubbelkopf warf Schatten auf das dünne Papier in seiner Hand. Auf den Brief mit der verschnörkelten Handschrift und dem charakteristischen V.

Der Brief meiner Mutter.

Während Robert las, bewegten sich seine Lippen. Ab und zu kniff er die Augen zusammen, wahrscheinlich weil er ein Wort nicht richtig entziffern konnte, und ich betrachtete die ganze Zeit seine Hand. Roberts Hand, die an einem Tag in den Eingeweiden toter Menschen herumwühlte und am nächsten durch Amdis Locken wuschelte oder Lebkuchenhäuser mit Schokolinsen verzierte.

Ich wusste nicht, warum, aber aus irgendeinem Grund fühlte es sich völlig richtig an, dass er jetzt in diesem Moment Mamas letzte Worte an meinen Vater in der Hand hielt.

Es dauerte eine ganze Weile, bis er den Brief zu Ende gelesen hatte. Dann legte er ihn beiseite.

»Verstehst du's jetzt?«, fragte ich. »Ich hätte einen Vater haben können.«

Er nickte, seine Augen waren feucht.

»Und er hätte mich haben können. Aber stattdessen …«

Ich konnte die Tränen nicht länger zurückhalten, mir fehlte die Kraft, nach vierundzwanzig Jahren war der entsprechende Muskel wohl mit seiner Kraft am Ende.

Ich schlug die Hände vors Gesicht und schluchzte leise, während Robert in die Küche ging, um eine Rolle Haushaltspapier zu holen. Die Menge, die er für mich abriss, hätte für einen Elefanten gereicht.

Dann saß er da, immer noch vollkommen ruhig.

Bis er fragte: »Vilma, wie kommst du bloß darauf, dass es deine Schuld war?«

Ich begriff, dass ich mich nicht vor der Antwort drücken konnte.

Trotzdem musste ich die Worte mehrmals im Kopf durchgehen, ehe sie mir über die Lippen kamen. »Tante Ruth hat's mir gesagt«, murmelte ich, »als ich elf war.« Und dann noch leiser: »Prinzessin im Perlenreich.«

Es klang bescheuert.

»Was?«

»Spinnereien, die ich mir als Kind ausgedacht hatte, reine Fantasie.«

Plötzlich kam es mir vor, als könnte ich Großtante Ruths Hände spüren, die meine Zöpfe strammzogen. *Reine Fantasie?*

Nein, es war mehr gewesen. Trotzdem stand sie jetzt hinter mir, obwohl ich den Spiegel in mindestens hundert Scherben zerschlagen hatte?

Jetzt reden wir nicht mehr darüber, Vilma. Nie wieder.

»Murmeln«, sagte ich zu Robert und setzte mich aufrecht hin.

»Murmeln?«

Der Satz lauerte immer im Hintergrund. Als eine Sache zwischen uns beiden, zwischen Großtante Ruth und mir. Als müssten wir alle anderen aussperren. Als gäbe es nur sie und mich.

Du kannst es ohnehin nie wiedergutmachen.

Trotzdem fuhr ich fort: »Ich war vier und an dem Tag extra früh aufgestanden. Ich hatte auf der ganzen Treppe Murmeln verteilt, um mit meiner Mutter Prinzessin im Perlenreich zu spielen.«

Ich starrte auf den Tisch.

Robert räusperte sich vorsichtig. »Und dann ist sie … ausgerutscht?«

Ich nickte kaum merklich.

Jetzt war es raus. Der fluchende, in den Eingeweiden toter

Menschen wühlende Robert war der Erste, dem ich mein Geheimnis anvertraute.

»Ich habe meine Mutter umgebracht.«

Ich hatte es gesagt. Fünf Wörter, gefolgt von einer eigenartigen Stille. Als würden sämtliche Geräusche um uns herum verschluckt.

Und auch in mir drin wurde es still. Ich holte tief Luft. Mir war seltsam zumute.

Es dauerte einen Moment, bis ich den Mut fasste, zu Robert hinüberzusehen. Er war immer noch da, hatte sich nicht aus dem Staub gemacht und keine lautlose Nachricht bekommen, dass er dringend wegmüsse.

Stattdessen sah er mich an, aus der Tiefe seiner Seele. Langsam schüttelte er den Kopf.

»Vilma, ist dir klar, wie absurd das klingt? Du warst ein Kind! Du hast nur gespielt!«

Ich war damals ein Kind, ja. Aber was meinte er mit absurd? Es war doch meine Schuld gewesen, meine Finger hatten Murmeln auf jede einzelne Treppenstufe gelegt.

»Mir hätte doch klar sein müssen, wie gefährlich das war, oder nicht?«

Wieder schüttelte er den Kopf. »Außerdem … wäre sie ohnehin gestorben«, sagte Robert. »Wahrscheinlich einen langsamen, qualvollen Tod …«

Das war nicht der Punkt. Nicht mehr.

»Sie hätte meinen Vater treffen und alles richtigstellen können«, sagte ich. »Sie hätte den Brief abschicken können, sie musste ihn ja nur noch zur Post bringen. Aber … so hat mein Vater nie von mir erfahren.«

Wieder schlug ich die Hände vors Gesicht. »Und alles war meine Schuld.«

»Nein«, sagte Robert mit so viel Nachdruck, dass ich fast zusammenzuckte. »Du kannst nichts dafür, dass sie sich nicht gesehen haben. Deine Großtante ist schuld daran. Und verdammt noch mal, Vilma – sie hatte alle Zeit der Welt, um es wieder geradezubiegen.«

Ich blickte auf und wiederholte Roberts Worte im Stillen.

Irgendwo hatte er recht: Es war Großtante Ruths Schuld gewesen.

Und trotzdem konnte ich das alles nicht so recht greifen. Ich wusste nur, dass es sich merkwürdig, ja fast surreal anfühlte, dass wir hier saßen und ganz offen über Dinge sprachen, die immer nur ich gewusst hatte. Worte, die so lange in mir geschwelt und nie Sauerstoff bekommen hatten.

Ein bisschen war es, als wäre Robert stellvertretend für mich wütend.

Ich versuchte, den Gedanken zu Ende zu denken.

»Du meinst wirklich, ich kann nichts dafür?«

Er nickte, und unter der Lampe sah es fast so aus, als leuchte er im schummrigen Wohnzimmer.

»Du hattest Pech. Du warst vier und hattest verdammt viel Pech. Das ist alles.«

»Seit ich vier war, hätte ich einen Vater haben können«, sagte ich. »Nicht nur Großtante Ruth, die mich vielleicht sogar gehasst hat. Hätten wir's bloß nach London geschafft …«

Wieder füllten sich meine Augen mit Tränen. Ich senkte den Blick.

Ich dachte an Großtante Ruth und daran, wie sie mit Besen und Kehrblech hier im Wohnzimmer gestanden hatte, obwohl der Fußboden längst sauber war. Wie ich es irgendwie geschafft hatte, ihr diese eine letzte Frage zu stellen, als ich elf und innerlich genauso zerbrochen war wie der Porzellanengel: »Ich mache alles kaputt, oder?«

Ich hatte ihre Antwort nicht abgewartet, sondern war in den Garten gerannt und hatte mich hinter dem Fliederbusch versteckt, bis es dunkel wurde. Bis meine Hose am Po ganz feucht und meine Füße eiskalt waren. Bis etwas endgültig zerbrochen war, das Großtante Ruth weder zusammensetzen noch aufkehren konnte, auch wenn sie es womöglich versucht hat.

»Sie hat bereut, dass sie das mit der Treppe gesagt hat«, sagte ich und trocknete mir zum x-ten Mal die Augen. »Glaube ich jedenfalls.«

Nein, ich wusste es. Schließlich hatte sie kurz danach angefangen, öfter in die Kirche zu gehen und nachts nach Gott zu rufen. Hier in dem großen Haus, wo nur ich sie hörte.

»Aber …«, Robert zögerte einen Moment und sah mich bestürzt an, »sie hat dir doch von der Krankheit deiner Mutter erzählt? Dass deine Mutter sowieso gestorben wäre?«

Ich schüttelte den Kopf.

»Sie hat dich in dem Glauben gelassen … dass … verdammt, Vilma.«

»Ja. Aber am nächsten Tag hat sie Zimtschnecken für mich gebacken.«

Eine ganze Weile saßen wir schweigend da, und Großtante Ruths alte Wanduhr schien die Minuten zu zählen. Robert schwieg, weil ihm wohl die Worte fehlten, und ich schwieg, weil ich etwas suchte – Anhaltspunkte, die Großtante Ruths Verhalten hätten erklären können.

»Ein bisschen glaube ich, dass sie das geteilte Leid mochte«, sagte ich, »dass wir beide etwas bereuten.«

Aber wurde ihr Verhalten dadurch verständlicher?

»Wenn deine Großtante jemanden gehasst hat«, sagte Robert, »dann sich selbst.«

Ich sah ihn an.

»Ich glaube, du hast recht.«

Ich weiß nicht, ob es daran lag, dass Robert gemeint hatte, es sei nicht meine Schuld gewesen, oder daran, dass nun keine Elfjährige mehr hinter dem Fliederbusch saß. Jedenfalls kamen mir wieder die Tränen. Aber jetzt fühlten sie sich gut an, zum ersten Mal in meinem Leben.

Eine chemische Reaktion, dachte ich, Hormone, die sich gegenseitig stimulierten. Und es war genauso, wie es immer hieß: als würde etwas schmelzen, sich auflösen. Eine Eisdecke voller Partikel, die sich über Jahrzehnte angesammelt hatten – mit dem Stück Haushaltspapier wischte ich sie mir aus den Augenwinkeln.

Ich biss sogar in das rote Gummibärchen.

Robert blieb noch eine Weile unter der Lampe sitzen und wirkte ein wenig unsicher. Aber dann rückte er näher zu mir heran, so vorsichtig, als wäre ich ein schreckhaftes Vogelküken. Er strich mir über den Rücken. Über die grüne Decke, in die ich immer noch eingewickelt war, so zaghaft, dass ich es erst kaum merkte.

Und trotzdem tat es so unglaublich gut.

Ganz selbstverständlich legte ich den Kopf auf seine Schulter, oder war es seine Brust? Ich spürte, wie dieser andere Körper ein- und ausatmete, wie der Dreitagebart an meiner Stirn kitzelte.

»Darf ich … meinen Kopf auf deinen Schoß legen?«, hörte ich mich plötzlich fragen, oder besser gesagt schniefen.

Im ersten Moment wirkte er überrascht, aber er sagte nicht Nein. Er hob einfach den Arm, um mir Platz zu machen.

Wahrscheinlich waren es meine Erinnerungen, ein tief im Unterbewusstsein vergrabenes Wissen. Denn als ich meinen Kopf auf seinen Schoß legte und Robert mir sanft über die Haare strich, begriff ich, dass es einst da gewesen war, vor langer Zeit: das Gefühl dazuzugehören.

Langsam dämmerte ich weg, und ich weiß nicht mehr, wer es sagte, Robert oder Mama, aber so oder so fühlte es sich gut an.

»Es war nicht deine Schuld, Vilma.«

London, den 6. November 2019

Schon seltsam, was die Zeit mit unseren Erinnerungen anstellt. Denn jetzt, da ich hier in London sitze und mir die Briefe noch einmal durchlese, erscheint mir alles so sonnenklar. Als hätte ich schon vor über dreißig Jahren zu der Erkenntnis gelangen müssen.
Gleichzeitig denke ich: Gibt es womöglich einen Grund dafür? Sind wir Menschen schlicht so beschaffen, schiebt unser Unterbewusstsein gewisse Informationen beiseite, um uns zu schonen – und schwupps, schon ergibt zwei und zwei nicht mehr vier? In meinem Fall muss es so gewesen sein.
Denn erst jetzt, nach all der Zeit, kann ich diese Augenblicke aus meinem Gedächtnis hervorkramen. Sie zu Papier bringen und Briefe darüber schreiben – weil ich endlich verstanden habe, dass sie schon immer Bruchstücke der Wahrheit, der wahren Geschichte enthielten, die in dem ganzen Getümmel untergingen.

Mein Freund Hans hat so viel Licht in die Sache gebracht, größtenteils, ohne sich dessen bewusst zu sein.
Wie gesagt, ich hatte ihn für den darauffolgenden Tag erneut zu mir eingeladen. Das passe ihm gut, lautete seine Antwort, schließlich sei er ein freier Mann! Und das stimmte, denn auch Hans hatte keine Partnerin. Zumindest nicht zu diesem Zeitpunkt. Über die Jahre hinweg hatte er nämlich etliche gehabt, mitunter mehrere parallel.
Seufzend nahm er am nächsten Tag auf dem Sofa Platz. »So viele Gelegenheiten«, sagte er, »und ich habe jede einzelne am Schopf gepackt.«
Dann lachte er, ein wenig traurig.
Aber ich stimmte nicht in sein Lachen ein. Vielmehr holte ich tief Luft und begann zögerlich zu erzählen, von Maria und den

Jahren in Unwissenheit. Von dem gefalteten Brief in meinem Koffer, von dem goldenen Herzanhänger in dem wattierten Umschlag.

Trotz seiner schmerzenden Hüfte saß Hans die ganze Zeit völlig regungslos da, schweigend und von Minute zu Minute blasser um die Nase.

»Ein kleiner Unfall«, seufzte ich, »und plötzlich ist alles vorbei. Die Welt ist schon ein eigenartiger Ort.«

Hans blickte mich fragend an, abwartend, als hätte er eine frisch zusammengeklebte Vase in den Händen und warte darauf, dass der Leim die Scherben zusammenhielt.

Dann sagte er vorsichtig: »Sie war krank, Vilhelm. Unheilbar krank. Hast du das auch nicht gewusst?«

Ich bin mir nicht sicher, wie lange mein Freund schweigend auf dem Sofa sitzen musste, während ich in meinen Erinnerungen an Maria vor- und zurückspulte. Bis zu dem Tag, an dem sie die Flaschenpost zu Wasser gelassen und das Bild von uns aufs Meer hinausgeschickt hatte. Der Tag, an dem sie schaukeln, schwimmen und auf Bäume klettern wollte – als ginge es um ihr Leben.

Sie wusste es, dachte ich. Es ging um ihr Leben. Sie nahm Abschied, von der Welt und von mir, weil sie es für das Beste hielt. Sie wollte mich schonen, damit wenigstens mein Leben wie gehabt weitergehen würde.

Langsam verbarg ich das Gesicht in den Händen. Jetzt, da ich von Marias Krankheit wusste, ergab auch Bertram Bang plötzlich Sinn. Besser gesagt: Endlich ergab er *keinen* Sinn mehr, mitnichten. Denn schlagartig wurde mir klar, dass der Kerl nie mein Rivale gewesen war.

Hatte er überhaupt existiert?

Nein, Bertram Bang war nie über den Erdboden gewandelt, hatte nie einen einzigen Tropfen Schweiß vergossen oder

büschelweise Haare verloren. Er war nie derjenige gewesen, der zwischen einer potenziell grausamen Nachricht und der Ungewissheit, die ihm zumindest ein wenig Aufschub verschafft hätte, hatte wählen müssen.
Es war Maria gewesen.

Sie hatte ihn erfunden. Damals im Treppenhaus, als sie mit traurigen Augen vor meiner Tür gestanden hatte. Sie brauche einen Rat für einen Freund, der vor einer schwierigen Entscheidung stehe, hatte sie gesagt.
Dann hatte sie sich neben mich auf die kalten Treppenstufen gesetzt. Und mich zum ersten Mal geküsst.
Meine Maria. Sie war diejenige gewesen, die sich am Ende dafür entschieden hatte, einige Monate in Ungewissheit zu leben. Weil sie nicht im Voraus trauern wollte. Aber nach dem Sturz im Frognerpark musste sie verstanden haben, dass sich ihre Befürchtungen bewahrheiten würden, dass sie die Augen nicht länger verschließen konnte.
Ja, ich erinnerte mich. An ihr herzerschütterndes Weinen, dort auf dem Kiesweg.
Im Rückblick beschäftigte mich allerdings vor allem das, was ich ihr kurz darauf gesagt hatte, ich kann es bis heute nicht richtig greifen – es entgleitet mir jedes Mal, als wollten meine Gedanken sich nicht damit befassen.
Ich verstand jedenfalls, dass ich ihr am Abend nach dem Sturz eine folgenschwere Botschaft vermittelt hatte, ohne mir dessen bewusst zu sein. So klar und unumwunden, dass sie auch den letzten Zweifel zerstreut haben musste: Mit dem Wissen, dass sie sterben würde, könnte ich nicht leben. Das hatte ich gesagt.

Ich hatte es beschworen, Vilma. Und ich hatte meinen Wunsch erfüllt bekommen. Dabei wäre ich so gern für sie da gewesen. Und für Dich.

Langsam schüttelte ich den Kopf. »Was meinst Du? Soll ich mich bei ihr melden?«, fragte ich. »Bei meiner Tochter?«
»Unbedingt«, erwiderte Hans.
»Und wenn sie es gar nicht will?«
Er lächelte warm. »Und wenn doch?«

Später am Abend begleitete ich meinen alten Freund nach unten, und wir verabschiedeten uns voneinander. Es war das letzte Mal, dass ich ihn sah.
Tot und nochmals tot, Vilma. Nur wenige Wochen später erlitt er einen heftigen Schlaganfall. Sage und schreibe drei Exfrauen kamen zu seiner Beerdigung.

Ich muss gestehen, dass ich etwas Zeit brauchte, um mich zu fangen. Um zu begreifen, dass sich alles verändert hatte, vor- und rückwirkend, wenn Du verstehst, was ich damit meine. Und ständig haderte ich mit der Frage, ob ich mich bei Dir melden sollte.
Ich weiß ja nur zu gut, dass sich nicht jeder für seinen genetischen Ursprung interessiert. Außerdem bin ich keine Augenweide mit meiner vernarbten Lippe, und auch das Alter hat gewisse Spuren hinterlassen. Was mein Aussehen anbetrifft, bin ich nicht unbedingt der Typ Mann, mit dem man die Gene teilen möchte.
Na, wenigstens ist eine Hasenscharte nicht vererbbar.
Aber wäre ein alternder, kränklicher Vater nicht bloß eine Bürde?
Vielleicht. Ja, womöglich war es genau so: Du wusstest schon immer von mir und wolltest mich nicht kennenlernen. Sollte ich mich trotzdem aufdrängen?

Ausschlaggebend für meine endgültige Entscheidung war der folgende Gedanke: Was, wenn Du Dein Leben lang geglaubt

hast, ich wüsste von Dir und hätte Dich absichtlich nie besucht?
Nein, mit einem solchen Gedanken soll keine Tochter leben müssen. Das könnte kein Vater ertragen, Vilma, und Deiner schon gar nicht. Dann komme ich lieber ungelegen oder sogar unerwünscht. Denn ich will Dich sehen, von Angesicht zu Angesicht.
Bevor ich den Flug nach Norwegen gebucht habe, traf ich allerdings eine kleine Abmachung mit mir selbst: Ich beschloss, meine Geschichte niederzuschreiben, mein Leben zusammenzufassen, für den Fall, dass Du mehr darüber erfahren möchtest. Ich wollte Dir erklären können, was sich zugetragen hat und wie alles zusammenhängt. Warum Du keinen Vater hattest. Warum ich keine Tochter hatte.
Falls Du mich nicht treffen willst, kann ich Dir immer noch diese Briefe und damit eine Erklärung geben.

Also machte ich mich ans Werk. Und schnell war ich von der Idee wie besessen, vom Briefschreiben. Es mag sonderbar und kauzig wirken, aber die Wahrheit ist, dass es sich unerwartet gut, ja geradezu vertraut anfühlt, meiner Tochter zu schreiben, als würden wir uns schon ewig kennen. Und jetzt, da ich allmählich zum Ende komme, ist es fast, als würden diese Briefe für eine lebenslange Korrespondenz zwischen uns stehen, ist das nicht seltsam? Meine ganz persönliche Lebenslüge – ach, es tat so gut, sich darin einzuhüllen.

Ja, ich will nicht verheimlichen, dass es etwas Therapeutisches an sich hat, ein neues Licht auf die alte Geschichte, auf alte Wunden zu werfen. Jene Augenblicke zu verschriftlichen, die sich aus irgendeinem Grund in mein Gedächtnis eingebrannt und rückblickend eine völlig neue Bedeutung erhalten haben.

Gewiss habe ich die Geschichte hier und da etwas ausgeschmückt und konnte nicht jedes Gespräch wortgetreu wiedergeben, und trotzdem: Vieles sehe ich gestochen klar vor mir (in meinem Alter sind die am weitesten zurückliegenden Erinnerungen am wenigsten verschwommen).

Und natürlich war ich mir während des Schreibens bewusst, dass manche Puzzlestücke fehlen. Das ist wohl nicht selten so.
Aber vielleicht kannst Du mir ja helfen, Vilma? Vielleicht können wir das Knäuel gemeinsam entwirren? Falls Du mich überhaupt treffen willst.

Andererseits, wann erlangt man im Leben schon absolute Gewissheit?
Erhalte ich keine Antworten auf meine Fragen, dann soll es so sein. Wenn ich eine Sache verabscheue, Vilma, dann ist es Verbitterung. Ich will nie wieder dorthin zurück. Deshalb sage ich mir, dass es Gründe gegeben haben muss – dafür, dass ich nicht früher von Dir erfuhr, dass Deine Tante mir nichts erzählt hat.
Ein verschollener Brief, ein Missverständnis? Mit einem Sündenbock ist niemandem geholfen. Hass und Groll zerfressen einen nur.

Vielleicht steckt auch in Geschichten wie unserer ein tieferer Sinn?
Und wenn nicht, vielleicht können wir ihr gemeinsam einen Sinn verleihen?
Ein Leben, in dem wir voneinander gewusst hätten, wäre ein vollkommen anderes gewesen – wir wären nicht da, wo wir jetzt sind. Vielleicht hättest du Menschen, die Dir sehr am Herzen liegen, nie getroffen?

Und ich? In einem anderen Leben wäre ich vielleicht schon lange tot. Vielleicht wäre ich mit einem Lastzug kollidiert, als ich Dich vom Kindergarten abholen wollte. Oder ich wäre an einer Weintraube erstickt.
Ja, auch solche Dinge geschehen. Alles kann geschehen. Alles hätte geschehen können.
Das Leben wartet mit unzähligen Zufällen auf, mit viel Gutem und viel Schlechtem.
Und wenn ich so darüber nachdenke: Vielleicht lässt sich meine Geschichte auf diese Weise am besten abrunden, jetzt, da ich am Ende angelangt bin.
Und damit am Beginn einer neuen Geschichte, ganz gleich, wie sie aussehen mag.
Denn jetzt, Vilma – jetzt komme ich zu Dir.

Kompost und Krokusse

Als Robert zurückkam, stand ich gerade im Garten. Es war ein Sonntagmorgen, und ich betrachtete die kürzlich massakrierten Pflanzen, den Johannisbeerstrauch, die Kletter- und Kartoffel-Rosen, oder besser gesagt deren Überreste.

Auch Robert warf einen Blick auf die herumliegenden Zweige, als er, vorsichtig wie immer, durch den Schnee auf mich zustapfte.

»Sorgst du für Ordnung?«, fragte er.

»Vielleicht«, sagte ich.

»Clever.«

Und wie ich dort stand, ausgeschlafen und ausgeweint in dem alten Garten – hinter einem der Büsche am Zaun blinzelte gerade die Sonne hervor –, merkte ich, wie schön es war, ihn zu sehen. Seinen Dreitagebart, die Lachfältchen um seine Augen. Und im selben Moment wurde mir klar: Ich hatte nicht die geringste Ahnung, wie alt er war. Oder wann er Geburtstag hatte.

Ich kannte ja nicht mal seinen Nachnamen. Geschweige denn seine Adresse.

Robert hingegen wusste nun von Mama und mir, vom größten aller Geheimnisse. Ich hatte sogar mit dem Kopf auf seinem Schoß gelegen und geweint.

Kaum zu glauben, dass ich so etwas getan hatte. Schließlich hatte ich sonst nicht die Angewohnheit, mich auf anderer Leute Schoß zu legen (eigentlich lege ich mich nirgendwo einfach so hin).

Aber hier stand ich, Vilma Veierød, und wusste, wie sich sein Atem angefühlt hatte und sein kariertes Hemd an meiner Wange, wie er mir über den Kopf gestrichen hatte, bis ich einschlief.

Bei dem Gedanken wurde mir ganz warm im Gesicht.

»Ich habe nur Sträucher zurückgeschnitten«, presste ich hervor und sammelte ein paar Zweige auf.

Geköpft wäre wohl korrekter gewesen. Oder *plattgemacht*. Der Garten sah nämlich wie ein Schlachtfeld aus, wie der Schauplatz eines Kettensägenmassakers.

Aber Robert sagte nichts. Stattdessen ging er neben mir in die Hocke und half mir, die Zweige aufzusammeln. Ich sah, wie ein Sonnenstrahl seinen Nacken streifte, er musste seinen Schal vergessen haben.

»Schönes … *Scheißdreck* … Wetter.«

»Ja.« Ich nickte.

Wir klaubten weiter Zweige zusammen. Zwei Mal streifte Robert mich mit dem Ellbogen, beim zweiten Mal auffallend langsam.

»Hast du … gut geschlafen?«

Ich nickte wieder. »Und wie.«

»Sehr gut«, sagte er grinsend. Dann richtete er sich auf, den Arm voller Zweige, und ließ den Blick über das Schlachtfeld schweifen.

»Du brauchst einen Platz für den Kompost«, sagte er. »Welchen Nachbarn magst du am wenigsten?«

Ich zuckte die Schultern. »Eigentlich kenne ich keinen so richtig.«

»Dann dort drüben.«

Robert stapfte durch den Schnee in Richtung Zaun und ließ die Zweige in einer Ecke hinter dem Fliederbusch fallen.

Ich schüttelte den Kopf. »Das wird ewig dauern, bis daraus Erde wird.«

»Na und«, sagte Robert, während er zu mir zurückkam, »oder hast du's eilig?«

Ich lächelte. Nein, hatte ich nicht, im Gegenteil. Also türmten wir die Holzabfälle in der Ecke auf. Die Sonne glitzerte im Schnee, in unseren Fußspuren, auf den Ästen des Apfelbaums. Bestimmt waren wir weit und breit die Einzigen, die mitten im Dezember im Garten klar Schiff machten.

Als wir fertig waren, blickten wir uns um. Der Garten sah aus, als läge er im Winterschlaf.

»Mir gefällt die Idee des Recycelns«, sagte Robert und streckte sich. »Dass die Dinge in einen Kreislauf eingebettet sind, sich verwandeln. Zum Beispiel in neue Erde.«

Ich nickte und musste an den zerbrochenen Spiegel denken, vielleicht könnten die Scherben zu Flaschen werden. Oder zu Einmachgläsern, so könnten sie gezuckerte, konservierte Sommererinnerungen aufbewahren.

Und dann dachte ich an Erde. An das Beet vor der Veranda, wo der Schnee immer zuerst schmolz. Vielleicht sollte ich dort etwas pflanzen. Bis zum Frühling war es gar nicht mehr so lange hin.

Langsam gingen wir in Richtung Haus.

»Wusstest du«, sagte Robert, »dass man sogar Menschen recyceln kann?«

Ich schaute ihn fragend an.

»Die Leute sind voll mit Metall – Titanhüften, Herzschrittmacher, Goldzähne. In Dänemark gibt es Krematorien, die aus Leichen Fernwärme gewinnen.«

»Ich denke lieber an Krokusse«, sagte ich.

Er lachte.

Aber ich spann den Gedanken weiter: Ob man Großtante Ruth ebenfalls recyceln konnte? Auf einer rein geistigen Ebene versteht sich, ihr Körper lag schließlich seit fast zwanzig Jahren unter der Erde, und die Natur hatte ihr Werk sicher längst verrichtet. Aber könnte ich womöglich die Erinnerungen recyceln, die ich loswerden wollte? Fernwärme würde sich daraus wohl kaum gewinnen lassen, aber vielleicht eine Art Kompost? Erde, aus der etwas Neues wachsen konnte?

Vielleicht mit der Zeit, dachte ich, während ich durch den Schnee stapfte.

Aber was würde daraus wachsen? Löwenzahn? Brennnesseln?

Giersch?

»Robert«, sagte ich. »Ich bin froh darüber, dass meine Mutter sowieso gestorben wäre. Also, von allein. Das habe ich für mich beschlossen.«

Aus dem Zusammenhang gerissen klang es sicher makaber, aber ich war fest davon überzeugt, dass Robert mich verstand.

»Gut«, sagte er. »Außerdem hast du ein Recht darauf, glücklich zu sein. *Verfickte Fotze*!«

»Okay«, sagte ich.

Er blieb stehen und lächelte schief. »Jetzt mal im Ernst: Ich hatte eine Mutter, und zwar deutlich länger als du. Und sie hat sich nichts mehr gewünscht, als dass ich glücklich bin.«

Damit hatte er recht, glaube ich. Es war ein schöner Gedanke. Wäre ich zum Beispiel Amdis Mutter, hätte ich auf keinen Fall gewollt, dass er sich die nächsten vierundzwanzig Jahre Vorwürfe wegen irgendwelcher Murmeln machte.

Oder wegen was auch immer.

»Danke«, sagte ich und stapfte langsam in Richtung Gartentor.

Wer von uns beiden zuerst stehen blieb, weiß ich nicht mehr. Aber plötzlich standen wir da, und während Robert auf den Füßen hin und her wippte, blinzelte ich in die Sonne und dachte, dass so ein klitzekleines bisschen Reue vielleicht manchmal gar nicht schadete.

»Tut mir leid, Robert.«

Er sah mich überrascht an.

»Weil ich … du weißt schon … weil ich gesagt habe, du mischst dich ein.«

»Ach so.« Er lächelte vorsichtig. »Hab ich ja auch.«

Hinter ihm die niedrige Sonne, ein bisschen wie ein Glorienschein. Robert, von dem ich weder Alter noch Adresse wusste. Die ganze Zeit war er da gewesen.

Und das war nicht selbstverständlich.

Auf einmal war mir zum Lachen zumute, ich spürte ein Prickeln ganz tief im Bauch. Ein Gefühl, als wäre ich auf dem Weg zu einer Übernachtungsparty hoch drei. Ach was, hoch vier.

»Ja. Aber eigentlich fand ich es ja gut, dass du dich eingemischt hast.«

Sein Blick wurde noch wärmer als sonst. Er zögerte einen Moment, dann sagte er: »Aber es war nicht aus Mitleid.«

»Okay«, sagte ich.

»Auch nicht aus schlechtem Gewissen.«

Er wippte wieder hin und her, starrte auf seine Schuhe.

»Es war nur so … *Verfluchte Kackscheiße.*«

Ich musste lachen. Es kribbelte wie bei einem Schluckauf. Ich lachte, wie ich noch nie zuvor gelacht hatte.

»… ich … ich mag …«

Sein Blick streifte meine Lippen, nur für einen klitzekleinen Moment, dann sah er wieder verlegen zu Boden.

»… Lebkuchen?«, fragte ich.

»Ja, Lebkuchen.« Er lachte. »Definitiv.«

Wir standen da und starrten wortlos in den Schnee.

Bis Robert den Fuß bewegte und ein bisschen mit dem Schnee spielte: »Ich wollte nur schauen … ob hier alles in Ordnung ist.«

»Ja«, sagte ich, »ist es. Alles ist in Ordnung.«

Er nickte eifrig.

»Und wenn du willst«, er wies mit dem Kinn in Richtung Zaun, »komme ich demnächst rüber und baue dir … eine Kiste, für den Kompost, meine ich.«

»Ich will.«

Die Antwort kam wie aus der Pistole geschossen. So abrupt, dass es fast schon lustig war, wie ein Fehlstart beim Sport.

Und zum hundertsten Mal musste ich lachen und klang dabei vermutlich ziemlich bescheuert.

Aber das machte nichts. Weil Robert mir zulächelte, ganz tief aus den Augen.

Zeit der Wunder

Das mit der Seelsorge hatte ich sowieso nie so richtig begriffen, weder mit noch ohne Notizblock. Anstandshalber wollte ich die Sache trotzdem, tja, beenden. Von Angesicht zu Angesicht.

Es gab nur ein Problem: Wenn ich an Ivar dachte, sah ich ein anderes Körperteil als sein Gesicht vor mir. Auch jetzt, als er mir seine warme Hand reichte.

Ich schüttelte den Kopf, setzte mich auf die Stuhlkante und sagte: »Danke noch mal, für neulich.«

Das Pfarrbüro wirkte aufgeräumter als beim letzten Mal. Keine zerwühlte Decke auf dem Sofa, keine halb aufgegessene Moussaka. Die Sonne schien durchs Fenster auf Jesus an der Wand, auf seine Zehen in den Sandalen und auf all die undefinierbaren Tierarten, die in Noahs Arche strömten.

Ivar war schick angezogen, nahm gegenüber von mir Platz und lachte verlegen.

»Ja, das war natürlich ein bisschen schräg …«, setzte er an.

Was du nicht sagst, dachte ich.

»Ich wusste ja nicht, dass Sie …« Er machte eine linkische Handbewegung.

… hinter dem Thujabusch saßen, dachte ich, nickte aber, als ginge es um die Aubergine.

Ivar wand sich auf seinem Stuhl. »Wissen Sie, die Leute halten uns Pfarrer für ganz und gar … unschuldig. Aber in dem Fall waren Sie wohl … nun ja … noch unschuldiger als ich.«

Wie man's nimmt, dachte ich. Sich in den eigenen vier Wänden zu paaren, war schließlich nicht verboten. Aber hinter einem Busch zu hocken und das Spektakel mitanzuschauen?

»Um die Sache ein für alle Mal aus der Welt zu schaffen«, sagte Ivar, »mir ist vollkommen klar, dass Sie«, er räusperte sich, »nicht auf diese Weise an mir interessiert sind.«

In dem Punkt waren wir uns immerhin einig. Ich nickte so desinteressiert wie möglich, was mir nicht sonderlich schwerfiel.

»Dann wäre das ja geklärt.« Er klatschte zufrieden in die Hände. »Kaffee?«

Er erhob sich, ging zum Fenster und füllte zwei Becher aus einer Pumpkanne. Er hatte mir den Rücken zugewandt, und mein Blick fiel auf seine Hose.

Ja, ich gebe es zu. Ich starrte auf seinen Po. Aber keineswegs wollüstig. Ich stellte lediglich fest, dass ich inzwischen eine ziemlich genaue Vorstellung davon hatte, was unter dem Stoff steckte – zwei bleiche Pobacken, die mich völlig kalt ließen.

Nichtsdestotrotz war es ein lustiger Anblick, wie sein Po im Takt mit seinen Schritten hin und her schaukelte, als er zum Kühlschrank ging, um Milch zu holen.

»Sie scheinen gute Laune zu haben«, sagte Ivar und reichte mir einen Becher mit Kirchenrat-Logo.

Ich riss mich zusammen. »Es geht mir auch besser«, antwortete ich schnell und musste feststellen, dass der Kaffee noch bitterer schmeckte als beim letzten Mal.

Ivar setzte sich wieder. Mit dem Becher in der Hand und trotz allem wohl mit guten Absichten. Plötzlich überkam mich ein Anflug von freundschaftlicher Zuneigung.

»Geht es Ihnen auch besser?«

Ich hoffte, er würde Ja sagen. Dass dieser Porno, den ich hatte bezeugen müssen, wenigstens für einen von uns etwas Gutes gehabt hatte.

Ivar nickte. »Noch mal, es tut mir aufrichtig leid, dass ich so neben der Spur war. Aber ja, es geht schon … besser.«

»Auch mit Gott?«

Mist. Hatte ich mich damit verraten? Die Thuja-Episode war schließlich der einzige Grund, warum ich annahm, dass es mit Frau Pfarrer bergauf ging und Gott jetzt die einzige Baustelle war. Aber natürlich lösten sich Eheprobleme nicht augenblicklich in Luft auf, nur weil man ein paar Minuten auf dem Sofa auf und ab hüpfte.

Aber zum Glück lächelte Ivar schief, nahm einen Schluck aus dem kirchenrätlichen Becher und schüttelte den Kopf.

»Nein. Es fühlt sich an, als hätte ich einen Vater verloren. Als hätte er sich … plötzlich davongemacht.«

Ich wusste nicht, was ich darauf erwidern sollte. Schließlich hatte ich nur Erfahrung mit Vätern, die plötzlich *auftauchten*. Tot, aber immerhin.

Ivar seufzte. »Aber das soll nicht Ihr Problem sein, Vilma.«

Nein, dachte ich. Und im nächsten Moment traf mich die Einsicht wie ein Schlag: Es war vorbei.

Zwar hatte ich immer noch keine Eltern und der Tod mal drei war nach wie vor meine Lebensgeschichte – aber wenigstens saß ich hinter keinem Fliederbusch mehr. Und dem Himmel sei Dank auch hinter keiner Thuja.

Gern wollte ich meine Freude mit Ivar teilen.

»Haben Sie schon mal über Kompost nachgedacht?«, fragte ich.

»Über Kompost?«

»Aus Kompost wird gute Erde, und aus der kann etwas Neues wachsen. Das sollten Sie in Ihre Predigt aufnehmen.«

Er sah mich verdattert an.

»Na, weil es doch ein Wunder ist«, sagte ich, »dass alles immer irgendwie weitergeht.«

Und plötzlich, unter Jesus' Sandalen und den unförmigen Giraffen an der Wand, erzählte ich Ivar, was mein Vater in einem der ersten Briefe geschrieben hatte. Von der Uhr und den Zeigern und dass jeder Augenblick weiterlebe, in Form von Lichtstrahlen, die immer weiter ins All reisen. Und von der im All herumdüsenden Voyager-Raumsonde.

»Meine Mutter hat das Foto von meinem Vater und sich in eine Flasche gesteckt«, fuhr ich fort, »sie in der Nähe von Vollen ins Meer gelegt und auf die Reise geschickt. Ich glaube, sie wollte auf diese Weise weiterleben.«

Dann fügte ich hinzu: »Mit Papa. Für immer.«

Ivar wirkte plötzlich merkwürdig still. Als er endlich den Blick hob, war er so blass um die Nase, dass ich mir vorsichtshalber die Notrufnummer ins Gedächtnis rief und dass man während einer Herzdruckmassage *Staying Alive* singen sollte.

Schließlich räusperte er sich: »In ... der Nähe von Vollen?«

Ich nickte.

»Da bin ich aufgewachsen«, sagte er langsam. »Und ... irgendwann, ich muss in der ersten Klasse gewesen sein, fand ich in der Selvik-Bucht eine Flasche. Mit einem Foto drin.«

In dem Moment erblasste ich vermutlich ebenfalls.

»Von ... meinen Eltern?«, presste ich hervor.

Ohne zu antworten, sank er auf die Knie, der Mann, der Jesus ähnelte. Dann hockte er vor mir, auf dem abgewetzten Linoleumboden zwischen dem gepolsterten Siebzigerjahre-Stuhl und dem seltsam platzierten Waschbecken. Die Hände gefaltet, das Gesicht selig vor Glück.

Nach einer Weile senkte Ivar Kirkeby den Kopf.

»Danke, Herr.«

Streng genommen hätte ich mich wohl ebenfalls hinknien müssen, doch ich blieb sitzen, denn was sich hier vor mir abspielte, war so faszinierend, dass ich meinen Augen kaum traute.

»Ein Weihnachtswunder, Vilma. Er … hat sich mir offenbart!«

Ehrlich gesagt konnte ich seine Euphorie nicht so richtig teilen. Trotzdem sah ich mich diskret im Zimmer um, warf sogar einen Blick unter den Tisch. Aber das Einzige, was mir ins Auge stach, war Jesus an der Wand, der sich nicht mehr und nicht weniger offenbarte als sonst.

Aber na ja, ich war ja auch keine Offenbarungsexpertin.

»Hat er das?«, fragte ich.

Ivar antwortete nicht. Er weinte nur, vor mir auf dem Boden, glücklich und ergriffen. »Danke – tausend Dank«, schluchzte er.

Ob er den Herrn oder mich meinte, war schwer zu sagen, deshalb verkniff ich mir ein »Bitte schön«. Aber ich freute mich für ihn. Und natürlich auch für Gott. Am liebsten hätte ich Ivar Kirkeby aufmunternd den Rücken getätschelt, um der alten Freundschaft willen.

Doch vor allem, weil er als Kind eine Flaschenpost aus der Selvik-Bucht gefischt hatte.

Nicht, dass ich es für etwas anderes als einen Zufall hielt. Aber ab und zu ist auch ein Zufall ein kleines Wunder.

Nach einer Weile rappelte Ivar sich auf, setzte sich mit tränennassen Wangen auf die Stuhlkante und nahm meine Hände.

»Vilma«, sagte er, »ich habe die Flasche aufbewahrt. Irgendwie hat sie mich gerührt, schon damals als Kind.«

»Sie … haben sie noch?«

»Ja. Ich hatte mir natürlich vorgestellt, sie hätte eine lange Reise hinter sich, sie käme aus Dänemark oder so.« Er wischte sich mit dem Handrücken über die Augen. »Aber wahrscheinlich hat sie sich dort zwischen den Steinen verkeilt.«

»In der Selvik-Bucht«, sagte ich.

»In der Selvik-Bucht«, sagte Ivar.

Ja, es war ein wundersamer Zufall. Dass es ihn immer noch gab, den Augenblick, in dem meine Eltern in einem Garten in Asker in eine Kamera gelächelt und so unterschiedliche Vorstellungen von ihrer Zukunft gehabt hatten.

Ich sah sie vor mir, meinen Vater als jungen Mann und meine Mutter mit dem Goldherzchen um den Hals. Mama, Papa und ein Herz, dachte ich.

Denn so war es ja. Alles hätte so einfach sein können – wenn alles anders gewesen wäre.

Das Leben auf den Punkt gebracht, wenn man so darüber nachdenkt.

Aber jetzt ließ sich nichts mehr ungeschehen machen. Außerdem hatte ich ja bereits beschlossen, dass sie vorbei war, die Geschichte der Menschen, die nie angekommen waren, weder bei meinem Vater noch bei mir. Die Geschichte derjenigen, die etwas bereut hatten, zu Recht oder zu Unrecht.

Es war wichtig, am Guten festzuhalten und den Rest loszulassen. Daran zu denken, dass man manchen Menschen womöglich nie begegnet wäre, wäre das Leben anders verlaufen. Menschen, die einem am Herzen lagen, wie mein Vater es geschrieben hatte.

Und damit hatte er weiß Gott recht gehabt.

Ich ließ den Blick durchs Zimmer schweifen. Über Jesus an der Wand, die Pumpkanne, die Ordner im Bücherregal. Dann betrachtete ich Ivar Kirkeby, der immer noch feuchte Augen hatte, der Mann mit den warmen Händen, den ich jetzt ebenfalls loslassen würde.

Tja, mit Seelsorge hatte unsere Begegnung wohl nie viel zu tun gehabt. Dafür war sie ausgesprochen turbulent gewesen, mit seltsamen Autofahrten, Auberginen und Händen, die Rücken tätschelten. Mit verhängnisvollen Ereignissen hinter Thujabüschen.

Doch jetzt war damit Schluss. Sowohl mit Ivar als auch mit der Seelsorge.

Dort auf dem gepolsterten Stuhl, mit dem Kaffeebecher in der rechten Hand, fragte ich mich, ob es so etwas wie *Seelenfreude* gab.

Singing in the Rain

Als Kind, ich muss etwa zehn gewesen sein, spielte ich bei einem meiner ersten Musikschulkonzerte Harald Sæveruds *Rondo Amoroso*. »Amoroso« bedeutet liebevoll und zärtlich, aber für mich hat das Stück auch immer etwas Wehmütiges gehabt. Und ich glaube, so habe ich es damals gespielt, zärtlich und wehmütig – tja, schon damals hatte ich wohl einen Hang zum Melancholischen.

An das Klavierspiel an sich kann ich mich kaum erinnern, dafür umso mehr an den Applaus. Es gab einen richtigen Beifallssturm, bei einem Musikschulkonzert – Standing Ovations. Ich musste sogar ein zweites Mal auf die Bühne.

»Wundervoll«, sagten die Leute anschließend zu Tante Ruth, »diese Hingabe.«

Das alles war so lange her. Und alles war so anders gewesen.

Zwar hatten auch damals die Stühle viel zu eng beieinandergestanden, aber damit hörten die Gemeinsamkeiten mit der heutigen Veranstaltung auch schon auf. Dem Weihnachtskonzert der Musikschule im Teppichladen. In fünf Minuten ging es los.

Wenn ich ganz ehrlich bin, war ich fast so angespannt, als müsste ich selbst auf die Bühne. Ich fühlte mich wie eine Sprinterin im Startblock, die jeden kleinsten Nerv, jede Muskelfaser im Zaum halten musste. Aber heute ging es nicht um mich, sondern um Amdi, ich selbst saß auf einem Plastikstuhl in der zweiten Reihe. Ringsumher türmten sich Teppiche, und von der Decke baumelte ein monströser aufblasbarer Schneemann.

»Toi, toi, toi«, sagte ich zu Amdi, der sich neben mir auf seinen Oberschenkeln warmspielte.

Natürlich verstand er nicht, was ich meinte.

»Das heißt ›viel Glück‹.«

»Ah, cool.«

Er lächelte, wandte sich um und winkte seinen Eltern, die ein Stück weiter hinten saßen; wie immer waren die vorderen Reihen für die Schüler- und Lehrerschaft reserviert.

»Meine Eltern filmen mich gleich«, erklärte er stolz.

»Toll.« Damit wären sie wohl nicht die Einzigen. Vor zehn Jahren hatte höchstens der eine oder andere Vater mit seiner Videokamera am Rand gestanden, aber heutzutage reckten alle ihre Smartphones in die Höhe wie Flaggen am Nationalfeiertag.

Als ich mich umblickte, entdeckte ich ein paar Stühle weiter Elton John. Bei dem Gedanken an seinen Auftritt meldete sich meine Nervosität prompt zurück, wenn auch aus anderen Gründen (tut mir leid, dass ich das so offen sage).

Ich nickte Amdi noch einmal aufmunternd zu. »Vergiss nicht, wenn du dich verspielst, ist das kein Weltuntergang. Okay?«

»Okay.« Er trommelte weiter auf seinen Oberschenkeln herum. Dann fragte er plötzlich: »Du, Vilma?«

»Ja?«

»Darf ich auch noch bei dir üben … wenn wir ein eigenes Klavier haben?«

Ich musste ein paarmal schlucken, ehe ich mühsam ein »Selbstverständlich« über die Lippen brachte. Ich glaube, meine Stimme rutschte sogar ins Falsett.

Seltsam, was dieses Kind immer wieder in mir auslöste.

Ich lächelte und wiederholte flüsternd: »Selbstverständlich.«

Im nächsten Moment schallte die Stimme unserer Rektorin laut und nasal von der Bühne herab, die aus mit Flickenteppichen abgedeckten Europaletten bestand.

»Ich begrüße Sie herzlich zu unserem diesjährigen Weihnachtskonzert!« Sie breitete die Arme aus und stieß dabei gegen einen Stapel Perserteppiche.

Aber das war noch nicht das Komischste an der Szene: Nein, Rigmor Andersen, so hieß unsere Rektorin, trug zur Feier des Tages nicht nur ein Weihnachtsmannkostüm, sondern auch einen Sombrero, um die Internationalität des Weihnachtsfests zu unterstreichen.

»Lassen Sie sich von uns auf eine Weltreise entführen – auf den weihnachtlichen Schwingen der Musik!«

Auf den weihnachtlichen Schwingen der Musik? Die alte Vilma hätte über so einen Ausdruck nur laut gelacht, aber in dem Moment war ich von einer liebevollen Nachsicht erfüllt.

Doch worin genau bestand die angekündigte *Weltreise*? In dem vierhändigen Klavierstück, das unser argentinischer Kollege komponiert hatte? Oder in dem Didgeridoo, das Birger mitgeschleppt hatte? Und was die Kostümierung anbetraf: Nachdem Kåre gebeten worden war, seinen indianischen Kopfschmuck abzusetzen, versprühte nur noch der Fjällräven internationales Flair; sein Outfit bestand aus einem Cowboyhut und einer knarrenden Lederhose.

Na ja, sei's drum. Die bis an die Zähne mit Smartphones und iPads bewaffneten Eltern und Großeltern klatschten gewohnt enthusiastisch Beifall.

Dann ging das Getöse los, theoretisch zumindest, denn wir konnten kaum etwas davon hören.

Die Kinder zupften herzallerliebst an ihren Gitarren herum, doch der Großteil des Charivaris wurde von den gut hundert Wollteppichen in allen erdenklichen Farben und Mustern verschluckt. Ich meinte, »Stille Nacht« herauszuhören, Amdi tippte auf »Santa Lucia«.

»Wunderbar«, flötete anschließend der Fjällräven und erklomm in seiner knarrenden Lederhose die Bühne, die Schulleitung hatte die Moderation offenbar unter sich aufgeteilt. »Und als Nächstes, verehrtes Publikum: ›Can You Feel the Love Tonight‹?«

Ich rutschte nervös auf meinem Stuhl nach unten, so wie in Ivars Volvo vor ein paar Wochen. Denn jetzt nahm Elton John am Klavier Platz, und das versprach eine mindestens genauso unangenehme Erfahrung zu werden wie besagte Autofahrt. Angesichts des aufgestellten Flügeldeckels bestand zu allem Übel die realistische Gefahr, dass wir Elton Johns Darbietung tatsächlich *hören* würden.

Und wir hörten ihn. Aber, o Wunder: Die Melodie war vom ersten bis zum letzten Ton wiederzuerkennen. Nicht, dass die Luft vor Liebe vibrierte (streng genommen vibrierten hier drinnen ja kaum die Schallwellen), aber trotzdem: Als der Junge sich hastig und linkisch verbeugte, strahlte er so stolz, dass ich nicht umhinkam, noch lauter zu klatschen. Er war glücklich. Talentfrei, aber glücklich. Und das war auch nicht zu verachten.

Es war erstaunlich, wie sehr mich die Veranstaltung rührte. Mich, die Schülerkonzerte sonst todlangweilig fand und sich all die Jahre über dies und das aufgeregt hatte.

Zum Beispiel über die Kinder, die ihren pompösen Namen nicht gerecht werden, über all die Savannah-Desirées, die einen mit ihrer Version von »Ich kann Geige spielen« (was für ein Euphemismus!) quälen. Oder über diese Suzuki-Kinder, die sich ihren Geigenbogen meist nur wie ein Einhorn an die Stirn halten (angeblich hilft das gegen Nervosität!) und trotzdem Jubelstürme einheimsen, weil sie sozusagen gerade erst der Windel entschlüpft sind.

Aber heute? Zu meiner eigenen Verwunderung richtete sich meine Aufmerksamkeit auf völlig andere Dinge: die konzentrierten Blicke der Kinder, ihr flüchtiges Lächeln ins Publikum, die stolzen Gesichter hinter den in die Luft gereckten Handys. Nicht mal all die ungerechtfertigten Bravo-Rufe machten mir etwas aus.

Ja, ich ertrug sogar »What a wonderful World«, ohne im Stillen zu denken, wie unzutreffend das meistens war.

Ich applaudierte, und Amdi tat es mir nach.

»Du bist als Nächstes dran«, flüsterte ich ihm zu, während wir Hildurs Star-Schülerin lauschten, die zugegebenermaßen sehr schön spielte.

Dann merkte ich, wie mein Herz ein paar zusätzliche Schläge einlegte. In meinen dreizehn Jahren als Klavierlehrerin war das noch bei keinem einzigen Konzert vorgekommen. Denn jetzt betrat Amdi die Bühne, gelassen und selbstsicher, legte eine Hand auf den Flügel und machte eine tiefe Verbeugung, so, wie ich es ihm beigebracht hatte. Das Publikum klatschte, dann wurde es still.

Da saß er, mein Amdi, in Anzug und Fliege, seine Füße reichten nicht an die Pedale. Amdi, der Robert angerufen hatte, als ich in der Abseite in Tränen ausgebrochen war, der extrastarken Kakao gemacht und das Lebkuchenhaus mit Süßigkeiten verziert hatte – der Junge, der Türen öffnete und freiwillig Bach hörte.

Gelang es ihm, die Zuhörerinnen und Zuhörer zu verzaubern? Ich glaube schon. Denn plötzlich war sie zu spüren, diese ganze besondere Stille, die nur dann entsteht, wenn das Publikum aufrichtig berührt ist und mitfiebert, ja fast das Atmen vergisst.

Amdi spielte Schumanns »Erster Verlust«, dann den Walzer von Grieg. Als hätte er nie etwas anderes gemacht; jede Phrasierung saß, jede Klimax, jedes Ritardando. Schon wieder füllten sich meine Augen mit Tränen. Schon wieder spielte Amdi, als ginge es um sein Leben, um das, was uns Menschen ausmacht. Und die ganze Zeit lagen mir zwei kleine Wörter auf den Lippen: mein Junge.

Dann kam der Applaus. Standing Ovations, so, wie ich es vor über zwei Jahrzehnten selbst erlebt hatte. Ich drehte mich um und lächelte Mariam und Gebre zu, die stolz und auch ein wenig überrascht aussahen.

Amdi musste mehrmals zurück auf die Bühne, um sich zu verbeugen. Danach nahm er nassgeschwitzt neben mir Platz und strahlte so fröhlich wie an dem Tag, als er zum ersten Mal zu mir gekommen war, mit Notentasche und Schneeflocken im Haar.

Es war so lange her und gleichzeitig überhaupt nicht.

Ich wuschelte ihm durch die Locken, dachte an damals und jetzt und daran, dass Amdi später Pianist werden könnte, wenn er wollte.

Daran, dass sich die Welt immer weiterdreht. Ja, das tut sie wirklich.

Nach dem Konzert, als Berthas Lebkuchen, Pulverkaffee und der übliche Sirup serviert wurden, kam plötzlich der Fjällräven zwischen den Teppichen auf mich zu und räusperte sich.

»Du, Vilma … du, Vilma.«

»Du, Åge-Per … du, Åge-Per.«

Er holte tief Luft. »Also, ehrlich gesagt hatte ich eine Weile so meine Zweifel, was deine Methoden angeht. Aber das eben?« Er streckte mir die Hand entgegen. »Super gemacht, gratuliere!«

Nun ja, streng genommen sagte er »Fuper gemacht«, aber sei's drum. Ich ergriff seine Hand und schüttelte sie freundlich. Da bekam ich doch tatsächlich ein Lob von dem Mann, der mir am liebsten das Metronom weggenommen hätte. Als wollte er etwas wiedergutmachen, und ich wusste nicht mal, ob ich das verdient hatte.

Ich musterte ihn von Kopf bis Fuß, vom Cowboyhut bis zur knarrenden Lederhose, und wollte erst sagen, dass Amdi eben außergewöhnlich begabt sei, dass jeder das Gleiche aus ihm herausgekitzelt hätte. Aber ich sagte etwas völlig anderes.

Denn im selben Moment überkam mich wieder dieses, wie soll ich sagen, neue Wohlwollen gegenüber der Welt. Gegenüber Menschen, Pflanzen und Tieren, ja fast eine Art Verbundenheit mit allem, was lebte, vom Blumenkohl bis zur Schnecke.

Gleichzeitig wurde mir klar, dass ich nie wieder Quizfragen stellen würde, deren Antworten »Ibsen«, »Sommernachtstraum« oder »Sargassosee« lauteten. Denn plötzlich wünschte ich diesem Kerl mit den Fahrradhosen und Ballonreifen nur das Beste. Ob er nun einen Helm trug oder nicht.

»Gleichfalls. Tolles Konzert«, sagte ich.

Er wirkte verblüfft, lächelte aber.

Seine Reaktion gefiel mir, und ich wollte noch mehr sagen, es konnte ja ruhig ein bisschen geflunkert sein.

»Schicke Hose übrigens«, fügte ich hinzu und reckte einen Daumen.

Als ich Amdi nach mir rufen hörte, drehte ich mich um.

»Willst du sehen, wie ich mir acht Lebkuchen auf einmal in den Mund stecke?« Er stand neben der Keksdose und hüpfte fast vor Aufregung.

Natürlich konnte ich nicht Nein sagen. Warum auch?

Mit der gleichen Hingabe, mit der er Grieg und Schumann spielte, stopfte Amdi sich einen Lebkuchen nach dem anderen in den Mund, bis seine Backen sich derart aufgebläht hatten, dass ich im Geiste prophylaktisch den Heimlich-Handgriff durchging.

Nachdem ich Amdi versichert hatte, dass ich auf keinen Fall mit ihm konkurrieren konnte, trank er stolz einen Schluck Sirup und fragte schließlich:

»Magst du Heiligabend zu uns kommen?«

Ich blinzelte. Heiligabend? Ich war so überrascht, dass ich schon wieder schlucken musste.

Dann begriff ich, was hier vor sich ging: Der Junge wollte mir eine Freude machen. Dass er das Herz am rechten Fleck hatte, war mir ja von Anfang an klar gewesen. Allerdings war ich mir ebenso sicher, dass er hier auf eigene Faust operierte. Verstohlen schielte ich zu seinen Eltern hinüber, die sich gerade mit jemandem unterhielten.

Da ich weder ein Ja noch ein Nein über die Lippen brachte, sagte ich nur: »Du hast ganz toll gespielt, Amdi. Herzlichen Glückwunsch!«

Aber der Junge ließ nicht locker.

»Du kannst das Lebkuchenhaus mitbringen«, sagte er und trank den letzten Schluck aus seinem Glas.

Aha, daher wehte der Wind. Der Ärmste wartete sehnsüchtig auf das Lebkuchenhaus, während die unförmige Leckerei in meiner Küche nur Staub fing.

»Das Lebkuchenhaus kriegst du auch so«, sagte ich lächelnd. »Keine Sorge.«

Ein bisschen würde ich es vermissen, dachte ich, dieses zuckrig-infantile Ungetüm.

»Okay«, sagte Amdi kopfschüttelnd. »Aber nur, dass du's weißt, Robert kommt auch.«

Sofort wurden meine Wangen warm. Natürlich war das ein schöner Gedanke. Mehr als das sogar. »Robert will doch sicher seine Familie besuchen. Im Ausland.«

Hatte Robert nicht erzählt, seine Schwestern seien nach England und Australien ausgewandert? Bestimmt würde er dort die Weihnachtstage verbringen.

Amdi schüttelte triumphierend den Kopf.

»Will er nicht«, sagte er.

»Doch«, widersprach ich.

»Will er nicht.« Er lächelte mich verschmitzt an. »Soll ich dir was verraten, Vilma?«

»Was denn?«

»Robert hat Flugangst.«

Auf dem Heimweg fiel es mir plötzlich auf: Ich sang vor mich hin, und es klang weder schön noch schrecklich. »Singing in the Rain«, im Takt mit meinen Schritten.

Eigentlich hätte es schneien sollen, aber das tat es nicht. Also sang ich im Regen, obwohl wir bald Weihnachten hatten.

Wann ich das letzte Mal gesungen hatte? Ich wusste es nicht.

V wie Veränderung

Am Tag vor Heiligabend nahm ich den letzten Brief meines Vaters aus dem Körbchen auf dem Sekretär. Die Engel lächelten mir sanft zu, und das rote Spankörbchen war an den Rändern verstaubt.

Ja, ich hatte mich von meinem Vater verabschiedet, als ich ihn zum zweiten Mal in meinem Leben gesehen hatte. Und damit auch das letzte Mal. Wobei, der weißhaarige Mann mit den schlanken Händen in dem sterilen Raum … nein, das war nicht mein Vater gewesen, nicht so ganz.

Mein Vater war ein junger, frischverliebter, verzweifelter und quicklebendiger Mann – später etwas älter und vielleicht trotz allem glücklich. In den Briefen, in der Geschichte, die er mir hinterlassen hatte.

Er hatte auf der Fähre geflirtet, herzförmige Steine gesammelt und vergeblich in der Londoner Wohnung auf Mama gewartet. Und er hatte vor Freude geweint, als er von seiner Tochter erfuhr.

Die Geschichte meines Vaters. Der schönste Adventskalender, den ich je hatte.

Der wahre Abschied stand mir erst bevor. Jetzt, in der Abenddämmerung, das letzte Kapitel.

Aber zuerst legte ich den Brief noch einmal auf den Sekretär und beschloss Teelichter und ein paar lange weiße Kerzen anzuzünden. In den Kerzenhaltern am Klavier, auf der

Kommode und auf dem glänzenden Sofatisch, ja sogar auf den Fensterbänken und im Kamin.

Dann löschte ich das Deckenlicht und betrachtete die glimmernden Lichter in der Dunkelheit.

Einen Moment lang blieb ich vor dem Sekretär stehen, andächtig, wie vor einem letzten Salut. Vorsichtig nahm ich den Brief, hielt ihn kurz an meine Wange und dachte daran, dass mein Vater ihn auch einmal in den Händen gehalten hatte. Dann hatte er das Kuvert zugeklebt und seine Geschichte zu einem Ende gebracht. Und währenddessen hatte er an mich gedacht – vor Kurzem erst, es war lediglich ein paar Wochen her.

Jetzt stand *ich* hier und hielt denselben Brief in der Hand, wie um das Gewicht seiner Worte ein letztes Mal zu spüren.

Es war ein seltsames Gefühl. Denn plötzlich kam es mir vor, als könnte ich das Gewicht tatsächlich spüren. Bildete ich es mir nur ein, oder war der Brief schwerer als die anderen? Dann fiel mir auf, dass der Umschlag an einer Ecke leicht ausgebeult war.

Ich riss ihn auf, griff vorsichtig hinein – und wusste augenblicklich, was meine Fingerspitzen berührten.

Ein warmes Gefühl durchströmte mich. Das Gefühl, mit jemandem verwandt, ein Nachkomme zu sein, einen Platz in einer Linie zu haben. Zwischen Zeige- und Mittelfinger fischte ich eine Kette mit einem kleinen Anhänger aus dem Umschlag: ein goldenes Herz mit einer winzigen Perle.

Ich legte die Kette auf meine Handfläche, strich mit dem Zeigefinger darüber und drehte den Anhänger um.

»Dein V« stand auf der Rückseite.

Natürlich. Genauso hatte Papa es in den Briefen geschrieben.

Ich musste lächeln: Mamas Vilhelm, der Einzige, mit dem sie je hatte zusammen sein wollen. Und jetzt war er auch mein V.

V wie Vater, mein Vater.

Und vielleicht, schoss es mir durch den Kopf, stand das V auf eine wundersame Weise ja auch für Veränderung.

Schließlich setzte ich mich hin und legte mir die Kette um. Und als ich den letzten Brief aus dem Umschlag zog, dachte ich: Genauso war es auch als Kind gewesen. Beim Adventskalender kam das Beste immer zum Schluss.

London, den 9. November 2019

Liebe Vilma,

das meiste ist wohl mittlerweile gesagt. Die eigene Geschichte niederzuschreiben, ist keine schlechte Herausforderung. Aber ich frage mich jetzt, da ich mir die Briefe noch einmal durchgelesen habe: Wieso komme ich immer wieder auf den Sternenhimmel zurück? Auf die Voyager-Raumsonden und ihren Weg in die Unendlichkeit?
Ich glaube, es geht um die Reise – die Lebensreise, wenn man so will.
Nicht, dass ich vorhätte, in naher Zukunft ins Gras zu beißen, aber im Alter schwirren einem solche Gedanken zwangsläufig im Kopf herum. Und sollte es so sein, dass Du mich nicht persönlich treffen willst – so möchte ich doch gern ein paar Gedanken mit Dir teilen, solange ich noch die Möglichkeit dazu habe.
Denn wie ist es? Kommen wir am Ende an, oder geht unsere Reise immer weiter?

Tja, leider hat Dein alter Vater keine Antwort in petto. Aber eins steht fest: Die Atome, aus denen ich in diesem Augenblick bestehe, werden auch nach meinem Tod weiterleben. In einer Pflanze, vielleicht in einem Grashalm (insgeheim hoffe ich aber auf ein Buschwindröschen). Und wenn ich hier auf Erden ein paar gute Dinge vollbracht habe, werden sie hoffentlich einem anderen Menschen Nutzen bringen, der sie dann ebenfalls weitertragen kann.
Denn darum geht es, Vilma, um eine Fortsetzung – darum, dass wir etwas hinterlassen, was weiterlebt. Etwas Schönes, das noch mehr Schönheit hervorbringt, und so weiter.
Denk nur an alles Vergangene und Tote, das uns permanent

entgegenleuchtet. Und damit meine ich nicht nur die vor Millionen Jahren erloschenen Sterne am Himmel, sondern vor allem auch die Sterne auf unserer winzigen Erde; die großen Komponisten zum Beispiel, die tagtäglich zum Leben erwachen, wenn ihre Werke gespielt werden.
Dass wir all das erleben dürfen, dafür sollten wir dankbar sein.

Wenn ich so darüber nachdenke: Ich hatte ein schönes Leben, das hoffentlich noch ein paar weitere Überraschungen für mich bereithält. Und mit welchem Recht könnten wir klagen, wir, die wir zu diesem Zeitpunkt der Geschichte leben?
Die Generationen vor uns mussten so viel Elend ertragen und sind oft jung gestorben. Mozart wurde nur fünfunddreißig, Schubert einunddreißig.
Doch obwohl sie so wenig Zeit hier auf Erden hatten, erstrahlt ihr Licht noch heute.

Bei der Gelegenheit muss ich an einen Münchner Kollegen denken, der vor vielen Jahren seine zwei Kinder durch einen Autounfall verlor. Einmal haben wir uns über die Tragödie unterhalten, und da meinte er, trotz allem habe er zu einer Art Seelenfrieden gefunden.
»Ob kurz oder lang«, meinte er, »das Wichtigste ist, dass sie hier waren. Dass sie dieses Wunder erlebt haben. Dass sie auf der Erde leben, durchs Gras laufen und schöne Musik hören durften.«

Ich bin hier, Vilma. Und ich wurde geliebt.
Ich hatte die Musik, und ich möchte glauben, dass ich mit meinem Instrument ein kleines bisschen Schönheit in die Welt gebracht habe.
Denn all das Schöne, das wir Menschen erschaffen, ist uns

doch ein Trost, wenn die Welt gerade düster erscheint. Denk nur an all die Bilder, die mit der Voyager-Raumsonde ins Weltall reisen. An die Geräusche, die Musik.
Darin, Vilma – zeigen wir Menschen uns von unserer besten Seite.

Aber das größte Geschenk, welches das Leben mir gemacht hat – und das auf meine alten Tage –, bist Du, Vilma. Du bist ein Teil von Maria und mir, und ich kann mein Glück noch immer kaum fassen.
Für den Fall, dass wir uns nicht persönlich begegnen: Darf ich alter sentimentaler Mann Dir einen letzten Rat mit auf den Weg geben?
Versprich mir, dass Du Deine Zeit hier auf Erden nutzt, dass Du durchs Gras läufst, singst, liebst und schöne Musik hörst. Dass Du Dich nicht fürchtest. Nein, öffne die Tür, zünde Kerzen an, und begegnet Dir die Liebe, dann halte sie fest.

Ja, liebste Vilma: Mach die Welt schöner, nur ein klitzekleines bisschen. Auf Deine ganz eigene Weise.

Ich legte den Brief beiseite, holte den Laptop, und während er hochfuhr, kuschelte ich mich in die grüne Wolldecke.

Dann rief ich die Homepage der NASA auf, klickte mich auf die Seiten über die Voyager-Sonden und die Golden Records, auf denen auch die derzeitige Distanz zur Erde angezeigt wurde.

Und ich begann zu lesen. Im Dämmerlicht, umgeben von den immer noch brennenden Kerzen.

»*To the makers of music – all worlds, all times.*«

So lautete das eingravierte Grußwort auf den Golden Records, die in Richtung Ewigkeit sausten, damit sie vielleicht eines Tages von intelligenten, außerirdischen Lebensformen gefunden würden.

Vermutlich würden die Aliens nur Bahnhof verstehen, und trotzdem war der Spruch irgendwie schön, auch wenn er nicht alles wiedergab, was auf den Platten abgespeichert war. Bilder, Geräusche, Musik – unterwegs im kosmischen Meer, so, wie Papa es geschrieben hatte.

Als Erstes hörte ich mir die Grußbotschaften in fünfundfünfzig Sprachen an, Stimmen von Frauen und Männern von allen Kontinenten dieser Welt.

Danach kamen die Geräusche. Donner, Wind und Regen gingen sanft und harmonisch in Froschquaken und das Zirpen von Tausenden Grillen über.

Dann: Fußschritte, Herzschläge, Autos, Züge. Eine Mutter, die ihr greinendes Kind tröstet.

Das Ganze mutete wie eine Art Präsentation an. Das Thema: Das sind wir. Das ist die Erde. Ein Resümee der Geschichte unseres Planeten. Alles, worauf wir stolz sind und was wir erschaffen haben, auf diesem kleinen, zerbrechlichen, in der Milchstraße rotierenden Wunder.

Es war wundervoll. Ja, auch die Bilder: Pulsarkarten mit der genauen Position der Erde, lächelnde Kinder, die rund um einen Globus standen. Strohhüte, Röntgenaufnahmen, Geigen, Notenblätter, eine Mutter, die ihr Baby stillt.

Die Erde und wir, in Bildern, Geräuschen und Musik – Momentaufnahmen, ein bisschen wie die Flaschenpost mit dem Foto meiner Eltern. Wie Lichtstrahlen, die von einem scheinbar vergänglichen Moment aus in die Unendlichkeit reisen.

Unterm Strich muss ich trotzdem sagen, dass mich die Musik am meisten faszinierte. Wahrscheinlich ist das in meinem Fall genetisch vorprogrammiert.

Melodien und Rhythmen aus allen Winkeln der Welt, dieser unbändige Wille, etwas zu erschaffen, Zugehörigkeit zu empfinden, andere zu berühren und berührt zu werden. Mozart, ein indischer Raga, »Johnny B. Goode«. Peruanische Hochzeitsmusik und senegalelische Trommeln. Musik aus Konzertsälen und von Reisfeldern, Melodien rund um Lagerfeuer und Weihnachtsbäume.

So schön. So leidenschaftlich.

Stimmte es womöglich doch, dass alles andere in Vergessenheit geraten würde? Dass nach uns nur das Gute bestehen bleiben und auf lange Sicht überleben würde?

Vielleicht könnte ich ja doch daran glauben. Oder wenigstens darauf hoffen – dass die Welt trotz allem schön war.

Ich blieb lange so sitzen. Das Brandenburgische Konzert hob ich mir bis zum Schluss auf. Als ich mich dann zurücklehnte und der Musik lauschte, brannten immer noch ein paar Kerzen. Für meinen Vater, der in München im Orchester gesessen und das Leben und die Liebe noch vor sich gehabt hatte. Meinen Vater, der weiterlebte, in der Musik, die er so sehr geliebt hatte.

Ja, genauso fühlte, besser gesagt *hörte*, es sich an: Die Musiker und der Dirigent hatten ihre ganze Seele in dieses Bach-Stück gelegt, und jetzt drang ihre Leidenschaft aus den Lautsprechern an mein Ohr.

Als spielten sie jetzt, in diesem Moment. Alles schien so lebendig. Jeder einzelne Ton.

Und auch mein Vater, Vilhelm. Es war, als bräuchte ich nur den Arm auszustrecken, um ihn zu berühren.

Keine Ahnung, wie lange ich so dasaß und versuchte, seine Bratsche aus dem Klangmeer herauszuhören. Und dass es mir nicht gelang, war nicht weiter schlimm. Im Gegenteil, es war wundervoll, wie die einzelnen Stimmen miteinander verschmolzen, zu einer gemeinsamen Botschaft, an uns und andere. Die Botschaft, dass wir eines Tages etwas Schönes hinterlassen werden, das dort draußen weiterlebt, noch lange nachdem die Erde und wir, ihre Bewohner, fort sind.
Ein Beginn und ein Ende. Alles auf einmal.

Ich klappte den Laptop zu. Drehte den Brief um und las die allerletzten Zeilen, die Papa geschrieben hatte:

Und last but not least, liebste Tochter: Sei Deinen Mitmenschen freundlich gesinnt. Auf die Größe des Universums gerechnet, sind wir doch nur so wenige. Wir sind unendlich kostbar, jeder Einzelne von uns.

Vater

Dann passierte es einfach. Ich spielte Edvard Griegs »Dank«.
Die Kerzen flackerten, und durchs Fenster fiel das Licht der Straßenlaternen. Ich kann mich nicht einmal daran erinnern, dass ich mich ans Klavier gesetzt hatte.

Keine Ahnung, wie schön und ausdrucksstark es klang.
Ich weiß nur, dass es sich anfühlte, als ergäbe plötzlich alles einen Sinn. Als wäre meine Seele wieder vollständig, als würde eine Kraft durch mich hindurchströmen, bis in meine Finger und ins Instrument.
Ich kann es nicht erklären. Es braucht auch keine Erklärung.

Musik lässt sich nicht erklären.

In den folgenden Stunden saß ich am Klavier und spielte alle Stücke, an die ich mich erinnerte. Bach und Brahms, ein Impromptu von Schubert.

Grieg, Haydn, einen Walzer von Chopin.

Für Papa, für Mama und für alles, was einmal gewesen war.

Und nicht zuletzt: für alles, was noch kommen würde.

Flaschenpost

Wie viele Menschen an Bananen gestorben sind, kann ich nicht sagen. Aber irgendwo habe ich mal gelesen, die Hälfte aller Menschen, die je gelebt haben, seien Mücken zum Opfer gefallen. Außerdem weiß ich, dass Georg II. auf dem Klo starb und Doktor Livingstone an entzündeten Hämorrhoiden.

Keine Ahnung, warum ich mir so etwas merke. Wieso ausgerechnet ich durch die Welt spaziere und dann und wann an diesen armen Schotten denke, der an Schimmelpilzen in seinem Dudelsack starb. Oder an König Adolf Friedrich von Schweden, der am 12. Februar 1771 das Zeitliche segnete, nachdem er vierzehn Semla-Wecken verschlungen hatte.

So bin ich wohl einfach.

Warum ich ausgerechnet *jetzt* an all das denken musste, in Ivars dunkelblauem Volvo, während am Fenster Weihnachtsbäume und bunte Lichter vorbeizogen, war allerdings sonnenklar: Auf meinem Schoß stand die Urne mit der Asche meines Vaters.

Ivar saß hinterm Steuer und lenkte den Wagen ruhig und sicher über die Straßen. Es war Heiligabend und früh am Morgen.

Der Tod ist schon etwas Seltsames, dachte ich. Aber nicht die Tatsache, dass man ihn so lange wie möglich hinauszögert (gut, manche mehr als andere). Warum viele Menschen das

Rauchen aufgeben und weniger Süßkram in sich hineinstopfen, war ja durchaus verständlich.

Mich beschäftigte ein anderer Gedanke, vielleicht sogar eine Art Erkenntnis: Dem Tod aus dem Weg zu gehen ist nicht das Gleiche wie zu leben.

Im Gegenteil. Doch um das zu verstehen, muss man erst mal, wie soll ich sagen, das Leben lieben lernen.

Ich strich mit der Hand über die Urne und schaute zu Robert, der neben mir auf der Rückbank saß.

Und plötzlich musste ich lächeln. Einfach so, weil ich daran dachte, dass wir zusammen Weihnachten feiern würden, in einem Haus mit einem Klingelschild, auf dem *Bekele* stand. Heute Abend schon, mit Geschenken und allem Drum und Dran. Mit Kindern, die das Geschenkpapier aufreißen würden, mit einer Mutter und einem Vater. Mit Menschen, die manchmal das Basketballtraining vergaßen, Brownies so lange im Ofen ließen, dass Kekse daraus wurden, und die immer noch auf ihr Klavier warteten.

Mit einer Familie, einer ganz normalen Familie.

Und vor allem mit Robert, der sich im nächsten Moment zu mir drehte, mich und die Urne vorsichtig lächelnd ansah und mit seinem Blick fragte, ob alles in Ordnung sei.

Und das war es.

Alles war in Ordnung. Obwohl die Überreste meines toten Vaters auf meinem Schoß ruhten, konnte ich mir das Grinsen nicht verkneifen. Einfach nur aus dem Grund, dass ich lebte, glaube ich.

Oder nein, streichen wir das, ich *wusste,* dass es so war.

Weil ich das Leben liebte. Aus vollem Herzen. Und das war nicht selbstverständlich.

Irgendwann stirbt man natürlich doch. Womöglich hoch in der Luft, so wie mein Vater. Mit künstlichem Schnauzer und weißem Kinnbart, als Weihnachtsmann über den Wolken. Wer weiß.

Während es draußen heller wurde, kam es mir so vor, als sähe ich ihn vor mir, meinen Vater, in dem Moment, in dem sein Flugzeug die Wolkendecke durchbricht.

Die Sonne geht auf, und irgendwo dort oben, wo die Sonne noch Abermillionen Jahre scheinen wird, schwebt mein Vater höher und höher, inmitten von gelber und rosafarbener Zuckerwatte. Mein ganz eigener Weihnachtsmann.

Denn eins steht fest: Er hat mir Geschenke gebracht. Seine Briefe. Und wenn ich so darüber nachdenke, eigentlich sogar das ganze Weltall.

Ich drückte die Urne fest an mich, als ich aus dem Wagen stieg. Und auch danach, als wir den schmalen Waldweg hinunter durch den Schnee stapften. In Reih und Glied. Zwei Männer und ich. Oder eigentlich drei Männer, wenn man meinen Vater dazurechnete. Drei Männer, die binnen weniger Wochen alles auf den Kopf gestellt hatten, mit Seelsorge und Lebkuchenhäusern, Briefen und Weihnachtssternen.

Und bestimmt auch mit dem einen oder anderen Mikromort, aber das machte mir nichts.

Und was hatte ich getan?

Na ja, immerhin war es meine Idee gewesen, mit der Urne hierherzufahren.

Deshalb hatte ich vor ein paar Tagen Ivar angerufen und ihn in meinen Plan eingeweiht. Frisch (oder besser gesagt wieder-)bekehrt, wie er war, hatte er sofort seine Hilfe angeboten.

»Ein Weihnachtswunder?«, hatte er gefragt. »An Heiligabend?«

Ich hatte es zwar etwas anders ausgedrückt, widersprach jedoch nicht. Immerhin erklärte Ivar sich bereit, den Fahrer zu spielen – diesmal ohne irgendwo eine Vollbremsung hinzulegen.

Jetzt schloss sich also der Kreis. Denn hier stand ich, im Morgengrauen auf einer Landzunge in der Selvik-Bucht, und verstreute die Atome meines Vaters im Meer, damit er Teil von etwas Neuem werden würde. Zurück ins Leben, in den ewigen Kreislauf. So, wie er es sich gewünscht hatte.

Der Fjord lag spiegelglatt vor mir. Als wäre er sich der Bedeutsamkeit des Moments bewusst. Der Boden war leicht vereist und knisterte unter meinen Schritten, als ich mit der leeren Urne zu Robert und Ivar zurückging, die ein Stück abseits gewartet hatten.

Robert mit den warmherzigen Augen und Ivar, der gerade in seinem kleinen Rucksack kramte. Er reichte mir die Flasche, die er vor sechsunddreißig Jahren genau hier gefunden und die ganze Zeit aufgehoben hatte. Sie war ziemlich leicht, glatt und glänzend wie das Meer.

Aber ich konnte sie nicht sofort zu Wasser lassen. Erst musste ich sie öffnen, um mir das verblasste Foto meiner Eltern anzuschauen. Da standen sie, ein bisschen verschwommen und überbelichtet, vor dem Apfelbaum in meinem Garten und lächelten mir zu.

Mein Vater, quicklebendig, mit braunem Haar und einer Narbe über der Oberlippe. Meine Mutter mit dem Goldherzchen um den Hals. Sie waren zusammen.

Ich drehte das Foto um und las, was mit blauem Kugelschreiber auf der Rückseite stand.

Für immer und ewig.

Ich musste ein paar Mal blinzeln, und Robert, der neben mir stand, tat das Gleiche.

»Wunderschön«, sagte er und klang, als hätte er einen Kloß im Hals.

Ich nickte und blinzelte wieder. Dann rollte ich das Bild behutsam zusammen, schob es in die Flasche und drückte den Korken, so fest es ging, hinein.

»Jetzt könnt ihr zusammen weiterreisen«, sagte ich, legte die Flasche ins Wasser und gab ihr etwas Anschub.

»Wie die Voyager-Raumsonde. In die Unendlichkeit.«

Ivar sah mich an.

Robert blickte auf den Fjord.

Und dann, während die Flasche langsam aufs Meer hinaustrieb und die ersten Sonnenstrahlen hinter den Bergen hervorblitzten, spürte ich, wie er meine Hand streifte. Erst wie zufällig, aber dann, als ich meine Hand nicht wegzog, etwas länger.

Langsam flochten wir unsere Finger ineinander, gerade so fest, dass es sich angenehm und sicher anfühlte. Ein bisschen nach Weihnachten, nach dem Beginn von etwas Neuem.

Das Gefühl breitete sich immer mehr in mir aus.

Schließlich stand die Sonne hoch über dem Fjord und schien auf das winzige Gefährt mit der Geschichte meiner Eltern, die sich nach sechsunddreißig Jahren wieder auf eine gemeinsame Reise begaben.

»Ein Weihnachtswunder«, jubelte Ivar.

»Ein Zufall«, murmelte ich.

»*Fotze*«, sagte Robert.

EIN GROSSES DANKESCHÖN

an Sverre, der zu Trygve sagte, der zu Mia sagte, Gudrun könne bestimmt auch für Erwachsene schreiben,

an meine emsige Lektorin Mia, die immer die richtigen Fragen stellt und mit so viel Empathie und Enthusiasmus liest (und nicht zuletzt mit professioneller Schauspielerinnenstimme), und

an alle anderen, die dabei helfen, dass dieses Buch seinen Weg in die Welt findet,

an den Norwegischen Rundfunk für die Sendung *Frag nicht danach* und all die wunderbaren Menschen mit Humor und Tourette,

an den Pathologen Sveinung für mögliche Todesursachen während eines Flugs,

an alle Radler*innen und Pfarrer*innen, die sich hoffentlich nicht allzu sehr auf den Schlips getreten fühlen (das Gleiche gilt für Rektor*innen von Musikschulen und Vizerektor*innen mit zu langer Zunge).

Und nicht zuletzt: Danke an meine Familie, die mich erträgt, unterstützt und anfeuert – vor allem an den Mann, der mir beim ersten Date ein Spiegelei gebraten hat.

PS.: Und wer sich die Musik aus dem Buch anhören möchte, kann sich unter www.dtv.de/playlist-vilma die Spotify-Playlist zu *Vilma zählt die Liebe rückwärts* aufrufen.